UNE ÉTOILE POUR LE TSAR

ADRIENNE SHARP

UNE ÉTOILE POUR LE TSAR

roman

Traduit de l'américain par Sophie Dalle

Pygmalion

Titre original :
THE TRUE MEMOIRS OF LITTLE K.

Sur simple demande adressée à
Pygmalion, 87 quai Panhard et Levassor 75647 Paris Cedex 13
vous recevrez gratuitement notre catalogue
qui vous tiendra au courant de nos dernières publications.

ISBN 978-2-7564-0548-3

À mon père

Paris 1971

MON NOM EST MATHILDE KSCHESSINSKA et j'ai été la plus grande ballerine russe des scènes impériales. Mais le monde où je suis née, celui dans lequel j'ai été élevée, a disparu depuis longtemps, de même que tous ses acteurs – morts, assassinés, exilés, fantômes ambulants. Je suis l'un de ces fantômes. Aujourd'hui en Union soviétique, il est interdit de prononcer mon nom. J'ai quatre-vingt-dix-neuf ans, je suis une vieille femme à la bouche pincée, portant un filet à cheveux, et, malgré cela, on me craint toujours. Pourtant, au sommet de ma gloire, je ne mesurais pas plus de 1 m 52 – je chaussais du 32 – et, à présent, je ne peux même plus me lever ni marcher. Je reste assise, paupières closes, dans ma demeure parisienne où je vis dans le passé depuis cinquante ans, entourée de souvenirs de ma vie d'antan à Saint-Pétersbourg – les photos sépia de la famille impériale et de mon fils, l'icône de Notre-Dame de Czestochowa ayant appartenu à mon père, sa chevalière aux armes du comte Krasinski, une médaille que portait mon mari sur sa tunique des Gardes à cheval. Comme tous ces objets, je suis, moi aussi, une relique. Mais des traces de cette époque demeurent. Le Palais d'Hiver. Le théâtre Mariinski. Tsarskoïe Selo. Peterhof. On dit que tout ce qui est enterré finit par refaire surface. Je vois ce passé plus nettement que les avenues et les arbres devant ma fenêtre du 16e arrondissement. Qu'y a-t-il ici qui puisse m'intéresser ? Les hippies, garçons en pantalon aux couleurs psychédéliques et filles en jupes courtes ou longues, avec de grands cheveux pas peignés ? L'univers dans lequel j'ai vécu était grandiose, la cour impériale plus sophistiquée que celle de la France sous Louis XIV. J'ai été la maîtresse de deux grands-ducs, la maîtresse du tsar. Le dernier tsar.

Il m'appelait Petite K.

Tout a commencé ainsi

Je revois la famille impériale des Romanov, pas celle de Nicolas et Alexandra mais celle de ma jeunesse – le tsar Alexandre III, son épouse et ses enfants dont Nicky. *La famille impériale, la famille impériale arrive !* Ils sortaient du petit théâtre de l'école avec ses chaises en bois alignées devant la scène grossière où nous, les élèves, venions de danser (moi, dans le provocant pas de deux de *La Fille mal gardée*), pour se rendre dans la vaste salle de réception où devait avoir lieu le dîner de clôture. C'était le jour de mon spectacle de fin d'études, le 23 mars 1890. J'avais dix-sept ans. Les tsars Romanov étaient les mécènes d'une multitude de théâtres impériaux – Saint-Pétersbourg comptait à elle seule le Mariinski, l'Alexandrinski, le Mikhaïlovski, le Conservatoire, le Théâtre anglais. Ils étaient aussi les protecteurs des artistes qui garnissaient leurs scènes et des élèves qui remplissaient leurs écoles de théâtre. Voyez ce qu'il arriva à la fillette qui avait un jour couru après l'empereur lors de sa visite annuelle à l'école ! Échappant à ses chaperons, elle l'avait rattrapé, lui avait baisé la main et Alexandre, touché, lui avait demandé ce qu'elle désirait. Saisissant l'occasion comme toute bonne opportuniste (j'ai toujours admiré les opportunistes car j'en suis une moi-même), elle avait chuchoté :

Je veux être pensionnaire. Le tsar avait répondu solennellement : *Entendu.* Du jour au lendemain, on lui avait attribué un lit et, par là même, un statut supérieur à celui des externes sur lesquelles elle pouvait désormais régner à son tour. La famille impériale assistait toujours à la représentation de fin d'année et ce cortège qui foulait nos couloirs était infiniment plus captivant que les processions royales que nous jouions sur scène...

À grands pas, l'empereur s'approcha, immense, le tronc bombé comme un baril, le front semblable à un mur de pierre et derrière lui, l'impératrice, aussi minuscule que moi. *Où est Kschessinska ?* tonna-t-il. Il connaissait mon nom car j'étais la plus jeune fille du grand Felix Kschessinski qui dansait pour les Romanov depuis bientôt quarante ans. Peut-être était-ce pour cela que je plaisais au tsar et qu'il me fit appeler : j'étais l'image théâtrale de son épouse, lilliputienne, les yeux brillants, les cheveux noirs et ondulés. Oui, ce devait être pour cette raison : il avait vu combien nous nous ressemblions. Je maîtrisais ce qui m'entourait avec la même vivacité qu'elle ; et mon environnement n'était-il pas une version miniature du sien avec ses rituels, ses hiérarchies, ses costumes, bref ne semblait-il pas être comme un écho à la cour des Romanov ? Ma vie se passait dans un monde mais j'avais planté mon pied – mon chausson – dans un autre.

Ce jour-là, celui de mon spectacle de fin d'études où je remportai le premier prix (un épais volume des œuvres complètes de Lermontov que je ne lirais jamais et que je comptais utiliser en guise de presse-papiers. Je ne l'ouvris même pas pour y glisser une fleur !), l'empereur fit déplacer la jeune fille qui devait s'asseoir à sa gauche à notre modeste table et m'y installa, puis il demanda à Nicolas de se mettre à *ma* gauche en me disant : *Ne flirtez pas.* Ce par quoi, bien sûr, il entendait le contraire. Si l'empereur était un géant, le tsarévitch était un faon – petit, la carrure étroite sous son uniforme, les joues rondes. Jusque-là, je ne l'avais vu que de loin mais à présent, lui et moi étions presque adultes. Au printemps, il devait avoir terminé ses études et quitté ses précepteurs. Et, plus tard dans l'année, il masquerait la douceur enfantine de son visage en se laissant pousser la barbe. Mais ce jour-là, sa figure était lisse et lui donnait un air angélique. Ce qui m'insuffla un courage que je n'aurais peut-être pas eu s'il m'avait paru plus redoutable. Je comprenais que mon talent venait de me propulser sur une nouvelle orbite, un chemin qui pourrait me mener encore plus haut dans les cieux. Je n'avais pas peur de m'y envoler. À dix-sept ans, je savais mieux flirter que Nicolas qui en avait vingt-deux et j'étais prête à me lancer dès qu'il m'aurait adressé la parole. Je n'avais qu'à patienter, j'étais sûre de mon fait. En attendant, je pinçai les myosotis minuscules cousus sur ma robe pour me retenir de le pincer, lui. Il contemplait les verres ordinaires placés derrière nos assiettes plutôt que mon visage rendu radieux par l'attention de son père et sa proximité. Je n'ai jamais été une beauté : mes deux incisives supérieures rentrent dans ma bouche, mes canines sont protubérantes – ainsi m'ont caricaturée les journaux russes. Mais j'étais pleine d'enthousiasme et j'avais des yeux de fée. Louis XV hébergeait ses maîtresses au Parc-aux-Cerfs, dit le Parc-des-Fées. Plus tard, des médisants me baptiseraient *la fée du Parc-aux-Cerfs*. Que dit alors le tsarévitch à la fée, les yeux baissés vers la table ? Ne riez pas ! Il ne prononça que ces mots : *Je suis sûr que vous n'utilisez jamais des verres comme ceux-là chez vous*.

Ce fut ce qu'il trouva de mieux. Quelques mois plus tard, il rejoindrait les hussards et se mettrait à boire et à bringuer avec ses camarades de la Garde qui l'aideraient à vaincre sa timidité. Ce Nicky, si empoté et si timoré, me rendait la tâche tellement difficile ! Les verres ? Que répondre à cela ? Accoutumé aux cristaux du service ministériel ou de celui utilisé à Saint-Pétersbourg, je conçois que Nicky les jugeât grossiers bien que je les eusse à peine remarqués. Je feignis le contraire. Avec un sourire, je fis tinter le mien d'un petit coup d'ongle. C'est vrai, le milieu des Romanov était tout à fait extraordinaire. J'ai passé ma vie à tenter de l'imiter, de m'y intégrer.

Cette première rencontre n'était en rien fortuite. Comme tout le reste en Russie, elle avait été directement ourdie par l'empereur. Ce pays était le fief du tsar et n'existait que pour son bon plaisir. Nous, les jeunes filles des écoles impériales de ballet, ne faisions pas exception à la règle. C'est parmi nous que les empereurs et les grands-ducs, les comtes et les officiers du régiment des Gardes choisissaient leurs maîtresses, guettaient une jambe bien galbée ou un joli minois. L'un d'entre eux a même décrit le corps de ballet comme *une galerie de femmes ravissantes, un parterre dans lequel chacun pouvait choisir les fleurs du plaisir.* C'était l'habitude des officiers à cheval de suivre les calèches remplies de jeunes filles sur le trajet entre l'école et le théâtre. Cette tradition remontait à plusieurs décennies, avant même la construction du Mariinski quand on emmenait les danseuses au théâtre du Bolchoï Kammeny, place du Théâtre. Mon père y avait dansé avant qu'on ne le rase en 1886. Ils nous interpellaient, demandaient nos noms. Bien que nous mourions d'envie de leur répondre, nos chaperons nous l'interdisaient. Je devais mettre ma main sur ma bouche pour me retenir de crier : *Mathilde-Maria !* Pour préserver notre pureté et nous protéger de la syphilis qui faisait rage dans la capitale, nous étions séquestrées, à l'abri de toute influence extérieure et, notamment, des élèves masculins. Les filles étaient parquées au premier étage, les garçons au second. Dortoirs, salles de classe, studios de répétition et réfectoires étaient séparés. Nous connaissions l'existence des garçons, bien sûr, car, durant certains cours de danse, nous nous entraînions avec eux au menuet et au quadrille. Nous nous touchions mais nous n'avions pas le droit de nous regarder dans les yeux. Les enseignantes nous surveillaient de près et, au moindre signe d'effronterie, les sermons pleuvaient. Nos tenues de jour étaient ridiculement modestes : robes garnies d'agrafes et tabliers superposés. Sous nos jupes, nous portions de longs bas noirs ; nos costumes de répétition : une version au genou d'une robe de ville. Nos manteaux doublés de fourrure étaient si foncés et si tristes qu'on les surnommait les pingouins. Quand nous nous dandinions d'un bout à l'autre de la cour – notre unique loisir –, nous avions en effet l'air de manchots. Les jeux violents étaient interdits : pas de bicyclette ni de ballon, pas de toboggan ni de patinage, pas d'épées en bois pour les garçons. Nous étions la propriété du Ballet impérial et, si nous nous blessions, nous n'étions plus d'aucune utilité ; l'argent qui avait été dépensé pour nous était perdu. Au déjeuner et au dîner, les professeurs nous comptaient deux par deux, en rang, à l'entrée du réfectoire. Le soir, les internes dormaient dans une immense salle de cinquante lits, chacun paré de blanc comme le cercueil d'un enfant et doté d'une table de chevet surmontée d'une icône et du numéro de l'élève.

Pourquoi tous ces numéros, tous ces comptages ? Pour s'assurer que la mésaventure arrivée à une jeune fille quelques années auparavant ne se reproduirait plus. Son mariage secret avec un cavalier de la Garde avait provoqué un scandale. Chaque après-midi, sous un prétexte quelconque, elle se postait à la fenêtre du dortoir et le regardait passer. Quel spectacle enchanteur que cet homme en uniforme blanc et casque d'argent conduisant deux chevaux bais ! Scène extraordinaire car la rue des Théâtres restait, en général, déserte, à part les grands carrosses démodés qui convoyaient les élèves. Qu'il ait pu parader à l'insu de tous le long du pont Anitchkov et derrière le théâtre Alexandrinski doit, à mon avis, relever du mythe avec une bien-aimée forcément belle, très belle – comme le sont toutes les jeunes filles dans ce genre d'histoire. Puis, un après-midi, elle a emprunté le châle d'une bonne – oui, la princesse déguisée en paysanne – et s'est éclipsée par une porte latérale pour se lancer dans une vie nouvelle qui, je l'espère, a été heureuse. Depuis, plus aucune élève ayant passé quinze ans n'a été autorisée à rentrer chez elle pendant les vacances, sauf trois jours à Noël et le dimanche de Pâques.

Moi, je n'étais pas pensionnaire. Mon père était un artiste honoré des théâtres impériaux, amené à Saint-Pétersbourg par Nicolas Ier qui aimait les danseurs agglutinés sur scène presque autant que les baïonnettes amassées sur le terrain de manœuvres. Mon père s'est servi de son influence pour me protéger de la vie spartiate de l'école, si éloignée de l'exubérance du théâtre où nous travaillerions bientôt. Il voulait m'épargner. Ce fut peut-être une erreur.

Que nous vivions à la maison ou à l'école, notre virginité était soigneusement préservée jusqu'à la cérémonie de fin d'études. Après cette date, elle était carrément offerte. Revêtues de costumes cousus au corps qui exposaient cou, bras, poitrine et jambes, nous décorions la scène pour le plaisir de la cour. Tous ces aristocrates balletomanes qui transmettaient leur abonnement à leurs fils en même temps que leurs titres s'installaient dans les baignoires et les premières loges des théâtres impériaux pour avoir une meilleure vue. Ils pointaient sur nous lorgnettes ou jumelles. Dans les fumoirs, pendant les entractes, ils discutaient de nos qualités. L'attraction était réciproque. Nous avions besoin de protecteurs pour avancer dans nos carrières et compléter nos misérables salaires par des soupers, cadeaux, couronnes et autres gerbes de fleurs. À force de porter des costumes imitant les toilettes et les joyaux de la cour, nous avions, nous aussi, envie de posséder ces satins et ces velours que nous arborions quelques heures chaque jour, ces étoffes brodées d'or et de pierres précieuses. Beaucoup d'élèves étaient issues d'un milieu pauvre – Anna Pavlova était fille de lingère – et ces liaisons leur permettaient d'apporter une aide à leur famille. C'était une tradition de longue date. Au XVIIIe siècle, quand chaque noble disposait dans sa propriété de campagne d'un théâtre et d'une compagnie d'opéra, de ballet ou d'un orchestre, le comte Nicolas Pétrovitch Cheremetev prit l'une de ses cantatrices pour maîtresse et s'unit à elle en secret. De mon temps, les grands-ducs Constantin Nikolaïevitch et Nicolas Nikolaïevitch, oncles du tsar Alexandre III, entretinrent chacun une danseuse. Des enfants illégitimes de Nicolas Nikolaïevitch et de la ballerine Chislova, le fils servit dans le régiment des grenadiers de la Garde et la fille se maria avec un prince. Parfois, ces bienfaiteurs convolaient avec les filles qu'ils avaient prises pour maîtresses et celles-ci devenaient les matriarches de grandes familles de l'aristocratie russe. Kemmerer, Madaïeva, Muravïeva, Kantsyreva, Prihunova, Kocheva, Vasilïeva, Verginia, Sokolova, toutes ces ballerines des années 1860 ont épousé des nobles. Plus que le respect de l'art, ce fut la raison qui poussa plus d'une mère à présenter son enfant, jolie ou gracieuse, aux auditions de la rue des Théâtres. Certaines d'entre nous, bien sûr, ne furent que des maîtresses.

Les épouses impériales veillaient à nous faire souffrir, quelle que fût notre origine. Peu importait ! Lorsque le tsar Alexandre II, grand-père de Nicky, fut assassiné, sa deuxième épouse – longtemps sa maîtresse et aucune Romanov ne l'avait oublié – fut bannie de ses obsèques ! Malheureusement, il était mort avant d'avoir pu l'élever au rang d'impératrice et légitimer les enfants qu'il avait eus d'elle. Aussi, dès cette brutale disparition, la première famille entreprit une action contre elle. S'ils l'avaient pu, ils lui auraient retiré son titre de princesse. En quoi était-elle fautive ? Elle avait dix-sept ans et l'empereur quarante-sept, quand elle l'avait rencontré en promenade dans le Jardin d'Été. Un parc magnifique : ses quatre longues avenues menaient à la Neva, ses tilleuls et ses érables formaient des murs de verdure qui filtraient les odeurs d'humidité du fleuve. Quant à ses grilles en fer forgé, elles refoulaient chiens, moujiks, membres de la classe ouvrière et juifs. Qui pria la jeune Catherine de l'attendre dans une pièce isolée au rez-de-chaussée du Palais d'Hiver ? Qui lui donna des enfants ? Qui finit par l'installer dans ce palais ? Elle était une Dolgorouki, la fille d'un prince, descendante de l'une des plus anciennes familles de boyards de Russie. Pourtant, on la traita de manipulatrice, de fornicatrice, d'arriviste. Qu'aurait-on dit de moi ?

Elle avait dix-sept ans, elle n'était qu'une jeune fille déambulant le long du Champ de Mars.

Moi aussi, j'avais dix-sept ans. Et la semaine suivant mon spectacle de fin d'études, vêtue de ma plus belle toilette, les cheveux bouclés selon la mode de l'époque, je déambulai non pas dans le Jardin d'Été mais le long de la perspective Nevski, impatiente de revoir Nicky pendant la grande promenade de l'après-midi. Ce trajet débutait chaque jour après le déjeuner et s'achevait avant le crépuscule, quand les allumeurs de réverbères se mettaient à traîner leur échelle de rue en rue avant les salons, réceptions, dîners et bals de la soirée.

Un mot, peut-être, sur Saint-Pétersbourg, que ceux d'entre nous qui ont eu la chance d'y vivre appelaient tout simplement « Péter ». La ville se compose d'une poignée d'îles divisées par des canaux et des rivières, toutes face au golfe de Finlande. Plus d'une douzaine de ponts relient ses secteurs disparates – l'île de l'Amirauté avec ses palais et ses théâtres, l'île aux Lièvres dominée par la forteresse Pierre-et-Paul, l'île Vassilievski où se trouvent le quartier allemand et la bourse, l'île Pétersbourg avec ses maisons en bois et, plus tard, ses manoirs Art nouveau, le côté Vyborg avec ses baraques militaires remplacées ensuite par des usines. En 1611, ce n'était qu'une simple forteresse suédoise – *Nyenskans*, ce qui signifie « forteresse sur la Neva » mais ce fut Pierre le Grand qui, en 1703, décida de bâtir une capitale sur ce site. *Ici, une nouvelle ville sera fondée/Ici nous respecterons la Nature/Nous ouvrirons une fenêtre sur l'Occident.* Ces vers sont de Pouchkine, extraits du *Cavalier de bronze* que je possède et que j'ai lu, contrairement aux œuvres de Lermontov. Ni orientale ni occidentale mais un mélange des deux : ses avenues, squares, parcs, ses bâtiments de granit et de marbre rappellent l'Europe et Paris. Mais elle est unique par ses longs et bas palais se reflétant dans l'eau, ses rivières et ses canaux qui lui confèrent sa luminosité. Quand je rêve de Péter, je rêve de lumière. Oui, la ville est occidentale par sa conception mais orientale par ses couleurs rouge brique, jaune moutarde, vert lime, bleu Majorelle ; orientale aussi par les animaux que nous conservions comme des paysans dans nos cours près du tas de bois coupé (j'ai moi-même, pour avoir du lait frais, élevé une vache dans mon hôtel particulier de l'île Pétersbourg en 1907 !).

Et dans les pièces, les salles privées derrière les façades classiques, au-delà des salons pâles ornés de dorures, on découvre un tout autre cadre : tapis à motifs, tentures murales somptueuses, l'omniprésent poêle russe noir ou en émail, alimenté de septembre à mai, l'argenterie étincelante ou le samovar en cuivre rempli de thé brûlant. Nous n'eûmes pas le temps de nous débarrasser de tout notre héritage oriental car, sur les ordres de Pierre le Grand, la cité fut érigée aussi vite qu'un décor de théâtre, en moins de cinquante ans. Les Russes prétendent que Pierre l'a construite dans le ciel puis déposée sur la terre une fois achevée. Mais ce n'est pas Pierre qui l'a bâtie. Ce sont les serfs et les conscrits qui ont creusé les fondations à mains nues, transportant la terre dans leur chemise ; ce sont eux qui ont traîné et empilé les blocs de marbre, de granit, d'ardoise et de grès. Deux cent mille ouvriers sont morts d'épuisement, de froid et de maladie pour l'édifier. On dit qu'elle repose sur leurs ossements. C'est donc sur leurs ossements que le « beau monde » de Saint-Pétersbourg paradait chaque après-midi.

Oui, à l'origine, Saint-Pétersbourg était une forteresse et même, en 1890, subsistait une ville militaire. Soixante mille hommes tenaient garnison dans les vastes casernes du boulevard Konnogvarleïsky derrière le Manège des Gardes à cheval, sur le bord ouest du Champ de Mars ou dans le district de Vyborg. Les uniformes gris-vert des grenadiers, blanc et argent des Gardes à cheval, les vestes cramoisies des hussards, les bleu et or des cosaques coloraient les rues. Ces hommes et leurs officiers n'étaient pas uniquement là pour s'entraîner, mais aussi pour se divertir. La saison mondaine débutait en janvier, inaugurée avec douze bals offerts par le tsar au Palais d'Hiver. Les messagers de la cour, en livrée verte avec chapeau à plumes noires, délivraient des milliers de cartons de vélin satiné, frappés de l'aigle bicéphale en or et requérant la présence des destinataires au Palais. Ces nuits-là, les salles immenses étaient éclairées par dix mille bougies en cire d'abeille et décorées d'arbres fruitiers en pots géants, de bouquets de roses roses, de violettes de Parme et d'orchidées blanches expédiées par trains chauffés depuis la Crimée avec les coupes de fruits, frappées de la silhouette du tsar. Des centaines de troïkas et de calèches encombraient la place du Palais, garées au plus près des brasiers dont les flammes jaillissaient comme des fontaines rouges. Les cochers étaient équipés de bouillottes, de couvertures en vison et de bouteilles de vodka – car même les fourrures et les feux ne suffisaient pas. Ces bals se prolongeaient jusqu'à trois heures du matin, jusqu'à l'ultime polonaise. À force de boire en attendant leur maître, les cochers, amollis par l'alcool et la chaleur, devaient veiller à ne pas se découvrir, au risque de s'endormir et de mourir gelés. Car, si l'esplanade était protégée du golfe de Finlande par l'immensité de l'édifice, il n'existe pas de mots pour décrire la dureté des hivers à Saint-Pétersbourg. Les lumières du Palais éclairaient un monde en noir et blanc, flocons de glace et de neige, congères, et vapeurs noires exhalées par le souffle des chevaux et des hommes.

La saison se terminait au Carême, après quoi la haute société prenait ses quartiers à la campagne, dans les îles à l'extérieur de Saint-Pétersbourg, en Crimée au bord de la mer Noire ou dans des propriétés autour de Moscou. On y restait jusqu'à ce que les manœuvres militaires de la fin de l'été débutent à Krasnoïe Selo, tout près de Saint-Pétersbourg. C'était alors un village équipé d'un immense terrain bordé des villas en bois des officiers. Ah, le rythme merveilleux de cette époque ! Aux prémices de l'automne, la cour se rendait en Europe mais, très vite le ballet, l'opéra, le théâtre français reprenaient et les spectateurs revenaient à Péter orner les fauteuils d'orchestre en velours bleu et les loges, applaudir les arts que nous autres acteurs, danseurs ou musiciens perfectionnions juste pour eux. De mon temps, il y avait dix-neuf cours à Saint-Pétersbourg, celles du tsar, de sa mère et de dix-sept grands-ducs (cela faisait plusieurs milliers de personnes si l'on comptait tous les membres des familles et les courtisans). Ces aristocrates ainsi que les ambassadeurs, les membres du corps diplomatique, les Gardes et quelques nobles de province fréquentaient les théâtres tous les soirs de la saison. Nous n'avions ni télévision, ni radio, ni cinéma. En Russie, les jours d'hiver sont courts et les heures d'obscurité à combler, nombreuses. Les théâtres impériaux présentaient pièces, opéras, opérettes, concerts et ballets. Le Mariinski ne produisait pas moins de cinquante ballets dont quarante uniquement pour les abonnés. Il incombait au directeur des théâtres impériaux, Ivan Alexandrovitch Vsevolojski, un aristocrate dont la lignée remontait à Riourik et aux princes de Smolensk, de superviser la production de tous ces divertissements. Marius Petipa, le danseur français arrivé à Saint-Pétersbourg en 1847 et qui avait travaillé dur pour succéder à Saint-Léon en tant que maître de ballet du Ballet impérial, était chargé de créer les chorégraphies. Il bénéficiait de l'aide du second maître de ballet, Lev Ivanov, un ami de notre famille qui adorait les repas préparés par mon père. Lorsqu'il dépliait sa serviette en lin, il s'exclamait : *Mangeons un morceau !* Il n'a malheureusement jamais eu droit à la reconnaissance qu'il méritait car c'était un Russe dans une cour francophile. Monsieur Vsevolojski privilégiait les théâtres de Saint-Pétersbourg à ceux de Moscou. Pourquoi pas ? C'était là que résidait la cour. Au Mariinski, on voyait les mêmes visages soir après soir. Nous étions comme une famille, face à face de part et d'autre des feux de la rampe, certains proches particulièrement bruyants car les balletomanes n'hésitaient pas à nous interpeller par des *Vas-y, Mala !* ou des *Plus de rôles pour Tata !* afin de nous encourager à danser mieux ou à inciter le directeur à récompenser un talent exceptionnel. Bien sûr, il y avait aussi les huées et les sifflets. L'immense intérêt de la cour pour le ballet finit par conduire le grand Tchaïkovski à composer des musiques à cet effet et par contribuer à l'épanouissement de cet art. Une fois devenue célèbre, je repoussai mon retour sur scène de plus en plus tard dans la saison, jusqu'aux prestigieux mois de décembre et de janvier comme si j'étais moi aussi une aristocrate tout juste rentrée d'Europe.

Le jour de mon spectacle de fin d'études, Alexandre III m'avait exhortée à *devenir la gloire et l'ornement de notre ballet* et je décidai d'y parvenir. De même que j'avais lutté pour le premier prix à l'école, je me résolus à me mettre en chasse du premier prix à l'extérieur : le tsarévitch. Par un bel après-midi d'avril, je mis si longtemps à me préparer pour cette promenade que je faillis rater l'occasion de le filer. Aujourd'hui, tout le monde porte les cheveux longs avec une raie au milieu mais, en 1890, la mode était aux boucles serrées. Chaque mèche était humidifiée à l'eau sucrée puis enroulée autour d'un papier de soie et épinglée ; elles mettaient des heures à sécher. Une frange cascadait sur mon front, des frisettes dégringolaient devant mes oreilles. Ce jour-là, je revêtis un chemisier à jabot et une double longueur de brocart retenue au cou par une broche, je tapotai un peu d'eau de violette derrière mes lobes (en 1890, l'eau de Cologne ne contenait qu'une seule essence). Ainsi habillée en demoiselle, mon uniforme d'écolière rangé pour toujours, je longeai le secteur à la mode sur la perspective Nevski où l'on pouvait acheter gants français, thés chinois ou savons anglais. Je passai devant le futur site de l'Eliseevsky qui ouvrit en 1901 (un magasin éclairé par des chandeliers, où étaient proposés noix et autres fruits venus de n'importe quelle région). Je gagnai le canal Fontanka puis la façade moutarde et blanche du palais Anitchkov où s'installait la famille de Nicky lorsqu'elle séjournait dans la capitale, son père dédaignant le Palais d'Hiver sauf pour les réceptions officielles. En ce temps-là, la famille impériale vivait parmi nous – ce n'est que beaucoup plus tard que Nicky et les siens s'isolèrent de la société de Saint-Pétersbourg, au point que l'on en vint à oublier ce à quoi ils ressemblaient. Je repérai tout de suite le tsarévitch assis sur le balcon (il fumait, bien sûr) avec sa sœur de quinze ans, Xénia, tous deux penchés pour contempler les passants à travers les barreaux du garde-fou. Je ralentis mon allure pour mieux me faire voir. Nicky souffla un nuage de fumée et me salua d'un signe de tête. J'en fis autant. Il recommença mais ne se leva pas, ne se rapprocha pas de la rambarde. Que faire d'autre sinon continuer mon chemin ?

Ce fut donc notre deuxième rencontre et elle se résuma à peu de chose. Je compris alors que la tâche me serait beaucoup moins facile qu'elle ne l'avait été pour la princesse Catherine Dolgorouki dont l'amant/tsar, loin de se cacher derrière les balustres, avait eu l'audace d'aller la retrouver sous les tilleuls du Jardin d'Été. Puis, tout aussi hardiment, il l'avait séduite dans le pavillon Babigon à Peterhof par un magnifique après-midi de juillet, pesant de chaleur et de parfums, le golfe de Finlande scintillant au loin.

Les semaines suivantes, je parcourus la ville de long en large avec le cocher russe de la famille que j'avais supplié mon père de me prêter. Tout le monde ne pouvait pas s'offrir son propre cocher, surtout un Russe en costume traditionnel qui conduisait les bras tendus devant lui comme s'il effectuait un classique port de bras et apostrophait d'une voix rauque toutes les calèches, les charrettes et tous les passants qu'il croisait. Bien que j'eusse envie de l'exhiber autant que moi-même, j'aurais aussi bien fait de rester chez moi. Car j'eus beau arpenter la Morskaïa, la perspective Nevski, applaudir les chevaux du Manège et même, dans un ridicule élan de désespoir, effectuer des aller-retour rue Karavannaïa, en face du palais Anitchkov, le tsarévitch ne me prêta aucune attention. J'ignorais que le lieu de ma séduction ne serait pas Saint-Pétersbourg mais, contre toute attente, le camp de Krasnoïe Selo au mois d'août.

Les Gardes impériaux de Saint-Pétersbourg et des dizaines de régiments des provinces convergeaient à Krasnoïe Selo pour les manœuvres d'été, loin de la chaleur et de la poussière de la capitale. Plus de 130 000 hommes se rassemblaient sous leurs tentes en toile beige érigées près du terrain longeant les rivières Dudergov et Kigovka. Comme les Romanov aimaient leurs uniformes, leurs bugles et leurs chevaux ! Nicolas Ier, l'arrière-grand-père de Nicky, sanglotait de bonheur à la vue d'un large groupe de soldats en uniforme. Tuniques blanc et pourpre, longs manteaux bleus et ceintures dorées des cosaques, grenadiers en pardessus gris et hauts casques rehaussés d'or… chaque régiment possédait ses propres épaulettes, rubans, tresses, croix, médailles, ornements, coiffes. Certains d'entre eux portaient le *papakha* en peau de mouton blanchie, d'autres de la laine foncée ; d'autres encore arboraient des casquettes à visière festonnées de plumes et de médailles. Pratiquement jusqu'à la fin de sa vie, Nicolas fignola les uniformes de ses régiments, ajoutant une rangée de boutons par-ci, un cordon doré par-là.

Il détenait un talent d'artiste. Avec Cyrille Lemockh, curateur du musée russe d'Alexandre III, il avait appris à manier crayons et aquarelles. Il dessinait des paysages. J'en ai vu quelques-uns. Je me rappelle une esquisse où ne figurait aucun personnage, seulement un arbre, un champ, un chemin de terre rouge étincelant comme la brique au soleil. Une autre représentait un petit bateau en bois, une silhouette solitaire recroquevillée à son bord et, sur la rive, les deux hommes qui venaient de le pousser à l'eau ; tous trois étaient dominés par une futaie de bouleaux immenses. Ces œuvres étaient celles d'un garçon qui avait adoré la nature et l'avait trouvée en un lieu où le tsar n'était pas un géant mais faisait simplement partie d'un tout. Hélas, Nicky finit par abandonner la peinture hormis quelques ébauches dans un carnet où il consignait tous les cadeaux qu'on lui offrait. Plus tard, je suppose, il ne dessina plus que des uniformes.

Le grand spectacle sur la large plaine de Krasnoïe Selo chatoyait dans la touffeur de la fin de juillet. Les vagues de chaleur ne s'estompaient qu'à l'approche des bois et des collines qui marquaient les limites de la vaste étendue d'herbe servant de scène pour les défilés au pas, les pivots et les mouvements brusques au sabre et à la baïonnette. L'élite mondaine de Saint-Pétersbourg assistait à la grande revue, assise dans les gradins sous un bosquet d'arbres, les femmes en blanc, leurs chapeaux et leurs ombrelles soulevés par la brise, ondulant comme les feuilles et les chatons des hêtres. En queue-de-pie et chapeau haut de forme, les ministres de la cour se tenaient sous les tentes de la Butte de l'Empereur. Le tsar, l'impératrice, les grands-ducs et les grandes-duchesses inspectaient les troupes depuis leurs chevaux et leurs carrosses avant de rejoindre les ministres pour admirer les rangées innombrables de soldats comblant la plaine, défilant à l'unisson, étendards au vent. Les deux prochaines guerres seraient des échecs désastreux pour la Russie, laissant des hommes comme ceux-là et des millions d'autres morts sur les champs de bataille à travers l'Europe et la Russie. Mais à l'époque, personne n'aurait pu l'imaginer.

En cet été 1890 à Krasnoïe Selo, les acteurs simulaient des combats qu'ils ne perdaient jamais.

Toutefois, ceci ne suffisait pas. Il leur fallait aussi des divertissements nocturnes.

Ce fut ainsi qu'un théâtre de style russe fut bâti à Krasnoïe Selo, aussi grand que le Mikhaïlovski à Péter, une salle éblouissante avec des balcons embellis de rideaux en soie rayés et de lambrequins à glands. Nous, les artistes, y présentions deux spectacles par semaine en juillet et au début d'août quand les grands-ducs, l'empereur et sa famille venaient au camp, abandonnant leurs palais de marbre au profit de gracieuses villas en bois avec des auvents en toile et de larges vérandas. Le soir, tous les artistes se mettaient au garde-à-vous aux fenêtres du théâtre qui donnaient sur une entrée privée pour saluer l'entourage impérial descendant des landaus et troïkas. Les hommes portaient leur attirail militaire. Les grands-ducs étaient tous assis au premier rang ; le deuxième et le troisième étaient dévolus aux officiers, puis venaient les femmes et, au-delà, les sous-officiers. Les loges étaient réservées à la famille du tsar et à celles des ministres de la cour et des militaires. Pour mes pirouettes, je prenais comme point de repère les médailles et décorations scintillant sur la poitrine des hommes.

Les grands-ducs, l'empereur et le tsarévitch passaient toujours après le déjeuner pour parler avec les danseurs ou assister aux répétitions. Entre les deux divertissements de la soirée (une comédie pour la première partie, un ballet pour la seconde), ils montaient sur la scène afin de nous saluer. Une grande beauté (que je ne possédais pas) pouvait décider d'un avenir. Aussi, je travaillai encore plus dur pour façonner le mien grâce à mes jolies mains, mes petits pieds et ma conversation enjouée. Comme mon père, j'étais d'une nature gaie et j'avais le don de faire rire les gens autour de moi. Ce charme finit par attirer Nicolas. Il me rejoignait sur le plateau et discutait avec moi sous le soleil, montrant ses dents bien blanches lorsque je plaisantais alors que je m'efforçais de cacher les miennes. Parfois, j'effleurais un bouton de sa tunique, je me dressais sur mes pointes ou encore j'agitais les mains comme les ailes d'un oiseau tant j'étais heureuse de me trouver si près de lui. J'avais remarqué que Nicky semblait plus à l'aise en compagnie de personnes joyeuses, comme nous les artistes ou ses bruyants cousins et camarades officiers avec lesquels il s'enivrait jusqu'à ce qu'ils « jouent au loup ». Ce jeu consistait à ramper nus dans l'herbe en hurlant et en se mordant les uns les autres avant de boire à quatre pattes des litres de champagne et de vodka dans les cuves apportées pour leur plaisir par des serviteurs obligeants. Un après-midi, dans ma précipitation pour ne pas rater notre conversation avant la répétition, je déboulai côté jardin et fonçai droit dans l'empereur. Il jeta un coup d'œil sur mon visage cramoisi et s'exclama : *Vous étiez en train de flirter !* Il se trompait. J'étais seulement impatiente de commencer ! Ces brefs moments avec le tsarévitch comptaient davantage pour moi que la représentation. Ils étaient tout ce que j'avais de lui.

Je ne bavardais pas uniquement avec Nicolas car quelle autre occasion aurais-je eue de rencontrer tant de Romanov rassemblés au même endroit ? Je tentais de séduire tout homme pourvu d'un titre (qui savait s'il ne me serait pas utile un jour ?), y compris le grand-duc Vladimir, l'un des nombreux oncles de Nicky, ministre des théâtres impériaux et grand amateur des arts. Un homme âgé mais précieux, vu sa position. Il me rendait visite dans ma loge pendant que je me peignais les lèvres de rouge. Il ne parlait pas, il aboyait partout où il allait et, depuis sa loge, sa voix résonnait dans la salle tout entière tandis qu'il portait des jugements sur les danseuses. *Quoi ? Qu'est-ce que c'est ? Un moineau ?* s'écriait-il quand une jeune fille trop mince apparaissait pour exécuter quelques pas graciles. Ou alors, il grondait : *Rentrons à la maison !* quand le rideau tombait sur le premier acte d'un ballet qui ne lui plaisait pas. Vladimir pensait qu'il aurait dû être tsar plutôt que grand-duc et il se conduisait comme tel malgré l'ordre des naissances qui avait placé son frère Alexandre sur le trône. L'épouse de Vladimir, Miechen, deuxième femme de l'empire, se comportait elle-même en impératrice. C'était son bazar de Noël à la Maison des Nobles qui lançait la saison des fêtes. *L'impératrice Vladimir*, la surnommait avec amertume la mère de Nicky. Un jour de 1888, où le train du tsar dérailla en écrasant presque les membres de la famille impériale qui dégustaient leur crème au chocolat dans la voiture-restaurant, Vladimir faillit avoir gain de cause. *Une telle occasion ne se représentera plus jamais*, chuchota méchamment Miechen à ses amis de la cour. À Krasnoïe Selo, Vladimir m'offrit une photo de lui à conserver dans ma loge. En effet, les membres de la famille signaient des portraits pour leurs intimes comme les stars de cinéma pour leurs fans aujourd'hui. Sur le mien, Vladimir inscrivit : *Bonjour, douchka*, ce qui signifie *ma petite chérie*, et soupira qu'il était trop vieux pour moi.

Il l'était mais pas Nicky ! À ce moment précis, il m'apparut que mes rendez-vous bihebdomadaires passionnés avec lui ne mèneraient à rien avant que le train ne nous ramène à Péter. Il ne restait plus qu'une semaine de manœuvres quand, tout à coup, il me demanda de l'attendre dans l'allée derrière le théâtre, après le spectacle. Il voulait me rejoindre après le souper pour m'emmener faire un tour dans sa troïka. Vous devinez ma réponse. Qu'est-ce qui lui avait inspiré cet acte aussi audacieux qu'étonnant de sa part ? Je l'avais vu m'observer avec un intérêt tout particulier depuis sa loge impériale qui, dans ce théâtre, était conçue pour ressembler à un chapeau de paysan russe. Ce devait être mon costume, jupe en tulle et corset brodé de deux grosses fleurs sur les seins. À moins que ce ne fût ma façon de danser ? Car, si les autres filles avaient incarné ce soir-là une nuée d'oiseaux ou un banc de poissons, on m'avait confié l'adagio, le duo d'amour, mes mains délicatement posées sur les épaules de mon cavalier. Je me rappelle avoir été tellement émue par l'invitation de Nicky, ce soir-là, que j'eus du mal à nouer la ceinture de ma robe blanche ; quant à mes cheveux, ils rebondissaient autour de mon visage comme la perruque du Dr Coppélius. La galerie couverte menant au théâtre était déserte lorsque j'émergeai enfin, la plupart des danseurs étant déjà montés à bord du train qui devait nous ramener à la capitale et on avait éteint toutes les lumières de la salle. J'avais la gorge serrée. Et si Nicky ne venait pas ? Je devrais me rendre à la villa où ma sœur aînée, Julia, danseuse elle aussi, allait retrouver son amant, et lui annoncer en pleurnichant comme un bébé que j'avais raté le train. Ce fut avec hâte que je me dirigeai vers l'allée où j'attendis seule, m'efforçant de lisser mes vêtements autant que mes émotions. Je patientai. Devant moi, s'ouvrait le chemin sablonneux qui s'enfonçait dans l'obscurité. Dans le parc et les jardins au-delà du théâtre, les insectes bourdonnaient par essaims. Nombreuses sont les étoiles en Russie et là, à trente verstes de Péter, le ciel était comme une plaine constellée d'étoiles au-dessus de la terre infertile. Enfin, je perçus le tintement des cloches de la troïka. J'étais suffisamment intelligente pour ressentir une certaine frayeur prémonitoire. Dans quel voyage m'embarquais-je et quelles en seraient les conséquences ? Mais je ne pouvais pas retourner en arrière, je *m'y refusais*. La troïka apparut, ses lanternes dansantes reflétant les étoiles du ciel et les dispersant tout autour du tsarévitch qui scintillait comme un saint ou une iconostase. Il me tendit la main avec un sourire et me hissa sur la banquette auprès de lui pour notre folle balade à travers le terrain de manœuvres et le petit village où, comme par décret, toutes les rues et avenues étaient vides. Ces rues, ce village, ces villes, la Russie elle-même, un sixième de la terre sur cette planète lui appartiendraient (bientôt) et, quand j'étais avec lui, ils m'appartenaient aussi. Que cherchait-il à me montrer, ce soir-là, en me menant à travers la campagne (en me *ravissant*, lus-je plus tard dans son journal intime) ? Les alentours ou lui ?

Conduire une troïka n'est pas facile. Des trois chevaux, seul celui du milieu porte les rênes et il faut toute la force et l'habileté du cocher pour diriger correctement le véhicule. Nous, les Russes, adorons la vitesse et Nicolas faisait étalage de ses talents sur les courses d'obstacles du village et du terrain de manœuvres. Il cherchait à m'impressionner. Il me souriait sans quitter des yeux les bêtes, la route poussiéreuse humidifiée tout au long de la journée grâce aux barils d'eau hissés depuis la rivière et, maintenant, par la rosée du soir. À présent, c'était moi qui n'osais pas le regarder, bien que je l'observasse à la dérobée. Sans conteste, il était la beauté de la famille. Il n'avait ni le nez retroussé et les yeux exorbités de sa sœur Xénia ni le visage de vache noyée de sa sœur Olga. Aucune photographie ne rend justice à l'équilibre et à la noblesse de son visage. Et ses yeux !

Quiconque a vu ses yeux bleu pâle n'a pu les oublier. Mais son regard n'était pas qu'un simple outil de séduction. Nicky s'en servait pour sonder les âmes. Si j'avais des yeux de fée, lui avait les yeux d'un dieu.

Le pays croyait alors que ses tsars étaient d'origine divine.

Nous finîmes par nous arrêter chez Ali, l'amant de ma sœur, aux petites heures du matin. Il partageait sa villa avec son ami Schlitter, officier comme lui. Imaginez un peu mon entrée au bras du tsarévitch ! Je n'étais pas la sœur cadette paniquée d'avoir raté son train mais une Vénus triomphante ! Nous soupâmes tous les cinq dans la bonne humeur. Seul homme sans femme, Schlitter fit la grimace et proclamant : *Pas de bougie pour Dieu et pas de fourche pour le diable*, une boutade qui me réjouit car cela signifiait que le tsarévitch et moi formions un couple.

En tout cas pour le moment.

J'appris plus tard que, dans les premiers mois de son mariage hivernal avec la princesse Alix, Nicky l'emmena aussi faire de longues promenades nocturnes en traîneau à travers les rues de Saint-Pétersbourg et sur la Neva gelée.

Quelle sorte d'épouse aurais-je été pour lui ? Aurais-je supporté son avenir – l'emprisonnement, une mort de martyr ?

Je peux vous assurer ceci : si j'avais été son épouse, son avenir aurait été tout autre.

Les talents de notre famille étaient nos diamants, nos rubis, nos perles

AVANT DE SE MARIER – DEUX FOIS –, ma mère fut membre du corps de ballet. Elle était de celles que nous surnommions les « filles du bord de l'eau » – ces ballerines toujours reléguées au fond de la scène et dont les omoplates frôlaient un bout du décor représentant inévitablement un grand lac. Elle quitta le théâtre pour fonder une famille avec Ledé, son premier mari, puis, après le décès de celui-ci, elle épousa mon père, Felix. Elle aurait pu convoler autant de fois qu'elle le voulait tant elle était belle, avec son visage rond et son regard doux. Sur la photo que je conserve d'elle, près de mon lit, elle a le front dégagé et les cheveux coiffés en bouclettes retenues par une tresse en couronne. Elle a aimé ses deux époux et en a eu treize enfants dont quatre de Felix. Je suis la plus jeune.

Papa était célèbre pour sa mazurka. Les Polonais la dansent de deux manières : celle de la petite noblesse, tout en mouvements délicats, et celle de la paysannerie où l'on jette beaucoup son chapeau en tapant des pieds au lieu de glisser sur le sol. C'est en voyant mon père la danser que l'arrière-grand-père de Nicky, Nicolas Ier, avait décidé de le prendre sous son aile. Sur les scènes russes, mon père a incarné tous les rôles majeurs de nos ballets pendant soixante ans, une carrière trois fois plus longue que celle de la plupart des artistes chorégraphiques. Au Ballet impérial, nous formions deux sortes de danseurs : classique et de caractère. Aujourd'hui, bien sûr, aucune compagnie n'a les moyens de ce luxe. La troupe a été considérablement réduite (bien moins de cent) et, quand on monte les grands ballets, le plateau paraît presque vide. À l'époque, grâce à la bourse du tsar, nous étions très nombreux, tous célébrés par le public et par l'empereur. Parfois plus de deux cents d'entre nous remplissaient la scène et, si nous manquions de figurants, le tsar nous prêtait l'un de ses régiments. En plus d'être un excellent danseur, mon père était un remarquable acteur et un fameux comique. Avec son ami Timofei Stukolkin, lorsqu'ils jouaient les deux voleurs dans le ballet du même nom, ils occupaient non seulement tout le plateau mais n'hésitaient pas à caracoler dans la fosse d'orchestre, au grand bonheur des spectateurs.

Quand j'étais petite, mon père m'emmenait parfois le voir danser au vieux Bolchoï de Saint-Pétersbourg. J'aimais déjà le spectacle et le suppliais de l'y accompagner. Quand il refusait, je pleurais. Quand il acceptait, il se plaignait ensuite que je ne dormais pas de la nuit. J'ai harcelé ma mère pour qu'elle me confectionne un costume afin que je puisse danser et poser devant les glaces de notre salle de bal où mon père donnait ses leçons de mazurka. Je me rappelle la toute première fois, une matinée. Comme aujourd'hui, ces spectacles de l'après-midi attiraient des foules d'enfants avec leurs gouvernantes et de vieilles dames à lorgnette. J'avais le privilège de m'asseoir en coulisses dans un balcon réservé aux artistes, un perchoir spécial d'où je pouvais observer l'activité pendant la représentation mais aussi pendant les entractes. Derrière le rideau tombé, les machinistes remontaient l'ancien décor, abaissaient le nouveau, balayaient et lavaient le sol pendant que les habilleuses s'affairaient pour raccommoder les costumes dont les porteurs trépignaient d'impatience. Ce jour-là, j'assistai à une représentation du *Petit cheval bossu* où mon père jouait le rôle de Khan. Tous nos ballets étaient fondés sur les contes de fées français et allemands jusqu'au jour où, avec des amis qui se retrouvaient les samedis après-midi chez Stukolkin, il avait suggéré au chorégraphe Saint-Léon de monter une pièce à partir d'une légende russe. Ce dernier avait haussé les épaules en avouant qu'il n'en connaissait aucune. Sur cette réponse, Stukolkin avait couru chercher un livre dans la bibliothèque de ses enfants. Poussant de côté samovar et tasses de thé, il leur avait lu à voix haute *Le Petit Cheval bossu* d'Erchov tandis qu'un autre traduisait chaque phrase en français à l'intention de Saint-Léon. Ainsi l'histoire de la méchante fille du tsar et d'Ivan le Fou devint-elle un ballet. Quant à Saint-Léon, inspiré, il se mit à prendre des cours de russe et finit par le parler couramment (contrairement à son successeur, l'obséquieux français Marius Petipa). J'étais donc au théâtre et je regardais mon père incarner le vieux Khan des Kirghiz Kazakhs qui désire la jeune tsarine mais découvre, après l'avoir enlevée, qu'elle refuse de se donner à lui. Sa passion le pousse à sauter pour elle dans un tonneau d'eau bouillante et elle épouse Ivan le Fou. Quelques années plus tard, j'interpréterais mon premier rôle d'enfant dans ce spectacle en dansant la bacchanale sous-marine à la fin de l'acte II, quand le cheval et un petit paysan plongent dans la mer à la recherche de l'anneau de la tsarine. C'est là que je fus découverte, dans un tableau rassemblant tous les habitants de l'océan. Lors de l'épisode que je vous raconte, je n'avais que trois ans. Fascinée de voir la nuit devenir jour et le tonnerre dominer le vent sous l'impulsion des machinistes, j'étais si sage que mon père regagna sans moi sa loge pour se démaquiller et parcourut seul le trajet jusqu'à notre demeure, perspective Liteïny. Lorsque ma mère lui demanda : *Où est Mala ?* Il s'exclama : *Ô mon Dieu ! Je l'ai oubliée au théâtre !* Il me retrouva là où je m'étais cachée, sous mon siège, pour attendre la représentation du soir. Tout artiste raconte son premier enchantement au contact de son art ; tel fut le mien.

Après la mort de mon père, je suis tombée sur le journal intime relié de cuir où il avait inscrit de sa belle écriture la liste complète de ses partenaires. Le dernier nom, tout en bas de la page, était le mien, souligné. À la vue de cette marque à l'encre noire, j'ai sangloté car c'était la preuve qu'il était fier de moi malgré mon déshonneur. En effet, si mon existence m'apparaissait comme un grand triomphe, j'étais consciente d'avoir déçu mes parents. Avant la révolution, leurs amis étaient tous, comme eux, des catholiques polonais et aucune des jeunes filles de leurs relations n'aurait eu l'audace de devenir la maîtresse de quiconque. Par la suite, les jeunes filles des meilleures familles arpenteraient les rues de Saint-Pétersbourg pour vendre leur corps en échange d'un morceau de savon. Ma vie privée n'était pas celle que mon père avait souhaitée pour moi. Nous étions fiers de notre statut d'artistes. Mon grand-père dont la voix était si belle que le roi de Pologne l'avait surnommé *mon rossignol,* fut ténor à l'opéra de Varsovie. Mon père rêvait que nous devenions, comme les Petipa ou les Gerdt, une dynastie théâtrale dont tous les membres travaillaient au Mariinski et épousaient des collègues. Mon frère Joseph avait déjà pris pour femme un coryphée, Sima Astafieva. Lui, ma sœur Julia et moi étions tous diplômés de l'école du théâtre impérial. Nous avions incarné les rôles d'enfants dans les ballets de la compagnie : marionnettes, cupidons, nymphes et pages. Quand nous jouions les cupidons, nous portions une couronne brodée de fil d'or ; quand nous étions des nymphes, nous arborions des guirlandes de roses et quand nous devenions sylphides, on nous faisait voler en accrochant à un câble l'anneau cousu au dos de notre robe. Affichant un sourire pour masquer notre terreur, nous nous laissions hisser dans les airs et nous nous efforcions d'exécuter les ports de bras requis. En attendant notre tour d'entrer en scène, nous observions les répétitions de l'après-midi au théâtre Mariinski depuis une baignoire. Le silence et la sensation de vide dans la salle, les énormes chandeliers et les fauteuils en velours recouverts de toiles brunes pour les protéger de la poussière nous intimidaient un peu. Juste avant le spectacle, on nous habillait puis une femme chaperon utilisait des boules de coton pour nous dessiner des ronds rouges sur les joues. Et nous nous élancions sur le plateau. Nous évitions de notre mieux de fixer les spectateurs, les ors, blancs et bleus des quatre balcons, les parterres, les loges, le poulailler, nous nous retenions de respirer les odeurs de chocolat, de cuir et de tabac pour nous concentrer sur notre petit monde. Après nos études, nous avons tous appartenu à la troupe du Ballet impérial. Mon frère était un spécialiste de danse de caractère, ma sœur avait opté pour le classique. Julia avait six ans de plus que moi. On nous appela Kschessinska I et Kschessinska II jusqu'à ce que je la surpasse et devienne simplement La Kschessinska. Les talents de notre famille étaient nos diamants, nos rubis, nos perles. Celui de mon père était si immense qu'on le percevait depuis le plateau et jusqu'en notre demeure.

Pendant son temps libre, il fabriqua une maquette du théâtre Bolchoï Kammeny de Saint-Pétersbourg. L'édifice est aujourd'hui démoli mais le modèle de mon père existe encore, paraît-il, dans un musée de Moscou. Il trône dans une vitrine voisine de celle contenant les minuscules chaussons que je portais pour mon premier spectacle dans la bacchanale sous-marine du *Petit cheval bossu.* Je n'ai revu ni l'un ni les autres depuis quatre-vingts ans. La maquette possédait de véritables feux de rampe, un rideau en velours et un décor en toile miniature que l'on pouvait lever ou baisser en tournant une manivelle (ma sœur Julia, qui voulait tout régir à la maison, me l'interdisait systématiquement en me tapant sur les doigts dès que je m'en approchais). Mon père construisit aussi un grand aquarium installé près des fenêtres du salon. Des pierres imitant des ornements de jardin en jonchaient le fond et les poissons y nageaient comme des femmes vêtues de robes multicolores entre les piliers de ce domaine subaquatique. Ce fut mon père, encore, qui décora les pièces de notre vaste appartement du 38, perspective Liteïny à Saint-Pétersbourg et de notre datcha à Krasnitski où il démolit les murs de la salle à manger pour l'agrandir et construisit une *bania* sur la rivière. Cette propriété comprenait une ferme, un verger, un potager et, au-delà, une épaisse forêt où les champignons poussaient en abondance. Nous n'étions pas riches mais l'argent que mon père gagnait en tant que soliste et en donnant des cours privés aux enfants de la noblesse, et même de la famille impériale, nous permettait de vivre confortablement.

Il transformait Noël et Pâques en fêtes éblouissantes. La veille de Noël, nous jeûnions jusqu'à l'apparition de la première étoile dans le ciel, après quoi nous nous gavions des treize plats de poissons qu'il avait préparés. Bien que nous ayons une cuisinière, mon père, véritable cordon-bleu, nous confectionnait à cette occasion sa recette secrète de soupe de poisson à la crème, un plat polonais. Il s'affairait devant ses fourneaux pendant que nous, les enfants, jouions à *rucheyok*, une variante du pont de Londres et à *slon*, saute-mouton. Bougies et poires en verre étincelaient sur notre sapin saupoudré de guirlandes argentées auxquelles se mêlaient étoiles et anges en papier doré. Au Nouvel An, nous buvions du punch suédois bien chaud et dégustions des tartes aux pommes. Pour Pâques, mon père confectionnait douze *koulitchs*, un pour chaque apôtre. Ressemblant à un chapeau haut de forme, chaque gâteau était glacé de manière différente et enjolivé de fruits confits et de bonbons. Je longeais la table du buffet pour admirer chacun d'entre eux : des tranches de fraise en fleur de lis sur celui-ci, du sucre glace en guise de crête de vague sur celui-là, des drapeaux microscopiques sur le pourtour d'un autre. En France, les vieux immigrés russes cuisent leur *koulitch* dans des boîtes à café pour les faire lever.

Aux yeux de mon père, le monde était un théâtre et, pour mon anniversaire en août, il décuplait ses efforts. Ce mois-là, nous le passions dans notre datcha et le festin qu'il nous concoctait était toujours suivi d'un feu d'artifice de son invention. À la table des desserts, je prenais la place d'honneur. Une année, il a accroché une couronne de fleurs à une ficelle passée à travers un anneau au plafond et, lorsqu'on m'a servie, il l'a abaissée sur ma tête, sous les applaudissements de tous. Même les paysans des villages alentour qui moissonnaient nos champs et prenaient soin de nos vaches apportaient des cadeaux, des paniers d'œufs nichés dans des serviettes en lin brodées d'une petite croix rouge. Ils présentaient leurs offrandes en s'inclinant solennellement. À peine dix ans plus tôt, avant d'être émancipés par Alexandre II, le grand-père de Nicky, certains d'entre eux étaient encore des serfs. Ils avaient conservé leurs manières d'antan.

Durant ces longues journées de récolte, de battage de seigle, de cueillette de champignons et de mûres, la vie des moujiks et celle des maîtres se soudaient. Le temps d'un été, enfants de fermiers et de nobles devenaient camarades de jeux. Qui ne se souvient d'avoir joué au *gorodki* avec des blocs de bois ou une batte et une balle, au *babki* avec un bout de métal, au *bory* (chat perché) ? Le dimanche, ils se joignaient à nous pour le déjeuner ou le thé mais, après que nous étions repartis pour Saint-Pétersbourg, ils restaient dans leurs champs au bord de la rivière Orlinka pendant que je perfectionnais mon art. Un été, je pris tellement de poids après tous ces repas gargantuesques qu'à mon retour à l'école, mon professeur me reprocha d'être devenue *regrettablement grosse.* Mais que faire à la campagne sinon jouer et manger ? C'étaient les paysannes qui, nurses et nourrices, élevaient les enfants des nobles, leur enseignaient le folklore, leur racontaient les contes de fées, jouaient avec eux aux cartes et au loto, les couchaient le soir, les accompagnaient de la campagne à la ville et inversement, pleuraient lorsqu'ils partaient pour le lycée ou l'armée. Ensuite, lorsqu'elles prenaient de l'âge, ces familles les aidaient à leur tour. Serge Diaghilev n'a pas hésité à emmener sa gouvernante lorsqu'il s'est installé, adulte, à Saint-Pétersbourg !

Nos moyens étant plus modestes, nous n'en avons jamais eu. Mon père et ma mère nous ont élevés avec amour et dévotion. Ai-je tort d'affirmer que, parmi les quatre enfants qu'il a eus de ma mère, j'étais la préférée de Felix ? Mes parents ne sont plus là depuis longtemps, leurs visages sont réduits en poussière dans leur tombe. Mon frère Joseph est mort en 1942, mon frère Stanislas, il y a presque un siècle, en 1864, à l'âge de quatre ans et huit années avant ma naissance. Cette réalité me fascinait – un frère que je n'avais jamais connu – et je contemplais pendant des heures la photo que ma mère conservait de lui dans un cadre en argent sur sa coiffeuse, avec l'impression qu'un jour je ferais sa connaissance. Il lui ressemblait beaucoup alors que le reste d'entre nous avait hérité des traits de notre père : figure longue, nez droit, yeux rapprochés. Ma sœur Julia a vécu jusqu'à l'âge de cent deux ans. Elle est décédée le lendemain de la veillée du Noël russe, il y a deux ans, le 7 janvier entre dix-neuf et vingt heures, ici même, dans cette pièce. En effet, après la disparition de nos maris, nous avons décidé de vivre de nouveau ensemble, comme du temps de notre jeunesse. Mon père a tenu bon jusqu'à quatre-vingt-trois ans. La longévité est une caractéristique de notre famille, contrairement aux Romanov. Cependant, vivre longtemps implique de voir partir tous ceux que l'on aime et, quand la mort se présente enfin, on est plus que prêt.

J'ai eu deux accidents cérébraux cette année. Je dicte mes courriers puis je les signe de mes initiales, MRK, d'une main tremblante. Autrefois, mon écriture était minuscule alors qu'à présent, elle est large et relâchée comme celle d'un enfant. Il m'est impossible de mettre ces souvenirs noir sur blanc mais je ne veux pas demander de l'aide tant que je ne saurai pas avec certitude ce que je souhaite partager. Nous sommes si peu à pouvoir évoquer ce passé. Après la révolution, trois millions d'entre nous ont fui à Berlin, Paris, New York, où nous nous sommes raccrochés les uns aux autres. Nous nous parlions en russe, nous lisions Bounine, Tolstoï, Akhmatova, pas les traîtres qui avaient adoré les bolcheviks mais ceux qui nous rappelaient notre existence d'autrefois. Nous savourions des petits déjeuners russes – thé, crème, jambon, fromage, œufs durs. Ensemble, nous assistions à la messe de minuit de Pâques, nous nous rendions dans les théâtres où se produisaient désormais les chanteurs et les musiciens du tsar. Chaque été, nous partions pour la Riviera dans l'espoir de revivre ce que nous avions connu. Notre expression préférée était *comme avant*. Tout ce que nous faisions, nous nous efforcions de le faire *comme avant*. Nous attendions que la Russie que nous aimions nous soit rendue. Mais la mort nous a emportés les uns après les autres et nos enfants devenus adultes dans ces villes étrangères ignorent ce qu'étaient Saint-Pétersbourg et Moscou avant de *disparaître dans la nuit*, comme dit le poète Ivanov. Pourtant, si je ne dis rien, certaines choses ne seront jamais connues et, quand j'aurai complètement perdu la mémoire, je ne les saurai plus non plus. Tout ne sera que rumeur, c'est-à-dire rien d'autre que la fin d'une vérité qui s'éclipse.

Le tsarévitch et moi, nos aventures après cette promenade en troïka, le moindre de ces souvenirs m'habite alors que je ne me rappelle même plus le nom des fillettes à qui j'enseignais le ballet, il n'y a que sept ans.

La coqueluche de la cour

À NOTRE RETOUR DE KRASNOÏE SELO, le tsarévitch me rendit visite pour la toute première fois chez mes parents. Ma sœur et moi jouissions d'un petit boudoir contigu à notre chambre avec une deuxième porte qui s'ouvrait directement sur le couloir central. Cette installation nous permettait de recevoir dans une certaine intimité. Âgées respectivement de dix-huit et vingt-quatre ans, nous étions autorisées à accueillir nos invités mais pas à les nourrir : nous étions encore chez nos parents et la cuisinière ne répondait qu'à leurs ordres ! Toutes deux, comme notre père, adorions nous amuser et, comme Julia avait six ans de plus que moi, nos parents lui confiaient à la fois le rôle d'hôtesse et celui de chaperon lorsqu'ils s'éclipsaient pour la soirée. Certains des jeunes officiers de la Garde qui nous avaient vues au théâtre étaient devenus nos admirateurs et nous rendaient visite les soirs où nous ne dansions pas. Nous étions désormais des adultes et, en quittant les dortoirs, nous n'avions plus besoin de crier notre nom depuis la calèche. Les hommes pouvaient nous reluquer sur la scène et venir nous voir à la maison. Julia avait créé un précédent avec Ali. Le baron Alexandre Zeddeler, officier du régiment Preobrajenski dont la famille servait la couronne depuis cent ans, était devenu son protecteur officiel. Elle n'avait pas choisi d'aimer un danseur et moi qui la copiais en tout point, je ferais comme elle. Je ferais même mieux. Là-dessus comme sur tout le reste, j'étais décidée à la surpasser. J'étais plus jolie, mes promotions arrivaient plus rapidement. Donc, si elle avait un baron, j'aurais un tsarévitch. Il n'existe pas de plaisir plus grand que de remporter une compétition contre sa sœur ni de chagrin plus immense que de la voir souffrir à cause de sa défaite. Dans mon journal intime de cette année-là, j'écrivis à propos de Nicolas : *Il sera mien !*

Un soir du mois de mars, la bonne ouvrit la porte du boudoir pour nous annoncer l'arrivée de l'officier Eugène Volkoff mais ce fut Nicolas Romanov qui franchit le seuil dans un long manteau gris. Elle n'y vit que du feu. Certes, elle n'avait jamais étudié de près le visage du tsarévitch et, pour être juste, Volkoff et Volodia Svetchin, amis de Nicolas, lui ressemblaient tant qu'on les confondait souvent. Coiffé et barbu comme Nicky, Svetchin s'amusait beaucoup de ces moments où les Pétersbourgeois, le prenant pour l'héritier de la couronne, se redressaient à son passage et fixaient un point devant eux (on ne devait pas regarder le souverain dans les yeux). Nicky pouvait donc parfois se déplacer sans être repéré. Si l'empereur avait surgi devant vous sans prévenir, l'auriez-vous reconnu ? À la tête d'une grande sortie du Palais d'Hiver, entouré de carrosses, de cosaques et de grands-ducs en uniforme, probablement. Sans toute cette mise en scène, peut-être pas. Les propres gardes de Nicky ne l'identifiaient pas toujours. Des années plus tard, au cours d'une marche en Crimée pour tester le nouvel uniforme de ses soldats, il fut arrêté par une sentinelle au portail de son propre domaine : *Vous ne pouvez pas passer*. Le tsar de toutes les Russies tourna les talons sans se plaindre et battit en retraite.

Difficile de croire, sans doute, que les visages du souverain et de son héritier ne fussent pas connus de tous leurs sujets. Les appareils photo n'étaient pas encore répandus. J'ai très peu de photos de moi avant l'âge de trente ans et, si les membres de la famille impériale possédaient chacun un album, ils ne les montraient jamais. Le tsar apparaissait rarement en public. Les portraits officiels diffusés pour pallier son absence se réduisaient souvent à des photographies peintes ou à des lithographies colorées aux images fortement idéalisées. Ma bonne ignorait donc que cet homme était le tsarévitch et celui-ci ne tenait pas à se présenter car ses intentions n'étaient guère (ne seraient jamais) honorables. Toutefois, à l'époque, cela m'était égal et ce « monsieur Volkoff » et moi passâmes la soirée à badiner gaiement comme je savais si bien le faire depuis l'âge de quatorze ans (mon premier flirt fut un Anglais, McPherson, venu séjourner un été dans notre datcha ; ses fiançailles furent compromises par mes assiduités). Je dus séduire le tsarévitch car, le lendemain, sur un papier ivoire frappé d'une couronne dorée flottant au-dessus de son monogramme bleu-vert, il m'écrivit : *Depuis notre rencontre je suis sur un petit nuage.* Je l'avais conquis comme j'avais subjugué McPherson. Nicky s'exprimait toujours mieux par lettre que de vive voix, bien que cela ne transpire pas dans ses journaux intimes, aussi secs et monotones qu'un rapport d'inspecteur de police.

Après cette première visite chez moi – il avait pourtant confié à Volkoff qu'il craignait de s'y sentir mal à l'aise car j'habitais chez mes parents –, il revint encore et encore. Dans le boudoir, mes parents n'intervenaient pas. Pouvait-on faire remarquer au tsarévitch qu'il était tard ? Que le climat devenait trop frivole ? Car si Nicky venait parfois seul, il se présentait souvent avec ses camarades officiers, le comte André Chouvalov, le véritable Eugène Volkoff, le baron Zeddeler et même ses jeunes cousins, sans oublier les grands-ducs Georges, Sandro et Serge Mikhaïlovitch. Ces derniers avaient constitué avec Nicky le « Club des patates », une plaisanterie pour initiés. Un jour, lors d'une balade équestre, plusieurs d'entre eux avaient lâché leurs chevaux dans un champ de pommes de terre et les autres, les ayant perdus de vue, avaient interpellé un fermier : *Où sont-ils passés ?* Ce à quoi l'homme leur aurait rétorqué : *Ils se sont transformés en patates !* Pour officialiser cette confrérie, chacun portait autour du cou un pendentif en or en forme de pomme de terre.

Le plus beau des Mikhaïlovitch était Sandro. Doté d'un sens inné de la repartie et d'une ambition féroce, il poursuivait Xénia, la sœur de Nicky, sa cousine issue de germaine. Le plus ennuyeux était Georges, ténébreux, collectionneur de pièces de monnaie. Ils avaient un autre frère, Nicolas, qui aimait mieux les hommes ; historien renommé, celui-ci fut assassiné par Lénine sous prétexte que *la révolution n'a pas besoin d'historiens.* Parmi eux, c'est Serge que je préférais. Les traits fins, les cheveux blonds, les yeux pâles très écartés, il était le plus amusant de tous malgré ses sautes d'humeur ; il adorait faire des blagues et proposer des escapades. En ce temps-là, son expression favorite était *Tant pis !* Dans notre demeure, la joie était de mise. Ensemble, nous riions, bavardions, jouions au baccarat, tapions dans nos mains au rythme des chansons du Caucase que nous chantaient les Mikhaïlovitch. Ils les connaissaient bien car leur père avait servi pendant vingt ans à Tbilissi comme gouverneur général. Cette province de la Russie était si proche de la Turquie et de la Perse que, par les fenêtres de leur palais de style italien, ils pouvaient contempler la perspective Golovinsky où circulaient mules et chameaux, hommes en fez noir et femmes chapeautées de hautes coiffes en velours, enjolivées de foulards. Ils cheminaient de leurs huttes en paille ornées de tapis ou de leurs cases en terre séchée jusqu'au palais où le père de Serge prévoyait quarante couverts pour le dîner, chaque soir. Le gouverneur général possédait par ailleurs un domaine de 80 000 hectares à Borjomi, si vaste qu'une journée entière ne suffisait pas pour le parcourir en largeur. L'imposant mont Kazbek trônait tel un Bouddha tout au bout de la grande steppe, rappelant par sa taille où se trouvait la place de chacun.

Les Romanov ne surent jamais où était la leur jusqu'à ce que la révolution la leur montrât. Le reste de la famille regardait les Mikhaïlovitch légèrement de travers, comme si leurs longues années passées dans le Caucase les avaient rendus aussi indomptables que les Géorgiens qu'ils administraient. Le père de Nicky avait essayé de toutes ses forces de russifier cette partie du pays, désavouant la langue de ses peuples, obligeant les élèves à ne parler que le russe sous peine d'être envoyés toute la matinée au coin – comme le jeune Staline – où ils devaient soutenir une lourde planche de bois. Mais la langue géorgienne avait survécu et les Mikhaïlovitch l'avaient apprise. Je me rappelle une chanson, obsédante par ses sonorités orientales, à propos d'une reine dont la voix mélodieuse attirait à elle les amants comme une sirène de la mythologie, bien qu'elle fût installée non pas sur des rochers au bord de l'océan mais sur son lit dans un château, au bord de la rivière Terek. Une fois rassasiée de la beauté de ces hommes, elle les assassinait et jetait leur cadavre dans les eaux vives.

Des trois frères, Serge avait le timbre le plus riche et, lorsqu'il entonnait le couplet, il me regardait droit dans les yeux comme si j'étais la sirène au cœur de glace ! Nicky m'avait confié que Serge était tombé amoureux de sa sœur Xénia mais s'était effacé au profit de Sandro, qui la pourchassait agressivement et qu'elle semblait lui préférer. Il est vrai que Serge était moins séduisant, ce qui explique probablement que Xénia eût jeté son dévolu sur Sandro. Souvent, les femmes le taquinaient, telles des brutes dans une cour de récréation en lui demandant : *Pourquoi êtes-vous si laid ?* (Il ne l'était pas.) Dissimulant sa peine, il rétorquait : *C'est là tout mon charme.* Serge était-il maintenant épris d'une jeune fille qui ne pouvait pas lui appartenir ?

Car Nicky me courait après et c'était clair pour tout le monde. Il venait chez moi et au théâtre où il voulait me voir – en bergère à bord d'une calèche dans *La Dame de pique* ; en petit chaperon rouge qui fuit le loup dans *La Belle au bois dormant*. Un soir, un panier à la main et un foulard sur la tête, le tsarévitch nous divertit en imitant mon personnage du petit chaperon rouge puis celui du loup, donnant des « coups de pattes » dans le tapis avec la pointe de ses bottes et tournant la tête pour nous observer en coin. Il connaissait tous les rôles, petits et grands, de l'opéra et du ballet. Plus tard, dans sa villa de Krasnoïe Selo, il fit installer une ligne de téléphone directe avec le théâtre Mariinski pour pouvoir écouter les opéras pendant ses séjours au camp. Nicky mima le loup s'emparant de la fillette et la hissant sur son épaule, immobilisant d'un bras ses jupons fictifs, maîtrisant ses coups de pieds imaginaires. De temps en temps, il m'appelait *mademoiselle Chaperon Rouge* en me toisant, le visage grave. *Que faisiez-vous dans ces bois, mademoiselle Chaperon Rouge ?*

À force de rire, nous étions assoiffés et je quittais le boudoir sur la pointe des pieds pour aller chercher du champagne que je servais dans des verres chapardés à l'office. Ces soirées pouvaient se prolonger jusqu'à cinq heures du matin. Nous autres Russes, aimons les fêtes qui durent indéfiniment ; ensuite, nous dormons jusqu'à midi. Toutefois, un jour, nos agapes furent écourtées quand le préfet de police vint nous annoncer que l'empereur était fou de rage après avoir découvert l'absence de son fils. Exaspérant Nicky, un policier le suivait partout où il allait pour rapporter toutes ses activités au tsar. Apparemment, l'enfant efféminé qu'Alexandre III avait surnommé *fifille* s'était métamorphosé en un jeune homme un peu trop libertin à son goût. Un libertin qui s'interrogeait pourtant dans son journal intime : *Qu'est-ce qui ne va pas chez moi ?* lorsqu'il dormait chaque jour jusqu'à midi et au-delà. Quant à ma propre métamorphose, si elle agaçait mon père, elle l'inquiétait encore plus. Quels risques allais-je prendre ? Quel acte impétueux allais-je commettre ?

Cependant, entre Nicky et moi, il n'y avait encore rien eu d'« intime » hormis un bref épisode dans le vestibule : un soir, il enfilait son pardessus en laine et, pour rire, m'attira entre les pans comme pour les refermer sur moi. Il sentait l'eau de Cologne (bergamote, romarin, cuir) ; moi, mon parfum à la violette. La chaleur à l'intérieur du manteau fit comme exploser ces fragrances. Je tirai avec mes dents sur un fil sur sa chemise. Nicky en profita pour me bloquer et m'embrasser. J'aurais volontiers avalé sa langue puis tous les boutons de sa capote, l'un après l'autre, si j'avais pensé que cela m'aurait permis de rester ainsi tout contre lui, ne fût-ce qu'une minute de plus. Enfin, il commençait à me faire vraiment la cour ! Mais à mon immense frustration, il continua d'avancer à tâtons avec moi, davantage par le biais épistolaire que par les caresses. *Pardonnez-moi, divine créature, d'avoir troublé votre repos.* Je savais que cette phrase était de Pouchkine car je l'avais lu – tous les Russes le lisent. Ses vers sont si accessibles que même une jeune fille inculte comme moi pouvait les savourer. Les mots n'étaient pas de Nicky mais je les chérissais malgré tout. Certes, j'étais naïve. Un soir après la représentation de l'opéra *Tarass Boulba* (dans lequel la passion du héros pour sa bien-aimée l'incite à abandonner son père et son pays), il m'écrivit : *Pensez à ce qu'André a fait pour l'amour d'une jeune Polonaise.* La vérité fut tout autre : jamais Nicky ne tournerait le dos ni à son trône ni à la Russie par amour pour la danseuse polonaise Kschessinska II. J'étais touchée mais vaguement déçue. Pour moi, habituée à la force animée de la danse, au contact de deux corps, les mots, quels que fussent les sentiments qu'ils exprimaient, semblaient aussi plats que le papier sur lequel ils étaient couchés. Comment les faire tenir debout ?

Si je m'interrogeais sur la meilleure façon de résoudre ce problème, les attentions du tsarévitch à mon égard n'étaient pas passées inaperçues auprès de l'administration du théâtre. La direction décida donc de me confier des rôles de plus en plus importants. En 1890, j'étais coryphée et je dansais la fée Candide dans *La Belle au bois dormant*. Devant l'éclosion de mon talent et l'intérêt que me portait l'héritier de la couronne, je fus rapidement promue sujet puis danseuse étoile. En 1893, un an après la première visite du tsarévitch, je faisais mes débuts dans le rôle d'Aurore. J'étais la première ballerine russe à l'interpréter. En effet, le directeur des théâtres, Vsevolojski, et le maître de ballet, Petipa, étaient désireux de plaire car seul comptait le plaisir des Romanov. Un jour, mécontent de notre « galop infernal » qui clôturait toujours la saison à Krasnoïe Selo, le grand-duc Nicolas Nikolaïevitch monta carrément sur la scène en pleine répétition pour nous faire une démonstration ! Tout était mis en œuvre pour satisfaire les goûts de cette cour dont j'étais soudain devenue la coqueluche.

Soyons francs. Je ne sautais pas bien, je n'étais nullement éthérée. J'avais les pieds plats. Mes jambes étaient trop courtes (pour masquer ce défaut je portais des tutus spécialement conçus à buste court et jupe longue). Cependant, mon public ne s'attardait pas sur ces imperfections. Il voyait seulement mon audace, ma rapidité, ma brillance. J'étais ce que l'on appelle une danseuse « terre à terre », j'attaquais le sol avec mes pointes. *Un vrai diamant*, disait-on de moi. J'irradiais la lumière. Et je dansais pour une cour qui n'aimait que les brillants, les paillettes, l'or. En plus de ma technique exceptionnelle, j'avais ce « petit quelque chose » d'ineffable qui fait d'une danseuse une étoile. Quand je surgissais sur la scène, on ne regardait plus que moi jusqu'à ce que je la quitte. Décors, interventions diverses, divertissements par les solistes ou le corps de ballet... rien ne parvenait à distraire les spectateurs de l'attraction que j'exerçais. De surcroît, j'étais comédienne, si c'est le terme que l'on emploie pour expliquer ce qui se passe quand on s'imprègne complètement d'un rôle et des pas qui l'accompagnent, de la toile de fond peinte, du visage fardé de son partenaire au point qu'ils paraissent plus réels que les murs de la salle, les hommes et les femmes qui y sont assis. Personne n'a jamais oublié mon Odette, reine des cygnes tragique et ensorcelée, ni mon Esméralda, pauvre gitane trahie par Phébus. Quand j'interprétais cette dernière et que je levais les yeux vers les cieux au dernier acte, ma douleur et ma jalousie se changeant en résignation, pas un spectateur ne restait indifférent au désespoir que j'exprimais. Ma douleur resplendissait. J'épinglais sur mes cheveux une perruque réalisée par Delacroix, le plus grand coiffeur de l'époque. À mes poignets, à mon cou, j'accrochais des bijoux en verre coloré au début puis, plus tard, les véritables joyaux que m'offrirent mes admirateurs. Je laçais sous mon costume un de ces corsets en os de baleine qu'une boutique de Saint-Pétersbourg fabriquait spécialement pour moi. Difficile de se pencher quand on est ainsi enserrée mais la mode était aux dos très droits, à la scène comme à la ville. Au tournant du siècle, Michel Fokine et les nouveaux chorégraphes, pionniers d'un style de danse plus libre et plus fluide, se moqueraient de moi. Dans *Petrouchka*, la poupée ballerine au corps raide était en fait une caricature de moi, inventée par Fokine (au nez crochu) et sa petite amie, cette garce vantarde de Bronislava Nijinska. Polonaise comme moi, elle avait un frère, Vaslav, qui deviendrait beaucoup plus célèbre qu'elle malgré ses grands airs. Plus tard, lorsqu'elle rejoignit avec lui les Ballets russes de Diaghilev, elle réussit à convaincre les danseurs plus âgés de ne plus porter leurs pierres précieuses sur scène sous prétexte qu'elles juraient avec le personnage et le costume. Mais, en 1890, nous dansions en corset des ballets du XIXe siècle en trois actes pour les empereurs, les kaisers et les rois.

Le public en avait assez de vénérer musique, opéra, littérature, langues française, italienne et allemande. Où étaient les nôtres ? Au début du XIXe siècle, un jeu de salon, où les participants n'avaient le droit de converser qu'en russe, devint très à la mode. Si l'on prononçait par erreur un mot français, tout le monde s'écriait *Forfaiture !* – en français ! Car il n'existe aucun mot pour le traduire en russe. Ce fut Pouchkine qui, dans les années 1830, nous donna notre langue. Mais en 1890, le ballet russe était encore dominé par les Européens : danseurs italiens, maîtres de ballet français comme Didelot, Perrot, Saint-Léon et Petipa. Malheur à ce pauvre Lev Ivanov qui avait l'infortune d'être russe, donc méprisé et sous-payé en tant qu'assistant d'un Français ! Qui admire le ballet italien ou français, aujourd'hui ? C'est la Russie, sous le règne des Romanov, qui perfectionna cet art et ce fut moi sa première étoile, et non l'une de ces Italiennes importées pour incarner les rôles de ballerines pendant que les Svetlana, Catherine et autres Olga posaient derrière elles. Je fus la première à apprendre les astuces de Zucchi et Grimaldi, de Brianza et Legani, le « fouetté », la « double pirouette », l'« entrechat sept royal ». Après mes débuts en janvier 1893 dans le rôle d'Aurore de *La Belle au bois dormant,* Tchaïkovski en personne vint me voir dans ma loge pour m'annoncer qu'il voulait créer un ballet pour moi. C'était comme si Dieu me rendait visite. Sur le seuil, il s'inclina, le visage très rose, sa barbe et ses cheveux presque blancs, ses lunettes cerclées de noir, sa main droite tripotant le pince-nez qu'il portait toujours au bout d'un cordon noir. Dans son sabir habituel de français et de russe, il loua mon interprétation d'Aurore. Il n'avait que cinquante-deux ans. L'année précédente, pour la cinquantième de *La Belle au bois dormant*, nous lui avions présenté sur scène une couronne de feuilles de laurier en or. C'était ainsi qu'en Russie tsariste, nous honorions nos artistes. Avec faste et cérémonie. Je m'en souviens fort bien car il me revint l'honneur de lui offrir ce présent. Trop occupée à flirter avec un trio de grands-ducs, j'étais arrivée en retard et les membres de la troupe étaient furieux contre moi mais ne pouvaient rien me dire ! Tchaïkovski était convaincu d'avoir de nombreuses années devant lui pour monter de nouveaux ballets avec le grand Petipa, des spectacles, des « féeries ». Associé à Vsevolojski et à Petipa, il a créé les trois chefs-d'œuvre du répertoire classique : *La Belle au bois dormant*, *Casse-Noisette* et *Le Lac des cygnes*, aujourd'hui dansés par les compagnies du monde entier. Sur tous les continents, les jeunes filles s'exercent aux « battements » et aux « tendus » au son d'extraits de ces musiques.

(Tchaïkovski était si gentil avec les élèves !) Après la première représentation de son *Casse-Noisette* en 1892, il envoya à l'école deux énormes paniers de friandises destinés à tous les enfants qui avaient dansé dans son ballet. Petipa lui envoyait ses notes car ils travaillaient chacun de leur côté. Puis, au cours des répétitions sur notre modeste scène, il demandait au musicien de raccourcir ou de rallonger les pièces en fonction de ses chorégraphies... toujours avec déférence. Aucun autre compositeur n'aurait accepté de travailler ainsi, de tailler dans ses phrases musicales. Au début, la réputation de Tchaïkovski souffrit de son intérêt pour le ballet. En général, c'étaient des nègres comme Pugni, Drigo ou Minkus, compositeurs et chefs d'orchestre salariés par le théâtre, qui écrivaient nos musiques. Qui les écoute, à présent ? Personne. En revanche, tout le monde sait fredonner quelques mesures de Tchaïkovski. Pour *La Belle au bois dormant*, Petipa lui transmit ces consignes : *Sur un nouveau coup de baguette magique de la fée, Aurore apparaît. 6/8 sur 24. Un adagio voluptueux. Allegro coquet, 3/4 sur 48. Variation d'Aurore.* À partir de ces détails, Tchaïkovski rêva une partition richement brodée. Savez-vous ce qu'Alexandre III lui dit après la couturière de sa magistrale *Belle au bois dormant*, devant un parterre d'invités royaux ? *Très joli.* Peut-être avait-il vu le personnage du roi Florestan, incapable de surveiller correctement ses courtisans et, par conséquent, condamné par la cour à dormir pendant cent ans, comme une satire de lui-même ? Tchaïkovski boudait pendant des jours, convaincu à chaque fois que ses triomphes étaient des échecs. Après la première de son opéra *La Dame de pique*, il déambula dans les rues, désespéré, jusqu'au moment où il entendit trois jeunes officiers chanter quelques mesures d'une de ses arias. Quelle musique aurait-il créée pour moi ? Quelle histoire aurait-il inventée pour mettre en valeur mes talents ? (Car il imaginait aussi l'argument de ses ballets. Celui du *Lac des cygnes* est son pastiche personnel des contes de fées et de quelques morceaux d'opéras wagnériens.) *Ondine*, peut-être, qu'il envisageait de composer depuis 1886 ? Je ne le saurai jamais. Tchaïkovski est mort lors de l'épidémie de choléra qui a sévi plus tard, cette année 1893. En dépit des énormes affiches placardées à travers la ville pour déconseiller aux citoyens de boire de l'eau non bouillie, il avait demandé un verre dans un restaurant et l'avait bu comme un homme qui souhaite mourir. Cette révélation me stupéfia, moi qui étais si jeune et ignorais tout des affres de l'amour. Quand je me rendis à l'appartement de son frère Modeste, où Tchaïkovski gisait en costume noir dans une bière nappée de satin blanc, j'eus du mal à comprendre comment un être de son âge, si exceptionnel, avait pu encore se laisser emporter par la passion. Je savais qu'il aimait les hommes mais je n'appris que plus tard son amour interdit pour son neveu et – pire qu'interdit – un amour à sens unique. Cette désespérance serait-elle aussi la mienne ? Avant de baiser son front pâle dont toutes les sombres pensées s'étaient effacées, un préposé essuyait le nez et la bouche du compositeur avec un tissu imprégné de phénol. Puis, après l'avoir embrassé une dernière fois, nous devions cracher dans notre propre mouchoir. Était-ce sa maladie ou son tourment que nous craignions de contracter ? L'empereur autorisa des obsèques à la cathédrale Notre-Dame de Kazan pour lesquelles il fallut se procurer un billet, comme au spectacle. Mais pour l'au revoir destiné aux intimes, à ses camarades artistes, personne n'eut besoin d'un ticket d'entrée.

Tchaïkovski n'a jamais composé de ballet pour moi mais il me restait de nombreux autres personnages à incarner. L'un de ceux que je convoitais tout particulièrement était celui d'Esméralda, le rôle-titre du ballet *Notre-Dame de Paris*, inspiré du roman de Victor Hugo, une gitane que son grand amour, Phébus, quitte pour une autre femme. J'avais beau le briguer, je ne le danserais pas avant 1899. Je n'avais pas encore appris à m'adresser au tsarévitch pour obtenir ce que je voulais au théâtre. À vingt ans, j'étais encore une jeune fille docile qui obéissait au régisseur, au maître de ballet, au directeur. Je mourais d'envie d'incarner la gitane mais Petipa me le refusait. *Écoute, ma fille*, me dit-il quand je le suppliai une fois de plus… Il était en Russie depuis cinquante ans et continuait à s'exprimer en français. Ce n'était pas un problème pour la cour qui parlait couramment cette langue mais ça l'était pour nous qui, hormis les termes spécifiques au ballet, préférions nous exprimer en russe. Pas étonnant que Petipa fût un aussi bon mime ! En un russe balbutiant, il me demanda : *Es-tu amoureuse ?* Je lui assurai que oui et il caressa sa moustache lissée à la cire. *Tu souffres ?* Je répliquai : *Bien sûr que non !* Mauvaise réponse. Seule une artiste qui comprenait la douleur indissociable de l'amour pouvait danser Esméralda, m'expliqua-t-il. Il parlait en connaissance de cause. Il s'était marié deux fois et avait eu des aventures avec tout le monde, de l'habilleuse à la danseuse étoile.

Un jour, je souffrirais et, ce jour-là, Esméralda deviendrait mon plus grand rôle.

Elle était sa poupée animée

EN 1892, JE NE SOUFFRAIS PAS ENCORE. Le tsarévitch me rendait visite à la maison, m'envoyait des roses et des orchidées dans ma loge et, le dimanche, aux courses de l'école d'équitation Michel, il m'offrait de petits bijoux : une broche en or, une paire de boucles d'oreilles en émeraude. Je commençai par les refuser puis finis rapidement par les accepter en voyant à quel point mes refus l'attristaient. Et, au fond, j'en avais très envie. La timidité et l'innocence de Nicky faisaient bon ménage avec ce prélude prolongé. Mon désir pour lui n'était pas encore celui d'une femme pour un homme mais plutôt celui d'une enfant pour le trophée qu'elle pourrait agiter avec allégresse devant les autres. Mes parents se tranquillisèrent en constatant combien son intérêt pour moi profitait à ma carrière. Les possibilités que leur promettait une telle liaison émoustillaient mon frère et ma sœur. Si je recevais les attentions du tsarévitch à la ville, je les étalais aussi sur scène et le fait d'être la préférée du futur empereur ajoutait à mon charme ainsi qu'à celui de toute ma famille. Les abonnés se battaient pour obtenir des billets les soirs où les quatre Kschessinski dansaient ensemble dans le même spectacle. Une fois, dans *La Belle au bois dormant*, mon père interpréta le roi Florestan XIV, moi,

Aurore, ma sœur un page de la Fée des lilas et mon frère Joseph le prince Fortuné, « porteur » de Cendrillon dans le divertissement de l'acte III.

Puis un soir, au théâtre, entre les actes II et III de *Coppélia*, je devins brutalement adulte. Nous sortions de scène, moi dans le rôle de Swanilda, habillée comme la poupée Coppélia, et Stukolkin, l'ami de mon père, dans celui du docteur Coppélius (que mon père avait souvent joué). Quand Coppélia s'anime soudain sous les doigts de son inventeur en lui faisant croire qu'elle est vivante, Stukolkin avait mimé, comme à son habitude, sa stupéfaction et sa colère d'avoir été dupé. Au tomber du rideau, il devait courir après moi. Je crus que ses halètements n'étaient destinés qu'à un effet comique. Sa perruque de savant fou décollée, les lunettes de travers, il s'agrippa aux panneaux peints des coulisses côté cour, et de l'autre main tâta son bras gauche. Sous son maquillage orange, sa peau avait viré à une pâleur malsaine. Poussant un profond soupir, il lâcha le bout de décor auquel il s'était accroché et s'effondra, victime d'un arrêt cardiaque, sa chute faisant trembler jusqu'à la cabane au toit de chaume sur le plateau. M'agenouillant auprès de lui, je vis ses yeux se vider de toute expression. L'épais fond de teint figeait son visage comme un masque de porcelaine et, à présent, c'était *lui* qui avait l'air d'une poupée. La semaine suivante, les journalistes écrivirent : *Il est mort comme un soldat à son poste, servant jusqu'à la dernière minute cet art qu'il aimait passionnément.* Était-ce ce que je voulais ? Une existence uniquement vouée à la scène ? Une histoire d'amour qui n'était qu'une façade ? Car Swanilda se déguise en Coppélia non seulement pour tromper le pauvre Coppélius mais surtout pour reconquérir Frantz, son bien-aimé, épris de la jolie poupée que son inventeur a positionnée sur le balcon. Je compris alors que pour le tsarévitch, je n'étais moi aussi qu'une jolie poupée sur *mes* balcons, la scène du Mariinski ou la demeure de mes parents. Si je voulais qu'il me considère comme une vraie femme, je devais couper le cordon ombilical. Il me fallait ma propre demeure, et vite ! Car personne n'est immortel.

De lui-même, Nicky ne l'aurait probablement jamais suggéré. Il était d'une nature à se laisser dériver telle une embarcation à voile sur des eaux tièdes et immobiles. Notre histoire d'amour aurait échoué dans les roseaux d'un marais le jour où il se serait épris d'une autre, une chanteuse d'opéra, peut-être, ou une *kamerfreilini*, une dame d'honneur à la cour. Je n'étais pas comme lui. Par conséquent, après une soirée de baisers passionnés (à mon initiative, bien sûr), Nicky concéda que oui, il était sans doute temps que j'aie un chez-moi. Ainsi appris-je que mon soupirant avait besoin qu'on le pousse.

Ce rebondissement ne plut guère au tsar Alexandre. Nos badinages prenaient tout à coup un tour trop sérieux à son goût. Flirter avec une danseuse polonaise bien de sa personne, oui. Un interlude, oui. Mais la prendre comme maîtresse et l'installer dans un hôtel particulier, non. L'empereur était très collet monté. Dans la capitale, on se moquait volontiers d'Alexandre III, le seul mari fidèle à son épouse. Il ne voulait pas que l'héritier de la couronne se mette en ménage avec moi à Saint-Pétersbourg, me donne des enfants comme l'avaient fait ses deux oncles avec leurs maîtresses-danseuses et son propre père avec la princesse Catherine. Mon père était aussi de cet avis, bien sûr.

Je me revois sur le seuil de son bureau, rassemblant mon courage pour lui annoncer mon intention de vivre avec le tsarévitch : mes désirs se heurteraient forcément à ses espoirs. Je n'étais pas une fille de classe inférieure. Mes parents évoluaient dans les meilleurs cercles catholiques polonais. Mon parrain était monsieur Strakatch, propriétaire du plus grand magasin de blanc de la ville. Mes parents attendaient de moi que je fasse un beau mariage. J'étais persuadée que ma mère, en tant que femme, comprendrait que j'agissais par amour. Je me trompais : elle se détourna de moi pendant des années, refusant de me rendre visite. Quand j'irais dans ma famille, perspective Liteïny, elle s'enfermerait dans sa chambre sans m'adresser la parole. Mais je ne pouvais pas prévoir tout cela. À cet instant précis, je n'avais qu'une angoisse : briser le cœur de mon père. J'hésitai. Pendant ces quelques secondes, j'eus envie de me faufiler jusqu'à lui et de me cacher sous sa table comme je l'avais si souvent fait dans mon enfance tandis qu'il esquissait ses inventions, là où la chaleur de ses pieds et sa respiration me procuraient un confort indescriptible. J'aurais voulu redevenir fillette, faire reculer les aiguilles du temps. Je restai là si longtemps que ma sœur Julia, qui m'attendait dans notre chambre, vint aux nouvelles. En me voyant figée et muette, elle entra. Elle était convaincue que ma liaison avec le tsarévitch garantirait la bonne fortune de notre famille. Elle expliqua à mon père ce que je craignais de lui avouer : *Le tsarévitch va entretenir Mathilde.* Dans le silence qui suivit, le balancier de la pendule bougea, le coucou émergea de sa cachette sur sa branche et poussa douze cris. Un présage : le cri du coucou vous dit combien d'années il vous reste à vivre. Mais c'était un oiseau en bois, niché dans une maison en bois. Le visage de mon père se rida audessus de sa grande moustache et il se tassa. Enfin, il prit la parole : *Tu es consciente que le tsarévitch ne pourra jamais t'épouser et que votre idylle sera éphémère ?*

J'opinai. Je comprenais sans comprendre. Qui l'aurait pu, à dix-neuf ans ? Dissimulé sous ma manche, je portais le bracelet de saphirs et de diamants que Nicky m'avait offert en attendant notre nouveau palais. Son fermoir en or me pinçait la peau.

Tous les parents des maîtresses souffrent-ils comme ont souffert les miens ? Le père de la danseuse Anna Kouznetsova pleura-t-il quand le grand-duc Constantin Nikolaïevitch lui construisit ce qui allait devenir mon hôtel particulier ?

Mes parents ne viendraient jamais au 18, quai des Anglais. Par principe. Je disposais de deux étages, d'un jardin clos plein de fleurs pour la promenade et d'une cour de ferme avec un petit potager, une écurie, une grange. Au-delà du mur en pierre se dressait le palais de l'un des nombreux oncles du tsar. Désormais, j'étais voisine des Romanov ! Constantin, le grand-oncle de Nicky, avait rêvé d'épouser sa maîtresse mais l'empereur lui avait interdit de divorcer de sa femme. Il aurait pu passer outre mais il aurait été privé de son titre, de ses revenus, de sa propriété, de son pays et que lui serait-il resté ? Une nouvelle épouse vivant avec lui en exil. Maigre compensation. Il préféra se contenter de la position incertaine de sa maîtresse et de ses cinq enfants. Toutefois, avant sa mort, il réussit à obtenir leur anoblissement par édit du tsar. En Russie, la situation d'un individu pouvait changer à tout instant. Un décret du souverain était à sens unique. Pour les femmes, il passait par le mariage ; pour les hommes, en gravissant les échelons de la Table des Rangs, créée par Pierre le Grand. L'on entrait au service de l'État au 14e rang et chaque année, l'on accumulait un ou plusieurs *tchin* (rang) jusqu'à atteindre le cinquième et mériter l'appellation

« Votre Honneur ». Les quatre premiers rangs se composaient d'hommes nommés par le tsar qui recevaient alors des titres héréditaires. Ceux-là n'étaient pas membres de la suite impériale, ils n'étaient ni princes ni barons mais ils étaient nobles et gagnaient le droit de se faire appeler « Votre Haute Excellence » ou « Votre Excellence ». Leur nom venait s'ajouter à la liste qui servait à rédiger les invitations aux douze Bals d'Hiver. Anna et ses enfants avaient eu droit à ces privilèges. Pourquoi pas moi, un jour ?

Le 18, quai des Anglais, était une adresse riche en histoire, une histoire à résonance particulière pour moi bien que je n'aie rien appris de sa dure leçon. Persuadé qu'il allait subir le même sort que son frère le tsar Alexandre II (tué en pleine rue par des révolutionnaires, les terroristes de l'organisation la « Volonté du peuple »), le grand-duc, officier supérieur de la marine, avait fait installer, au rez-de-chaussée, des volets sur mesure en métal aussi épais que les coques des bateaux qu'il commandait. En revanche, les pièces étaient décorées selon la mode européenne, meublées de miroirs imposants, de consoles françaises et de divans délicats. La chambre que je choisis pour moi fut la seule que je pris la peine de modifier, comme une gamine qui pomponne ses poupées et néglige tout le reste. Ailleurs, je ne touchai à rien. Pour moi, seule la chambre avait de l'importance : c'était là que se dessinerait mon destin. Est-ce que je valais les roubles que Nicolas était prêt à dépenser pour moi ?

Car il payait mon loyer et les salaires de mes trois domestiques – trois, alors qu'ils étaient six cents au Palais d'Hiver quand la famille impériale y séjournait ! La nouvelle fit le tour de la capitale. Un soir en rentrant du Mariinski, j'aperçus mon frère Joseph sur sa bicyclette, en manteau bordé de fourrure et guêtres en feutre gris. Il m'enjoignit de me dépêcher, qu'un passant dans la rue lui avait dit que le tsarévitch était déjà en route pour se rendre chez moi ! La ville entière était au courant. Cette année-là au théâtre, le jour de la Saint-Nicolas, la salle s'esclaffa quand le baryton de *Iolanta* chanta *Qui peut se comparer à ma Mathilde ?* Si seulement la cour avait su que, lorsqu'il me rendait visite dans ma demeure d'aussi mauvaise réputation, Nicky s'installait non pas près de moi sur le petit canapé mais seul dans le fauteuil Louis XIV... comme si nous entretenions une relation formelle et qu'il avait déposé sa carte de visite sur le plateau d'argent de l'entrée. Loin de nous rapprocher, cette nouvelle installation nous inhiba. Je me rendis compte trop tard que Nicky était de ces hommes qui aiment « rêver » d'amour, qui caressent « l'idée » d'une femme mais pas la femme elle-même. Il préférait la ballerine à la peau si blanche qui dansait de l'autre côté des feux de la rampe, la maîtresse vierge qui habitait chez ses parents. Peut-être avais-je commis une erreur. Un mauvais calcul. Mais j'étais là, dans ce palais qu'il m'avait offert. Il prenait place en face de moi, en habit du soir à tresses dorées et plastron blanc avec col amidonné en V. Le corps en retrait, il tenait son fume-cigarette dans la main gauche et se lissait la moustache de la droite en me confiant qu'il se sentirait coupable jusqu'à la fin de ses jours s'il me volait ma virginité. Si je n'avais pas été vierge, il n'aurait pas hésité à me faire l'amour, ajoutait-il. J'avais beau être ingénue, je savais que c'était un prétexte mais pour quelle raison ? Quel était mon rôle dans cette maison ? Pourquoi l'avait-il louée ? Par politesse parce que je le lui avais demandé ? Je me mis à regretter d'avoir quitté celle de mes parents. La chambre que je partageais avec ma sœur me manquait, nos soupers en famille au retour du théâtre aussi, pendant lesquels nous racontions à notre mère lequel d'entre nous avait perdu sa perruque, qui avait oublié son pas, quel machiniste avait fait voler les branches et les feuilles à mauvais escient. Mon père usait de ses remarquables talents de mime pour démontrer comment Pavel Gerdt, un peu trop âgé à presque cinquante ans pour jouer le prince du *Lac des cygnes*, était retombé sur ses pieds plats, le souffle court après un saut laborieux. Il était même si vieux qu'en chorégraphiant son adage avec la reine des cygnes, Petipa avait dû transformer ce pas de deux en pas de trois, Benno, l'ami du prince, exécutant l'essentiel tandis que Gerdt servait de porteur. Nous nous esclaffions, heureux d'être entre nous. Mon père finissait toujours par sortir une bouteille de cognac. À présent, j'étais seule en compagnie d'une énigme en redingote tandis qu'eux continuaient à s'amuser, ignorant tout de ma détresse. Toutefois, il n'était pas question pour moi de revenir en arrière et d'affronter l'humiliation d'une retraite. Les commérages seraient impitoyables : même dans l'intimité, j'avais été incapable d'attirer le tsarévitch dans mon lit. Plus grave, je prenais conscience que ses sentiments pour moi n'égalaient pas les miens pour lui et j'étais convaincue que ma volonté suffirait à y remédier. Je me mis donc à le harceler, un comportement toujours apprécié chez une femme. *Quand*, lui demandais-je, *quand coucheras-tu avec moi ?* Il me répondait : *Bientôt, bientôt*. Et je rétorquais : *Comment peux-tu dire que tu m'aimes ?*

C'était là que le bât blessait. Il ne m'aimait pas. Il était déjà épris d'une autre et ce, depuis des années.

Sa bien-aimée ? La princesse Alix de Hesse-Darmstadt. Nicky l'avait rencontrée quand il avait seize ans et elle, douze. Douze ! Alix était tout ce que je n'étais pas – petite-fille de la reine Victoria, princesse fille de princesse, bien que la maison des Hesse-Darmstadt dans laquelle elle était née ne fût pas grande. Elle était arrivée à Saint-Pétersbourg alors que j'étais encore élève à l'école de ballet pour assister au mariage de sa sœur Ella avec l'un des oncles de Nicky. Les frères, oncles et fils Romanov étaient si nombreux que le père de Nicky fut forcé de reconfigurer la famille impériale et de réduire titres et apanages, nommant certains parents, grands-ducs, et d'autres, simples princes, afin de contenir les charges. Au mariage de sa sœur, Alix se tenait en robe de mousseline blanche auprès de la mariée vêtue d'une somptueuse toilette de cour brocardée. Ses cheveux blonds étaient presque aussi pâles que son teint et l'âme de Nicky fut sensible à sa pureté virginale. Je pense aussi qu'il compatissait à son chagrin, au malheur qui l'avait frappée à l'âge de six ans quand sa mère et sa sœur cadette avaient succombé la même semaine à la diphtérie, la laissant seule dans sa nursery avec une collection de poupées neuves aux pupilles noires. On avait jeté les anciennes par crainte de la contagion, brûlé leurs vêtements, enterré sa mère et sa sœur au plus vite tandis qu'elle se réfugiait seule dans un coin de la maison, bouleversée. Son surnom, Sunny (petit soleil), ne lui seyait plus du tout et sa réserve répondait à celle de Nicolas, née de la mort violente de son grand-père et de la personnalité dominatrice de son père.

Plus tard dans la semaine, ils se servirent de la minuscule bague en diamant d'Alix pour graver leurs noms côte à côte sur une vitre du palais Alexandre de Peterhof. Voulant lui offrir un souvenir, Nicky sollicita sa mère qui lui tendit une broche en diamants de douze carats. Nous étions en Russie : pour la famille impériale, ce n'était qu'un petit cadeau. Il la donna à Alix, présent d'un enfant à un autre. Au goûter des jeunes, le lendemain, elle la lui restitua. Elle était anglaise et allemande, très bien élevée, et elle avait l'impression de s'être mal comportée en acceptant le bijou. Nicky ne revit plus Alix avant 1899, lorsqu'à dix-sept ans, elle vint rendre visite à sa sœur à Saint-Pétersbourg. Alix vieillirait mal mais, à dix-sept ans, elle était d'une grande beauté : taille de guêpe, visage européen, presque anglais, exception faite de ce long nez allemand avec un petit bout de chair en trop qui, des années plus tard, formerait un crochet. Je compris tout de suite en 1889 pourquoi Nicky la désirait tant, bien que la cour ne l'appréciât guère. Lors de ses apparitions publiques, elle paraissait terrifiée et morose, la figure couverte de taches rouges. *Dénuée de charme, le regard froid, on dirait qu'elle a avalé un parapluie*, disait-on d'elle. Les parents de Nicolas ne l'aimaient pas davantage. Cette année-là, Nicky colla une photo d'Alix dans son journal intime et décida en silence de l'épouser.

Comment ai-je su tout cela ? À l'occasion, il me lisait des extraits de ses notes, les paragraphes me concernant et ceux évoquant Alix. Pour me flatter d'abord… et me mettre en garde par la suite. Il coucha ainsi sur le papier ses réflexions pendant trente-six ans, après que sa mère lui avait offert un cahier pour son quatorzième anniversaire. Les bords des pages de ce premier tome étaient dorés, la reliure en marqueterie. Un objet de cet ordre pouvait seulement aller à l'héritier du trône même si, plus tard, celui-ci se contenta de carnets ordinaires dont il numérotait d'avance les feuilles à la main. Dans ce livre, il rapporta l'assassinat de son grand-père, le long du canal Ekaterinsky. Ensuite, son père devint tsar et déménagea avec toute sa famille à Gatchina, dans les faubourgs de Saint-Pétersbourg, cernant le parc de sentinelles. Alexandre III avait écrasé les révolutionnaires, du moins le pensait-il. Les jeunes anarchistes de la Volonté du peuple qui avaient éliminé Alexandre II (après sept tentatives infructueuses !) avaient été pendus. Une pancarte « assassin du tsar » épinglée sur la poitrine, ils étaient restés accrochés à leur corde pendant des heures pour que tout le monde pût les voir. Alexandre III avait abrogé tous les oukases libéraux proclamés par son prédécesseur, ces Grandes Réformes qui avaient libéré les serfs, adouci la censure, amélioré les écoles, autorisé la mise en place de gouvernements locaux et, selon lui, conduit au meurtre de son père. Les terroristes qui voulaient se débarrasser d'Alexandre II craignaient que ces nouvelles lois ne satisfassent le peuple au point qu'il n'y aurait plus de révolution, plus d'abolition du trône. Le père de Nicky n'était pas du tout comme son grand-père qui avait envisagé la possibilité d'édicter une constitution limitée. Alexandre III ne voulait ni d'une réforme ni d'une révolution. C'était un tsar de la vieille école, un patriarche qui régnait au fouet. Il croyait prévenir la révolte alors qu'en fait, il l'excitait mais il ne vécut pas assez longtemps pour le savoir. Alexandre III eut beau faire pression sur les anarchistes, ils ne disparurent jamais. Il alla même jusqu'à pendre le frère aîné de Lénine en 1887 pour avoir ourdi son assassinat lors d'une de ces processions entre le Palais d'Hiver et la cathédrale par lesquelles les Romanov rappelaient à la cour et à la capitale l'étendue de leur souveraineté. Être tsar vous prédestinait... à être abattu un jour par les révolutionnaires, par vos propres gardes, voire par un membre de votre famille. Peut-être Nicky l'a-t-il pressenti. Sur la couverture intérieure de son tout premier journal intime, de son écriture angulaire, il avait inscrit les paroles d'une vieille chanson folklorique dans laquelle une mégère ratatinée peigne les cheveux d'un jeune homme mort sur ses genoux. Jeunesse et mort. Dans ce cahier, il racontait le meurtre de son grand-père. Le cinquante-cinquième carnet, commencé en 1918, n'a été qu'à moitié rempli.

À Paris, après la révolution, quand ses journaux intimes furent publiés, je les lus du début à la fin en quête de révélations sur ses affaires de cœur. Parmi tous les événements consignés dans ces pages, le couronnement, deux guerres, l'accomplissement du Transsibérien, le Dimanche rouge, je ne cherchais que mon nom. Je connaissais déjà certaines évocations, que Nicky m'avait lues. La première fois, en 1890, il ne me cita que quelques notes : *J'ai bavardé à sa fenêtre avec la petite Kschessinska* ou *J'aime beaucoup Kschessinska II.* Mais en 1892, j'eus droit à : *Cela fait plus de trois ans que j'aime Alix H. et je prie pour que Dieu me permette de l'épouser un jour… Cependant, depuis le camp en 1890, j'aime passionnément Petite K.*

Alix était un lointain futur. J'étais le présent et peut-être un peu plus. Mais ce ne fut qu'en 1893, quand Alix refusa la première proposition de Nicky, que je triomphai vraiment. Dans son journal de cette année, il raconte l'histoire de sa tentative échouée et y inclut quelques lignes d'une lettre d'Alix. Elle y proclamait : *C'est un péché d'ignorer les croyances dans lesquelles j'ai été élevée et que je respecte.* Pour épouser l'héritier de la couronne de Russie, elle devait se convertir à la religion orthodoxe russe, ce à quoi elle se refusait. Pour ma part, je l'aurais fait sur un claquement de doigts. Où dois-je signer ? Devant qui dois-je m'incliner ? Mais Alix était de confession luthérienne, un dogme en réaction contre l'Église orthodoxe, ses spectacles, ses idoles, ses vêtements sacerdotaux, son obstination à exiger l'intercession d'un prêtre pour accéder à Dieu. Alix pouvait d'elle-même s'adresser à son Dieu, *danke schön*, dans son église où elle avait reçu le sacrement de la confirmation deux ans auparavant, un acte aussi important à ses yeux que le mariage. Comment renoncer soudain à tout cela ? Elle ne pouvait pas être à la fois luthérienne *et* future impératrice de Russie. Le tsar était le Patriarche et tout héritier du trône devait être né de mère orthodoxe. Le calendrier de la cour russe était régi par les observances religieuses. Les parents de Nicky, qui n'appréciaient guère Alix et s'étaient jusqu'alors gardés d'encourager cette union, furent par conséquent soulagés (moins que moi) par le refus d'Alix de se convertir. Ils se mirent à suggérer à leur fils telle ou telle alliance, pourquoi pas avec la princesse Hélène de France ou la princesse Marguerite de Prusse ? Mais tout ceci fut envisagé peu à peu. Pour le moment, s'était estompé le fantôme aux cheveux longs d'Alix qui se tenait devant ma fenêtre. Désespéré, Nicolas se résigna à oublier l'Allemande au profit de la Polonaise. C'était le 25 janvier 1893. Je peux même vous préciser l'heure.

Il m'est impossible de décrire ce qu'est faire l'amour avec le tsarévitch car ces choses-là sont intimes. Mais son corps nu impressionna même les bolcheviks qui le sortirent des eaux glacées d'un puits à vingt kilomètres d'Ekaterinbourg, le lendemain de son assassinat. Avant de le découper en morceaux et de le brûler, ils s'émerveillèrent de sa forme physique : ses joues étaient si rouges qu'il paraissait presque vivant. Cette nuit de janvier avec moi, il *était* vivant, son corps entier et chaud sous mes doigts, ma bouche, ses membres parfaits. Il écrivit ensuite : *Ai couru dans les bras de ma MK... suis toujours sous son charme, ma plume tremble dans ma main.* Ce n'est ni du Pouchkine ni du Lermontov, je vous l'accorde, mais il était tsarévitch, pas écrivain.

Pendant un moment, je crains d'avoir été insupportable au théâtre. J'eus droit à ma propre broche diamantée et, pour marquer l'enchantement de notre union, un collier de diamants gros comme des noix. Je les affichais en toutes circonstances, que je joue une paysanne ou une princesse. La coutume voulait que les danseuses portent sur scène les joyaux que leur offrait leur protecteur mais personne n'avait reçu une parure comme la mienne. Les Romanov s'y connaissaient en matière de pierres précieuses, extraites depuis le XVIIe siècle des riches terres de l'Oural en Sibérie. Les tsars se réservaient le premier choix. Alix avait peut-être rendu sa broche à Nicky mais je conservai la mienne ainsi que mon collier, que je chérissais comme la prunelle de mes yeux et refusai de vendre pendant des années. Quand je les arborais au théâtre, j'étais intouchable. Mon succès m'était monté à la tête et, si je n'obtenais pas ce que je désirais, je piquais des crises que l'on surnomma mes *indignations impériales*.

Ah ! notre idylle... Nicky quittait souvent ses parents au palais Anitchkov pour passer ses soirées avec moi dans ma demeure du quai des Anglais devenue la sienne. Je me rappelle encore mon excitation à mon retour du théâtre en apercevant son manteau dans le vestibule. Le corps brûlant, je passais de la chaleur parfumée à la violette de mon coupé à la froideur de l'air de Saint-Pétersbourg puis à la tiédeur de ma maison où m'attendait mon amant, alors que toutes les filles de mon âge vivaient encore chez leurs parents. Quel triomphe ! Parfois, nous soupions en tête-à-tête. D'autres fois, nous dînions après le spectacle avec des amis danseurs ou chanteurs, ses cousins, les Mikhaïlovitch ou ses camarades officiers. Chez moi, je servais des *zakuskis* – champignons en sauce, petites saucisses, oignons, œufs d'esturgeon, et des perdrix rôties. Nous nous portions des toasts avec mes huit gobelets à vodka peints d'or et incrustés de pierres semi-précieuses que le tsarévitch m'avait offerts lors de ma pendaison de crémaillère.

Finis, les verres ordinaires ! Suivaient des parties de charades. Son fume-cigarette entre les dents, Nicky faisait mine de diriger un orchestre et nous devions deviner quelle symphonie il interprétait. Je le revois jeter son mégot pour me saisir dans ses bras et m'embrasser tandis que ses cousins tapaient sur la table pour marquer leur approbation. Nous jouions aussi au baccarat... les débuts, je suppose, de ma méchante prédilection pour les cartes. Plus tard, je deviendrais une habituée des tables du casino de Monte-Carlo. On m'appelait Madame 17 car je pariais toujours sur ce numéro... Après toutes ces réjouissances, Nicolas et moi nous couchions dans le lit que j'avais rendu si confortable (tout le contraire du sien au palais Anitchkov). En effet, l'empereur obligeait ses enfants à dormir sur des lits de camp et à se laver le matin à l'eau glacée. Les cousins de Nicky avaient tous été élevés à la même enseigne, une curieuse tradition impériale qui consistait à priver les enfants du luxe dans lequel ils baigneraient un jour. Comme si un matelas trop dur et des ablutions froides leur conféreraient humilité et force de caractère. Le mien n'était pas drapé, comme ceux du Palais d'Hiver, d'un édredon au monogramme de Catherine la Grande, si raide et si lisse qu'il glissait à terre dès que l'on changeait de position. Je possédais une couverture en vison sous laquelle Nicky restait souvent près de moi jusqu'au matin. Nous nous réveillions tendrement enlacés et, durant l'heure précédant son départ, nous nous contemplions à la lueur hivernale. Notre nudité revêtait une couleur différente de celle de la veille à la lumière de la lampe à huile, une clarté plus pâle mais non moins réjouissante. Il m'appelait *Mala, Maletchka, Panni* (un diminutif de Pannouchka, terme d'affection pour une jeune fille polonaise) ou encore, *ma Petite K*. Je l'appelais *mon Nicky*. Cet interlude dans les mois précédant son accession au trône, avant qu'il n'assume les responsabilités exigées par sa position, représenta les derniers bonheurs de sa jeunesse. Il s'amusa comme un gosse jusqu'au décès de son père, l'automne suivant. Batailles de marrons ou de pommes de pin, déguisements, jeux de cartes, quelques obligations impériales et moi… ce fut ainsi que Nicolas, avant de devenir le tsar Nicolas II, vécut l'an 1893. Cette année-là, il me rendit visite une fois, voire deux par semaine. Entre chaque rencontre, nous nous écrivions des lettres enflammées. Les siennes, je les ai perdues pendant la révolution mais les miennes reposent aujourd'hui aux archives d'État de la fédération russe de Moscou. Il les avait conservées et, comme tout le reste de ce qui lui a appartenu, elles ont été confisquées après son arrestation et son assassinat. Mes missives sont désormais un testament : le dernier tsar a vécu et aimé… *m'a aimée* !

Même les ballets que je dansai cette saison-là m'ouvrirent de nouveaux horizons.

Durant l'hiver, j'incarnai Paquita, un nouveau rôle pour moi dans le ballet du même nom. Je portais un superbe costume orné d'une grosse fleur blanche sur un sein et une autre dans mes cheveux. L'histoire se déroule pendant l'occupation de Napoléon en Espagne. Paquita sauve la vie d'un officier français, Lucien mais, bien qu'amoureux, ils ne peuvent pas se marier. Elle est gitane. Une moins-que-rien. Pourtant, quand elle montre à Lucien un médaillon qu'elle possède depuis l'enfance, elle découvre qu'elle est en fait issue d'une famille noble et qu'elle a été enlevée par les gitans lorsqu'elle était bébé. Les amants peuvent donc convoler en justes noces. Comme toutes les pièces de Petipa, celle-ci se compose d'une série de scènes qui culminent avec une grande fête (le plus souvent un mariage), prétexte à multitude de variations classiques et de caractère. L'histoire de Paquita est un peu la mienne. Le sang impérial coule dans mes veines par mes ancêtres polonais du côté de mon père. Mon arrière-grand-père était le fils du comte Krasinski. Orphelin à douze ans, il fut confié à son tuteur français. Apparemment, le comte ne faisait pas confiance à son frère pour assumer cette charge et il avait raison car en 1748, celui-ci ordonna le meurtre du tuteur et du fils qui durent fuir à Neuilly. Cet oncle avait usurpé ses droits et ses biens. Il n'est rien resté d'autre à mon père qu'une chevalière aux armes du comte Krasinski : un fer à cheval en argent, une croix en or, un corbeau tenant un anneau doré en son bec et une couronne comtale, le tout sur fond azur. Paquita avait un médaillon ; j'avais une bague. Peut-être suffirait-elle à me rendre digne du tsarévitch ? J'étais décidée à la demander à mon père pour la montrer à Nicky et lui raconter ce qu'elle représentait. Apprenant que j'étais, moi aussi, d'une maison régnante ou presque, peut-être en discuterait-il avec le tsar ? Qui pouvait prédire la réaction de ce dernier ? Mais rien ne pressait, aussi je rêvassai jusqu'au début de 1894, quand le père de Nicky tomba soudain très malade.

J'ai vingt et un ans et ma vie est finie

Durant l'automne de 1894, la maladie incurable de son père ramena Nicky auprès des siens et il vint me voir de moins en moins souvent. Une toux que les médecins ne pouvaient soigner, une immense fatigue, une douleur aux reins qui empêchait le tsar de se tenir debout, suscitaient des inquiétudes sur sa succession. Ce qui avait été laissé de côté devenait soudain urgent – notamment trouver une épouse convenable pour Nicky. Combien de fois ai-je pensé, comme tous les Russes, que l'avenir aurait été bien différent si seulement Alexandre III n'était pas mort à quarante-neuf ans ? Naïve que j'étais, j'étais persuadée que si nous n'avions passé ne fût-ce qu'une année de plus ensemble, c'est moi que Nicolas aurait épousée et non Alix. Le corps médical avait diagnostiqué une néphrite, à la suite des blessures encourues lors d'un accident de train, six ans auparavant. Tel Atlas, Alexandre III avait soulevé le monde – en l'occurrence, le lourd plafond de la voiture-restaurant – pour l'empêcher de s'écrouler sur ses enfants. À présent, il payait le prix du mortel qui s'était pris pour un Titan.

Les journées paraissaient encore plus courtes que de coutume. À une certaine heure, les ombres semblaient courir le long des rues et des canaux vers mon palais avant de l'engloutir. Les tiges blanches des fleurs et les feuilles des hêtres pourrissaient depuis longtemps sous la neige. Les branches alourdies ployaient si près de la fenêtre de ma chambre que leurs extrémités griffaient la vitre, comme si une femme perchée sur le rebord grattait pour entrer. Un soir, en attendant le tsarévitch, je m'assis à la table de la longue et étroite salle à manger et contemplai les panneaux de chêne couvrant les murs. Les encoches et les nœuds semblaient reproduire le visage de mon père et, une fois cette image gravée dans mon esprit, je fus incapable de dissocier sa ressemblance des veinules du bois. Je me levai et continuai de le voir en face de moi. Je me déplaçai vers la gauche puis vers la droite : ses yeux me suivaient. Lorsque je me positionnai sur le seuil de la pièce, j'eus l'impression que sa silhouette complète émergeait des lambris, diaphane, immobile, m'observant d'un regard triste. Quand je me précipitai pour le toucher, laissant courir mes mains sur les boiseries, je ne trouvai rien ; tout était lisse.

Cette nuit-là, Nicky m'annonça son intention de se rendre à Cobourg pour représenter son père au mariage du frère d'Alix, Ernest, grand-duc de Hesse-Darmstadt… et de demander à nouveau sa main à Alix. Sa situation l'obligeait à épouser une femme d'une maison régnante et, depuis un siècle, les Romanov dépouillaient les principautés allemandes de leurs épouses : Leuchtenberg, Wurtemberg, Saxe-Altenburg, Oldenbourg, Mecklembourg, Hesse-Darmstadt. Il prendrait soin de moi mais je devais comprendre que nous ne pourrions jamais nous marier. Alix était princesse, sœur de la femme de son oncle grâce à laquelle elle connaissait un peu la Russie. *Elle ne sait même pas dire oui en russe !* m'insurgeai-je. Ses parents étaient d'accord. Ainsi, rongé par la souffrance, le père de Nicky avait fléchi en consentant au désir de son fils d'épouser cette princesse allemande, d'une famille mineure, qui s'accrochait à sa religion protestante comme à un aimant. J'avais perdu mon allié et j'allais sans doute perdre Nicky qui semblait bien décidé à ce qu'Alix accepte cette fois sa proposition. *Elle t'éconduira !* lui dis-je et il sourit en secouant la tête. Je plaquai mes mains sur mes hanches mais ne trouvai pas l'énergie de piquer une crise d'*indignation impériale*. Celle que Nicky avait voulue à seize ans, à vingt et un, à vingt-six, il la voulait toujours et ce n'était pas moi. Je n'étais ni solennelle ni réservée, je n'avais pas d'éducation, je ne parlais que le russe. Certes, j'avais des notions de polonais et je connaissais une poignée de termes français mais c'était insuffisant. J'avais lu quelques livres, je n'étais pas vraiment croyante, j'étais frivole, j'adorais les jeux de cartes et les fêtes et, en plus, je me présentais à moitié nue sur la scène. J'avais tout contre moi, et rien de tout ce qu'il recherchait. J'avais vécu comme une passion ce qui n'avait été pour lui qu'une diversion ou, pire, une répétition générale. Mon corps n'avait fait qu'attiser son désir pour celui, parfumé, d'Alix aux cheveux blond vénitien, au teint pâle, aux longs doigts manucurés. Je ne voulais pas être raisonnable, je n'avais aucune envie de me comporter en adulte.

Personne ici ne l'aime, insistai-je. *Tu seras son seul ami.* Voyant que ces arguments le laissaient de marbre, je me mis à rechercher la chevalière du comte Krasinski que j'avais demandée à mon père et cachée comme une idiote. Peut-être était-il encore temps de raconter son histoire à Nicky ? Il m'observa un moment, perplexe et inquiet, tandis que j'ouvrais un tiroir après l'autre et y plongeai les bras en l'implorant : *Attends ! Attends !* Il patienta jusqu'à ce que j'abandonne la partie et me redresse, désemparée, telle une poupée délaissée par sa propriétaire distraite. Enfin, il abaissa son sempiternel fume-cigarette. *Tu compteras toujours parmi les souvenirs les plus heureux de ma jeunesse*, me promit-il. *Va-t'en !* rétorquai-je. *Va retrouver ta détestable Alix !* Ce furent les dernières paroles que je lui adressai avant ses fiançailles.

Nous étions au mois de mars et il neigeait en Russie quand Nicky partit pour Cobourg. J'avais vingt et un ans et ma vie était finie. Toute la semaine, je restai couchée dans mon lit comme un cadavre gelé, à fixer les tourbillons blancs que le vent soulevait derrière ma fenêtre, la chevalière du comte Krasinski serrée dans mon poing. En Allemagne, le printemps arriva précocement et les lilas se courbaient sous le poids de leurs fleurs tandis que Nicky et Alix se promenaient bras dessus, bras dessous dans le parc du palais.

Vers la fin du mois, Nicky envoya son cousin Serge m'annoncer qu'Alix avait enfin accepté sa proposition. Le tsarévitch avait écrit à toute sa famille, se réjouissant que Dieu ait enfin répondu à ses prières. Alix avait sangloté pendant trois jours en répétant : *Je ne peux pas, je ne peux pas* avant de céder. *Oui, je veux t'épouser.* Pourquoi tant d'hésitation ? D'après Serge, elle n'avait changé d'avis qu'en prenant conscience que l'épouse de son frère allait lui prendre sa place de première dame de Hesse-Darmstadt et qu'Alix ne serait plus, par conséquent, que la belle-sœur vieille fille. Comment mieux tirer la couverture à soi qu'en devenant la future impératrice de toutes les Russies ? Les fiançailles de Nicky et d'Alix devinrent aussitôt le sujet de toutes les conversations à Cobourg. Même la mère de Nicky adressa une lettre à cette *chère* Alix pour lui demander si elle préférait des diamants, des saphirs ou des émeraudes. De fait, Alix aimait les diamants, les saphirs, les émeraudes *et* les perles. Pour célébrer l'événement, Nicky lui offrit une bague et un collier assortis de perles roses, une émeraude de la taille d'un œuf, suspendue à un bracelet, une broche incrustée de saphirs et de diamants et un sautoir créé par Fabergé, composé de tant de rangs de boules nacrées qu'elle pouvait s'en couvrir jusqu'à l'ourlet de ses jupes. Nicky n'avait pas les moyens de lui payer de telles merveilles. La dernière pièce à elle seule coûtait 250 000 roubles. L'argent venait de son père, les premiers des milliers de roubles impériaux qui seraient dépensés pour Alix de Hesse.

J'arpentai les parquets de mon hôtel particulier de Saint-Pétersbourg (que maintenant je détestais) et, en marchant, j'entendis les craquements de la glace sur la Neva. Bientôt, les eaux se libéreraient, les blocs disparaîtraient dans le courant, et ce flot nous apporterait Alix de Hesse-Darmstadt. Serge me suivait maladroitement dans ses bottes trop bien cirées, sa voix se perdant dans le vide, les syllabes se détachant dès qu'il prononçait un mot. Pauvre Serge, obligé de poursuivre une folle à travers sa demeure dorée, de tenter de la raisonner ! Je ne voulais rien entendre. Je crois même que je me tirai les cheveux. Je déambulai dans les pièces de réception austères, meublées de tables octogonales serties d'or, de canapés rembourrés de plumes, de fauteuils rococo en bois sombre dont le dos évoquait des bois de cerf, tous fabriqués pour satisfaire les ambitions d'un grand-duc et les miennes. Puis je regagnai les salons russes aux murs moutarde et vert citron, jonchés de tapis orientaux et de photos encadrées de mes parents qui m'avaient déconseillé de les quitter. Il m'emboîta le pas, le front plissé, son doux regard empli de pitié. Évaporé, le Serge facétieux ! Il essaya de m'expliquer que Nicky prévoyait de me donner 100 000 roubles en sus de la propriété de la maison. Je savais que ses fonds n'étaient pas illimités.

Les 100 000 roubles correspondaient à ce que l'empire lui devait pour l'année, le seul montant sur lequel il n'avait pas de comptes à rendre. Ce fut le « Club des patates » (je le découvris bien plus tard) qui acheta la maison, d'une valeur de 400 000 roubles. Car les Mikhaïlovitch recevaient chacun un apanage grand-ducal de 200 000 roubles par an qui s'ajoutait à leurs propres revenus et à ceux des domaines de leur père. En comparaison, Nicky le tsarévitch faisait figure de parent pauvre. Ainsi, dans un geste fraternel pour aider le futur empereur à se débarrasser de moi, le « Club des patates » participa d'une généreuse donation. Apparemment, le tsar Alexandre III, qui m'avait assise auprès de Nicky le soir de mon spectacle de fin d'études et qui, aujourd'hui, drapait des rangs de perles autour du cou d'Alix, ne sortit pas un kopeck pour payer la petite putain polonaise de son fils.

Tandis que je m'asseyais sur une chaise, Serge extirpa une liasse de papiers de sa serviette en cuir et fit mine de m'en expliquer le contenu. Je n'avais qu'à signer ces documents pour le transfert du titre et le protocole scellant l'arrangement. *Quelle chance pour toi !* Quelle chance pour moi ? Je crachai sur les feuilles comme une paysanne de Borjomi. Il les replia aussitôt en se confondant en excuses. Cela pouvait peut-être attendre quelques jours, m'assura-t-il. Quelques jours ? Comme ils étaient pressés d'en finir ! Croyaient-ils vraiment que je capitulerais si vite ? Peut-être espéraient-ils m'amadouer par leur magnanimité ? Ce n'était pas une somme négligeable. Force m'est d'avouer qu'au fond, j'étais assez fière que l'on me propose un tel pactole. Ma rémunération au théâtre s'élevait à mille roubles par an. Nicky estimait donc que je valais cent ans, cinq cents ans de salaire en prenant en compte l'hôtel particulier. Mais si je paraphais ce contrat, je ne reverrais plus jamais Nicky en tête-à-tête et cette pensée m'était insupportable. Je restai sur ma position. Serge s'inclina. Après son départ, je fondis en larmes.

Par l'intermédiaire de Serge, j'extorquai un ultime rendez-vous à Nicolas. Maintenant qu'il était fiancé, il eût été inconvenant de nous rencontrer dans la demeure où nous avions vécu notre liaison. Pourtant, Nicky tenait à ce que nous nous retrouvions en secret. Avec le recul, je me rends compte qu'il n'avait pas envie de me voir du tout mais, la courtoisie étant à ses yeux une vertu cardinale, il accéda à ma requête. Serge organisa nos retrouvailles près d'une vieille grange à mi-chemin entre Saint-Pétersbourg et Peterhof, l'imposante propriété que Catherine la Grande avait fait bâtir en s'inspirant de Versailles. Nous étions au mois de mai, la Neva était de nouveau ouverte à la navigation. C'était l'époque où, traditionnellement, la famille impériale quittait la ville pour la campagne. Entre les arbres, on apercevait la mer et les prés où paissaient des vaches. La route menait jusqu'au palais que dominait une coupole dorée, couronnée d'une aigle à deux têtes afin que, d'où que l'on vînt, on aperçût l'oiseau bicéphale.

Je voyageai à bord de ma calèche menée par le cocher russe qui m'avait conduite deux ans plus tôt lors de mes escapades à la recherche du tsarévitch. J'examinai le dos de son uniforme traditionnel, une blouse verte fermée par des boutons d'argent sous le bras gauche, une ceinture brodée de fils d'or à laquelle était accrochée une dague de chasse, un chapeau à rabat protégeant son cou du soleil. Que pensait-il de la jeune fille qui s'était jetée comme une flaque de boue sur le tsarévitch et que ce dernier s'apprêtait à jeter d'un coup d'ongle ? Se disait-il que j'avais de la chance d'être montée aussi haut ? Qu'il était temps que j'apprenne où était ma place ? Les avis seraient partagés : certains me prendraient en pitié, d'autres se réjouiraient. Mais plus personne n'envierait Mathilde Maria Felixovna Kschessinska à moins que je ne réussisse à réaliser un exploit. J'effleurai les orchidées que j'avais épinglées dans mes cheveux et me remémorai le discours que j'avais préparé. J'avais un projet, que j'avais concocté pendant ces deux mois interminables au cours desquels Alix avait commencé à étudier le russe et à préparer sa conversion à l'Église orthodoxe russe. Alternant entre hystérie et désespoir, j'avais terrifié ma famille mais, une fois mon plan établi, j'étais redevenue calme – ce qui les affola encore plus. Mes parents me suppliaient de rentrer perspective Liteïny et de reprendre ma vie d'avant avec ma sœur mais je savais qu'au bout de quelques mois, je me languirais de Nicky, de l'univers des Romanov. Je voulais continuer à manger dans leurs assiettes en or. Mon intention était de convaincre Nicky de me garder comme maîtresse après son mariage. Son grand-père n'avait-il pas entretenu en même temps Marie Alexandrovna et Catherine Dolgorouki ? Pourquoi lui n'en ferait-il pas autant ? Quand je le lui suggérerais, j'étais certaine qu'il se frapperait le front en s'exclamant : *Mala, j'aurais dû y songer moi-même !*

J'arrivai la première à la grange et pus observer la silhouette de Nicolas qui s'approchait lentement – un point minuscule tout d'abord, puis une tache, une forme, un centaure, un souverain à cheval. Il paraissait aussi lourd, aussi immuable que la statue équestre de son père qu'il dévoilerait un jour, place Vosstanïa et à propos de laquelle naîtrait cette chansonnette qui ferait rire tout le monde :

Ici se dresse une commode
Sur la commode, un hippopotame
Et sur cet hippopotame est assis un idiot.

Mais Nicky n'était pas un idiot. Il était sur ses gardes, le visage grave, car il était venu ici contre son gré entendre mes doléances. Il se méfiait de moi mais il avait tort de s'inquiéter car, lorsqu'il mit pied à terre, les mots me manquèrent. J'étais paralysée, incapable de bouger. Constatant mon état, il afficha une expression de compassion, m'offrit son bras et nous marchâmes en silence autour de la bâtisse. Les talons de mes chaussures mal adaptées à une balade dans l'herbe s'accrochaient ici et là mais le tsarévitch, en bottes militaires, se déplaçait aisément et il me soutint avec douceur. Si seulement cette promenade pouvait se prolonger, ne jamais s'arrêter ! Je m'agrippai à lui. Mes vœux ne furent pas exaucés. *Quelle jolie fleur dans tes cheveux, Mala !* me dit Nicky avec un sourire. *Tu es ravissante aujourd'hui.* Il me trouvait belle ! Je n'aurais pas à parler. Il allait prononcer les paroles que j'espérais tant et je n'aurais qu'à répondre : *Oui !* Il baisa les paumes de mes mains, l'une après l'autre. Ainsi les Russes signent-ils leurs lettres à leurs amis et leur famille. « Je vous baise les mains », une phrase pleine d'amour et d'allégeance. Le soleil devint si radieux autour de moi que j'eus la sensation qu'il allait incruster ma silhouette dans le mur de la bâtisse. Je fermai les yeux. Bientôt, je sentirais ses lèvres sur les miennes. Au lieu de cela, Nicky me relâcha. J'ouvris les yeux, intriguée. De la poche de sa veste blanche, il sortit les documents que Serge m'avait montrés en mars, en avril puis en mai. *Mala, il faut que tu les signes,* m'annonça-t-il. Il me présenta un stylo à plume en or incrusté d'émail bleu (une invention relativement récente) et en ôta le capuchon. Il appuya une première feuille, puis une deuxième contre le mur et je les paraphai. *Mathilde-Maria Kschessinska.* Je me rappelle avoir pensé à cet instant précis combien il était étrange qu'une griffe à l'encre au bas d'un bout de papier entraîne la dissolution d'un lien humain. Les 100 000 roubles et le palais du quai des Anglais étaient désormais à moi. Nicky regagna Peterhof.

J'aurais pu avoir l'intelligence, alors, d'abandonner la partie. Au contraire. Je perdis la tête. Le désespoir l'emporta sur ma lucidité.

Je n'étais pas la première danseuse du Ballet impérial à tenter de séduire le tsarévitch. Il y en avait eu une avant moi, Maria Labunskaïa : longs cheveux blond pâle, jambes interminables, un visage d'aristocrate et non de paysanne. À la cour, on avait un faible pour les traits délicats des Européens du Nord. Quand le conseiller du tsar, Constantin Pobiedonostsev, avait suggéré à l'empereur de dénicher pour Nicolas une jeune femme convenable avec laquelle il pourrait s'amuser avant d'affronter les rigueurs du mariage, le chef de la police (un bon ami) avait pointé son doigt grassouillet sur Maria en déclarant qu'elle serait parfaite. Labunskaïa, qui avait quelques années d'avance sur moi à l'école, était déjà fiancée à un officier de la Garde. Toutefois, sa future belle-mère fut tellement choquée que la pauvre fille dut oublier tout espoir de mariage. Malheureusement, Maria n'était pas en position de refuser. Elle était payée 18 000 roubles par an sur la bourse du tsar pour se rendre au palais sur commande. Toutefois Nicolas, avec ses airs angéliques et sa moustache naissante, préférait esquisser des scènes de campagne plutôt que de batifoler avec cette paire de jambes payée par son père. Deux ans plus tard, elle figurait toujours sur le registre du personnel impérial alors que Nicolas n'avait jamais fait appel à elle. En fait, il flirtait déjà avec moi.

Comment faire en sorte qu'il ne s'intéresse plus qu'à moi ?

Aussitôt, je m'étais appliquée à répandre en son nom des rumeurs au théâtre – Labunskaïa avait prétendu que le tsarévitch était syphilitique, que l'empereur était un imposteur, l'impératrice une putain pour s'être fiancée préalablement avec le frère du souverain. Quelques mois plus tard, elle fut renvoyée du Ballet impérial et chassée du pays.

Je me dis que ce stratagème grâce auquel j'avais réussi à éloigner Maria du tsarévitch en 1892 me permettrait d'écarter Alix de Nicky aujourd'hui. Y a-t-il un autre moyen, dans un concours de beauté où l'on arrive deuxième, pour amoindrir celle de sa rivale ?

Je n'étais pas assez proche d'Alix pour chuchoter mes insultes dans les airs et les laisser s'envoler jusqu'à son oreille. Je décidai de rédiger mes infamies (je sais, j'avais vingt ans), de les glisser dans une enveloppe scellée et de les lui expédier à Cobourg. Nicky n'était pas le seul à brandir des documents ! Je racontai des choses si abominables qu'Alix ne pourrait plus l'aimer. Quand elle décachetterait ma lettre, les pages cracheraient leur venin et elle repousserait Nicolas comme les Pétersbourgeois avaient autrefois rejeté les monstres (l'homme à deux doigts, l'hermaphrodite, le fœtus à double tête) exposés au musée scientifique de Pierre le Grand. J'expliquai que son fiancé avait abandonné une jeune fille après lui avoir pris sa virginité, qu'il était indigne de sa confiance, que la capitale entière le traitait de débauché, de libertin, de fornicateur. J'ajoutai qu'épouser un homme à l'âme aussi noire lui porterait malheur, que leur mariage serait maudit du début à la fin. *Restez où vous êtes,* conclus-je. *Ne venez pas en Russie !* Toutefois, Alix était une femme pragmatique, elle n'avait pas encore adopté toutes nos superstitions, icônes, bougies, acrostiches sur nos noms et autres présages. Elle rattrapera largement le temps perdu : de toute notre histoire, elle deviendra l'impératrice aux idées les plus médiévales. À l'époque, cependant, elle se contenta de montrer ma missive à Nicolas lorsqu'il alla lui rendre visite. Il reconnut immédiatement mon écriture. Ne lui avais-je pas adressé des quantités de billets doux sur ce même papier, de cette même main ? *Je m'ennuie terriblement en ton absence. Le temps s'étiole. Qui as-tu contemplé si longtemps depuis ta loge ?*

Ce fut Serge qui me fit part de la colère de Nicky et j'eus honte quand je l'imaginai en train de lire mon courrier. Dans mon imagination (un scénario mal conçu), j'avais vu Alix chanceler de dégoût puis, se ressaisissant, s'emparer de sa propre plume pour exprimer sa révulsion à Nicky. *Vous menez une existence dépravée. Je vous rends les diamants, les émeraudes et les perles que vous offrirez à une autre que moi, plus méritante. Vous en connaissez sûrement une.* Une lettre de ce style. Elle n'en fit rien. Elle présenta ma missive à Nicolas et lui, incapable de mentir, fut obligé de lui parler de sa danseuse demi-mondaine, d'ouvrir les pages de son journal intime et de lui citer tous les passages sur sa Petite K. Elle ne trouva rien de mieux que d'inscrire dans la marge : *Je vous aime davantage depuis que vous m'avez dévoilé cette petite histoire.*

Voilà à quoi j'étais réduite. Une petite histoire.

Mais cette humiliation ne m'atteignait pas encore. J'étais si sûre du succès de mon subterfuge que stupidement, ridiculement, la « Petite Histoire » se pavana dans tout le théâtre en proclamant : *Nous verrons qui l'emportera, d'Alix ou de moi !* Les danseurs me tournèrent le dos en ricanant. Mon père finit par envoyer mon frère me sermonner chez moi, me rappeler que j'étais une Kschessinski, pas la fille d'une lingère ou d'une bonniche. Où était ma dignité ? Je n'en avais plus aucune.

Si je ne modifiais pas mon comportement, on me ramènerait de force à la maison. Cependant, mes proches étaient des gens du spectacle, ils n'avaient pas évolué dans les cercles de la haute société. Comment pouvaient-ils comprendre ce que j'avais perdu ? J'étais humiliée, hystérique telle la paysanne, la bayadère, la gitane délaissées pour une princesse que j'incarnais dans les ballets. Plus grave, j'étais devenue une affaire d'État. À tel point que le directeur des théâtres impériaux Vsevolojski, oubliant provisoirement ses exquises manières du XVIIIe siècle, alla rapporter à Polovstov, un membre du Conseil d'État, mes éclats pendant les répétitions et dans les couloirs. Polovstov s'adressa à son tour au grand-duc Vladimir, ministre des Théâtres impériaux, qui me convoqua quai Dvortsovaïa, dans son imitation laborieuse d'un palais florentin de 365 pièces, une pour chaque jour de l'année. Sa longue façade donnait sur la Neva et l'eau éclairée par le soleil faisait irradier les briques ocre comme la face de Dieu. Une gondole flottait au bout du ponton. Un carrosse doré m'attendait dans la rue. Le grand-duc habitait tout près du Palais d'Hiver. Je restai un instant immobile sous le portique de l'entrée, savourant la protection qu'il m'offrait. Je ne le regrettai pas car la sobriété de cet extérieur était trompeuse. Le hall d'entrée aux murs pourpres et or s'élevait sur plusieurs étages. Chaque arche, chaque corniche, chaque recoin était si ornementé que j'eus l'impression de pénétrer dans une église. Deux énormes ours empaillés flanquaient l'imposant escalier en courbe, l'un offrant un plateau de sel, l'autre une corbeille de pain – une vieille tradition russe de bienvenue. Mais je ne me sentais pas la bienvenue. J'étais dans un drôle de pétrin. Les serviteurs en livrée rouge et chapeau carré des cours Renaissance portant l'épée et la masse m'apparaissaient comme des gardes armés chargés de me transporter jusqu'à Vladimir. Ce palais évoquait à la fois l'Orient et l'Occident mais il exprimait surtout le pouvoir et l'ambition de son propriétaire. J'avais l'ambition mais pas le pouvoir. Je suivis docilement un domestique jusque dans la bibliothèque, une gigantesque boîte en bois de merisier surmontée d'un dôme, au milieu de laquelle trônaient un vaste bureau et « l'empereur Vladimir », avec ses rouflaquettes et sa voix de stentor.

Son palais est aujourd'hui la Maison des Savants de Leningrad. Ses ossements gisent en Russie, ceux de son épouse et de ses enfants sont éparpillés en France.

Mais ce jour-là, il était maître des lieux, maître de moi et il me fit asseoir en face de lui dans un fauteuil en cuir, mes pieds effleurant à peine le sol. Il ne me restait plus qu'à mettre mon pouce dans ma bouche, tellement je devais paraître jeune. Vladimir me dévisagea d'un air sévère. Sa barbe était déjà blanche, bien que sa moustache eût conservé sa couleur d'origine, et ses joues s'étaient creusées comme chez tout homme qui prend de l'âge. Jeune, il avait eu un corps grassouillet, une figure ronde et sensuelle mais, au fil du temps, son visage avait gagné en élégance, en intelligence ; ce n'était plus celui d'un ivrogne dépravé. Il avait l'air d'un ascète mais il ne l'était pas : il aimait toujours autant la bonne chère, le théâtre, le pouvoir et le sexe faible et, Dieu merci, j'étais une jolie jeune femme. Mon attitude courrouçait le tsarévitch, m'annonça-t-il, elle menaçait la sécurité de sa fiancée. En étais-je consciente ? Nicolas et Alix seraient un jour le père et la mère de la nation, le Batouchka et la Matouchka de la Russie. Je ne pouvais pas continuer ainsi à salir Nicky à travers des messages injurieux adressés à Alix. Je cachai mon visage dans mes mains. Oui, enchaîna-t-il, il était au courant. De surcroît, ne savais-je pas que Nicky était dans l'obligation de se marier ? Ne m'avait-on pas traitée correctement ? J'opinai. Alors pourquoi toute cette agitation ? Le secrétaire d'État envisageait de me bannir de la capitale et de me couper les vivres si j'y revenais, poursuivit-il. Est-ce cela que je désirais ? Je secouai la tête, effarée. Je risquais d'être une Maria Labunskaïa de plus, révoquée du Mariinski et expédiée à Paris, la ville où depuis des décennies les tsars reléguaient les membres trop capricieux de leur famille. Je ne voulais pas vivre si loin de chez moi. Je ne voulais pas, comme Maria, danser au théâtre parisien de la Gaîté-Lyrique. J'étais l'une des danseuses impériales de l'empereur, pas une vulgaire artiste de variétés.

J'affichai un sourire. De mes doigts tremblants, j'essuyai mes larmes et acceptai de me calmer. Le grand-duc m'appela sa *douchka* et déposa un baiser sur mon crâne. *Bonne fille.*

Ce n'était pas tout. Il me promit aussi de me nommer *prima ballerina assoluta* du Ballet impérial si je modérais ma conduite. Pour finir, mes crises de nerfs auraient au moins un résultat positif. À l'envie de tout mon entourage, la risée du Mariinski fut promue. D'un claquement de doigts.

D'âme et d'esprit, de corps et de cœur

Avoir un mécène présentait un certain nombre d'avantages et en manquer, de gros inconvénients. Les 100 000 roubles alloués par Nicky et le « Club des patates » ne me permettraient pas de vivre comme une Romanov. Je compris rapidement que cet argent n'était destiné qu'à me dépanner jusqu'à ce que le destin m'offrît un nouveau protecteur. Sans parrain, je serais éventuellement l'objet des caprices de l'administration du théâtre, voire éclipsée par ma rivale Olga Preobrajenska qui, malgré sa modestie et sa droiture, avait été promue étoile juste après moi. Bientôt, nous serions toutes deux écartées par les plus jeunes, celles qui sortaient de l'école chaque année et envahissaient la scène du Mariinski. Pour ne pas perdre pied au beau milieu de ce plateau glissant, il me fallait un bienfaiteur ayant des liens avec la cour. Toutefois, je n'étais pas encore suffisamment aux abois pour attirer un vieux grand-père à barbe blanche dans mon lit. Serge Mikhaïlovitch me rendait régulièrement visite à la maison comme le lui avait demandé Nicky. Quand un maître se lassait de sa maîtresse serve, il lui donnait une dot et la mariait à l'un de ses serfs chasseurs (l'élite du domaine). Ce fut en substance ce que Nicky fit avec moi en me rétribuant généreusement et en m'envoyant son mandataire, le serf Serge Mikhaïlovitch..., général d'artillerie, donc chasseur d'hommes ! De toute évidence, le tsarévitch souhaitait que Serge en qui il avait toute confiance veille sur moi. Peut-être aussi avait-il deviné comme moi les sentiments rentrés de son cousin à mon égard. Ce n'était pas un mauvais choix. Frère d'un tsar et oncle d'un autre, son père Michel Nikolaïevitch recevait l'un des apanages les plus conséquents du Trésor et possédait à travers toute la Russie des terres dont ses fils hériteraient. Un jour, Serge serait l'un des hommes les plus fortunés de l'empire – et il était déjà fort riche. Grâce à ses liens rapprochés avec le tsarévitch, il me tint au courant de l'évolution de son idylle avec Alix en Angleterre. J'appris ainsi qu'elle prenait des cours avec le père Yanitchev, que Nicky et Alix étaient parrain et marraine du premier fils de son cousin anglais, le futur roi George V, et de son épouse May, que l'on n'avait pas, comme le veut la coutume, immergé le bébé dans les fonts baptismaux mais simplement arrosé sa tête de quelques gouttes d'eau bénite. Décidément, Nicolas se convertissait en véritable Européen ! Serge savait tout sur les vacances du couple à Osborne, dans l'île de Wight. En sa compagnie, je me sentais moins loin de mon prince. Je l'aimais bien. Il m'apprit à fumer ces petites cigarettes jaunes que les courtisans aspiraient entre deux plats au dîner. Il m'enseigna l'art de la bicyclette, me promit de me laisser rouler à bord de son propre wagon quand je me rendrais à Krasnoïe Selo au mois de juillet. Quel meilleur moyen que de devenir la maîtresse de Serge pour convaincre Nicolas que je ne pensais pas plus à lui que lui ne pensait à moi ? D'autant qu'avec un peu de chance, je parviendrais à exciter sa jalousie.

Je complotai tout ceci tandis que Nicky voguait sur la mer Baltique à bord de *L'Étoile Polaire,* regagnant la

Russie pour assister au mariage de Xénia avec Sandro, le frère de Serge. Cette union ne plaisait qu'à moitié à la famille impériale, car Sandro était l'un de ces Romanov du Caucase. J'y réfléchis pendant que Nicky était sur l'eau, séparé d'Alix mais rêvant d'elle, j'en suis sûre, et relisant ses notes à mon propos dans les marges de son journal intime. *Quand nous sommes jeunes, nous ne réussissons pas toujours à résister à la tentation* – comme si j'étais le serpent et Nicky, l'innocent ! Je craignais qu'à son retour, il ne me réprimande par le biais d'un courrier du genre : *Chère Mala, démon vengeur, obscure là où Alix est lumière, turbulente là où elle est calme, souillée là où elle est pure.* Salie par lui ! Je ne voyais donc aucune raison valable de refuser les attentions et la protection de Serge. Et si Nicolas m'en voulait au point de me l'arracher ? Que deviendrais-je ?

Le 25 juillet, Xénia épousa le frère de Serge et ce dernier abandonna tous ses rêves sur elle. Le 28, je dansai lors du gala donné en l'honneur des jeunes mariés au vieux théâtre du palais Peterhof, rénové pour l'occasion, ses galeries bordées de plantes tropicales, la salle et l'allée y menant, éclairées à la lumière électrique. Assis avec ses proches dans la loge impériale conçue pour ressembler à une énorme tente en velours rouge, supportée par des colonnes et des poutres dorées et surmontée d'une couronne, il ne vint pas me féliciter, comme le voulait la coutume après ma prestation dans *Le Réveil de Flore*. Je compris que mes songeries mais aussi celles de Serge appartenaient désormais au passé. Pendant que les femmes de chambre rangeaient la robe de mariée de Xénia et que Nicky écrivait à Alix : *Je suis à vous entièrement et pour toujours, d'âme et d'esprit, de corps et de cœur ; tout est à vous*, Serge, dans ma demeure de Saint-Pétersbourg, détachait les épingles et les rubans de mes cheveux comme sur une fillette que l'on prépare pour le coucher. Puis, il se mit à me peigner avec ses doigts, à rouler mes longues boucles entre ses paumes. Il ne dit rien et moi non plus. Il était tard, vingt-trois heures, le soleil venait de disparaître. L'air était doux et feutré et nous nous rendîmes à tâtons dans l'une des chambres, pas celle que j'avais partagée avec Nicky. Nous mîmes un certain temps à nous déshabiller. Imaginez ! Je portais une sous-jupe assortie à ma robe, un chemisier à volants, un jupon cerclé et un autre en coton, le coussinet dodu qui avait récemment remplacé la tournure, un corset, une chemise brodée de roses minuscules, une culotte qui me descendait jusqu'aux genoux et des bas. Tout ça au cœur de juillet ! De quoi nous donner l'occasion de marquer des pauses, de revenir en arrière. Nous n'en fîmes rien. Serge se mit à me caresser et je poussai de tels gémissements qu'il dut s'arrêter. *Qu'avez-vous fait pendant tout ce temps, Nicky et toi ?* me demanda-t-il en riant. Je compris tout à coup comment Serge et son frère Sandro avaient gagné leur réputation de coureurs invétérés. Quand je lui avouai : *Rien de tel*, je pense que le spectre de Nicky se dissipa pour lui car de toute évidence, il avait conquis mes sens, sinon mon cœur. Dommage pour Serge, qui m'aima sans retour et qui, toute sa vie, chercha la réciproque. Je ne le savais pas encore lorsque je voyais, sur sa table de chevet, une photo encadrée de lui enfant, assis sur les genoux de sa mère. Or, si sur ce cliché elle le serre contre elle, c'est uniquement pour poser devant l'objectif car elle ne lui a jamais montré, en réalité, beaucoup d'affection. Elle avait peu de temps à consacrer à ses enfants. Elle était sévère, elle avait la langue bien affilée et Serge avait dû se résoudre à son indifférence. À présent, auprès de moi, il croyait avoir trouvé le bonheur et cela le rendait exubérant. *Tant pis !* Pour lui.

Peu après notre première nuit d'ébats, il m'offrit une datcha à Strelna, là où la noblesse s'installait pour la saison estivale. Ma propriété n'était séparée des écuries du palais Constantin que par un étroit canal. Ma maison avec sa tourelle en bois nichait près d'un bosquet de bouleaux. Une allée privée menait à ma plage personnelle. Un portail en fer forgé flanqué de haies taillées gardait l'entrée de mon parc. Sur la pelouse arrière, un cochon, une grenouille et un lapin en pierre faisaient mine de boire à la fontaine. Plus tard, j'eus une orangeraie, une glacière, une serre, une grange et un ponton pour mon bateau. Mieux qu'un collier de diamants, non ? Car à Strelna, je pouvais m'insinuer chaque été dans les bonnes grâces des Romanov, organiser dîners et réceptions. Comme mon père, je savais recevoir et l'argent de Serge me permettait de le faire avec panache. Dans l'un de ses poèmes, le grand-duc Constantin Constantinovitch évoque une fête que je donnai un après-midi :

Un ruisseau dévale la colline
Emportant un pétale de tulipe
Et la Bayadère dans les fleurs
Danse passionnément au son des tambourins.

J'étais cette bayadère, dans ma datcha en bas de son palais ! Et Serge, grisé par l'amour, déversait ses roubles sur moi.

Pour lui prouver ma gratitude, je lui dessinai un médaillon en or gravé de mon portrait avec la mention *21 août – Mala – 25 septembre* en mémoire de notre premier séjour dans ma maison de campagne. J'ajoutai à mon présent une pièce de dix kopecks datant de son année de naissance, 1869. Il n'avait que trois ans de plus que moi mais tenait entre ses mains un énorme pouvoir. Entre les miennes, je tenais son cœur. Il porta ce souvenir sur lui jusqu'à la fin de ses jours.

Aurais-je dû me sentir coupable ? Pourquoi ? L'amour, même à sens unique, est toujours un cadeau.

Je repense à la chanson que me fredonnaient Serge et ses frères, à la reine dans son château. Elle ravissait ses amants puis les jetait par la fenêtre de sa chambre. S'ils survivaient à la chute, les rochers déchiquetaient leur corps. Pour Serge, ces rochers étaient sans doute le purgatoire de nos conversations sur Nicky et Alix, échanges que je rendis bientôt obligatoires avant de devenir sa maîtresse. S'il était le chevalier servant, j'étais une reine de piètre réputation. Désormais, parmi beaucoup d'autres, je n'étais que l'une des maîtresses déchues d'un Romanov et les mères recommandaient à leurs filles de m'éviter. À l'automne, apercevant un groupe d'élèves de l'école de ballet marchant dans la rue, je demandai à mon cocher de s'arrêter. *Les filles, les filles ! Montez avec moi !* Malgré le froid, elles refusèrent. *Spasiba !* répondirent-elles en secouant la tête. *Elle est diabolique !* dit l'une d'entre elles à sa camarade. Je n'insistai pas. *Diabolique*.

Un tsar doit mourir en Russie

Peu après, la maladie, qui avait affaibli le tsar au début de 1894 et qui s'était aggravée pendant l'été, l'emporta. Il mourut à Livadia, en Crimée, en pleine campagne près de la mer Noire qui n'est pas noire mais d'un bleu vif, ceinte de collines parsemées de roses sauvages et de chèvrefeuille. Les espèces de fleurs étaient si nombreuses en Crimée qu'on les expédiait par train jusqu'à Saint-Pétersbourg pour décorer les salles de bal des Palais d'Hiver, Vladimir, Mikhaïlovski et Cheremetev. Mais le bâtiment en bois où trépassa le grand tsar, malgré ses balcons et ses galeries, n'avait rien de grandiose. Il était sombre et humide. Lorsque je le visitai, il était déjà abandonné. Une croix blanche était dessinée sur le sol du salon, à l'endroit où il avait rendu son ultime soupir. Une heure plus tard, sur la pelouse, un prêtre avait recueilli le serment d'allégeance du nouveau tsar Nicolas II tandis que le défunt recevait sa dernière salve depuis les navires de guerre stationnés dans le port de Yalta. Les médecins d'Alexandre lui avaient recommandé d'aller à l'étranger, à l'air sec de l'Égypte mais il avait préféré la Crimée parce qu'il se savait condamné et parce qu'un tsar se doit de mourir en Russie. Le fauteuil dans lequel il a rendu l'âme et les accessoires tout autour furent traités comme des reliques, des pièces divines. Il en a été de même pour tous les tsars. La chambre du Palais d'Hiver où le grand-père de Nicky était décédé demeurait telle quelle – un mégot de cigarette dans un cendrier, des mouchoirs éparpillés sur les tables et les chaises, le drap maculé sous le couvre-lit. À Gatchina, derrière une porte scellée, était cachée la couche ensanglantée sur laquelle on avait déposé le défunt Paul Ier, assassiné par ses gardes et officiers. Nicky m'a raconté un jour que sa sœur Olga voyait de temps en temps le fantôme de Paul s'agiter derrière les fenêtres comme s'il cherchait son lit. Que ferait-il s'il le découvrait ? me demandai-je. S'y allongerait-il ? Trouverait-il enfin le repos ? Il paraît que la « Maison des intentions spéciales » à Ekaterinbourg, où Nicky a été assassiné, reste vide, intouchée. On n'a jamais replâtré les murs de la cave, transpercés de balles.

Quand je rêve aujourd'hui de Nicolas, je le vois parfois tel que je l'ai imaginé le jour de sa mort, le visage vieilli, les rides disparaissant dans sa barbe, ses yeux bleus soulignés de poches. Sa tunique kaki est criblée de trous aux bords noircis mais sa figure, ses membres sont intacts. Dans mon rêve, Nicky se tient devant moi, le regard triste, et lève une main. Je lui demande : *Quoi ? Que veux-tu ?* Que pourrais-je lui offrir maintenant que je ne lui aie pas offert de son vivant ? Il ne me parle pas, il me tend le bras. Que peut-il me tendre d'autre ?

Parce qu'Alexandre III était mort si loin de la capitale, sa dépouille parcourut une dernière fois en train la Russie sur laquelle il avait régné. Cinq mille kilomètres entre la gare de Sébastopol en Crimée et la gare Nikolaïevsky, à travers l'Ukraine jusqu'à Moscou, puis jusqu'à Saint-Pétersbourg. Vingt ans plus tard, ces paysages de campagne où se dressaient les manoirs des barons et des seigneurs seraient ravagés, pillés par la paysannerie. Mais, en 1894, l'empire était intact et les paysans s'agglutinaient au bord des rails pour saluer leur souverain.

À Moscou, le corps passa une nuit au Kremlin, comme pour se reposer avant d'entamer le long trajet vers sa destination finale. À Saint-Pétersbourg, un tapis noir recouvrait le quai où un catafalque abritait le cercueil, ses colonnes enroulées d'étoffe noire ; les chevaux qui le tiraient étaient, eux aussi, drapés de noir. Même les carrosses de la cour portaient le deuil. Il fallut des heures pour transporter les membres de la famille le long de la perspective Nevski où s'alignaient cent mille gardes. Seul le bruit des roues, celui des cloches sonnant en contrepoint et les coups de canon tirés depuis la forteresse, un par minute, troublèrent le silence.

Avant l'enterrement d'un tsar, des messes sont célébrées pendant une semaine. À la mort du grand-père de Nicky, on n'avait pas réussi à rapiécer complètement son corps tant il avait été déchiqueté par la grenade jetée à ses pieds : jambes pulvérisées, abdomen béant, les échardes de son alliance s'enfonçant dans la chair de sa main. On avait donc camouflé ce que l'on pouvait. Sur sa photo (celles des tsars étaient publiées dans les journaux ou reproduites en lithographies peintes à la main et vendues en guise de souvenir), il porte son uniforme à épaulettes mais son visage est creusé, sa bouche grande ouverte, sa moustache sèche comme de la paille, sa main intacte cachant l'autre. Aux obsèques, il fut recouvert d'une cape dorée doublée d'hermine, la tête voilée jusqu'à ce que l'on abaisse le couvercle de la bière. Le père de Nicolas était mutilé non pas par une grenade mais par ses embaumeurs qui avaient mal dosé leurs produits chimiques, lui infligeant la disgrâce de pourrir devant les yeux de ses sujets. Presque un mois s'écoula avant qu'Alexandre ne soit enfin enterré, la figure noircie, le crâne rétréci, l'ensemble dégageant une odeur nauséabonde.

Quelle abomination pour un si grand homme, ce père que Nicky avait à la fois craint et vénéré.

À cette pensée, je saisis la main du mien tandis qu'avec ma mère, ma sœur et mon frère, nous nous rendions à notre propre paroisse catholique où est enseveli le dernier roi de Pologne. La cérémonie officielle était réservée à la famille impériale, à la cour et aux diplomates. Pourtant, la foule qui avait franchi le pont pour se rassembler respectueusement autour de la cathédrale était si dense que le prince Dolgorouki eut du mal à frayer un chemin pour leurs majestés. La ville, en général si animée, semblait anéantie, inerte.

Il était le seul tsar que j'avais connu. Mes parents gardaient un portrait de lui à la maison. Il y en avait un aussi à l'école de ballet et un au théâtre. Pendant ma première année d'études, je me signais chaque fois que je passais devant le tableau, si énorme qu'il aurait pu écraser un enfant en tombant. Dans mon esprit, je confondais le tsar et Dieu. Ce regard qui me contemplait semblait lire mes pensées. Ce jour-là, l'église Sainte-Catherine était remplie de fidèles vêtus de noir. Ma mère pleura comme moi, mais c'était davantage sur mon sort que je m'apitoyais. Car Nicky, ployant sous ses nouvelles charges, ne penserait plus à moi. Quand Serge me rapporta le programme des funérailles, je clignai les yeux en y lisant *Nicolas II, empereur*. À vingt-six ans ! Nicky, mon Nicky n'était plus. Quant à Alix, elle serait bientôt impératrice. Pas moi ! Car elle était là, bien que n'ayant aucun rôle officiel à assumer pour le moment. D'ici peu, le portrait de Nicolas remplacerait celui de son père à l'école, au théâtre, sur les billets de banque et je ne le verrais plus que sur le papier. Tout ce que m'avait raconté Serge à son propos m'était devenu inutile. Le comble, c'était que le protocole interdirait à Nicolas d'assister au moindre spectacle pendant tout l'hiver ! Je sanglotai donc avec mes compatriotes polonais, mon père m'observant à la dérobée, surpris par la violence de mon chagrin. De l'autre côté de la Neva, à la forteresse Pierre-et-Paul, Alexandre III fut inhumé dans la chapelle où reposent tous les tsars Romanov depuis Pierre le Grand.

Il fut le dernier.

Alix s'était agenouillé auprès du cercueil du souverain, elle l'avait embrassé, elle avait même assisté à sa fin. Ce fut Sandro qui nous l'apprit car il s'était rendu avec Xénia en Crimée à l'automne précédent. Il nous raconta en détail l'agonie du malade, la panique de Nicky à la perspective de monter sur le trône : il avait supplié son père de l'autoriser à abdiquer comme l'avaient fait les frères d'Alexandre Ier. Alexandre III avait refusé fermement. Son fils était peut-être un imbécile, mais, en ce cas, son frère Michel l'était encore davantage et Nicky aurait sa mère pour le guider. Nicolas s'était incliné mais tout en insistant pour avoir Alix auprès de lui. Il avait obtenu l'autorisation de l'envoyer chercher à Darmstadt et l'avait accueillie en personne à la gare de Simferopol. Le trajet jusqu'au palais Livadia dura quatre heures et, à leur arrivée, leur carrosse débordait de citrons et d'oranges, de roses et de lilas offerts par les Tartares sur leur route ; leur banquette était jonchée de symboles de fertilité. Si la princesse a su redonner du courage à Nicky, elle a aussi apporté la mort avec elle : l'empereur ne survécut que dix jours. Les Pétersbourgeois la verraient pour la toute première fois dans le cortège funéraire, à bord de son propre carrosse, derrière la famille. Sur son passage, les femmes se signèrent comme pour chasser le mauvais sort. *Elle nous arrive derrière un cercueil.*

Si Alexandre n'était pas mort si jeune, Nicky n'aurait pas précipité son mariage. Qui sait ce qu'il serait advenu pendant ces quelques mois ? C'était injuste ! Mais dans son premier édit, Nicolas II nomma sa fiancée Alix, grande-duchesse Alexandra Fedorovna. Dans le second, il déclara que son mariage avec elle aurait lieu une semaine après les funérailles de son père.

Je ne pus m'empêcher d'extorquer à Serge des détails sur le mariage, d'autant qu'il y avait assisté depuis la loge impériale. Toutefois, il ne tenait pas à m'en parler de peur d'accroître mon désarroi. Je dus lui arracher chaque mot avec un baiser.

Que portait-elle ?

Une robe argent et une cape dorée.

Et sur sa tête ?

Un kokochnik en diamants.

Ses bijoux ?

Des perles. Le diamant Rivière Impériale de 475 carats.

Son bouquet ?

Roses et myrte.

Sa traîne ?

Doublée d'hermine. Portée par quatre pages.

Elle est arrivée au palais en... ?

Carrosse doré.

Nicolas se tenait... ?

Dans la chapelle du palais, en uniforme de hussard.

Les vœux ?

Nicky a bafouillé.

Ensuite ?

Le prêtre a béni le couple qui a embrassé la croix en or.

Et ce fut fini à ... ?
Juste avant treize heures.
Et lorsqu'ils ont quitté le palais ?
La foule sur la perspective Nevski les a acclamés.

Une anecdote me réjouit. À la réception, Alix se retrouva seule dans l'une des pièces de l'interminable enfilade, abandonnée par les pages de l'école militaire. Chargés de porter la traîne de la tsarine, ils s'étaient empressés d'égarer les deux. Vêtue de sa lourde robe à manches longues, coiffée du *kokochnik* et ployant sous le poids de ses joyaux, elle se rendit compte qu'elle ne pouvait absolument pas bouger. Elle resta donc là, enracinée dans la pièce immense et vide. À quoi pensait-elle, perdue dans ce palais d'un pays étranger qu'elle ne comprendrait jamais ? Si j'avais été là, je lui aurais chuchoté à l'oreille : *Rentrez chez vous !* Mais pour finir, son frère Ernest s'aperçut de sa disparition et partit à sa recherche. Son frère. Pas Nicky.

Cette nuit-là, je pleurai toutes les larmes de mon corps. Serge, que ses proches surnommaient déjà mon *chien domestique*, usa de tous les subterfuges pour me détourner de ma détresse. En vain.

Je ne me marierais pas avant l'âge de quarante-neuf ans. Pour moi, il n'y eut ni *kokochnik* ni robe argent ni cape dorée ni acclamations le long de la perspective Nevski. En 1921, Saint-Pétersbourg n'était plus qu'une ville fantôme. Disparus les carrosses dorés, les armoiries impériales sur les façades du Palais d'Hiver. On les avait détruits et jetés, tels des anges tombés des cieux. Les trois quarts des maisons étaient vides. Des chevaux morts gisaient dans les rues. Des détritus flottaient dans les canaux. J'étais à l'orée de ma vieillesse. Ma bouche commençait à se rider, la peau de mes bras était devenue flasque. Je devais me teindre les cheveux. J'étais comme Saint-Pétersbourg.

Aujourd'hui, je vis à Paris, décoré ce mois-ci pour les fêtes de fin d'année. Les arbres des Champs-Élysées sont illuminés, un sapin géant orné de lumignons et de clochettes se dresse devant Notre-Dame, les cabanes du marché de Noël me rappellent celles des jours gras sur le Champ de Mars où les paysans vendaient objets et jouets artisanaux. Je suis en France depuis cinquante ans mais ce temps n'est qu'un vernis sur ma charpente. Le jour, je parle le français quand j'y suis obligée mais jamais en famille et, la nuit, je rêve en russe. J'ai préféré m'établir à Paris plutôt qu'à Berlin où tant d'écrivains, de peintres et de musiciens se sont réfugiés après la révolution, attirés par le faible taux du mark et la taille des appartements délaissés brusquement par une classe moyenne ruinée après la Grande Guerre. Mais les Romanov, du moins ce qu'il en restait, se sont installés pour la plupart dans des villas sur la Riviera. J'en fis autant puis, voyant mes moyens financiers se réduire, montai sur Paris où la lumière, les places et les boulevards me rappellent Saint-Pétersbourg. Paris en hiver sent les marrons grillés ; les rues de Saint-Pétersbourg étaient émaillées de feux pour réchauffer l'air. À Paris, les officiers des armées blanches ont travaillé comme chauffeurs privés ou de taxis, les hommes d'affaires comme ouvriers dans les usines, les comtes et les barons, comme serveurs. Les danseurs du Ballet impérial ont ouvert des cours de danse. J'ai eu, moi aussi, mon école, avenue Vion-Whitcomb, pendant trente-cinq ans. J'ai fermé le studio Princesse-Krasinski en 1964. J'avais quatre-vingt-douze ans. J'ai donné des leçons à la grande Margot Fonteyn et à Pamela May, toutes deux du Vic-Wells. J'ai eu comme élève Mia Slavenska et Tatiana Riabouchinska (fille d'une famille de banquiers russes). Elles devinrent étoiles du Ballet russe de Monte-Carlo, cette troupe héritière des Ballets russes de Diaghilev après la mort prématurée de ce dernier. J'ai appris les variations du *Lac des cygnes* à Alicia Markova, *alias* d'Alice Marks, une Anglaise qui s'est inventé un nom russe. En effet, grâce aux tsars, la Russie était devenue synonyme de ballet et quelle ballerine digne de ce nom ne s'en déclarait pas désormais issue ? Quant à moi, autrefois la plus grande de toutes, je dépends de la charité de mes amis et de mes anciens élèves.

Dans mon tiroir, parmi mes quelques francs, je conserve un récépissé pour onze boîtes en argent et en or, déposées en 1917 dans les coffres-forts de la banque pétersbourgeoise Azov et Don. Onze boîtes vides. En 1920, Lénine a liquidé les banques et s'est emparé de tout ce qui ne lui appartenait pas pour ranimer son gouvernement vacillant. J'ai aussi des billets imprimés de l'aigle impériale ou du visage de Nicky. Pendant la révolution, les gens les ont amassés comme un trésor précieux, préférant dépenser leurs roubles du gouvernement provisoire ou, plus tard, des bolcheviks, à l'effigie de Lénine, de la faucille et du marteau. Comme si, en cachant l'argent du tsar, ils pouvaient protéger le souverain, le régime, eux-mêmes.

Ici à Paris, les prêtres orthodoxes refusent d'accéder à mon désir de contacter mes morts par le biais d'un médium. Or j'en ai tant ! L'Église n'a jamais approuvé ces séances qui étaient pourtant fort à la mode à Saint-Pétersbourg, sous le règne de Nicolas. Les tables tournaient, les esprits frappaient aux murs et déréglaient les pendules. L'impératrice douairière avait coutume d'ouvrir sa bible au hasard et de prendre comme une prophétie les mots qui surgissaient. En somme, les nobles n'étaient pas si différents des paysans avec leurs *domovoï*, ces facétieux esprits du foyer pour lesquels ils étendaient des crêpes sur les rebords des fenêtres pendant le Carnaval. Nous nous réunissions dans les boudoirs, parés de nos satins et de nos fourrures, et nous citions les noms de nos défunts. Les prêtres sont jaloux de leur voyage dans l'au-delà et prétendent qu'une telle initiative perturbe le repos de leur âme, bien que je doute de celui-ci. Que s'imaginent-ils ? Que l'âme s'étire comme un cirrus au-dessus de la pierre tombale ? Qu'elle est assise dans un fauteuil au paradis, et que mon désir de parler aux morts sera perçu comme une démangeaison ou une piqûre d'aiguille ?

La Bayadère

MAIS REVENONS EN ARRIÈRE.

En 1896, la cour émergea de son année de deuil, la famille impériale retourna au théâtre et moi aussi. Durant la saison tronquée de 1894-1895 au Mariinski, ma famille s'était démenée pour me distraire. Mon frère m'avait emmenée avec lui à Monte-Carlo danser pour les Romanov qui séjournaient sur la Riviera afin d'échapper aux rigueurs imposées par le deuil à la maison. Puis mon père m'avait convaincue de le suivre au Grand Théâtre de Varsovie, où, malgré ses soixante-quatorze ans, nous avions dansé csardas et mazurkas, sa spécialité. J'étais si souvent absente de Saint-Pétersbourg qu'une rumeur se mit à courir selon laquelle j'étais morte d'un cœur brisé, celui-là même que mes proches s'acharnaient à réparer. Nicky était marié, la routine des représentations reprenait, mes proches espéraient que je retrouverais ma vivacité d'antan. Toutefois, rien n'était comme avant. Nicky ne venait plus visiter l'école ni applaudir les exploits des élèves en fin d'année. Le grand-duc Vladimir avait pris le relais. Apparemment, Alix ne tenait pas à ce que son mari s'approche trop de ce gynécée, encore moins de moi. S'il assistait aux spectacles, il s'arrangeait pour venir les soirs où je ne dansais pas. C'était la nouvelle disposition, aussi exécutoire qu'un décret du tsar. Par le passé, apercevant une fleur solitaire dans la neige, Catherine la Grande avait donné l'ordre à une sentinelle de la surveiller toute la journée et de débarrasser ses pétales du moindre flocon. Et parce qu'elle ne révoquait jamais une directive, chaque jour pendant des années, un garde fut posté à cet endroit. Sous la pluie, dans le vent, malgré la chaleur étouffante, il se tenait là. J'imaginai que les souhaits d'Alix étaient tout aussi absolus.

Je retournai au théâtre après le Noël russe qui tombe deux semaines après celui des chrétiens catholiques. De même, nos fêtes de Pâques ne correspondent pas au jour où les Occidentaux célèbrent la résurrection du Christ. Nous avons suivi le calendrier julien jusqu'à la révolution : le lendemain du 31 janvier 1918, nous sommes passés directement au 14 février du calendrier grégorien. Mais l'Église n'a jamais suivi le mouvement... En 1896, donc, j'interprétai un nouveau rôle, celui de Nikiya dans *La Bayadère.* Ce conte adapté par Petipa met en scène bracelets et saris, bananiers et crêtes de l'Himalaya enneigées. Une danseuse hindoue tombe amoureuse d'un prince guerrier, Kshatriya qui, hélas, est déjà promis à la fille du Rajah. Le Rajah et sa fille échafaudent un plan pour se débarrasser de la bayadère. Lors d'une fête, elle reçoit un bouquet dans lequel est caché un serpent venimeux qui la mord. Elle meurt mais son Ombre vient hanter les rêves du prince et, plus tard, son mariage. Avant la fin de la cérémonie, le tonnerre, la foudre et un tremblement de terre détruisent le palais du Rajah, ensevelissant tous les participants. Une vengeance parfaite. Que l'on me donne le rôle de la danseuse catin qui gâche le bonheur du jeune couple me parut une étrange coïncidence. Peut-être Vsevolojski, déçu de n'avoir pu me chasser par le biais de Polovstov et du grand-duc Vladimir, tentait-il de nouveau sa chance ?

Si c'était le cas, son plan faillit réussir. Toute innocence, je dansai ce ballet, un dimanche, le 28 janvier. Je me rappelle cette date car je ne fus plus jamais distribuée un dimanche au cours de cette année-là. Difficile d'ignorer la famille impériale dans sa loge située à droite de la scène et presque à sa hauteur. Avant l'exécution d'un *bis*, il fallait demander la permission. La personne dont le rang était le plus élevé l'accordait d'un signe de tête, il nous fallait donc les voir. Leurs visages m'apparaissaient aussi nettement que ceux des danseurs qui jouaient mon bien-aimé prince Solor, le Rajah ou sa fille, Gamzatti. Je distinguais parfaitement Nicky, en tunique de cérémonie rouge, ceinture, tresses et médailles dorées. Sa mère, les cheveux empilés, était couverte de bijoux. La convention voulait que ces joyaux reviennent à Alix, l'impératrice souveraine, mais Serge m'avait expliqué que Maria Fedorovna ne pouvait s'y résoudre ; elle avait renoncé à tant de choses depuis un an. Alix était aussi présente. C'était la première fois que je la voyais et mon sang se glaça en coulisses comme si l'on m'avait déversé un seau d'eau sur la tête. Elle était le portrait des princesses anglaises et allemandes dans les contes que ma sœur me lisait lorsque j'avais quatre ans. Elle portait une robe argent qui rehaussait la blancheur lumineuse de sa carnation et une tiare incrustée de perles et de diamants sur ses boucles serrées. J'étais face à eux, vêtue d'une culotte ridicule, copie exacte d'une gravure glanée dans un article de *l'Illustrated London News* racontant le voyage du prince de Galles aux Indes, en 1876. J'avais les bras couverts de bracelets et la peau teintée de marron comme une tasse de thé trop infusé. Par provocation délibérée, j'avais accroché autour de mon cou le collier du tsar. Au fond, je n'étais pas toute innocence. Je n'avais peut-être pas repéré les similitudes entre nos vies dans l'argument du ballet mais j'avais sauté sur l'occasion de vexer Alix et le nouvel empereur. Avec succès. Nicky, que je n'avais pas revu depuis le gala en l'honneur du mariage de sa sœur, m'observait avec un mélange de sévérité et de méfiance. Serge m'avait prévenue qu'il était furieux contre moi. Je n'avais pas compris à quel point. Prenant soudain conscience de mon comportement, j'eus l'impression que mes membres se figeaient et j'eus un mal fou à les mouvoir pendant tout le premier acte.

Grâce au ciel, cette partie est essentiellement mimée – mon effroi quand le grand Brahmane me déclare son amour ; la scène où je remplis un vase d'eau pour l'offrir aux autres danseuses sacrées et aux fakirs ; les hommes qui bondissent à travers des cercles enflammés et agitent leurs sabres ; ma conversation avec Solor. Car j'aurais été incapable de danser. Cependant, je parvins à bouger les bras. Nos mimes étaient si élaborés que les balletomanes prenaient des cours pour comprendre le sens de nos gesticulations. Au cours d'un de ces interminables interludes, je jetai un coup d'œil derrière l'épaule de Solor. On s'agitait dans la loge impériale. Le visage d'Alix était couvert de taches rouges et elle respirait avec peine. Elle se pencha vers Nicky avec un geste de détresse. Il se leva aussitôt et recula son siège dans les profondeurs de la loge. Qu'elle y reste ! Du moment que Nicky revenait… Il n'en fit rien. Le stratagème de Vsevolojski avait marché, mais pas tout à fait comme prévu. Il avait débarrassé le théâtre du tsar et de la tsarine, pas de moi ! Un arrangement fut trouvé et, par la suite, on ne me distribua plus que les mercredis soir, en l'absence de la famille impériale. Ce fut l'Italienne Pierina Legnani, courte sur pattes, trapue, au visage fort ordinaire, qui déploya alors son talent, chaque dimanche, pour Nicolas.

J'avais été promue *prima ballerina assoluta* des théâtres impériaux mais je ne danserais plus jamais devant les souverains. Autant être morte.

Désormais, le mercredi, dans l'acte II de *La Bayadère*, après la grande procession, je posais ma petite guitare et ramassais un panier de fleurs artificielles. En son sein était dissimulé un serpent vivant mais drogué que j'appliquais sur ma poitrine pour simuler sa morsure. Je n'avais jamais été intimidée par la scène. On ne vient pas au théâtre pour voir une artiste se restreindre. Je ne me retenais pas (pas plus qu'à la ville, d'ailleurs). Les autres danseurs s'écartaient quand, le reptile remontant le long de mon bras, j'effectuais un large cercle pour leur montrer ma blessure et mon inévitable destin. Certains soirs, sous la chaleur des projecteurs qui m'aveuglaient et les tourbillons colorés de culottes, de saris et de coiffes voilées, je priais pour que le serpent se réveille et me morde vraiment. Alors, comme la célèbre chanteuse gitane Varya Panina qui, repérant son amant dans la salle, lui avait déclaré son amour repoussé avant d'avaler un verre de poison, je m'effondrerais pour toujours. Mieux valait devenir une légende que d'être une maîtresse répudiée face à une loge impériale vide.

À la fin de l'année, j'appris avec joie que l'on me confiait un dimanche... puis que Vsevolojski avait incité, le même jour, le tsar à se rendre au Mikhaïlovski pour assister à une pièce de théâtre française. En découvrant cela, mon bonheur se métamorphosa en une amertume si intense que je me mis dans une rage folle à tourner en rond chez moi comme les hélices du *Standart*, le yacht impérial. On ne me jetterait pas ainsi ! On ne m'enterrerait pas comme un vieux morceau de décor ou un accessoire délabré. Je m'assis à mon bureau et écrivis en russe une missive à Nicky, signée d'un énorme M alambiqué. Quand Serge arriverait dans la soirée comme à son habitude lorsqu'il n'était pas occupé ailleurs, je le supplierais de me la traduire en français, puis je la recopierais avec soin. J'avais besoin de son aide car j'étais quasiment inculte. Les programmes scolaires proposés par les écoles des théâtres impériaux étaient risibles. Même Vaslav Nijinski, véritable idiot en classe bien que génie sur la scène, avait réussi à obtenir son diplôme de fin d'études. Cependant, il me semblait important de m'exprimer dans la langue de la cour car il s'agissait d'une lettre formelle de la part d'un sujet mécontent, pas du message d'amour d'une vulgaire petite danseuse. J'y expliquais que, si j'avais perdu le privilège de danser pour l'empereur, je préférais renoncer à ma carrière et que, si je ne dansais plus, je serais privée de tout, de lui et de mon art. Il me punissait déjà en refusant de me rencontrer en privé. Je ne voulais pas être doublement sanctionnée en ne le voyant plus du tout, même pas au théâtre. Étais-je sa *prima ballerina assoluta*, oui ou non ? Le cas échéant, n'était-ce pas moi qu'il devrait applaudir plutôt qu'une boulette de viande importée d'Italie ?

Serge lut mon texte. Je m'étais ruée sur lui dans le vestibule et le lui avais fourré dans les mains comme une gamine demandant à son père de lui réparer son joujou cassé. *Tu envoies un ultimatum au tsar, Mala ?* soupira-t-il enfin. *Es-tu sûre de toi ?* J'opinai, bien qu'en vérité je n'eusse pas vraiment réfléchi aux conséquences que pouvaient engendrer mes lamentations. Et s'il m'encourageait ? *Très bien, va-t'en !* Toutefois, mon désir de lui faire comprendre l'injustice dont j'étais l'objet l'emporta sur la raison. À contrecœur, après que je l'avais couvert de baisers, Serge me traduisit ma lettre. Le lendemain, il la mit dans sa poche pour la porter au tsar car ce jour-là il devait lui servir d'aide de camp, un privilège que les grands-ducs se repassaient entre eux. Qui d'autre aurait pu accomplir cette mission ? Une fois entre les mains de Nicky, j'étais certaine qu'il la lirait non seulement parce qu'elle venait de moi mais parce que, déjà, il prenait plaisir à régler les affaires d'ordre mineur : budget des écoles en province, requête des paysans qui ne voulaient plus des surnoms dont on les avait affublés, Laideron ou Puanteur, par exemple. Cette missive était ma pétition.

Ce dimanche, je me préparai comme à mon habitude quand je dansais le soir. Je restai au lit toute la journée, dégustai quelques cuillerées de caviar à midi, refusai de boire une goutte de liquide, même de l'eau et arrivai au théâtre, deux heures à l'avance pour m'échauffer. Cette habitude, je l'avais prise dès l'enfance. Vu la position de mon père, quand le spectacle requérait une gamine pour retirer l'anneau magique de la bouche du poisson dans la dernière scène du *Petit cheval bossu*, c'était moi que l'on choisissait. J'insistais pour être sur place une heure avant le début du spectacle. Ce soir-là, sur le plateau derrière le rideau baissé, les autres danseurs se plaignaient comme toujours de ma présence qui entraînait automatiquement l'absence du tsar. Quand il ne venait pas au théâtre avec sa suite, toute la salle en pâtissait car les courtisans se déplaçaient autant pour admirer le souverain que pour nous applaudir. Quant à nous, les artistes, nous n'aspirions qu'à être vus par notre souverain. Comment l'expliquer ? Il avait le don d'aiguiser nos sens. Comme l'amour.

N'ayant reçu aucune réponse à ma lettre et Nicky ne l'ayant pas lue devant Serge, je ne pouvais qu'espérer l'avoir ému un petit peu. Je me faufilai, faussement désinvolte, entre les arbres exotiques aux branches entrelacées puis longeai la pagode. Comme par hasard, nous présentions *La Bayadère*. Le décor était somptueux pour satisfaire aux goûts de l'époque, la machinerie, sophistiquée : personnages volants, apparitions, tornades, trappes, fontaines et inondations, châteaux qui s'écroulaient. Vsevolojski consacrait un budget énorme à l'opéra mais ne négligeait pas pour autant le ballet. Je m'approchai du trou dans le rideau en velours bleu.

La loge impériale restait déserte. Vsevolojski, invisible. Il avait pour mission d'accueillir l'empereur dans l'allée privée et de l'escorter jusqu'à sa place. Il avait une démarche particulière, le dos courbé (à force de s'incliner depuis tant d'années devant les souverains ?). Si Nicky s'était rendu au Mikhaïlovski, Vsevolojski devait y être aussi. Je posai mon doigt sur le trou comme pour attirer Nicky jusqu'à moi. *Viens ici ! Viens ici !*

Dans la fosse d'orchestre, les musiciens accordaient leurs instruments et des bribes de diverses mélodies s'échappaient dans les airs, ici les cornemuses et la guitare de la danse de la bayadère, là l'air du violon du tableau des Ombres de l'acte II. Toujours rien dans la loge impériale. Je m'écartai et l'un de mes bracelets glissa à terre. Comme je me baissais pour le ramasser, j'entendis autour de moi une cacophonie de voix tandis que la nouvelle se répandait de l'entrée aux coulisses. *Le tsar est là ! L'empereur est là !* Comment Nicky avait-il convaincu Alix de modifier leurs projets ? Savait-elle que je lui avais écrit ? Je me détournai du rideau avec un sourire triomphant. *J'étais sûre qu'il viendrait !* lançai-je à mes camarades rassemblés pour l'acte I. Je troquai mon serpent drogué contre celui en caoutchouc du chef accessoiriste. Je danserais de nouveau les dimanches.

Ce fut une soirée formidable car je compris que je possédais encore un certain pouvoir, si mince fût-il, sur Sa Majesté l'empereur. Qu'allais-je en faire ?

Empereur et autocrate de toutes les Russies

QUAND L'IMPÉRATRICE DOUAIRIÈRE, sans que Nicolas s'interpose, me raya de la liste spéciale des artistes engagés pour le gala du couronnement au printemps de 1896, sous prétexte que *ce serait une insulte qu'elle danse devant la tsarine,* je décidai d'agir. Le nouveau tsar souhaitait sûrement que j'assiste à cet événement à Moscou. Pourquoi n'avait-il pas protesté lorsque sa mère avait ôté le capuchon de son stylo et barré mon nom ? Parce qu'à ses yeux, contredire quiconque était impoli. Ses ministres n'ont jamais compris la manie qu'il avait de faire le contraire de ce qu'ils lui conseillaient, de leur sourire un instant et de les congédier le moment d'après. Nicky n'en a toujours fait qu'à sa tête. Ses ministres ne le savaient pas. Moi, si.

Cette fois, je ne sollicitai pas l'aide de Serge mais celle du grand-duc Vladimir, patron de l'Académie impériale des Beaux-Arts et arbitre ultime de toutes les affaires de théâtre. Cet oncle de Nicky tenait son neveu dans la paume de sa main. Ce furent Vladimir et ses frères qui décrétèrent que Nicky ne pouvait épouser discrètement Alix en Crimée comme il l'aurait voulu ; Vladimir qui chorégraphia les obsèques d'Alexandre III ; Vladimir, encore, qui planifia le couronnement. Je savais combien il aimait étaler son pouvoir et c'était l'occasion ou jamais pour lui d'en profiter. Nicky avait déjà dû le réprimander pour avoir utilisé la loge impériale du Mariinski sans lui en demander l'autorisation. J'aurais pu m'adresser à Serge mais ce n'était pas un simple problème d'intendance du dimanche soir, c'était une affaire d'État. Je craignais que l'impératrice douairière refuse de l'écouter. Vladimir me paraissait un choix plus judicieux, d'autant que deux alliés valaient mieux qu'un. J'étais certaine qu'il annulerait la décision de Maria Fedorovna parce qu'il la détestait et parce qu'Alix avait offensé son épouse. En effet, Miechen avait voulu la prendre sous son aile lorsqu'elle était arrivée à Saint-Pétersbourg : toutes deux réservées, studieuses, étaient issues de petites familles princières allemandes. En la rencontrant, Miechen s'était revue plus jeune, lorsqu'elle était mal à l'aise et intimidée. Certes, Alix était d'une grande beauté alors que l'autre ressemblait à un bouledogue. Mais comme Miechen avant elle, Alix n'avait personne pour la guider. La mère du tsar était occupée, de son côté, à aider son fils à nommer ses ministres et à s'accrocher à sa couronne. Miechen avait donc proposé ses services à la tsarine mais celle-ci l'avait congédiée : Alix la puritaine trouvait Miechen beaucoup trop sophistiquée, trop intégrée dans cette aristocratie russe amorale et friande de luxe. Ainsi Miechen devint-elle la première des nombreux ennemis d'Alix.

Non, la première, ce fut moi. J'étais aussi la *douchka* docile de Vladimir qui s'était tue comme on le lui avait ordonné mais que l'on continuait à punir malgré tout. Le prince accepta d'en parler avec Nicky qui convint qu'en effet, je devais participer à la fête. Il voulait que j'en fusse ! Malheureusement, Petipa avait déjà créé pour l'occasion un ballet intitulé *La Perle*.

Alix avait un faible pour les perles. Elle avait le premier choix parmi toutes celles que Fabergé, Bolin et Hahn, les grands joailliers de Russie, obtenaient des eaux glacées en Sibérie. Petipa avait donc monté cette pièce exprès pour la flatter. En sa qualité de chorégraphe impérial, il lui revenait d'organiser les divertissements pour les couronnements, visites d'État et autres mariages royaux. S'il pouvait honorer la cour en même temps, tant mieux. Ses détracteurs prétendaient que le vieil homme avait un œil sur la scène et l'autre sur la loge impériale. N'était-ce pas le cas de tout le monde ? Il avait déjà imaginé les variations pour des perles roses, blanches et noires. Tout à coup, il se vit forcé d'en composer une autre pour une nouvelle perle rare – de couleur jaune. Monsieur Drigo dut écrire une partition en toute hâte et madame Ofitserova, me fabriquer un tutu. Ces mesures de dernière minute excitèrent les mauvaises langues. Que de simagrées pour la Kschessinska, l'ex-concubine de Nicolas II ! Pourquoi tenait-il tant à ce que je danse ? Car jamais on ne se serait donné tant de mal si l'ordre n'était pas venu directement de lui. Les rumeurs se répandirent. On raconta qu'en dépit des attentions que me portait Serge Mikhaïlovitch, Nicolas avait encore des relations intimes avec moi. Je ne fis rien pour démentir ces allégations. On inventa même que j'avais donné au tsar un fils et que ce dernier était caché, caché parmi nous... non, à Paris ! Cet enfant existait indubitablement car, sinon, comment expliquer le mystère de la loyauté du souverain à mon égard ? Pour moi, l'explication était simple : Nicky m'aimait toujours. Je vécus ces semaines dans un état d'euphorie. N'étais-je pas semblable à une perle qui se forme quand un grain de sable irrite une huître ?

Le gala devait avoir lieu au théâtre Bolchoï de Moscou, rénové à grands frais pour la circonstance :

50 000 roubles pour de nouveaux rideaux en velours et la réfection des fauteuils ; 60 000 roubles pour redorer tout ce qui brillait et rafraîchir la fresque du plafond ; 50 000 roubles pour remettre en état les chandeliers en cristal et remplacer les somptueux tapis rouges. Une somme encore plus colossale que celle que Nicky m'avait allouée ! Désormais, il pouvait dépenser sans compter. Je l'ignorais mais le ballet serait intercalé entre le premier et le dernier acte d'*Une vie pour le tsar*. Ainsi, ce divertissement mineur n'exigerait pas la concentration pleine et entière du public ni celle du souverain. Pendant que sa Perle Jaune danserait pour lui, il accueillerait des dignitaires dans sa loge, avec Alix à ses côtés. Personne ne fut vexé ou irrité. J'eus beau me démener, on ne me regarda même pas. Tandis que j'exécutai la chorégraphie montée pour moi par Petipa, sur une musique de Drigo également composée pour moi, dans un tutu conçu par Ofitserova pour moi, pas une fois ils ne s'attardèrent sur Petite K. Le grain de sable.

Ce soir-là, dans son journal intime, Nicolas écrivit : *La Perle est un ballet ravissant*. En relisant ces lignes soixante-quinze ans plus tard, car je me plonge sans cesse dans ses carnets, la colère m'envahit encore. Comment l'aurait-il su ?

Peu importe où il a prêté serment, le couronnement du tsar se déroule toujours à Moscou, site de nos origines slaves avant que nous n'arrachions notre destin aux Mongols, avant que Pierre le Grand n'éloigne la cour du cœur du pays et l'installe face à l'Occident. Nicky fut sacré le 9 mai 1896, bien après les douze mois de deuil officiel. L'organisation de l'événement avait commencé dès le mois de mars de l'année précédente. On avait construit des maquettes de la cathédrale tricentenaire de l'Assomption afin d'étudier les parcours de la procession. Les festivités durèrent trois semaines, rien ne fut laissé au hasard. Tous les hôtels, palais, auberges furent réquisitionnés. Les artistes impériaux étaient logés à l'hôtel de Dresde. Le moindre toit, les moindres portes et fenêtres offrant une vue sur le cortège se louaient une fortune. On dépensa plus d'un million de roubles pour nettoyer les rues. Le seul élément que ne maîtrisait pas la commission était le temps. Comme par hasard, il se montra capricieux. Une semaine avant la cérémonie, il se mit à pleuvoir, le vent était glacé, le ciel plombé. Le jour de l'arrivée impériale à Moscou, le soleil daigna faire une apparition. De bon augure. Le 9 mai, l'empereur et la cour parcoururent le trajet de sept kilomètres, du palais Petrovski au Kremlin. Les membres de la Garde impériale à cheval, des dragons, des hussards, des grenadiers, des uhlans se tenaient sur deux rangs de part et d'autre de la chaussée. Les cosaques à cheval étaient alignés derrière et, au-delà, venaient les policiers municipaux. Tous étaient chargés de protéger la vie de l'empereur. Pendant le couronnement de son père, la police avait découvert divers projets d'assassinat dont l'un prévoyait des bombes cachées sous les bonnets des terroristes. Après cela, la tradition de jeter son chapeau en l'air pour saluer le passage du tsar fut interdite. Mais la consécration d'Alexandre III avait suivi de peu le meurtre de son propre père et ces temps instables appartenaient au passé. Alexandre III était mort dans son fauteuil, pas dans la rue. Les avenues étaient ornées de banderoles et de rubans bleu, blanc et rouge, couleurs de notre drapeau. On avait repeint tous les bâtiments sur le trajet, accroché des branches de sapin, symboles de chance, au-dessus des entrées. Leur parfum âcre et frais chatouillait les narines des millions de gens qui attendaient pour voir le nouveau souverain.

Penchée à la fenêtre de mon hôtel, je contemplai les hordes de paysannes, un foulard chamarré noué sous le menton, de femmes plus élégantes qui avaient déployé leur parasol pour se protéger du soleil, de jeunes filles à la mode, coiffées de gros nœuds en satin ou de fleurs. Toutes étaient excitées comme au cirque.

Nous entendîmes la parade longtemps avant qu'elle ne nous atteigne, la salve de vingt et un coups de canon marquant le début de la procession, les cloches des églises, les hourras de la foule, le martèlement des bottes et des sabots des chevaux, les trompettes et les tambours. La Garde impériale passa la première, puis vinrent les cosaques avec leur sabre, la noblesse moscovite, l'orchestre, la Chasse impériale, le maître des chevaux, celui des chiens, les divers escadrons d'Asiatiques arborant les costumes de leurs provinces soumises, les valets de pied en perruque poudrée, les gardes d'Abyssinie en tuniques brodées et chapeaux à tasseaux, la cour de Saint-Pétersbourg en tenue militaire d'apparat. Et, enfin, Nicky sur sa monture grise, Norman, dont les fers en argent sont maintenant, comme mes chaussons, exposés dans un musée. Derrière Nicky, se succédaient les carrosses dorés des grands-ducs, dont celui de Serge. Celui de Catherine la Grande, surmonté d'une réplique de sa couronne et tiré par huit chevaux, transportait l'impératrice douairière. Au passage de celui d'Alix (arborant une expression de marbre), les spectateurs devinrent silencieux, suspicieux. *Souriez !* pensai-je. Croyait-elle être la seule à se produire devant un public hostile ? Entre les intrigues au sein du théâtre et les claques infligées par les protecteurs qui ovationnaient leurs danseuses préférées et huaient les autres, j'avais appris très tôt qu'il suffisait de sourire à ses ennemis pour les attirer dans son camp. Si j'avais été à sa place, j'aurais agi ainsi. Mais Alix n'avait pas mon expérience et Serge me raconta qu'à sa descente sur la place de la Cathédrale, lorsqu'elle et Nicky s'inclinèrent trois fois devant le peuple sur l'escalier rouge, cette gourde sanglotait. Les autres grandes-duchesses et une multitude de princes étrangers à cheval clôturaient le cortège. *Le gang des princes*, nota Nicky dans son journal. Venus d'Allemagne, d'Angleterre, de France, de Grèce, d'Italie, du Danemark, de la Roumanie, de la Bulgarie et du Japon, tous étaient là pour assister au couronnement de celui qui serait le dernier tsar de Russie.

Pour la première fois de notre histoire, ces défilés furent filmés par les frères Lumière qui actionnaient leurs caméras à la manivelle. Toutefois, les images en noir et blanc n'ont pas réussi à bien capter l'événement. La pellicule estompe l'intensité du moment. Tout paraît petit, gris et silencieux. Or l'atmosphère était tout, sauf grise et silencieuse. Le bruit était assourdissant, les couleurs, une ondulation chatoyante de rouges, violets, verts, argent et or. Ce jour-là, les femmes sous ma fenêtre acclamèrent Nicky et les hommes se jetèrent à genoux en proclamant : *Nous mourrons pour notre tsar !* Ils avaient la conviction que leur empereur leur appartenait et leur désir de mourir pour lui le prouvait. Je demeurai figée tandis qu'il avançait, les rênes dans la main gauche, la droite levée en salut permanent. Pour symboliser son humilité et inaugurer le début officiel de son règne, il arborait son uniforme ordinaire de l'armée. Il pouvait se permettre de feindre la modestie uniquement parce que rien ni personne autour de lui ne s'y risquait de crainte d'être taxé de faiblesse. Mais il paradait au cœur d'un spectacle si gigantesque, si clinquant, si grandiose qu'à mon avis, Dieu en fut choqué.

Ainsi, j'étais à Moscou pour le couronnement du dernier tsar, le dernier empereur et autocrate de toutes les Russies, tsar de Moscou, Kiev, Vladimir, Novgorod,

Kazan, Astrakhan, roi de Pologne, tsar de Sibérie, de Chersonèse, de Géorgie ; seigneur de Pskov, grand-duc de Smolensk, de Lituanie, Volhynie, Podolie et Finlande ; prince d'Estonie, Livonie, Courlande et Sémigalle, Samogitie, Bialystok, Carélie, Tver, Yugra, Perm, Viatka, Bulgarie ; seigneur et grand-duc de Nijni-Novgorod, Tchernigov ; souverain de Riazan, Polotsk, Rostov, Iaroslavl, Belozersk, Oudorie, Salekhard, Kondia, Vitebsk, Mstislav et toute la région du nord ; seigneur et souverain de l'Ibérie, de Karthlie, des territoires des Kabardes et d'Arménie ; souverain des princes circassiens, des princes des montagnes ; seigneur du Turkestan ; héritier de Norvège, duc de Schleswig-Holstein, Stormarn, Dithmarschen et d'Oldenbourg…

Il eût été plus facile d'énumérer ce dont il *n'était pas* l'empereur.

Je n'étais pas parmi les deux mille privilégiés conviés à la cathédrale de l'Assomption pour la cérémonie. Je ne figurais pas davantage sur les listes des invités aux déjeuners, dîners, revues militaires et autres bals. Je regardai la procession avec le commun des mortels et, comme eux, me pressai vers le grand palais du Kremlin dans la soirée pour admirer le spectacle de lumières. D'énormes projecteurs propulsèrent des éclairs blancs dans le ciel et sur le balcon dominant la rive gauche de la Moscova où le couple impérial apparut pour saluer la foule. Le maire de la ville présenta à la nouvelle tsarine un bouquet de fleurs, posé sur un plateau en argent. Quand elle le lui prit des mains, un interrupteur caché envoya un signal à la centrale électrique de Moscou qui, à son tour, brancha le courant pour illuminer d'un seul coup les guirlandes d'ampoules rouges, vertes, bleues et violettes accrochées autour du clocher de Saint-Jean le Précurseur, toutes les coupoles et les toits des églises, tous les arbres et les bâtiments au sein du Kremlin. J'applaudis avec les autres bien que ce ne fût pas, à vrai dire, une nouveauté. À Pâques, les prêtres de Saint-Isaac avaient l'habitude de disposer une longue ficelle huilée par-dessus des cierges alignés le long des corniches entourant le dôme de la cathédrale. À minuit, on amorçait la mèche et la flamme courait autour de la bâtisse, allumant tour à tour chacun des cierges, en mémoire du prodige de la Résurrection. Pourquoi avait-on fait en sorte qu'Alix accomplisse un miracle similaire ? Pour lui conférer l'image d'une divinité aux yeux de ceux qui voulaient y croire ? Pour donner l'impression que sa volonté suffisait pour faire briller la ville ; qu'elle avait, d'un geste de la main, transformé Moscou en un royaume de fées ? À quoi pensait-elle, la princesse allemande, à cet instant précis ? Se prenait-elle pour une véritable Russe ? Elle ne le fut jamais.

J'imaginai ce qu'elle ressentait face à toute cette mise en scène. Dans mon milieu, celui du théâtre, j'ai vécu des émotions de cette sorte. Quand on se trouve sous les projecteurs, il est facile d'oublier que l'on n'est pas prestidigitateur, bien que le public retienne son souffle, fasciné par votre magnétisme. Comme Alix, j'avais savouré ce bonheur. Deux mois après le couronnement, j'étais à Peterhof dans la petite grotte de l'île baptisée Olga en l'honneur de la fille préférée de Nicolas Ier. On avait dressé une scène sur le lac et les invités étaient emmenés en barque jusqu'à des estrades construites sur la terre ferme. Au début du ballet, j'émergeais de la grotte sur un miroir qui flottait sur l'eau et les machinistes tiraient sur des poulies pour me rapprocher du plateau. Le principe était le même que celui de la plateforme montée sur rails pour *Casse-Noisette*, sur laquelle la fée Dragée pose en arabesque tandis qu'on la hale d'un bout à l'autre de la scène. Elle semble flotter comme par magie. J'avais l'air de marcher sur l'eau et les exclamations des spectateurs me réjouirent. Alix illuminait une ville d'un claquement de doigts. Moi, je marchais sur l'eau. Toutefois, son geste impressionna bien plus que le mien.

Ces semaines de festivités, bien que saupoudrées de miracles, ne furent pas sans accidents. Dix-huit personnes moururent dans la bagarre qui se déclencha alors que les hérauts en tunique or et chapeau à plumes rouges et noires distribuaient des parchemins en souvenir du grand jour. Le carrosse dans lequel ils roulaient fut assailli par une meute d'individus surexcités, et dépouillé de ses emblèmes impériaux (sans doute en guise de souvenir). Cet épisode ne fut rien en comparaison de la tragédie du champ de Khodynka, non loin de Moscou. Quatre jours après le couronnement, la tradition voulait que l'on nourrisse et abreuve les paysans. Chacun devait recevoir un gobelet émaillé bleu, blanc et rouge, gravé des initiales du tsar et de la tsarine. Ce terrain vague sur lequel s'entraînait la garnison de Moscou était criblé de trous que les organisateurs n'avaient pas rebouchés. Pas moins de 500 000 personnes avaient afflué quand un incident (une rumeur, un cri, une femme évanouie ?) engendra un mouvement de panique. Certains furent étouffés debout, d'autres tombèrent dans les fossés où ils furent piétinés dans la boue. La bousculade fut filmée par les frères Lumière, horrifiés, qui se trouvaient là pour immortaliser le banquet. Mais les policiers et les cosaques, tout en disposant les cadavres sur des draps puis, quand il n'y en eut plus, à même le sol, eurent le réflexe de leur confisquer la pellicule. Puis ils attendirent l'arrivée des charrettes pleines de paille des paysans afin d'évacuer le terrain avant le bal donné par l'ambassadeur français dans la soirée au palais Cheremetev : les carrosses des invités devaient passer par là pour s'y rendre.

L'impératrice douairière conseilla à Nicky de ne pas s'y rendre mais ses oncles tenaient beaucoup à ce que lui et Alix y paraissent, alors que les corps s'empilaient dans des morgues improvisées et que l'on dissimulait ceux qui n'avaient pu être enlevés à temps afin d'épargner leur vue aux courtisans. Le flair politique de Maria Fedorovna était remarquable. Nous avions ce point en commun : je me serais bien entendue avec elle. Mais les oncles affirmaient que les Français étaient venus pour cette occasion avec leurs tapisseries, chandeliers, fontaines et assiettes en or. La France étant l'alliée la plus importante de la Russie, céder au sentimentalisme aurait été une erreur. Tsar depuis seulement dix-sept mois, Nicky demeurait le neveu obéissant et soumis à ces oncles qui avaient commencé à servir l'empire avant sa naissance. Son père les avait considérés comme des crétins incompétents mais Nicky estimait l'être encore plus. La perspective de commettre une faute le terrifiait. Chaque fois que Serge Witte, ministre de l'Intérieur de son père – donc le sien –, lui suggérait un rendez-vous d'importance, il lui répondait : *Je consulte ma mère*. Monsieur Witte riait sous cape. Cependant, adopter une mauvaise résolution de sa propre initiative était encore plus humiliant. Nous devons lui pardonner. Il était si jeune ! Au bal, Serge Mikhaïlovitch et ses frères l'entraînèrent à l'écart et l'enjoignirent de repartir avec eux. Il n'était pas trop tard pour remplacer réceptions, parades et spectacles par un service religieux. Mais, apercevant au loin les visages sévères de ses oncles, Nicky fut incapable de faire ce que lui dictait sa conscience. Ses camarades du « Club des patates » s'en allèrent sans lui, semant une pagaille à laquelle Nicky ne voulait pas participer, sous les regards courroucés des aînés qui les qualifièrent de traîtres ! Serge l'abandonna aux mains de ces hommes dont Nicky suivit, pour sa perte, les idées conservatrices pendant deux décennies. Il aurait mieux fait de le prendre par le bras et de le raisonner comme il le faisait avec moi quand je m'obstinais. Le tsar dansa pendant trois heures dans le foyer du palais Cheremetev, fleuri de mille roses fraîches importées du sud de la France. Le lendemain, il reçut à déjeuner au palais Petrovski et dîna dans la salle de l'ordre de Saint-Alexandre Nevski. Il dansa de nouveau au bal du gouverneur général. Puis il mena la revue militaire composée de 60 000 hommes de la cavalerie, de l'infanterie et de l'artillerie. La parade se déroula sur le champ de Khodynka.

Nicolas avait rêvé de ressembler à son tsar préféré, Alexis Ier, dit « le Paisible ». Lorsqu'il rentra à Saint-Pétersbourg, le peuple l'avait déjà surnommé « Nicolas le Sanguinaire ».

Cette année-là, à l'occasion de Pâques, Fabergé fabriqua un œuf pour son épouse. Enveloppée d'un filet en or, la coquille s'ouvre et une miniature du carrosse impérial émerge doucement de son nid de velours or. Fabergé signa cinquante-six œufs de Pâques pour les tsars avant de fuir la Russie en 1918. Alexandre III en offrait un chaque année à l'impératrice depuis 1884. Après sa mort, Nicky en commanda deux, un pour sa mère et un pour Alix, chacun reflétant un événement capital de son règne : couronnement, canonisation d'un saint, achèvement du Transsibérien, tricentenaire des Romanov. Celui de 1916, en pleine guerre, était morbide. De couleur grise, il ressemblait davantage à une grenade qu'à un œuf, posé sur quatre douilles, orné d'une tête d'aigle bicéphale en or et coiffé de la couronne impériale en forme de mitre. À l'intérieur, un tableau miniature sur un chevalet miniature montrait le tsar et le tsarévitch sur le front, discutant avec les commandants de l'armée sur un fond de ciel plombé et d'arbres sans feuilles. Les œufs Fabergé de l'année 1917 ne purent être livrés. Nicolas avait alors abdiqué et se trouvait emprisonné à Tsarskoïe Selo. Mais Fabergé lui envoya sa note.

Je sais que je rêve d'une Russie disparue, une *Russie qui n'existe plus sur la carte et pas encore dans l'espace*, comme l'écrivit la poétesse moscovite Marina Tsvetaïeva. Exilée à Paris elle a, comme moi, perdu à la fois son pays et son public après la révolution. La dernière fois que je la vis, ce fut aux obsèques du prince Volkonski en 1938, à l'église orthodoxe de la rue François-Gérard. Se tenant à l'écart, elle n'adressa la parole à personne et inversement. Elle s'était ralliée au gouvernement provisoire qui avait déposé le tsar et aucun monarchiste à Paris ne le lui pardonnait. Par la suite, elle retourna avec sa famille à Moscou, comme ceux d'entre nous dont la nostalgie l'emportait sur la peur et la méfiance d'une Russie communiste. Prokofiev et Gorki en étaient. Aux artistes qu'il aimait, Staline offrit appartements, datchas et récompenses : le prix Staline ! Mais Tsvetaïeva y vécut en paria car on lui reprochait sa fidélité à l'ancien régime et au gouvernement provisoire qui l'avait brièvement remplacé. On aurait dit que son séjour en Occident l'avait salie. Sans l'assentiment protecteur de Staline, les gens craignaient de se montrer avec elle. Son mari, qui avait combattu pour les « Blancs », fut arrêté et fusillé peu après leur retour, accusé d'espionnage. Sa fille, Alia, passa sept ans au bagne pour les mêmes raisons. Tsvetaïeva finit par se pendre. Elle avait enfin trouvé la réponse à la question qu'elle se posait dans « Poèmes à un fils » : *Peut-on rentrer chez soi quand la maison a été rasée ?*

Ce n'est possible qu'à travers les rêves et les souvenirs.

Le sceptre et l'orbe

Deux ans plus tard, Nicky et Alix avaient déjà deux enfants, Olga et Tatiana. Je ne renonçai pas pour autant à mon amour pour le tsar. Le pays avait salué de cent un coups de canon ces naissances mais je nourrissais un nouvel espoir. Et si Alix ne pouvait lui donner que des filles ? La deuxième fois, la population avait dû être aussi déçue que Nicky de ne pas entendre les trois cents coups de canon devant annoncer la venue d'un fils. À défaut d'un héritier, la famille exploita la beauté des petites pour s'assurer l'amour du peuple en distribuant photos, cartes postales et calendriers les représentant en jupons, bonnet bordé de fourrure et manteaux boutonnés jusqu'au cou. Quand elles furent plus grandes, on les para de perles et de dentelles, des rubans dans leurs longs cheveux cascadant jusqu'aux épaules. Leurs visages magnifiques inspiraient la vénération : les cosaques chargés de leur protection conservaient comme des icônes précieuses chaque fleur, chaque pierre qu'elles leur offraient. Toutefois, elles n'étaient pas des garçons. Si Elisabeth Petrovna avait été impératrice, de même que deux Catherine, si Victoria régnait sur l'Angleterre, aucune des filles de Nicky ne pouvait prétendre au trône. Depuis cent ans, le sceptre et l'orbe russes ne devaient revenir qu'à des hommes. Ainsi l'avait décrété Paul Ier : sa décision était née de la haine qu'il avait pour sa mère, Catherine la Grande. Cette princesse allemande avait épousé le tsar Pierre III, l'avait fait assassiner puis s'était emparée de la couronne ; elle avait écarté son fils en l'expédiant dans un palais en province où il était resté jusqu'à ce qu'elle meure en 1796. Elle lui avait laissé une lettre dans laquelle elle lui expliquait que le tsar n'était pas son père, et qu'il était le fils de son amant, un officier. Ces déclarations prêtaient au doute car Catherine avait quand même partagé le lit de son époux un certain temps avant de se refuser à lui. Destiné à le perturber, cet ultime stratagème eut l'effet voulu : le nouveau tsar était-il ou non un Romanov ? Paul garda cette lettre et ordonna qu'elle fût lue par chaque nouvel empereur pendant les cent ans à venir. Nicky savait donc qu'il lui fallait un fils. Les sœurs d'Alix avaient toutes eu des garçons. Xénia, la sœur de Nicky, en aurait six. Alix ne pouvait engendrer que des filles.

En voyant les nourrices se promener dans le Jardin d'Été, en sarafane de coton, des colliers d'ambre autour du cou pour éloigner la maladie, je me dis : *Si seulement je pouvais donner un fils à Nicky !* Et dès que j'apercevais un petit garçon jouant au cerceau ou au ballon au printemps, ou dévalant sur sa luge la colline de glace érigée sur la place de l'Amirauté en hiver, je songeai : *Je n'aurais pas dû porter le tampon à la cire d'abeille que m'a procuré ma sœur afin d'éviter tout risque de tomber enceinte.* La semaine précédant le Carême, j'aurais gavé mon fils de blinis baignant dans le beurre. Juste avant Pâques, je lui aurais confectionné des gâteaux ayant la forme des alouettes qui amènent le printemps, avec des raisins secs en guise d'yeux. Je lui aurais acheté des œufs peints en rouge et en chocolat, des jouets, un palais miniature en bois et son carrosse. À Noël, il aurait reçu des biscuits au gingembre et une marionnette-ours qui danse quand on tire sur ses ficelles, ou un oiseau en cage. Si j'avais un fils, Nicky se sentirait obligé de le voir et, par conséquent, moi aussi. L'année de ses fiançailles avec Alix, j'allai consulter des voyantes entre Noël et le Nouvel An, comme le voulait la coutume : toutes les jeunes filles désirent savoir qui sera leur prince charmant. Je ne me posais pas la question : *Comment s'appellera-t-il ?* Mais : *Quand le reverrai-je ?* Malheureusement, la bougie fondit dans la coupelle d'eau sans révéler une forme discernable, le morceau de papier en flammes devant le mur ne dessina qu'une ombre floue. Les miroirs placés face à face ne reflétèrent qu'eux-mêmes.

Cependant, les présages ne disaient pas que Nicky ne me reviendrait *jamais*. Le seul moyen que j'avais de me rappeler à son souvenir était de provoquer un scandale au théâtre. Je ne m'en privai pas.

Mathilde la Magnifique

LES OCCASIONS FURENT NOMBREUSES, car le prince Volkonski fut nommé directeur des théâtres impériaux, monsieur Vsevolojski ayant pris les rênes du musée de l'Ermitage. Dans son bureau encombré dominant la Neva, il veillait désormais sur les statues, objets et tableaux créés par les grands maîtres européens et collectionnés au fil des siècles par les Romanov. Nous étions donc entre les mains du sec et redoutable Volkonski dont l'une des premières initiatives fut de me proposer de partager mon rôle dans *La Fille mal gardée* avec une de ces Italiennes importées. Je refusai. Ce rôle était le mien et une ballerine du Mariinski ne partage avec personne. Quand Volkonski insista pour distribuer Henriette Grimaldi, j'en informai Serge qui commença par s'opposer à Volkonski puis, n'ayant pas obtenu satisfaction, lui adressa une lettre cinglante. *En lésant Mathilde Felixovna, c'est moi que vous insultez !* Après quoi, il s'empressa d'appeler le tsar qui était en visite dans la famille de sa mère au Danemark. Nicky donna l'ordre au ministre de la cour, le tout-puissant baron Frédéricks, d'envoyer un télégramme à Volkonski lui interdisant de confier ce personnage à Grimaldi. Quelle autre danseuse que moi pouvait se plaindre auprès du tsar ? Aucune.

Volkonski était issu d'une vieille famille russe, petit-fils du Décembriste Serge Volkonski, l'un des gardes qui avaient affronté le tsar Nicolas Ier sur la place du Sénat, en 1825, dans l'espoir de le détrôner. Ce qui lui valut d'être envoyé en Sibérie pendant trente ans. Bien que les Volkonski servissent la couronne depuis des générations, le souverain prit ma défense, pas la sienne. On aurait pu croire que le prince avait appris sa leçon mais il était nouveau dans le milieu du théâtre et il avait accepté cette position uniquement pour faire plaisir à son père. Nous ne tardâmes pas à nous quereller de nouveau. Quand je regimbai à porter un jupon cerclé sous ma jupe pour *La Camargo* en expliquant que j'étais déjà suffisamment engoncée dans mon costume de style Louis XV, il insista pour que je le mette. Je m'obstinai. Il dépêcha même le régisseur dans ma loge avant le début du spectacle pour exiger, une fois de plus, que je lui obéisse. Je tins tête. À ce moment, tous mes camarades de la troupe et la moitié des spectateurs dans la salle étaient déjà au courant de *l'affaire du jupon cerclé.* Je me présentai sur scène dans ma robe… sans le jupon. Personne n'en aurait rien su s'il n'y avait eu tant d'histoires. Lorsque Volkonski me réclama une amende exorbitante pour « changement de costume non autorisé », poussant le vice jusqu'à afficher le mémo dans le couloir, j'écrivis personnellement au tsar – et pas en français. Nicolas annula la sanction et somma le directeur d'afficher *cette* notification. Vaincu, le prince Volkonski démissionna et l'on me surnomma *Mathilde la Magnifique*.

Je l'étais. J'avais à la fois les relations et le talent. À vingt-sept ans, je maîtrisais toutes les spécialités de ces danseuses italiennes qui foulaient les scènes de Saint-Pétersbourg depuis cent ans, même l'incroyable série de trente-deux fouettés de Legnani. Je demandai par conséquent au souverain de remercier les Zambelli, Legnani et autres Grimaldi. Nous n'avions plus besoin d'elles puisque j'étais là. Je voulais être celle qu'il applaudirait au Mariinski le dimanche soir.

En somme, je m'arrangeai pour que le tsar soit très occupé par toute question concernant le ballet.

Apparemment, l'alcôve l'accaparait tout autant car en 1899 Alix mit au monde une troisième fille, Marie. *Tant pis !* Pour Alix.

En 1900, on me pria pour la première fois de danser au théâtre privé du tsar, celui de l'Ermitage situé à l'intérieur du musée rattaché au Palais d'Hiver. La juxtaposition de la naissance de Marie et de cette invitation était-elle une coïncidence ? Je n'en croyais rien. Cette salle intimiste était l'œuvre de Catherine la Grande qui avait fait installer son fauteuil doré au bord de la fosse d'orchestre afin de mieux admirer les spectacles que ses artistes montaient juste pour elle. En 1900, il revenait à Nicolas II et à sa famille d'occuper les sièges. Les ballets que l'on y présentait étaient toujours des divertissements créés pour l'occasion, interprétés par les meilleurs solistes de la troupe, surtout pas le corps de ballet. Pourtant je n'y avais encore jamais été conviée. À présent, toutes les Italiennes étaient reparties chez elles et mon nom figurait donc en haut de la liste : Alix ne pouvait pas le rayer sans passer pour une personne mesquine. À moins que Nicky n'ait expressément requis ma présence, auquel cas elle ne pouvait s'y opposer...

Le plateau était petit, les coulisses saturées de roues en bois servant à changer les décors et de machines à souffler du vent ou de la fumée. Cependant, je pouvais m'y glisser pour observer de près la famille royale. Après la représentation, nous étions invités à souper avec les proches et les amis de l'empereur dans les galeries de tableaux du musée. Quand mes camarades m'avaient décrit ces repas auxquels ils avaient eu la chance d'assister, j'avais eu l'impression que l'on me remuait un couteau dans la plaie. Les plats se succédaient, somptueux : caviar sur glace pilée, champignons farcis, saumon et esturgeon fumé, cornichons malossols, saucisses, blinis, bisque de homard, bortsch fumant, terrine de foie de lotte, filet mignon, cochon de lait, perdrix rôties aux croûtons, agneau en sauce, venaison et veau ; pyramides d'ananas, pastèque, raisin, fraises et cerises ; gâteau italien aux fruits parfumé à la violette, glaces et sorbets, pâtisseries et tartes ; carafes de whisky, cognac, porto, champagne, cassis ; cruches de citron pressé, de lait aromatisé aux amandes, de vodka accommodée de zestes de citron vert ou de canneberges. À la fin du festin, le tsar offrait à chacun un petit cadeau, une médaille en or estampillée de l'aigle impériale.

Ceux qui étaient assez proches de lui pour lui tendre les mains se voyaient généreusement récompensés et il en était ainsi depuis quatre cents ans, bien qu'à la fin de cette année-là, les caisses de l'État fussent vides. Mais ces coutumes attestant de son pouvoir absolu et de ses richesses fascinaient Nicky. L'anecdote de la sentinelle de Catherine la Grande, chargée de surveiller la fleur dans le pré, le réjouissait. Il jubilait d'avoir le premier choix de la vodka, du bois, des métaux extraits des mines de Sibérie. En 1900, il poussa le vice jusqu'à envisager de modifier les toilettes de la cour pour imposer le port des caftans du XIVe siècle et revenir à l'orthographe de l'ancienne Russie. Il aurait voulu reculer les aiguilles de la pendule alors que le monde se propulsait en avant. Au Moyen Âge, la tradition voulait que le souverain et son entourage fussent protégés du peuple, voire de leurs propres boyards. Ils suivaient donc les cérémonies depuis leur *terem*, des fenêtres secrètes d'où l'on pouvait voir sans être vu. Nicky détestait que tous les regards se fixent sur lui et Alix avait horreur de se montrer en public : sans doute auraient-ils tous deux apprécié de pouvoir se réfugier derrière un *terem*. Mais, ce soir-là, au théâtre de l'Ermitage, ils étaient visibles de tous.

À cette occasion, Petipa avait créé une nouvelle pièce, *Les Saisons*, et chorégraphié quatre variations : la rose d'été, le givre d'hiver, la bacchante et l'esprit du maïs, que j'incarnais. Ce n'était pas un chef-d'œuvre, les légumes relevant d'une piètre inspiration. Au Mariinski, la cour était toujours tenue à distance, mais ici, Nicky était assis au côté d'Alix juste au-delà de la fosse d'orchestre et de l'avant-scène qui s'avançait en demi-lune. D'un bond, j'aurais pu atterrir sur ses genoux mais mes jambes tremblaient si fort, quand les machinistes hissèrent le rideau, que j'eus peur de ne pas pouvoir bouger. En guise de réconfort, je cherchai le visage de Serge parmi les spectateurs. Il me salua d'un signe de tête et me gratifia de ce petit sourire en coin que nous nous réservions l'un l'autre. Je le lui rendis. Dans les premiers tableaux, je n'étais qu'une figurante, un épi de maïs à la main. C'était tant mieux car, dès que je posais mes yeux sur ceux, bleus et lumineux, de Nicky, j'oubliais mon rôle.

J'avais l'impression qu'il me contemplait avec affection. À cette distance, Alix, qui n'avait que vingt-sept ans, en paraissait dix de plus. Au cours de l'année, elle consulterait les médecins à deux cents reprises pour son cœur, ses nerfs, sa sciatique. Insatisfaite de leurs diagnostics, elle entreprendrait son long et – au bout du compte – désastreux voyage parmi les guérisseurs et les hommes d'Église. Elle n'en était pas encore là mais l'on devinait déjà son calvaire à son air épuisé, son regard morose, ce long nez qui commençait à se courber, ces cheveux frisés qui jaillissaient comme un turban sur un front trop haut. Autour de moi dansaient des femmes tout aussi laides, la jeune Anna Pavlova avec son nez en bec d'aigle, ma rivale Olga Preobrajenska aux traits si ordinaires et la fille de Petipa, Marie, qui ressemblait à un guerrier viking trapu et ne devait sa position qu'à celle de son père. Je sentis que Nicky m'observait discrètement tout en suivant l'action générale. Il m'admirait, vêtue d'une tunique beaucoup plus courte que mes tutus habituels, coiffée d'une perruque aux boucles gracieuses. Comment ne pas prendre plaisir à un tel spectacle ? Tout à coup, je me mis à savourer la soirée. Je bouillais à l'idée de prendre la vedette afin que Nicolas ne regarde plus que moi.

Mon partenaire était Nicolas Legat, ce cher Kolinka. Comme il était beau, avec sa chevelure noire, ses grands yeux et ses lèvres voluptueuses ! Ce fut lui qui m'apprit le secret des fouettés de Legnani après l'avoir vue répéter l'acte II du *Lac des cygnes*. Il m'entraîna à fixer un point devant moi pour que ma tête précède ma pirouette, astuce qui permet d'en enchaîner trente-deux sans perdre l'équilibre. Pour le remercier, je lui offris un étui à cigarettes en or. J'étais *l'esprit du maïs* mais je décidai de me comporter comme une femme en chair et en os ensorcelée par son amant. Nos mises en scène définies et régentées – poser sa tête contre celle du partenaire ici, puis tourner en plaçant une main là, l'autre ailleurs – conféraient à nos personnages un style mécanique, une conception superficielle et approximative de l'amour. À cet instant, je résolus de canaliser mes sentiments pour Nicky en me servant de Kolinka comme d'un complice innocent. Nous étions amis, il ne m'en voudrait pas. Je dus en faire un peu trop, multipliant les regards langoureux et les effleurements au point qu'en me soulevant pour un porté en arabesque, Kolinka me chuchota : *Mala, qu'est-ce qui te prend ?* Je faillis éclater de rire.

Il me semble que mes efforts furent récompensés. Le tsar ignora le givre d'hiver, la rose d'été, la bacchante et même la tsarine dont l'expression était de plus en plus glaciale. J'oubliai complètement Serge. Alix n'avait sûrement pas goûté la plaisanterie mais l'esprit du maïs avait bel et bien enchanté le tsar.

Serge me raconta par la suite que, dans la galerie de l'Ermitage, Nicky s'était penché vers lui entre la salade et le dessert en allumant sa cigarette jaune pour lui confier : *Mala était superbe ce soir*. Bien entendu, il se doutait que Serge, heureux de son approbation, s'empresserait de me le répéter. Mon grand-duc était content mais il était aussi sur ses gardes.

Quelques mois plus tard, le chef de la police m'appela pour me prévenir que l'empereur passerait devant ma datcha sur la route de Peterhof à Strelna : je devais me positionner à treize heures dans le jardin de manière à ce qu'il puisse me voir.

Ce fut le premier coup de téléphone de ce genre. Avec le temps, j'apprendrais à les recevoir avec plus de dignité mais cette fois, je poussai un hurlement en raccrochant. Puis je courus dehors, bondissant de banc en parterre fleuri, hésitant sur le perchoir qui lui offrirait la meilleure vue depuis la route. Je crois même avoir envisagé de me jucher sur le haut de ma fontaine. Je finis par revenir au premier banc et monter dessus. La chaleur m'enveloppait, les vagues léchaient la plage au bout de mon parc qui s'était épanoui d'un seul coup. En Russie, après un interminable hiver, le printemps surgit du jour au lendemain. Je me sentais l'âme d'un de ces nains ou Africains recrutés pour amuser les vieux comtes russes ou – pire – une de ces malheureuses serves forcées à se peindre en blanc et prendre la pose d'une statue pour le plaisir de leur maître.

En entendant le claquement des sabots, je me mis sur la pointe des pieds et me recoiffai. Je n'avais relevé qu'une partie de mes cheveux, laissant le reste cascader dans mon dos comme chez une jeune fille. J'étais chez moi, tranquille, n'avais-je pas le droit de m'apprêter selon mon désir ? Aujourd'hui, les filles dansent sans perruque sur les scènes de Paris, de Londres et de New York. J'ai du mal à l'imaginer car pour moi la chevelure est aussi intime que le corps qui se cache sous le tutu. Se montrer tête nue revenait à se déshabiller devant le public. Je ne me le serais jamais permis. Sauf pour ce programme impromptu.

Le carrosse impérial apparut enfin sur la crête de la colline et j'en fus surprise : je m'attendais à ce que Nicolas arrive à cheval. J'aperçus alors l'impératrice à ses côtés. Pourquoi ? Jugeait-elle que Nicky avait besoin d'un chaperon pour passer devant ma datcha ? Comme ils s'approchaient, je fis la révérence puis m'inclinai profondément mais je vis qu'Alix fixait son époux tandis qu'il me saluait d'un signe de tête, une main levée pour se protéger du soleil. Il m'accorda l'ombre d'un sourire forcé, plat. Rien de plus. Ils poursuivirent leur chemin et je compris alors le but de l'opération. Alix s'était offusquée de la manière dont il me reluquait à l'Ermitage, ils s'étaient disputés, Nicky avait nié et elle avait exigé cette promenade pour pouvoir observer son visage. Elle sentait qu'il se lassait d'elle, de ses maladies, de son obstination à mettre au monde des filles et elle le soupçonnait de repenser à moi. Quant à Serge, il devait s'en douter mais il me le cachait car il me voulait pour lui. L'égoïste ! Tandis que la voiture s'éloignait en soulevant des nuages de poussière et de pollen, je priai pour que cette minute ait suffi à lui rappeler la couleur et la texture de mes cheveux, ma peau d'albâtre pressée contre la sienne, brunie par les baignades estivales dans la mer Noire. Par-dessus tout, j'espérais que son expression révélerait son trouble et qu'il échouerait lamentablement au test imposé par sa femme.

Je suis sûre qu'il avait *l'intention* de revenir me voir bientôt, seul. Mais en ce printemps de 1900, alors qu'il prolongeait son séjour en Crimée à l'abri des épidémies qui sévissaient à Saint-Pétersbourg, il contracta le typhus. Chaque année à la même époque, il quittait la capitale pour les parfums et les floraisons exotiques du sud, lis, lilas, violettes, orchidées, glycines, roses et magnolias. Car, après l'hiver, les glaces de la Neva ayant fondu, le fleuve gonflait, inondant rues, cours et escaliers. Les rats pullulaient dans les caniveaux et les sous-sols. La maladie était devenue une préoccupation grave, maintenant que la ville regorgeait d'usines, elles-mêmes grouillant de paysans qui, en quête de travail, avaient délaissé leur village après la moisson et décidé d'y rester. Métallurgie, bâtiment, électricité, les nouvelles industries abondaient. Des familles entières affluaient, les femmes en blouse et foulard cousu main, les hommes aux cheveux coupés en bol et à la barbe sale. Ce phénomène était récent à Saint-Pétersbourg – pas la venue des paysans car nous en avions toujours eu (bonnes, chauffeurs, garçons d'écurie, lingères, prostituées) mais ces familles ouvrières qui s'entassaient jusqu'au quai des Anglais et déversaient leurs déchets dans la Petite Neva. Les travailleurs dormaient dans les asiles de nuit ou les caves, se partageaient des appartements avec seize personnes entassées par pièce ou se contentaient de lits de planches dans les baraques des manufactures, de matelas improvisés à côté de leurs machines. Les cours étaient remplies d'excréments qui propageaient typhus et choléra.

Tchaïkovski est mort pour avoir bu de l'eau non potable. Une année, même Tatiana, la fille de Nicky fut contaminée. Quand je sortais de chez moi, je devais me pincer le nez et je n'avais aucune envie de déambuler le long des canaux et des cours d'eau putrescents. Malheureusement, au début des années 1900, la maladie rôdait partout à Saint-Pétersbourg puisqu'elle prit même le tsar par surprise. Les ministres refusaient de construire des logements dans les faubourgs, ce qui aurait pourtant amélioré la situation. *Nous sommes une société agraire*, prétextaient-ils alors que nous ne l'étions plus du tout. Les terres de Russie, peu fertiles, avaient été surexploitées, les cultivateurs ne pouvaient plus les travailler. En 1892, les habitants de Simbirsk connurent une famine si terrible que, lorsqu'une association charitable leur envoya des vêtements pour les enfants, ils les retournèrent : tous les gosses étaient morts. On comprend pourquoi, dans la décennie suivante, les paysans accoururent vers les villes.

Cette famine ravageuse réveilla les sentiments longtemps réprimés des Décembristes de 1825. Ces nobles officiers qui avaient combattu Napoléon aux côtés de l'infanterie paysanne prirent conscience que leurs soldats méritaient d'être traités comme des hommes et non comme des bêtes. Au tournant du siècle, une nouvelle génération d'intellectuels, d'étudiants et de révolutionnaires arriva au même constat et s'en émut. Ils manifestèrent contre le régime et rejoignirent l'Union de la libération, les sociaux-démocrates marxistes, socialistes révolutionnaires. Comme son père avant lui, Nicky fut forcé de réprimer ce qui menaçait la couronne. Il pourchassa, exila et emprisonna les chefs de ces différents groupes. J'aimerais pouvoir dire que je pensais à tout cela, que je m'intéressais au sort des pauvres ou à la nécessité de promulguer une constitution. Je ne le ferai pas : j'avais d'autres préoccupations, plus pressantes.

J'appris en effet qu'en soignant Nicky en Crimée, Alix avait découvert qu'elle était une fois de plus enceinte. Cette fois, elle était convaincue de porter un fils. Ce fut Serge qui m'annonça ces nouvelles et je les reçus avec un mélange de frustration et de désespoir. Cette grossesse et la mauvaise santé du tsar étaient les grandes victoires d'Alix, sa chance de raviver l'affection et la reconnaissance de son époux. Quelle aubaine ! Elle devait en avoir conscience car elle veilla Nicky nuit et jour dans la chambre obscure. Si seulement il avait été près de moi ! Je l'aurais tant choyé que je l'aurais reconquis ! D'après Serge, Nicky était si faible qu'il ne pouvait même pas ramper de son lit à sa commode. Le moindre rayon de lumière provoquait des spasmes de douleur dans son cou, son dos, ses jambes. Il ne pouvait tenir ni une cuiller ni un stylo, encore moins corriger un oukase. Si j'avais pu lui faire boire son bouillon, lui éponger le front… Mais c'était Alix qui le faisait. Le vieux palais de Livadia, aux murs humides et moisis, semblait pourrir autour d'eux. La bâtisse était sombre, couverte de verdure, d'arcades et de loggias envahies de chèvrefeuille, de roses sauvages et de vigne vierge qui obstruaient le soleil. À l'intérieur, les boiseries en acajou absorbaient le peu de lumière qui transperçait cette forteresse. Malgré cela, Alix avait tiré tous les rideaux, les renfermant complètement sur eux-mêmes. La panique l'avait emporté sur ses maux et les douleurs qui la confinaient le plus souvent au lit ou à son fauteuil roulant en osier. À présent, elle débordait de cette énergie frénétique que provoque la terreur. Pendant que ses enfants et ceux de Xénia gambadaient le long de « l'allée impériale », le chemin semé de ronces qui reliait Livadia au palais Ai Todor de Xénia, l'impératrice demeurait assise dans ses mousselines trempées de sueur, à nourrir le tsar de louchées de soupe. Seule, madame Orchard, sa propre nourrice qu'elle avait ramenée d'Angleterre à la naissance d'Olga, avait le droit de la relayer. Madame Orchard l'avait soutenue quand le cyclone noir de la diphtérie avait emporté la mère et la sœur d'Alix. Elle veillerait à ce que Dieu ne lui prenne pas, en plus, son mari. Sans lui, son monde s'écroulerait ; elle n'aurait plus rien sauf ses petites dont l'aînée n'avait que cinq ans et le bébé qu'elle portait en elle. Elle savait ce qui se passerait : si Nicky mourait, elle serait consignée dans l'un des palais pour élever en toute discrétion les descendants de feu le tsar. Une autre prendrait sa place à Tsarskoïe Selo, Peterhof, Livadia et au Kremlin. Son apanage et ceux des enfants seraient réduits et ils seraient relégués aux derniers rangs de la cour. Ses filles ne seraient pas grandes-duchesses mais simples princesses et son fils éventuel, prince au lieu d'empereur. À Saint-Pétersbourg, me raconta Serge, le comte Witte, le baron Frédéricks, les oncles et les grands-oncles discutaient de la lignée de succession. L'impératrice douairière manœuvrait pour que le frère de Nicky, Michel, soit proclamé héritier afin d'empêcher ses oncles Vladimir et Nicolas de s'approcher du trône. Georges, l'héritier présomptif, était décédé l'année précédente dans le Caucase, à Abas Tuman où il vivait paisiblement, loin de sa famille, dans l'espoir que le climat le guérirait de sa tuberculose. Pas de chance. Saisi d'une hémorragie alors qu'il se promenait à vélo, il fut découvert sur le bord de la route par ses aides soignants, mort à l'ombre de la montagne Kazbek. Il devenait urgent de nommer Michel puisque Alix semblait incapable d'enfanter un garçon. La famille s'insurgea, ce fut comme une sorte de répétition générale, quinze ans avant de monter un complot pour forcer Nicky à l'abdication. Cette fois, l'entourage se contenta de vitupérer mais Alix comprit que les proches de Nicky étaient ses ennemis. En revanche, si le souverain se remettait et si elle donnait naissance à un fils, ils seraient tous forcés de s'agenouiller devant elle.

Ainsi lui vint l'idée de chuchoter à l'oreille de son patient : *Nomme-moi régente de ton fils. Déclare ton frère héritier provisoire, pas tsarévitch. Ignore ta mère. Je suis enceinte d'un garçon, j'en suis sûre.* Je dois lui rendre hommage : elle n'était pas à court de stratagèmes. Dans ses rêves enfiévrés, Nicky vit comme elle un paysage désolé dû à la perte d'autonomie, des arbres sans feuilles, des fleurs sans tiges, de la fumée et des cendres. J'en étais consciente. Car cet avenir était aussi le mien. Je n'aurais peut-être plus jamais une chance d'aller au bout de mon destin avec Nicky et je disposais moi-même de plus d'un tour dans mon sac. Je considérais Alix comme ma Némésis depuis si longtemps que j'avais écarté toute hypothèse d'assassinat ou de maladie. Beaucoup de gens mouraient du typhus. Je ne reverrais peut-être jamais Nicky vivant. J'essayais de raviver son image le jour où il était passé devant ma datcha mais j'étais hantée par la mienne, ma robe blanche et mes cheveux longs (j'aurais dû les attacher avec un ruban). Je restai allongée sur mon lit à Strelna une journée entière en chemise de nuit – une éternité ! – à attendre la nouvelle du décès du tsar. Elle ne vint pas. Je finis par me relever. Nicky aussi.

En décembre, il avait recouvré assez de forces pour s'asseoir dans son fauteuil.

En janvier, il regagna Saint-Pétersbourg à l'immense soulagement de sa mère et de son frère, à la déception masquée de ses oncles et cousins.

En juin, il se trouvait à Peterhof où, le 5 du mois, au désespoir de la famille tout entière, Alix mit au monde sa quatrième fille, Anastasia.

Quelques semaines plus tard, Nicky me rendit visite dans ma propriété de Strelna. Ses deux gardes du corps cosaques restèrent dans les écuries tandis que nous nous dirigions vers la maison, le vent tentant d'arracher les vêtements dont nous nous débarrasserions bientôt, les feuilles et les brindilles fouettant nos membres.

Mon idylle ne sera pas éphémère

Allongée sur *ce* lit, le souvenir de cet après-midi triomphant m'est presque douloureux.

Apparemment, Nicky était aussi insatiable que son grand-père qui, inassouvi par sa femme et ses maîtresses, avait commandé à l'artiste Michel Alexandrovitch Zitchi des gravures pornographiques pour accroître son plaisir. L'une d'entre elles représentait le diable pénétrant une femme couchée sur le dos et entourée d'autres femmes empalées par des phallus ailés. Avait-il besoin de créatures désincarnées forniquant simultanément autour de lui ? Ces œuvres furent trouvées par les bolcheviks dans le bureau d'Alexandre II au Palais d'Hiver quand ils pillèrent les lieux en 1917. Plus tard, elles furent publiées dans le monde entier. Que découvrirait-on sur *moi* ?

Ayant poussé un râle de satisfaction, Nicky s'assit pour chercher ses cigarettes qu'il emportait partout avec lui dans la poche de sa tunique ou de son pardessus. Il en plaça une dans son fume-cigarette. Tous les objets lui appartenant, si petits fussent-ils – stylo, encrier, brosse, flacon – étaient exquis, en argent ou en or serti de nacre ou incrusté de joyaux. Il possédait une collection d'étuis Fabergé qu'il rangeait dans le salon d'habillage attenant à son cabinet de toilette. Possédait-il des ustensiles ordinaires ? Je n'en ai jamais vu. Les bolcheviks non plus, quand ils remplirent leurs poches de babioles chapardées dans les palais, même les savonnettes poinçonnées de l'emblème impérial ! Je suçais une boucle de mes cheveux, une manie d'enfance, et contemplais le tsar qui aspirait la fumée et se penchait vers moi de temps en temps pour m'en offrir une bouffée. Serge m'avait appris à fumer. J'aimerais pouvoir dire qu'à cet instant, je méditais sur les *sentiments* de Serge à mon égard, pas uniquement sur ce qu'il m'avait enseigné. Ce ne fut pas le cas. Je songeais que Nicky était nu dans mon lit malgré l'anneau en or qui scintillait à son doigt. Ce n'était plus un faon mais un homme. Il était plus enveloppé que six ans auparavant et des ridules marquaient le coin de ses yeux. Ces six années de règne sur le pays et dans la chambre avaient effacé ses hésitations, sa gaucherie. Je posai le menton sur sa cuisse, ma chevelure faisant office de feuille de vigne tandis qu'il admirait par la fenêtre les tulipes de mon jardin. Elles étaient si fières, si épanouies qu'on avait du mal à imaginer que le vent aurait arraché tous leurs pétales avant l'été. Et lui ? Pensait-il à Serge, qu'il venait d'évincer ? À Alix, qu'il venait de trahir ? Mon esprit était vide, le bonheur et la jubilation l'avaient purgé mais les mots commençaient à me venir quand, tout à coup, Nicky déclara : *Allons marcher*.

Il voulait qu'on se promène en petite tenue, moi en camisole et jupon, lui en chemise par-dessus son pantalon. Il voulait savourer la plénitude de cet après-midi parfumé, deux personnes dans l'intimité qui peuvent se balader à moitié vêtues dans les jardins d'une maison vide. À cet instant précis, je pense qu'il n'avait envie ni d'être tsar ni d'être lui-même. Toutefois, contrairement à l'impression qu'il avait eue, nous n'étions pas seuls. Je n'avais qu'un homme de main, une cuisinière et un jardinier mais n'importe lequel d'entre eux aurait pu jeter un coup d'œil dehors et apercevoir Nicolas II en chemise à mes côtés. Quelle n'aurait pas été leur surprise ! Comment auraient-ils réagi ? Les semelles de ses bottes écrasaient l'herbe, mes pieds nus ne faisaient que l'effleurer. Lors de son couronnement quatre ans plus tôt, Nicky s'était vu éclipsé par la taille d'Alexandra, que ses talons et sa tiare accentuaient, par son ampleur, que la largeur et la raideur de ses jupes renforçaient. À ses côtés, il avait paru presque fluet, le menton rentré dans le col de sa cape. Auprès de moi, il était majestueux, il avait l'allure d'un empereur. Les scénographes le savent, tout est question de proportions. Un petit château peint sur une toile de fond donne l'impression de surgir, immense, dans le lointain. On diminue de moitié l'étage au-dessus d'une devanture, par rapport au rez-de-chaussée, pour créer une illusion de hauteur. Un gros rouet rapetisse une danseuse ; accompagnée d'un nain, elle paraît gigantesque.

Nous suivîmes mon chemin privé jusqu'au golfe. Nicky était si silencieux que j'eus la folie d'imaginer qu'à notre arrivée au bord de l'eau, il voudrait que nous nous y noyions. Le vent soulevait sa chemise et ma camisole mais, en atteignant la rive, il s'immobilisa sans l'intention de m'attacher à un rocher et de me jeter dans les vagues. Il souhaitait parler, ici, dehors, comme s'il voulait que l'on ne tienne pas compte de ses paroles et qu'elles s'envolent au fur et à mesure. *Alix consulte un conseiller spirituel, un monsieur Philippe et il lui assure qu'elle va mettre au monde un fils.* Il se tourna face à moi. *Il avait affirmé que notre dernier enfant serait un garçon.* À la vue d'un quatrième poupon de sexe féminin dans les bras d'Alix, m'expliqua-t-il, il avait quitté précipitamment son chevet et arpenté les allées du parc pour dissimuler sa déception. La réaction de sa sœur Xénia ? *Mon Dieu, encore une fille !* Il était six heures du matin mais la rosée sur les fleurs avait séché, comme les espoirs et la foi de Nicky.

J'avais entendu parler de monsieur Philippe Nazier-Vachod, l'assistant d'un boucher venu de France. Tout Saint-Pétersbourg le connaissait. Il donnait des conférences dans un français bourré de fautes sur les orbes célestes et la Terre qui, selon lui, avait un jour été un globe de feu. Il proclamait des prophéties tout en certifiant : *Je ne suis rien d'autre que le réceptacle de Dieu, j'agis au nom du divin.* Ses disciples féminines l'appelaient *Maître* et vénéraient ses pouvoirs psychiques. S'il leur déclarait qu'elles étaient invisibles, elles l'étaient. Elles ne daignaient même pas se saluer dans la rue car chacune se croyait transparente, comme le leur avait assuré monsieur Philippe ; impossible, donc, d'être vue des autres. Si monsieur Philippe avait promis à Alix qu'elle aurait un fils, elle s'aplatirait sous le tsar chaque nuit pour y parvenir. Mais Nicky n'avait plus envie de faire l'amour à Alix : ces six années de maladies, de paranoïa et de désespérance avaient eu raison de sa patience et de son désir. Sa plongée dans le mysticisme le décontenançait. *Ma mère lui adresse à peine la parole ; s'il était encore vivant, mon père la ferait interner.* Nicky se réfugiait de plus en plus dans son bureau, s'abritant derrière les paperasses jusqu'à la tombée de la nuit. À la période propice du mois, m'avoua-t-il en grimaçant, il réussissait à remplir son devoir conjugal en se remémorant *mon* corps qui, aujourd'hui et maintenant, demeurait tel quel dans ses souvenirs. Sur ces mots, il couvrit mes bras de baisers. Je n'avais pas mené à bout quatre grossesses et j'étais danseuse, une occupation qui préserve le corps mieux qu'un bain de formol. Toutefois, je me tus. Qu'il compare à sa guise ma merveilleuse condition physique à la décrépitude d'Alix. Qu'il continue à m'embrasser. Je me délectais de ces mots. Ces aveux étaient ceux que j'attendais, ces réflexions si personnelles qu'il ne pouvait les révéler à Serge à cause de notre liaison – liaison à laquelle Nicky pouvait mettre un terme d'un claquement de doigts. Si le tsar souhaitait reprendre sa place dans mon lit, Serge ne pourrait qu'obtempérer. J'aurais pu m'interroger : *Qu'est devenu le jeune officier dont je suis tombée amoureuse il y a dix ans ? Qui est cet homme emprisonné de toutes parts qui l'a remplacé ?* Je n'en fis rien. Je n'avais plus qu'un objectif : retrouver au plus vite ma famille et, plus spécialement, mon père en criant : *Le tsar m'aime toujours ! Vous vous êtes trompés. Mon idylle ne sera pas éphémère !*

Durant ces longs après-midi de juillet 1901, alors qu'Alix et ses quatre filles faisaient la sieste au palais Peterhof, Nicolas délaissait les papiers que ses ministres lui avaient apportés dans un portefeuille en cuir timbré de l'insigne impérial pour enfourcher son cheval et parcourir les dix kilomètres jusqu'à ma datcha. À sa demande, la maison était vide. Serge résidait à Krasnoïe Selo avec son régiment, je n'organisais aucune réception, n'invitais personne, donnais congé à mes domestiques après le déjeuner. Personne ne pouvait nous surprendre quand nous allions dans les bois cueillir les champignons que Serge y avait plantés pour moi. Nicky remplissait lui-même mon panier en écorce de bouleau, puis je les cuisinais avec du beurre et de la crème. Je n'avais pas les talents culinaires de mon père mais je pouvais faire au moins cela pour le tsar. Nous nous asseyions sur la véranda pour les manger avec nos doigts comme deux enfants. Avant de gagner le lit, nous nous les léchions mutuellement. Aujourd'hui, les miens se sont parcheminés mais ils ne l'étaient pas à l'époque, et les siens non plus. Cet été-là, je ne mis pas mon tampon à la cire d'abeille et l'empereur ne se protégea pas davantage. Il ne disait rien mais je savais qu'il désirait un fils. En cette saison, le soleil se lève avant cinq heures et parcourt le ciel à un rythme tranquille. Nous avions tout le temps de faire l'amour dans la chaleur estivale. Nicky ne quittait notre lit qu'à l'approche de l'heure du dîner. Je lui remplissais la baignoire la plus grande de la datcha bien qu'elle ne fût ni assez longue ni assez profonde pour lui. Tous les cabinets de toilette de ses palais étaient équipés d'un bassin encastré dans lequel il pouvait s'immerger complètement. Je lui en installerais un dans mon hôtel particulier de la perspective Kronverski, deux ans plus tard. Dans mon pays, les bains étaient une institution. Toutes les propriétés possédaient une cabane réservée à cet effet et les villes étaient remplies de *banias* publiques, pourvues de tapis persans, boiseries, palmiers en pots, plateaux d'alcool et de cigares. Tout en buvant et en fumant, les hommes plongeaient dans l'eau avant de pénétrer dans le sauna pour la rituelle flagellation avec des branchages de bouleau ; ou alors, ils se retiraient dans un salon privé dans lequel un page s'offrait à eux, moyennant rétribution. J'étais le page de Nicky. Je parfumais l'eau de son huile préférée à la bergamote, à l'orange amère et au romarin. Je l'épongeais une première fois puis le rinçais et il restait là, une cigarette entre les dents, la nuque appuyée sur le rebord. La vapeur saisissait et intensifiait les odeurs d'herbe, de pin et de bouleau qui pénétraient par la fenêtre. Dans ce délicieux état de somnolence, il entrelaçait ses doigts avec les miens. Parfois, il tournait son visage vers moi et je commençais à redouter le moment où il s'en irait, la sensation de vide et le spectre de Serge qui semblait hanter les pièces après le départ du tsar. Il m'arrivait de lui courir après pour lui dire : Je suis désolée. *Tu sais qu'il fut mon premier amour.* Je me mettais alors à pianoter nerveusement et Nicky me calmait en posant une main sur la mienne. Inévitablement, il se levait, l'eau ruisselant sur son corps comme celle de la fontaine de Peterhof sur la statue dorée de Samson. Il devait regagner son triste foyer où les soirées étaient monotones : dîner, broderie, lectures à voix haute, voire présentation d'un film dont on avait, sur ordre de la tsarine, supprimé toute image choquante. Il subissait tout, y compris les prédictions perpétuelles de monsieur Philippe. Celui-ci affirmait qu'Anastasia, venue au monde alors que tous les signes du soleil, de la lune et des étoiles indiquaient la naissance d'un fils, jouirait d'un destin extraordinaire. Le prochain enfant serait sûrement un garçon, Anastasia ayant ouvert la voie. Nicky endurait ces bêtises sans broncher.

Pauvre Anastasia ! Je l'ai rencontrée brièvement à Paris en 1928. J'étais installée avec mon mari dans un compartiment de train, à la gare du Nord. Huit années s'étaient écoulées depuis qu'on l'avait repêchée d'un canal berlinois et rebaptisée Frau Tchaïkovski. En effet, elle vécut une existence extraordinaire mais je doute que monsieur Philippe en ait présagé la dimension précise. Seule, Olga, la sœur de Nicky, accepta de la voir avant de dénoncer l'imposture. La grande-duchesse avait bien connu Anastasia car elle avait continué à rendre visite chaque été à Nicky et à ses filles jusqu'en 1913, dans leur propriété de Livadia. Elle leur avait même donné des cours de peinture. Mais comment savoir si Frau Tchaïkovski et Anastasia étaient une seule et même personne ? Entre douze et vingt-sept ans, les jeunes filles changent beaucoup, même celles qui n'ont pas assisté au meurtre de leur famille et traversé toute la Russie jusqu'à Berlin. Personne ne l'avait revue après le tricentenaire de 1913, quand Nicky et Alix avaient coupé tous les ponts avec leurs proches à cause de Raspoutine. En 1916, le tsar avait cessé d'échanger des cadeaux de Noël avec ses frères, sœurs et cousins. Cependant, j'avais croisé Anastasia en 1917, juste avant que le tsar n'abdique. Elle avait presque seize ans. Or, en 1928, dans le train, j'ai tout de suite su que c'était elle. Ou plutôt, j'ai reconnu en elle une opportuniste. Pourquoi pas ? Quel mal y avait-il à saisir sa chance ? En 1967, je racontai cet épisode à Gilbert Prouteau, réalisateur du documentaire *Dossier Anastasia.* Il est venu me filmer ici même, dans ma chambre. Il m'a donné du *princesse.* J'étais considérée comme une experte, une initiée, une autorité pour tout ce qui concernait la famille Romanov. Il ne se doutait pas à quel point. *Oui,* lui expliquai-je, *elle avait les yeux de son père. Je n'ai pas pu me tromper. Je connaissais bien ces yeux.* Monsieur Prouteau parut enchanté.

À la fin du mois de juillet 1901, juste avant que l'empereur ne rejoigne Serge et la cour pour les grandes manœuvres de Krasnoïe Selo, je découvris que j'étais enceinte. Si je portais un garçon, cela changerait tout, pour le tsar, pour moi, pour le pays. Afin de préparer le terrain, je lui portai de l'esturgeon, du pain noir et du caviar dans son lit. Je trouvai ses cigarettes. Je lui fis couler son bain. Je lui annoncerais la nouvelle pendant qu'il s'y prélasserait, l'esprit détendu et le cœur ouvert à moi. J'imaginais d'avance son sourire, son incrédulité cédant à la compréhension, la renaissance de ses espoirs et de sa foi : il aurait un fils. Quand je revins dans la chambre pour le prévenir que son bain était prêt, il était toujours en train de fumer, allongé sur le dos, exhalant des volutes de fumée qui montaient vers le plafond. À mon arrivée, il écrasa son mégot dans la petite assiette en porcelaine contenant les restes du pain et s'éclaircit la gorge : *Mala, j'ai quelque chose à te dire.* Bien entendu, je laissai la parole au tsar.

Combien de fois ai-je rêvé sur la manière dont les événements se seraient déroulés si j'avais parlé la première ? Car il me déclara qu'Alix était de nouveau enceinte – d'un garçon, affirmait monsieur Philippe. J'aurais éclaté de rire si un spasme ne m'avait pas étreint le larynx, m'empêchant de respirer ou de parler. Sans doute était-ce mieux ainsi car, si je m'étais exprimée, je l'aurais regretté par la suite, comme toujours. Un sentiment de rage me submergea. Ainsi, nos après-midi ensemble n'avaient été pour lui qu'une escapade de plus en troïka à travers la grande plaine et nous étions revenus à la case départ. Je compris alors que je m'étais voilé la face pendant tout l'été. Contrairement à ce que j'avais pensé, Nicky ne s'était pas contenté de moi. J'avais compté sur sa fidélité pendant les huit semaines qui suivirent la naissance d'Anastasia en juin, au moins jusqu'au retour de couches d'Alix. Mais le besoin d'un héritier avait eu raison de la patience du fils du boucher français et de la machine allemande à fabriquer des bébés. Dans la chambre, ils étaient trois à chaque coït : Alix et Nicky dans le lit, monsieur Philippe dans un coin entonnant une prière. *Je ne suis rien. J'agis au nom du divin.*

Nicky s'habilla et partit pour les grandes manœuvres de Krasnoïe Selo sans que je lui eusse révélé mon secret. Je n'ai aucun souvenir de la suite de notre conversation ; je ne me rappelle plus s'il prit ou non son bain, si je l'ai regardé se vêtir, si nous nous sommes embrassés. Je pensais seulement au fait qu'il resterait au chevet d'Alix pendant sa grossesse et que je ne le reverrais plus avant longtemps. Dès qu'il eut disparu à l'horizon, l'angoisse me saisit. Et si mon enfant n'était pas un garçon ? Une fille de plus n'intéresserait guère Nicky et son indifférence ne suffirait pas à étouffer le scandale. Provoquer l'indignation ne m'effrayait pas. Mais cette fois, l'affaire était infiniment plus grave que celle du jupon cerclé.

Les courtisanes qui portaient un bébé illégitime à la suite d'une liaison se retiraient de la vie publique. Celles qui en avaient les moyens se réfugiaient à l'étranger et le faisaient adopter. Une maîtresse entretenue accouchait chez elle et élevait son enfant aux franges de la société en se servant des relations de son amant pour le faire anoblir, le placer à la cour, chez les Gardes ou dans le corps diplomatique. Même le descendant d'une servante et d'un aristocrate pouvait réussir dans la société. La gouvernante de la progéniture du tsar était de celles-là. Quant aux filles dépourvues de protecteur, ces pauvres danseuses engrossées puis abandonnées par de jeunes officiers, elles étaient renvoyées dans leur famille et chacune surmontait comme elle le pouvait son malheur. Je ne correspondais à aucune de ces catégories. J'étais une maîtresse mais mon enfant n'était pas celui de mon protecteur. J'étais une danseuse mais celui qui m'avait mise enceinte était le tsar. Si Alix et moi avions chacune un fils, elle ferait campagne pour nous envoyer en exil, probablement à Paris, avec Catherine Dolgorouki et *son* fils qui pouvait prétendre au trône. Et si l'empereur n'était pas le père mais le grand-duc Serge Mikhaïlovitch ? Si j'avais une fille, Serge lui dénicherait un mari issu d'une grande famille russe car je refuserais de la confiner au cercle limité du théâtre. Si j'avais un garçon, les possibilités seraient infinies. Il pourrait étudier au lycée Alexandre ou au Corps des Pages, rejoindre les Gardes, faire carrière à la cour. Si Alix donnait naissance à une cinquième fille, ce serait une tout autre histoire. Mon fils pourrait devenir tsarévitch. Pour l'heure, il valait mieux pour lui être le descendant de Serge Mikhaïlovitch.

Je ne pouvais pas laisser ma conscience prendre le pas sur la chance – je ne l'avais jamais fait. À son retour, je dis à Serge que je m'étais reposée pendant qu'il entraînait ses troupes à Krasnoïe Selo, absorbé par ce monde d'hommes, d'armes et d'uniformes dans lequel les Romanov de sexe mâle se retiraient périodiquement. Si Alix n'avait pas accouché au mois de juin, Nicky y serait allé aussi au lieu de s'ébattre au lit avec moi pendant que ses gardes du corps jouaient aux cartes dans mon écurie. Je fis l'amour avec Serge avec une hâte et une ardeur feintes qui le firent sourire. Je le léchai avec ma langue noire, je frottai sur lui ma cendre, ma poussière de charbon et mes galets couverts de suie. *Comme je t'ai manqué, Mala !* soupirait-il avant de plonger dans un sommeil profond, ignorant ma perfidie.

À la fin du mois d'octobre, j'étais encore la seule à pouvoir constater les transformations de mon corps, mais Serge ne tarderait pas à les remarquer. La saison théâtrale avait repris et si, pour l'instant, je parvenais à cacher ma grossesse sous mon tutu à taille haute en prenant soin de ne pas me placer de profil sur la scène, je serais bientôt forcée de me retirer en prétextant une maladie quelconque. Pour Serge, je devrais imaginer une explication plus alambiquée. Je choisis un après-midi maussade pendant notre promenade habituelle, perspective Nevski… D'ici à quelques années, les voitures automobiles se joindraient aux calèches mais, pour le moment, nous partagions nos larges boulevards avec les bicyclettes, les *drozhkis*, les fiacres, les troïkas et les trams électriques. Comme toutes les femmes roulant à bord de ce genre de véhicule, je portais un voile pour protéger ma tête du vent et de la poussière. Mieux vaut être cachée quand on s'apprête à mentir. Les pluies de septembre avaient cessé, la neige de novembre n'était pas encore tombée. Peu importait, c'était une journée comme une autre. Autour de nous déambulaient officiers en pèlerines grises, hommes en pardessus sombres et chapeaux à cocarde indiquant leur rang, étudiants en capes noires, paysans en tuniques ceinturées et vestes en peau de mouton, moujiks en chemise rouge. Un foulard noué sous le menton, les paysannes flânaient avec leurs gamins dans les bras. Les gouvernantes – toutes étrangères et slaves – tenaient leurs charges par la main ou les poussaient dans d'élégants landaus. J'effleurai mon front, mes poignets, ma gorge. *Serge, je porte ton enfant.* Me croirait-il ? Il se tourna vers moi, son visage barbu imprégné de joie. Il me croyait. C'était horrible ! Nous dûmes rentrer précipitamment chez moi boire à la santé du petit. Serge versa la vodka dans les verres incrustés de joyaux que Nicky m'avait offerts dix ans plus tôt.

Cependant, Serge ne mérite pas que l'on s'apitoie sur son sort. Il aurait pu me proposer de m'épouser. Il n'en fit rien. Un mariage morganatique avec moi aurait mis en péril ses revenus et ses titres. En revanche, il apposerait son nom sur l'acte de naissance et donnerait son patronyme au bébé. Une sorte de papier d'identité, grâce auquel son avenir serait assuré.

Malheureusement, j'accouchai trop tôt, au mois de juin à Strelna, dans la chaleur et l'intimité de ma datcha. Dans un acte d'impudence délibérée, j'avais couvert les murs de ma chambre de satin imprimé du même motif que celui choisi par Alix pour Tsarskoïe – des couronnes de feuilles parsemées de fleurs roses, chacune nouée d'un ruban rose. Du moins était-ce ainsi que Roman Meltzer, le décorateur impérial, me l'avait décrit. Ces tapisseries semblaient respirer avec moi tandis que j'arpentais la pièce. Effrayé par ce qu'il croyait être l'urgence d'une naissance prématurée, Serge avait appelé le médecin de son frère Nicolas (car ce dernier, en plus d'être homosexuel, se révélait un hypocondriaque invétéré). Ce praticien exigea que je m'étende sur le dos, un ordre auquel je m'empressai de désobéir. J'en étais incapable. Au lieu de cela, telle une paysanne, j'effectuai des allers-retours en laissant glisser ma main sur les cloisons satinées. J'avais l'impression que les couronnes me piquaient les doigts, que les fleurs et les nœuds saignaient. Jamais je n'avais connu une telle souffrance, ces douleurs atroces qui me tiraillaient l'abdomen, me pinçaient le coccyx. J'avais entendu dire que les paysannes passaient une corde sous leurs bras et se pendaient aux poutres d'une grange pour accroître l'effet de la gravité. Je concevais ce principe. Certaines accouchaient en plein champ, accroupies à quelques mètres seulement de leur charrue. Mais j'avais un médecin qui traitait la famille impériale et m'implorait de m'allonger dignement sur le dos.

Sous le drap destiné à protéger ma pudeur, il vérifiait régulièrement la progression du travail sans s'être lavé les mains. Grâce à lui, je serais la proie d'une infection puerpérale qui durerait un mois, le corps affaibli et l'esprit sombre. Je n'accepterais qu'une personne à mon chevet, ma sœur, seul membre de ma famille à comprendre ma situation. Pendant que Serge arpentait la véranda, elle me divertit en me racontant de mémoire les contes russes qu'elle me lisait dans notre enfance : l'histoire de grand-père Givre dont l'haleine forme des glaçons et qui fait tomber la neige sur la terre en secouant sa barbe, celle de la Reine des Neiges qui la fait fondre au printemps, de Baba Yaga, la sorcière qui habite une maison construite sur des pattes de poulet de manière à la faire tourner vers le nord, le sud, l'est ou l'ouest selon ses caprices. J'avais beau me tourner vers le nord, le sud, l'est ou l'ouest, je souffrais atrocement.

Ailleurs, les enfants s'amusaient dans les jardins des villas qui m'entouraient ; les amants voguaient d'île en île sur le lac à bord de petites embarcations vertes, payant les loueurs de bateaux pour qu'ils chantent ; un orchestre jouait, comme tous les soirs d'été, sur une barge ; des bribes de musique s'échappaient des gramophones. Le soir, le soleil disparut mais la nuit ne tomba pas : le ciel se stria de magenta, de bleu et de nacre, les clématites ne se refermèrent pas, les oiseaux ne se cachèrent pas. Moi, si. Les serviettes humides ne suffisaient pas à me rafraîchir. Il n'y avait que Julia avec moi. Pourtant, je voyais des ombres et des contours de corps et de visages – comme aujourd'hui, maintenant que les morts me tiennent compagnie. Je me rendis compte que j'allais peut-être mourir. Le travail se prolongeait de façon anormale. On me punissait pour ma duplicité, que j'aurais tant voulu pouvoir confesser. Mais j'étais solide, j'avais hérité de la santé robuste de mon père et de sa longévité, bien que je ne le sache pas encore. Enfin, entre une et deux heures du matin, mon fils vint au monde.

Ma sœur l'attrapa alors que je m'étais accroupie, cramponnée à un poteau du lit. Mon médecin fumait des cigares avec Serge dans la pièce voisine. Il se précipita jusqu'à nous en entendant les cris du bébé. *C'est un garçon ! C'est un garçon !* me chuchota Julia. Bien qu'elle partageât mon bonheur, elle ne connaissait pas toute la vérité. *Regarde ses doigts, ses pieds, regarde son visage, si rond, si joli.* Mon fils avait la figure large des Romanov et une ligne de cheveux en forme de V sur le front. Ma sœur me le tendit pour que je pusse l'embrasser à cet endroit. *Lyubezny*, mon chéri, *milenki*, mon petit chou, murmurai-je au fils que j'avais rêvé d'avoir. Si j'avais été mariée, j'aurais allumé pour lui les cierges conservés de mes noces, symbole de l'amour de ses parents pour éclairer son passage en notre monde. Si j'avais été mariée, je l'aurais enveloppé dans la chemise que son père avait portée la veille, autre coutume russe pour assurer au nouveau-né la protection paternelle. Pour mon enfant, je n'avais ni cierges ni chemise.

Le médecin sortit en courant annoncer à Serge la naissance d'un fils, en pleine santé et parfaitement à terme. D'après ma sœur, qui était sur ses talons, le bébé dans ses bras, il blêmit car il savait aussi bien que moi compter les mois à l'envers jusqu'à ceux de son absence. Il éteignit son cigare et, sans même jeter un coup d'œil sur le poupon, fonça aux écuries. À la stupéfaction de Julia, il sella son cheval et partit loin de Strelna. J'avais dû m'imaginer que rien ne pourrait le monter contre moi. *Le médecin est un menteur ! Il cherche à me détruire*, m'insurgeai-je en me redressant sur mon lit juste à temps pour voir Serge traverser le parc en direction de la mer. Apparemment, Dieu avait décidé de me punir malgré tout.

Ma mère me rendit visite chez moi pour la première fois, le lendemain. Par principe, elle n'était jamais venue me voir à ma datcha ni à mon hôtel particulier du quai des Anglais. Toutefois, quand ma sœur lui dévoila que j'étais seule et souffrante, abandonnée par le grand-duc Serge, mes parents comprirent que leurs pires craintes s'étaient réalisées et mon père la dépêcha sur place pour me soigner et me ramener à la maison. Pour l'heure,

Serge continuait à payer les charges de mes deux propriétés mais pour combien de temps ? Comment pourrais-je les entretenir avec mon salaire de danseuse ? Ils voulaient que je retourne chez eux avec mon fils illégitime, que ma sœur et son nouveau mari étaient prêts à adopter. Car Julia avait fini par épouser le baron Ali Zeddeler au cours de l'année. Désormais, elle était baronne alors qu'en dépit de toutes mes ruses, je demeurais l'infamie de la famille. Ma mère s'installa à mon chevet et je sentis son parfum lilas. Trop honteuse pour la regarder dans les yeux, je feignis de dormir. J'étais si faible que je ne pouvais ni parler ni manger. Maman me nourrit à cuillerées de bouillon, comme l'avait fait Alix pour Nicky. Puis elle coucha le bébé auprès de moi et enroula mon bras autour de lui, nous serrant de si près que je ne pouvais qu'inhaler son odeur. J'avais de la chance, assena-t-elle. J'avais un fils en bonne santé. Si sa venue me plongeait dans l'embarras, ce n'était rien, comparé au malheur de mettre au monde un bébé mort-né ou mourant. Elle avait eu treize enfants mais elle en avait enterré cinq, mon frère Stanislas quand il avait quatre ans, et quatre autres dans leur petite enfance, nés de son premier mariage. Elle avait dû déposer chacun d'entre eux dans un cercueil. La pluie avait arrosé le sol, le soleil l'avait desséché mais sans jamais réchauffer ces êtres minuscules. Voilà qui était insoutenable. Elle avait sans doute raison car, en contemplant ce visage rond, cette bouche qui effectuait des mouvements de succion même dans son sommeil, je ne pus l'imaginer ailleurs qu'auprès de moi. Le jour du vingt et unième anniversaire de la mort de son deuxième fils, âgé de moins d'un an, le père de Nicky avait écrit à son épouse combien cette perte lui était douloureuse, insoutenable, que la blessure ne se refermerait jamais. Oui, Alexandre III, l'ours au poitrail comme un baril et au front comme un mur de pierre, avait écrit cela !

Serge avait, lui aussi, perdu le fils qu'il croyait être le sien et son désespoir l'avait conduit à sauter par-dessus la haie de mon jardin pour rejoindre la grand-route. D'après Ali, il s'était confié au tsar, lui disant que je l'avais trahi en portant l'enfant d'un autre. Ce dernier l'aurait étreint sans un mot mais il devait savoir que je venais de lui donner ce qu'il voulait par-dessus tout. Par moments, j'avais l'impression que Nicky, puis Serge, apparaissaient à cheval au pied de mon lit dans un claquement de sabots. Tel Hadès, le dieu du royaume des morts, l'un d'entre eux s'emparait de mon fils et repartait, cape au vent, me laissant seule et désemparée. Quand je me remis enfin, je fis jeter le lit, brûler le matelas, désinfecter tous les meubles et tous les murs.

Lorsque je fus suffisamment rétablie pour m'étendre sur le divan, le grand-duc Vladimir se mit à me rendre visite dans ma datcha, chaque après-midi. Dès que je pus m'asseoir, il me fit la lecture à haute voix, et quand j'eus retrouvé la force de tenir les cartes, nous nous mîmes à jouer au *muska*. Enfin, le jour vint où je dus baptiser mon enfant. Quel prénom lui choisir ? Je ne pouvais pas l'appeler Serge, pas plus que Nicolas bien que j'en eusse très envie. *Donne-lui mon nom*, me suggéra le grand-duc. Le 23 juillet, il présenta à mon fils une croix en pierre vert foncé, extraite d'une carrière de l'Oural et polie par un joaillier pétersbourgeois, suspendue à une chaîne en platine. Je sus alors que Vladimir me protégerait et que je pourrais, en dépit de mon déshonneur, remonter sur scène. Ses attentions à mon égard ne passèrent pas inaperçues et la rumeur selon laquelle il était le père ne tarda pas à se répandre. Miechen serrait les dents chaque fois qu'on me mentionnait. Se mordrait-elle si elle découvrait la vérité, la paternité de Nicky la repoussant un peu plus loin encore du trône ?

De son côté, Serge entretenait une liaison avec une femme qu'il connaissait de longue date, la comtesse Barbara Vorontzov-Dachkov. Celle-ci avait épousé un homme issu d'une vieille famille de boyards moscovites, associée depuis toujours à la cour. À cette nouvelle, mon cœur se ratatina comme une noix séchée. Longtemps auparavant, le père de Nicky avait acheté l'ancien domaine Vorontzov en Crimée avec sa cascade, ses forêts de pins, sa vue sur le port de Yalta et son château français de style Second Empire. Serge et Nicky y avaient joué, de même qu'au Palais d'Hiver et à Gatchina, avec Vanya, le futur mari de Barbara. En compagnie des autres enfants Vorontzov-Dachkov, des Cheremetev et des Dariatinsky, ils avaient foulé les pelouses du palais, emprunté le train miniature, bu le thé dans le pavillon de chasse. Nicky et Vanya s'y étaient mariés mais pas Serge. À présent, Vanya était décédé, et Barbara, veuve. Serge avait trouvé, encore une fois, une femme vulnérable à aimer. J'ignorais s'ils se voyaient chez lui ou chez elle, s'ils faisaient l'amour dans un lit ou sur un banc mais, en 1905, Barbara partit pour la Suisse où elle accoucha discrètement du fils de Serge, qu'elle prénomma Alexandre. À sa naissance, il fut adopté par une amie de la comtesse, Sophie von Dehn. Pourquoi Barbara refusa-t-elle de le garder ? Pourquoi sa liaison avec Serge ne se conclut-elle jamais par un mariage ? Patience, je vous le dirai.

Août 1902. Assise sur la véranda, mon minuscule fils, mon fidèle petit homme dans mes bras, je priai encore et encore pour qu'Alix ait une fille.

Nos prières sont rarement exaucées selon nos vœux. Car Alix, hélas ! n'eut aucun enfant, cet été-là.

Au début d'août, elle se mit à saigner. Elle saigna encore et encore mais aucun bébé ne vint. Elle avait ses règles, tout simplement, déclarèrent les médecins, après neuf mois de ce qu'elle avait cru être une grossesse. Quand sa taille s'était épaissie et que ses seins avaient gonflé, elle avait refusé de se laisser examiner. Elle n'avait consulté que monsieur Philippe qui avait pressé les mains sur son ventre en affirmant : *Vous êtes enceinte.* Ce dernier avait été nommé par oukase docteur en médecine et conseiller d'État. Mais, même un décret du tsar ne suffit pas à transformer un charlatan en professionnel. De crainte que les spécialistes ne contredisent ce diagnostic et n'entravent la progression de cette illusion nécessaire, essentielle, seul monsieur Philippe avait suivi cette gestation fantôme. Alix avait-elle deviné où Nicky passait ses longs après-midi d'été pendant qu'elle s'occupait d'Anastasia ? Avait-elle voulu presser la nature ? Le pays tout entier attendait la naissance du cinquième enfant du souverain. Le 20 août, un bulletin fut publié, qui annonçait que la tsarine avait fait une fausse couche. Les rumeurs les plus folles se mirent à circuler à travers la capitale : l'impératrice avait mis au monde un monstre à cornes, une autre fille que l'on avait expédiée à l'étranger, un bébé mort-né en pleine nuit dans le parc de Peterhof. La vérité n'était-elle pas tout aussi absurde ?

Monsieur Philippe, avec ses cheveux et sa moustache noirs, fut renvoyé en France. Nicky avait enfin décidé de se débarrasser du *znakhar. Un autre viendra prendre ma place,* déclara l'imposteur en partant.

Cette prédiction était moins invraisemblable qu'on ne l'imagine. Le sorcier, le moujik imbécile, le paysan par qui Dieu s'exprime, le fou qui n'est pas fou mais visionnaire : la Russie a toujours fait preuve d'une grande tolérance à l'égard de ces hommes. Vêtus de loques et drapés de chaînes, ils errent de village en village, se nourrissant de ce qu'on veut bien leur donner, dormant à la belle étoile, mendiant quelques kopecks au paysan ou au prince qui espère s'acheter un peu de grâce. À l'occasion, on amenait ces illuminés et ces spiritualistes au palais pour prier, tancer ou guérir. De mon temps, à Saint-Pétersbourg, les deux princesses du Monténégro qui avaient épousé des cousins du tsar (les « sœurs noires ») avaient apporté avec leur dot leur intérêt pour les sciences occultes. Ce furent elles qui introduisirent au palais Mitka le Fou, monsieur Philippe et enfin, Raspoutine. Au Monténégro, affirmaient-elles, sorcières et mages peuplaient les forêts, ils parlaient aux morts et voyaient l'avenir des vivants. Avec leurs amis de la cour, elles organisaient des séances dans des pièces fermées ou restaient suspendues aux divagations de mystiques en transe. Alix, l'Anglo-Germanique Alix, trouva tout cela ridicule jusqu'au jour où, poussée par le désespoir, elle transforma un mur de sa chambre en iconostase devant laquelle elle se mit à prier Dieu pour qu'il lui donne un fils.

En un sens, monsieur Philippe avait provoqué un miracle – pour moi ! Je m'assis pour écrire un mot à Nicky que je remis à ma sœur et qu'elle transmit à son tour à son mari Ali, chargé de le porter au tsar. Ali était relativement proche de Nicky : la veille du couronnement, il avait été l'un des cinq officiers des Gardes invités à le rejoindre chez son oncle à Ilinskœ. Le mariage de ma sœur était une bénédiction pour moi.

Maintenant que Serge n'était plus là, j'avais besoin d'un messager. Ali remit personnellement ma missive à Nicky. Elle était courte : *Viens voir ton fils.*

Le temps s'était rafraîchi et les oiseaux émigraient déjà vers les climats plus tempérés de la Crimée, de la Perse et de la Turquie. Bientôt, il se mettrait à pleuvoir pendant des semaines et des semaines au point que l'on rêverait de neige. Nicky rentrait d'une tournée dans les provinces de Richkovo et de Koursk où il avait visité monastères, hôpitaux et maisons de gouverneurs, quand le chef de la police m'appela pour me prévenir que le tsar avait décidé de venir à Strelna. La route serait donc coupée dans l'après-midi entre Peterhof et ma datcha afin qu'il puisse effectuer une ultime « visite officielle » avant de regagner sa demeure.

Je l'attendais depuis midi, incertaine de l'heure de son arrivée. En entendant le cri de mon garçon d'écurie, je me précipitai à la porte. Quel choc de le voir devant moi ! Grand, la figure rougie par le froid, les yeux d'un bleu pétillant… *Mon désir pour cet homme ne me quittera-t-il donc jamais ?* me demandai-je. Il m'embrassa sur les deux joues ; sa peau glacée sentait encore bon les huiles de bain. Je plaquai les mains sur mon visage et il s'esclaffa. *Ma Petite K, j'ai les mains froides ?* J'aurais voulu lui baiser les doigts mais je me contentai de lui prendre son *papakha* et son manteau. Je les tendis au domestique pour qu'il les brosse. Nicky me contempla en souriant. *Alors, Mala, il paraît que tu m'as donné un fils.* J'eus un éclat de rire tant j'étais surprise. Notre rencontre serait joyeuse, tout le contraire de l'atmosphère à Peterhof. *À qui ressemble-t-il ? À toi ou à moi ?* Le ton était taquin mais j'y décelai une pointe d'anxiété. Je répondis dans le même esprit : *Le souverain en décidera lui-même.* Sur ce, je lui apportai mon fils de bientôt trois mois, endormi, emmailloté dans ses couvertures. Rien qu'à sa vue, j'eus une montée de lait alors que mes seins étaient bandés précisément pour empêcher ce désagrément. Ma bonne me suivait avec le berceau. Elle le déposa près du tsar tandis que je plaçai l'enfant dans ses bras.

Autour de moi, j'eus l'impression que la maison et la terre vacillaient. Nicky pencha la tête sur notre bébé. Mon fils n'avait rien d'un Kschessinski. C'était un Romanov. Il avait les oreilles de Nicky, pointues et légèrement décollées du haut. Il avait son nez, petit et droit, pas l'appendice retroussé de ses quatre filles, hérité de leur grand-mère ni celui, si long, de leur mère. En grandissant, il ressemblerait de plus en plus à Nicky, si bien qu'en le croisant, les gens diraient : *Ce doit être le fils de l'empereur !* Nicky le découvrait par lui-même à cet instant. *Regarde !* s'exclama-t-il en levant sa menotte. *Il a mes doigts !* Puis, comme si la pensée lui en venait subitement, il défit la couche. Mon rire retentit à travers la pièce comme une cloche.

J'ai un fils, murmura-t-il. *J'ai un fils.* Il regarda autour de lui comme pour annoncer la nouvelle à quelqu'un mais j'étais la seule personne présente.

Oui, tu as un fils.

Il se leva et le petit étira les bras, serra les poings.

Maletchka, pourquoi as-tu dit à ce pauvre Serge que tu portais son enfant ?

Tu voulais deux fils de deux mères différentes ? Es-tu avide à ce point ?

Il rit.

Que sait Serge ? demandai-je.

Il pense que c'est l'enfant du prince de Siam – ou du hussard Nicolas Skalon.

Deux hommes avec lesquels j'avais flirté en 1899 et 1900.

Mais il n'a pas les traits d'un Siamois et Skalon est mort depuis longtemps. Il ne peut être que de moi. Quel est son prénom ?

Vladimir.

Nicky décida aussitôt : *Nous l'appellerons Vova.* Nous. Vova ne serait donc pas adopté par ma sœur et son mari. Nicky coucha le poupon dans son berceau puis s'agenouilla brusquement devant moi en me baisant les mains. À cet instant précis, le ciel se mit à déverser des trombes d'eau. La pluie s'abattit sur la crête des arbres, la pelouse, le toit, les fenêtres, les portes, les pavés, le jardin, la grand-route, le golfe. Elle tomba tout aussi fort sur les couronnes de l'aigle à deux têtes perché sur la coupole du grand palais à Peterhof.

Dès les premières neiges, Nicky m'acheta trois parcelles de terrain sur l'île Pétersbourg, de l'autre côté de la Grande Neva et du Palais d'Hiver, au coin de la perspective Kronverski et de la rue Dvorianskaïa. Cette acquisition se fit en secret. Elle n'était pas enregistrée sous mon nom afin de ne pas attirer l'attention sur les 88 000 roubles qu'elle coûta et que je ne possédais pas puisque Serge Mikhaïlovitch m'avait abandonnée. Dénuée d'usines électriques ou de métallurgie et d'imprimeries, cette partie de la ville était parsemée d'hôtels particuliers flambant neufs parmi les vieilles maisons en bois imposées autrefois par Pierre le Grand. Les granits en provenance de Finlande, les marbres et les travertins importés d'Italie et de l'Oural, les porphyres de Suède et les grès d'Allemagne étaient réservés à l'île de l'Amirauté, au quartier impérial de Saint-Pétersbourg délimité par ses canaux, le Fontanka et le Moïka, aux Palais d'Hiver et d'Été. Jusqu'en 1830, on n'avait construit à cet endroit que des baraques pour les ouvriers, un fort et une maison en bois où Pierre vécut le temps que sa ville se bâtisse. Par la suite, les terrains avaient été très peu exploités. Mais, quand le pont Troïtski fut achevé l'année suivante, en 1903, il relia l'île à la cité et les palais y fleurirent. Conçu par l'architecte de la cour, Alexandre von Gogan, le mien fut le plus beau de tous et mérita la médaille d'argent de la ville pour son style Art nouveau. Depuis mon domaine, Vova et moi nous pûmes contempler la forteresse Pierre-et-Paul, le Jardin d'Été, le Champ de Mars, le palais Vladimir, le nouveau palais Mikhaïlovski et le Palais d'Hiver.

Afin de permettre à Nicky de nous rendre visite à sa guise et en toute discrétion, un tunnel fut créé sous la Neva, des sous-sols du Palais d'Hiver à ceux de mon palais. Il paraît que les touristes qui visitent aujourd'hui ma propriété devenue le musée d'État de l'Histoire politique, demandent à voir l'entrée de cette galerie qui relia autrefois la demeure de la Kschessinska à celle du tsar. Ce n'est pas l'histoire politique qui les intéresse mais moi ! La création d'un souterrain n'était pas sans précédent, vu la rigueur de nos hivers. À Moscou, ces corridors permettaient de se rendre du Youssoupov au Kremlin. En 1795, un passage de cent cinquante mètres fut creusé entre les caves du palais Alexandre de Tsarskoïe Selo et les cuisines situées à l'autre extrémité du parc. En 1814, l'ingénieur Marc Brunel proposa à Alexandre Ier de construire un passage sous la Neva mais l'empereur choisit la construction d'un pont. Brunel se rabattit sur Londres et la Tamise. La Neva eut donc enfin son tunnel et la Kschessinska, son palais. En attendant l'achèvement des travaux, je dus me satisfaire des visites irrégulières de Nicky à ma datcha où je traînais, hors de toute vue. Je réussis une ou deux fois à le convaincre de passer une heure au lit avec moi. Je lui promis d'être patiente. Mais la patience n'est pas ma vertu principale.

Presque tous les grands empereurs ont eu deux épouses – Michel Romanov, Alexeï Mikhaïlovitch, Fédor Alexeïevitch, Pierre le Grand. Nicky ne m'en parla jamais ouvertement mais je savais que c'était possible, et lui aussi. Bien entendu, il fallait d'abord se débarrasser de la première femme. Celle de Pierre le Grand n'eut pas la grâce de mourir ; au bout d'une décennie, il l'obligea à prendre le voile et épousa une lingère en secondes noces. Ce fut *son* fils qui monta sur le trône. À la fin de sa courte vie, le grand-père de Nicky manœuvrait pour que Catherine devienne impératrice afin de placer leur fils Georges dans la ligne de succession au lieu d'Alexandre, le fils qu'il avait eu de sa première femme et le père de Nicky. Alexandre II n'avait jamais apprécié la froideur de ses enfants du premier lit envers Catherine, et inversement. Pouvait-il ignorer les droits d'Alexandre en faveur du délicieux Georges, fruit de l'amour de sa vie ? Nicky devrait agir tout en délicatesse. Pour commencer, il me construirait un palais. Puis il me donnerait un titre – princesse Romanovsky-Krassinsky. Ensuite, il expédierait Alix et sa horde de filles à Paris – à moins de les renvoyer à Hesse-Darmstadt où elles pourraient toutes se convertir au luthéranisme si elles le souhaitaient. Si Alix ne voulait pas que Nicky la renie, elle devait absolument mettre au monde un fils. *Tant pis.*

Afin de préparer mon merveilleux avenir, je décidai de me retirer de la scène (comme si l'on pourrait un jour m'oublier) à la fin de la saison. En 1700, on avait accepté une lingère comme impératrice mais, en 1900, on ne voudrait pas entendre parler d'une danseuse.

Ma sœur avait déjà pris sa retraite avec la bénédiction de mes parents, au bout de vingt ans de loyaux services au théâtre et avec une pension confortable. Cependant, quand je me rendis perspective Liteïny annoncer ma décision, mon père manifesta son mécontentement. Je le coinçai dans la salle où il donnait ses cours de danse. Les fillettes en émergeaient, rubans à cheveux de travers, pour retrouver les gouvernantes qui les attendaient dans l'antichambre avec leurs manteaux et leurs bottes doublés de fourrure. Vêtu de sa redingote comme tous les danseurs qui enseignaient leur art, il me parut amaigri. Il vieillissait. Quatre ans plus tôt, il avait célébré ses soixante ans sur la scène du tsar. Il avait reçu tellement de cadeaux que quatre machinistes avaient été requis pour hisser les malles d'assiettes et de gobelets en or de la fosse d'orchestre à la table dressée sur le plateau le temps de l'entracte, afin que tous puissent se rendre compte de l'estime qu'on lui portait.

À l'époque, je m'étais dit : *Mon père dansera toujours.* À présent, je constatais m'être trompée. D'une voix nettement moins tonitruante que de coutume, je lui exposai mes plans. Avant de me répondre, il s'empara de la petite serviette éponge drapée sur le dossier d'une chaise près du miroir. Il s'essuya le visage, effaçant du même coup son sourire. Je compris qu'il n'allait pas me souhaiter « bonne chance et meilleurs vœux ». *Mala*, murmura-t-il, *ta sœur, Dieu la bénisse, était une danseuse honnête. Laisse-la jouer à la maman. Car toi, Mala, tu es très différente. N'oublie pas que tu puises ton pouvoir dans ton art.* Peut-être était-ce de là qu'il tirait le sien mais, désormais, j'avais une autre source moins éphémère et, sous aucun prétexte, je n'abandonnerais mon fils à ma sœur. Une danseuse s'arrête forcément un jour mais j'avais une chance de vivre plus longtemps que mon père et mourir impératrice. Il dut deviner que je lui tiendrais tête. Il posa la serviette sur son épaule et me tendit les bras : *Viens, Maletchka*. Pendant quelques minutes, nous dansâmes la valse. Sur le seuil, quelques élèves s'attardaient pour regarder le grand homme et la femme minuscule exécuter leur lent et gracieux circuit autour de la salle nue, là où elles venaient de s'évertuer à perfectionner la polonaise, la mazurka, le quadrille et même cette valse.

Le miroir magique

MON PÈRE ME JUGEAIT beaucoup trop talentueuse pour quitter la scène mais il faut savoir que les modes changeaient rapidement. Ce n'était pas *uniquement* pour mon fils que je voulais partir. Le nouveau directeur des théâtres impériaux était le colonel Vladimir Teliakovsky, ex-patron des théâtres de Moscou et officier de la cavalerie. J'avais nourri l'espoir que cet aristocrate vieux style ait des goûts démodés. Malheureusement, en matière d'art, il était un homme moderne, plus enclin que son prédécesseur, Volkonski, à ouvrir sa bourse aux artistes libres – ceux qui n'étaient pas salariés par l'État. Ce ne fut donc *pas* le cœur lourd que je retournai au Mariinski danser pour la dernière fois un ballet monté en l'honneur de ma retraite. Il n'était pas question que je m'éclipse discrètement après mon éloignement et la naissance de mon fils. Je devais d'abord remonter sur scène, puis m'effacer avec panache en récoltant mes cadeaux.

Petipa avait imaginé *Le Miroir magique* alors que Volkonski était encore à la tête du Mariinski. Montée sous l'égide de ce dernier, cette pièce aurait peut-être connu le succès. Mais Teliakovsky engagea Alexandre Golovine, un de ces peintres avant-gardistes surnommés « les décadents » pour faire les décors, sa propre épouse pour confectionner les costumes et le compositeur Arsène Koreschenko pour écrire la musique. Ces intervenants étaient imprégnés du nouveau siècle, ce XXe auquel nous appartenions tous, certains à contrecœur. Pourtant, *Le Miroir magique* n'est pas un ballet moderne mais une féerie du XIXe (où Petipa excellait, où j'excellais). Le livret de cette chorégraphie en quatre actes, trente scènes et une multitude de tableaux repose sur le conte allemand *Blanche-Neige et les sept nains*, revu et corrigé par Pouchkine – des gnomes remplaçant les nains. Le ballet était désuet, le public suranné et notre salle bleue et or, nommée en l'honneur de Maria, l'épouse d'Alexandre II, datait de 1860. Nos préposés alignés de part et d'autre des allées et postés à chaque porte portaient les livrées rouges, les bas blancs et les perruques poudrées d'un autre temps. Les abonnés n'étaient pas plus friands d'innovations musicales, scénographiques ou stylistiques que des nouveautés politiques qui menaçaient de les dépouiller de leur statut et de leur fortune.

Petipa s'était plaint que les costumes transformaient les danseurs en caricatures : ses immortelles étaient déguisées à tort en nymphes, ses courtisanes revêtaient des toilettes qui les faisaient ressembler à des chanteuses de cabaret, les gnomes avaient l'air de trolls bossus, le prince (en tenue de gymnaste), d'un écuyer de cirque. Pendant toute la durée des répétitions, Petipa se morfondit de ne pas avoir choisi *Salammbô*, qu'il avait souhaité monter avant le départ de Volkonski. Mais Volkonski avait annulé le projet et voilà que Teliakovsky l'obligeait à recruter ces artistes libres décadents dont l'obstination à tout renouveler allait saccager son œuvre. Pauvre Petipa ! Teliakovsky tenta de le rassurer. *Non, non, monsieur Petipa, ce ballet est une perfection.* Mais Petipa savait que ses dryades, ses fleurs, ses zéphyrs, ses étoiles, ses reines et ses rois, ses paysans et ses gnomes avaient besoin d'un environnement classique et que, privés de celui-ci, ils seraient ridicules. Le chorégraphe aussi. Sans oublier la ballerine.

Bien sûr, j'étais Blanche-Neige, *princesse par le mariage précédent de son père le roi.* Dans nos familles, ces situations abondaient où les secondes épouses usaient de leur pouvoir sur les enfants des premières et complotaient pour placer les leurs sur le trône. Le clan impérial tout entier était rassemblé dans les loges pour assister à mon ultime spectacle sur la scène du Mariinski. Mon père, qui interprétait *mon père le roi* et mon frère Joseph, un magnat polonais en grande tenue, me rejoignirent derrière le rideau. Qui chercher en premier à travers le petit trou : Nicky ou sa mère, Alix ou ses deux aînées, les grandes-duchesses Olga et Tatiana ? Les sœurs de Nicky ou leurs maris ? Les loges des grands-ducs étaient pleines d'oncles et de cousins du tsar, les Constantinovitch, les Vladimirovitch, les Nikolaïevitch, les Mikhaïlovitch. Même Serge était présent et je crus reconnaître à ses côtés la comtesse Vorontzov-Dachkov, véritable sablier scintillant de bijoux et de satins. Une meute de Romanov venue saluer mon départ ! Ils auraient été surpris (sauf Serge) s'ils avaient appris mon intention de sauter du plateau à la loge impériale. Mon père réussit enfin à m'arracher à mon poste de guet juste avant le lever de rideau.

Le premier acte se déroula à peu près normalement : un tableau bucolique dans lequel hommes et femmes tressent des paniers et des guirlandes puis les présentent à la reine, au roi et aux courtisans au fur et à mesure de leurs entrées. Au moins, pour cette scène, Koreschenko avait-il composé une valse traditionnelle et mélodieuse. Lorsque vint mon tour, je m'inclinai devant le tsar, qui me salua d'un signe de tête (Alix grimaça) puis devant le public et enfin devant mon père, le roi, et mes sujets. J'avais retrouvé ma ligne. Tout Saint-Pétersbourg en était témoin et rien, pas même un scandale qui aurait anéanti n'importe quelle autre danseuse, ne pouvait empêcher la Kschessinska de savourer les merveilles de son théâtre. Cependant, au changement de décor, les rires commencèrent à fuser, provoqués par la vue de l'énorme buisson impressionniste peint sur la toile de fond à grand renfort de taches vertes et jaunes. Le public était habitué à des représentations méticuleuses de végétation, feuilles et tiges entrelacées. On aurait dit que cet unique buisson détruisait leur désir d'illusion. Les ricanements s'amplifièrent quand la fille de Petipa, pas Marie mais Nadia – *tant pis* ! se lança dans son mime. La reine est enchantée par le miroir que lui présente un marchand, miroir qui a le pouvoir de révéler l'image de la plus belle femme du royaume. Les filles de Petipa étaient spécialisées dans la danse de caractère mais, même dans cette catégorie, leurs talents demeuraient limités. Malgré la grâce de leur père, elles étaient lourdes et maladroites et les mimiques de Nadia étaient grotesques. La méchante reine se regarda dans la glace en posant la célèbre question : *Qui est la plus belle du royaume ?* À l'instant précis où mon image apparaissait, le miroir se brisa soudain, nous arrosant d'une cascade d'échardes. Un morceau en forme de pointe de flèche s'accrocha au satin de mon chausson et, telle une paysanne ayant marché dans une bouse de vache, je dus secouer le pied pour m'en débarrasser. Dans leurs efforts pour éviter les miettes de verre, mes camarades se bousculèrent les uns les autres, un premier courtisan tomba sur les fesses, puis un deuxième. À présent, l'hilarité était générale et les murmures de la salle rivalisaient avec la musique discordante qui jaillissait de l'orchestre.

À l'entracte, nous nous réfugiâmes dans nos loges et en coulisses, certains hurlant et gémissant, d'autres, plus insouciants, pour manger un sandwich ! Pendant ce temps, dans les salons, couloirs, foyers et fumoirs les spectateurs choqués poussaient des exclamations. Fidèle à la coutume, le colonel Teliakovsky vint me voir comme si de rien n'était pour me présenter le cadeau d'adieu du tsar. Traditionnellement, il s'agissait d'une montre en or pour les hommes et d'un bijou en or serti d'une pierre précieuse et estampillé de la couronne ou de l'aigle bicéphale pour les femmes. Je savais que je recevrais mieux. Tandis que mon père et mon frère se penchaient sur moi, les plumes de leurs chapeaux chatouillant mes bras nus, Teliakovsky me tendit cérémonieusement une boîte en velours. Je soulevai le couvercle avec un peu d'impatience et beaucoup d'espoir. Qu'avait choisi Nicky pour moi ? Niché dans le satin, je découvris un serpent enroulé aux écailles saupoudrées de diamants qui étranglait un cabochon de saphir en forme de pomme. *Cette broche*, m'expliqua Volkonski, *a été dessinée par l'impératrice en personne pour l'occasion. Le serpent est symbole de sagesse.*

Vraiment ?

Le serpent est un trompeur, un arnaqueur, celui qui donne la pomme.

C'est un joyau d'une grande valeur, m'assura Teliakovsky-le-vendeur. *Quinze carats au moins. Un hommage magnifique.*

Pardon ? Ceci n'était pas un témoignage de reconnaissance mais une insulte, une provocation et mon spectacle de fin de carrière se transforma en une comédie burlesque. Pendant que mon père s'esbaudissait, mon frère me dévisagea. Je refermai la boîte d'un claquement sec et annonçai mon intention de me rhabiller et de partir. Ils protestèrent, le premier de stupéfaction, le second d'indignation. *Quitter le théâtre ?* Teliakovsky s'était figé, bouché bée. J'étais la Kschessinska, pas un vulgaire coryphée, s'insurgea Joseph. J'étais encore jusqu'à la fin de la soirée l'étoile du ballet impérial. Je ne pouvais pas tout abandonner sous prétexte que quelques pièces du décor déplaisaient aux antiquités assises dans la salle. Mon frère était un homme moderne. Ce n'était pas ce qui me gênait le plus. *Et cette broche ?* répliquai-je. *Épingle-la à ton costume et montre à la tsarine que tu t'en fiches.* Sur ce, il l'accrocha à mon corset. Je resterais donc. Je danserais les actes II, III et IV. Joseph avait ravivé mon orgueil. Je ne pouvais pas tourner le dos à ma représentation d'adieu et je montrerais à Alix que son serpent ne m'avait pas mordue.

Quand le rideau se leva sur le troisième acte et le repaire des gnomes, une épaisse forêt de souches d'arbres, les uns pendus au plafond comme des stalactites, les autres jaillissant du sol, le public se mit à siffler, huer, persifler. Les gnomes m'entraînèrent dans leur hutte rustique pour m'habiller d'un costume de feuilles sous des hurlements de rire. J'avais déjà été conspuée par les claques fidèles à Preobrajenska ou, plus récemment, à Pavlova mais, cette fois, le chaos atteignait des sommets. Nous n'étions pas responsables des éléments techniques de la production mais ce désordre punissait davantage les danseurs que Teliakovsky, Golovine ou Koreschenko. Nous subîmes l'humiliation tandis qu'ils serraient les dents en coulisses. Monsieur Petipa s'y trouvait aussi, légèrement à l'écart, un vieil homme de quatre-vingt-quatre ans à la moustache blanche, le visage tremblant et les poings serrés. Nous poursuivîmes vaillamment jusqu'au bout. Impossible pour moi de m'enfuir alors que le grand-duc Vladimir braillait : *Rentrons chez nous !* Je vis nettement le colonel Vintulov s'emporter, son crâne chauve ruisselant de sueur : *Débarrassez-nous de Teliakovsky ! Il sera la ruine de ce théâtre !* Dans ce brouhaha assourdissant, l'empereur et toute sa famille restèrent poliment assis, le regard rivé sur le plateau. J'exécutai mes variations avec les zéphyrs et les étoiles, mon pas de deux romantique avec le prince sur une toile de fond représentant la lune. Je mordis dans la pomme empoisonnée et m'allongeai dans le cercueil en verre. Je mimai mon réveil et mes fiançailles dans une salle de château peinte d'audacieux losanges et d'ornementations qui ressemblaient à des ananas et des choux géants. J'étais dans un tel état que je n'ai plus aucun souvenir de mes prestations. Dans la loge impériale, les femmes chuchotaient derrière leur éventail. Alix souriait et levait de temps en temps une main pour dissimuler un fou rire. Nicky, en revanche, suivit le ballet sans sourciller et lorsque le rideau tomba sur une cacophonie de cris et d'injures, je le regardai. Il afficha une drôle d'expression – *Quelle importance ?* – et m'adressa un clin d'œil conspirateur.

Aussitôt après, les danseurs se rassemblèrent autour de moi et Teliakovsky m'offrit le cadeau du théâtre : une couronne de feuilles de laurier en or, chacune gravée du nom d'un ballet que j'avais dansé au fil des ans. Incroyable mais vrai, celle du dessus portait l'inscription *Le Miroir magique*. Or ou pas or, je la détachai.

Teliakovsky mit cette débâcle sur le dos de Petipa et l'obligea à prendre sa retraite en même temps que moi. Le célèbre chorégraphe se réfugia en Crimée et se consola en écrivant ses mémoires. Je restai à Saint-Pétersbourg et me réconfortai en pensant à mon prochain triomphe sur une scène beaucoup plus vaste et plus notoire que celle du Mariinski. J'en parlai à mes proches dès le lendemain afin de les préparer à la suite des événements pour moi et, par conséquent, pour eux.

Le tsar m'est revenu. Ils me fixèrent comme si j'avais perdu la tête. Tous pensaient que l'abandon de Serge et le désastre de la veille m'avaient rendue folle. *Il est venu me rendre visite à ma datcha.* Ma mère secoua la tête comme si j'étais devenue une pauvre créature. Même Julia paraissait perplexe et se garda de prendre ma défense. *Mon fils est le fils du tsar, pas celui de Serge. Un jour, il sera peut-être tsar à son tour.* Mon père intervint : *Mala, assez !* Mon frère se moqua : *Ton fils, tsar de toutes les Russies ? Ton ambition ne connaît donc pas de limites ?* À force de souper et de coucher avec les grands-ducs, j'avais perdu tout sens du jugement, ajouta-t-il. Vova ne serait jamais rien d'autre que le fils illégitime d'une danseuse, condamné comme les autres à rester en marge de la société. Quelle sotte j'étais d'imaginer que mes subterfuges me permettraient de dissimuler les circonstances de sa naissance ! Je claquai des doigts pour le faire taire. Mon père ordonna à ma sœur de me raisonner. Je la dévisageai avec indignation. Elle avait vu les lettres que j'avais envoyées au tsar par l'intermédiaire d'Ali. Elle était passée avec moi dans mon carrosse devant les parcelles que le tsar m'avait achetées sur l'île Pétersbourg. Me soupçonnait-elle, elle aussi, de m'illusionner ? Avait-elle simplement cédé aux caprices de la petite Mala ? Sans doute pensait-elle qu'Ali avait jeté mes missives et que ces terrains appartenaient au baron Brandt, mon futur voisin. Je ne supportai pas qu'elle me toise. Elle verrait. Ils verraient tous. Tous, y compris Alix dont je savais qu'elle mettrait tout en œuvre pour se débarrasser de moi.

Je n'eus pas à patienter longtemps.

Dès que les glaces de la Neva se mirent à fondre et que les ouvriers purent creuser les fondations de mon palais, Alix recommença à promouvoir la canonisation du moine Séraphin de Sarov. L'année précédente, elle avait voulu le béatifier avant la naissance de ce qu'elle pensait être un fils mais le concile du Saint Synode, chef de l'Église orthodoxe russe, s'y était opposé. L'impératrice était convaincue que, si le moine était enfin sanctifié, il intercéderait en son nom auprès de Dieu et Dieu lui donnerait un fils plutôt qu'un fantôme. Séraphin de Sarov, décédé en 1833, vécut en ermite dans la forêt, près du monastère du même nom. On raconte qu'il a accompli miracle sur miracle en Sibérie et qu'il était aussi prophète à ses heures. Il aurait prédit le règne de Nicky et d'Alix, cinquante ans avant leur naissance. Il aurait même déclaré que le tsar et toute sa famille viendraient un jour à Sarov. Selon Alix, si Séraphin avait prévu son existence avant même que Dieu n'en décide, il devait connaître aussi son fils, l'enfant qu'elle était destinée à mettre au monde et dont l'esprit attendait d'être appelé. En prévision de l'événement, Séraphin serait nommé saint patron de Nicolas et Alexandra.

L'Église exaspérait Alix. Elle se fichait de savoir si Séraphin répondait ou non aux critères de la sainteté, si son corps était décomposé. Quand l'évêque Antoine de Tambov, originaire de la province où l'ermite avait vécu, résista à cette sanctification, Alix le fit muter dans les profondeurs de la Sibérie comme un terroriste muselé. *L'empereur a tous les pouvoirs, même celui de fabriquer des saints,* proclama-t-elle. Pour finir, Nicky dut intervenir. L'on procéderait à la canonisation, ne serait-ce que pour calmer la tsarine. Je savais qu'il cherchait à la pacifier. Elle accepterait plus facilement une éventuelle rupture si elle était sûre qu'ils avaient tout essayé et qu'elle l'avait déçu. L'Église déclara que cheveux, dents et ossements étaient des preuves suffisantes (auquel cas alors, tout cadavre dans une tombe ne remplissait-il pas les conditions requises ?). En dépit de centaines de lettres de protestations, le Saint Synode présida une béatification dont il ne voulait pas. *Qu'elle canonise tous les moines de Russie !* pensai-je. Aucun d'entre eux ne pouvait lui garantir un fils.

En juillet, alors que l'on commençait à ériger les poutres et les supports de mon palais, la famille impériale tout entière prit le train pour la gare d'Arzamas au beau milieu de nulle part et, de là, poursuivit son chemin en carrosse jusqu'au vieux monastère de Sarov. Des milliers de paysans flanquaient les chemins de terre et Nicky arrêta le convoi pour que le peuple puisse le saluer, lui baiser les mains, toucher les manches de sa tunique, l'appeler *Batouchka – Petit Père.* Avant son retour à Saint-Pétersbourg, plus de cent mille paysans se rassembleraient pour le voir dans toute sa divinité. Ses domestiques devraient le porter sur leurs épaules dans la foule pour que les gens puissent l'apercevoir sans se piétiner les uns les autres. *Petits frères !* leur lançait-il en s'efforçant de se frayer un chemin. Chaque jour, miracles et guérisons se succéderaient dans la cathédrale, dans la cabane de Séraphin, le long du ruisseau ou, soixante-dix ans plus tôt, le moine s'était curé les ongles. Nicky et Alix s'y rendirent eux-mêmes le troisième soir de leur séjour. Nus, ils s'enfoncèrent dans les eaux sombres et glacées, surveillés à distance par quelques discrets officiers de la cavalerie. Pendant ce temps, dans la capitale, ma propriété et moi étions les sujets de ragots extravagants. Le journal *L'Architecte* avait publié des dessins de ma future demeure. Je les avais envoyés au directeur !

Ces miracles, ces prières, ces baignades dans les ruisseaux m'inquiétaient-ils ? Pas du tout. Pas même en octobre quand j'appris qu'Alix était de nouveau enceinte.

Mon palais se distinguait par son style Art nouveau, très à la mode à cette époque – les briques pâles brillaient comme l'or au soleil, couronnes et rameaux en fer forgé enjolivaient les nombreuses fenêtres. Les baies vitrées du jardin d'hiver, fermées par des loquets en bronze que j'avais commandés à Paris, s'élevaient sur deux étages. Mon Whitehall russe pouvait accueillir un concert. Mon boudoir était tendu de satin jaune, mon salon, de satin chêne fumé. J'avais une salle à manger, une salle de billard (le tsar adorait ce jeu), un bureau, des dizaines de chambres à l'étage, une cuisine et une cave à vins, une aile réservée aux domestiques, un hangar pour mon carrosse, des écuries, une grange avec une vache pour fournir du lait frais à mon petit tsarévitch. Le balcon de sa chambre dominait la perspective Kronverski. J'engageai une *dvornik* – une gouvernante –, deux valets de pied, un buffetier, un chef, deux cuisiniers, une fille de cuisine, un chauffeur, un cocher, deux bonnes pour moi et un valet pour Vova. Mon domaine fut achevé durant l'été 1904. Je vendis l'hôtel particulier du 18, quai des Anglais, au prince Alexandre Romanovsky, duc de Leuchtenberg et relation de Nicky. Ce n'est qu'une fois franchi le pont Troïtski que ma famille commença à croire ce que je leur avais raconté. Une chansonnette se mit à circuler dans la ville :

Tel un oiseau tu volais au-dessus de la scène
Et sans épargner tes jambes
Tu as dansé ton chemin jusqu'à un palais.

Que Nicky tienne compagnie à Alix le temps de sa grossesse. J'avais dansé mon chemin jusqu'à un palais.

C'était là, alanguie sur une de mes méridiennes, que j'accueillerais Nicky quand il viendrait m'y rendre visite plutôt qu'à ma datcha. Il m'annoncerait qu'Alix avait mis au monde une fille de plus, prénommée Catherine, Élisabeth ou Elena... ou pas de bébé du tout ! Je m'efforcerais de ne pas hurler triomphalement : *Moi, Mathilde-Maria, j'ai gagné !*

À peine avais-je rangé mes vêtements dans ma garde-robe, une petite plaque numérotée au-dessus de chacune de mes toilettes, que les canons de la forteresse Pierre-et-Paul tirèrent les salves traditionnelles signalant la naissance d'un enfant du tsar. Nous étions le 30 juillet. Je courus sur le balcon de mon fils et tendis l'oreille vers les îles aux Lièvres et de l'Amirauté. Personne à Saint-Pétersbourg ne compta avec une telle ferveur les coups. Quatre-vingt-dix-neuf. Cent. Cent un. Cent deux... Les canons ne se taisaient pas. Au début, je crus m'être trompée, à moins d'avoir été dupée par l'écho... mais non. Bientôt, je compris que je n'étais pas incompétente en arithmétique mais une sotte d'une tout autre envergure. À la cent cinquantième détonation, je sanglotais. À la deux cent dixième, je m'étais ressaisie. À la trois centième, le téléphone sonna (mon numéro était le 441) mais je refusai de décrocher pour entendre mes amis du théâtre ou les membres de ma famille me demander si c'était vrai, eux qui n'imaginaient pas combien cet événement était pour moi un désastre. Dans l'après-midi, tous les journaux proclamèrent la nouvelle : *Par le décret du 28 juin 1899 nous avions nommé comme notre successeur et notre frère bien-aimé le grand-duc Michel Alexandrovitch jusqu'à ce qu'un fils nous soit né. Désormais, en accord avec les lois fondamentales de l'empire, le titre impérial de tsarévitch héritier et tous les droits relatifs reviennent à notre fils Alexis.*

Alexis. En hommage à Alexis Mikhaïlovitch, Alexis Ier, Alexis le Paisible, père de Pierre le Grand, ce tsar que Nicky avait toujours admiré. Ce n'était pas un prénom habituel chez les Romanov où pullulaient les Constantin, Nicolas, Vladimir, Michel, Serge et autres Alexandre. Mais Nicky vénérait le souverain moscovite, le dernier avant que Pierre, son fils pro-européen, n'oblitère toutes les vieilles coutumes russes, obligeant les hommes à raser leur barbe, les femmes à porter le corset et les deux à s'asseoir pour dîner et danser comme en France. Lors de son couronnement, Nicky s'était assis sur le trône d'Alexis incrusté de sept cent cinquante diamants ! Mais la famille avait des raisons de ne donner ce prénom que sporadiquement. C'était non seulement celui du père de Pierre le Grand mais aussi celui de son fils, qu'il avait fait éliminer parce qu'il le soupçonnait de comploter contre lui. Cet Alexis assassiné était celui auquel on pensait quand on se mit à chuchoter qu'un tel prénom porterait malheur à ce pauvre garçon né d'une Allemande arrivée en Russie derrière un cercueil.

Je repliai le journal sur l'oukase du tsar. Je montai le petit escalier de dix-sept marches menant à ma suite dans ce palais qui m'appartenait depuis peu et dont je ne profiterais peut-être guère. Je pénétrai dans l'imposante salle de bains carrelée de mosaïque bleue et argent. Je m'approchai de la baignoire encastrée que j'avais commandée exprès pour le tsar et que personne n'avait encore inaugurée. Je la bouchai, ouvris les robinets et grimpai dedans tout habillée tandis qu'un plan prenait forme dans mon esprit. L'eau m'immergea lentement, saturant l'étoffe de ma robe, de mes jupons et enfin la soie de ma camisole, mon corset. Mes cheveux et mes bras flottèrent à la surface et je m'enfonçai tout doucement. On me retrouverait ici, conservée comme l'un des monstres du musée scientifique de Pierre le Grand.

L'ex-maîtresse du tsar Nicolas II. J'aurais dû changer de tenue mais il était trop tard. J'aurais dû serrer un crucifix entre mes mains mais, là encore, il était trop tard. J'ouvris la bouche pour respirer mais aspirai une gorgée d'eau. Mon corps explosa d'indignation et je me redressai en toussant. Apparemment, je n'avais pas ce qu'il fallait pour mourir, pour disparaître, ce qui aurait pourtant été la meilleure solution pour tout le monde sauf mon fils. Sans moi, le tsar se préoccupant de son fils légitime, Vova serait adopté par ma sœur puis expédié à l'école de danse comme tous les autres de ma famille. Il se perdrait dans ce théâtre labyrinthique et en émergerait soixante ans plus tard en vieil homme récompensé d'une montre en or. N'existait-il pas d'autre carrière pour un Kschessinski ? Non. Pour empêcher cela, je devais vivre. À moi de m'assurer que Vova aurait la vie qu'il méritait. Je me levai. Mes jupes pesant cent kilos, je tentai de les essorer avant de hisser une jambe par-dessus le rebord de la baignoire. Les chaussures trempées, je regagnai ma chambre et entrepris de faire mes valises pour Strelna. Dans ma datcha, je pourrais réfléchir en paix.

À peine une semaine après mon arrivée à Strelna, où je m'étais rendue en catimini, le chef de la police m'appela pour m'informer qu'il fermait le pont entre Peterhof et Strelna et que l'empereur venait me voir. Je me dis qu'il venait me reprendre les clés de mon palais, me redonner cent mille roubles. Il avait déjà préparé des papiers officiels et me demanderait de les signer. Mais il apparut les mains vides. Avant que je ne puisse l'accueillir, avant d'avoir pu gravir toutes les marches de la véranda où je m'étais postée en entendant son cheval, il s'écria : *Mala, le bébé est malade !* Je le contemplai sans comprendre. *Alexis est hémophile*, précisa-t-il avant de s'effondrer sur l'escalier. Je vins m'asseoir près de lui et il posa sa tête sur mes genoux. Le soleil brillait et, peu à peu, mon désespoir se transforma en pitié. Je lui caressai les cheveux comme je venais de caresser ceux de mon enfant avant de le coucher pour sa sieste.

Alexis n'était pas le premier de la lignée à souffrir de ce mal. La reine Victoria, ses filles et ses petites-filles l'avaient en elle car les femmes en étaient les porteuses et les hommes, les victimes. Les mariages se multipliant entre cousins qui étaient princes et rois, le gène s'était infiltré dans les familles royales de l'Angleterre, de l'Espagne, de l'Allemagne et, désormais, de la Russie. Alix n'avait qu'un an quand son frère Fritz était mort d'une chute subie dans la matinée, qui l'avait emporté avant la fin de la journée. Lorsqu'elle avait douze ans, son oncle Léopold était tombé et avait succombé à une hémorragie cérébrale. Six mois avant la naissance du fils d'Alix, sa sœur Irène avait perdu le sien. Henri, âgé de quatre ans, avait mis plusieurs semaines avant d'expirer après s'être cogné la tête, un cauchemar pour lui et pour ses parents. Alix avait assisté, enceinte, aux obsèques. Mauvais présage. Elle savait que, pour un enfant hémophile, le moindre choc pouvait entraîner des semaines de saignements, de caillots de sang corrosif sous la peau, capables d'immobiliser une articulation, détériorer des organes, voire tuer. Nicky me souffla qu'il aurait dû épouser la princesse française Hélène ou la princesse de Prusse Marguerite comme l'avaient souhaité ses parents. Il omit de me mentionner, bien sûr. Il était convaincu que c'était la raison pour laquelle Alix avait sangloté le jour de leurs fiançailles. Le destin tenait cette carte noire en main, hors de sa vue, mais Alix l'avait remarquée. Lui-même était né sous le signe de Job. Il était cette carte. Il était promis à une épreuve terrible. Il ne serait pas récompensé sur cette terre, pas plus qu'Alix.

Quand elle avait ressenti les premières contractions, me relata-t-il, elle était assise sur un canapé dans le salon de Peterhof. Les panneaux miroirs derrière elle s'étaient décrochés spontanément, la couvrant de morceaux de verre – comme le miroir dans mon dernier ballet. Comment ne pas s'en émouvoir ? Pendant qu'il me parlait, je continuai à le câliner en lui murmurant des sons inintelligibles. J'étais contente qu'il ne puisse pas voir mon visage car je suis sûr qu'il irradiait de bonheur. Son fils était malade. Il ne vivrait pas longtemps. Ce n'était pas sa vie que Dieu voulait prendre mais celle d'Alexis. Malgré tous les efforts d'Alix pour m'écarter, le destin était intervenu. Les cieux ne voulaient pas que son enfant soit le prochain tsar. Les cieux ne voulaient pas d'elle comme impératrice. Nicky l'avait abandonnée à Peterhof pour venir se blottir dans mes bras. Les clés de mon nouveau palais demeureraient au fond de ma poche. *Viens,* chuchotai-je enfin en le prenant par la main pour l'emmener jusqu'à la nursery où Vova dormait, les joues roses, le front lisse. *Il respire ?* s'enquit Nicky. *Il fait trop chaud ici, Mala.* Je ris. *Il respire*, le rassurai-je. Je soulevai le bébé et Nicky le berça contre lui. *Nous ne pourrons pas nous rencontrer avant un certain temps, Mala*, me déclara-t-il. *Je ne peux pas affaiblir la légitimité d'Alexis. Il vivra peut-être longtemps. On ne peut être sûr de rien*. En attendant, j'aurais mon hôtel particulier. Le ministre de la cour verserait ma pension mensuelle sur mon compte. Nicky et Alix n'auraient plus d'enfants. *Nous avons assez de filles*, m'avoua-t-il, l'air penaud. *Et les risques sont trop grands pour un autre fils*.

En effet, les risques étaient trop grands. La Maison d'Espagne comptait deux fils hémophiles. Les petits princes portaient des vêtements rembourrés pour jouer dans le parc où tous les arbres étaient capitonnés. Les deux fils d'Irène, la sœur d'Alix, étaient hémophiles. Avant son décès, elle avait caché Henri dans une propriété en Prusse par crainte que le pays ne découvre la maladie de l'héritier et de son frère. Alix décida d'en faire autant avec Alexis. L'année suivante, la famille s'installa à Tsarskoïe Selo et se terra dans le palais Alexandre afin que presque personne ne fût au courant. Il fallut attendre l'année 1912 pour que le tuteur des enfants, Pierre Gilliard, comprenne ce qui le rongeait, pourquoi il était si pâle, si émacié, pourquoi il passait des semaines entières au lit. Eugène Botkine, le médecin d'Alexis, n'évoqua jamais son état, même auprès des siens. Pendant plus de dix ans, les proches de Nicky ignoreraient la vérité. La presse recevait des photos mais Alexis apparaissait rarement dans les manifestations officielles. Les raisons avancées pour ces absences étaient diverses. Aussi les rumeurs reprirent-elles : l'enfant était arriéré, épileptique, victime de la bombe d'un révolutionnaire…

Quant à *mon* fils, Nicky décréta un oukase secret lui accordant le statut de noble héréditaire. Vova ne serait que cela jusqu'à ce que l'inévitable, l'impensable se produise… ce que j'attendais en me lamentant d'impatience. Je me rappelle avoir pensé : *S'il avait fallu autant de temps pour créer un spectacle au Mariinski, le tsar serait resté assis dans sa loge pendant des décennies face à une scène vide.*

L'allumette sous le petit bois

Nicky me manquait terriblement et le seul moyen pour moi de l'apercevoir était d'assister aux manifestations publiques. En janvier 1905, je suivis la cérémonie de l'Épiphanie sur les bords de la Neva. Cette bénédiction des eaux inaugurait le cycle du Carnaval, une explosion de gaieté dont le point d'orgue était la Semaine des crêpes, juste avant le Carême. Bientôt, des échoppes seraient érigées à cet endroit, dans les rues parallèles et sur le Champ de Mars. Les mois à venir seraient bruyants. Entre deux moissons, les paysans survivaient en vendant leurs produits dans ces baraques de bois, montées à la hâte et ornées de banderoles et de drapeaux, devant lesquelles jongleurs et gitans dansaient pour quelques kopecks jetés par les passants. J'avais l'intention d'emmener Vova au spectacle de marionnettes où les arlequins se faisaient taper sur la tête par de vilaines canailles armées de sabres et de gourdins, pour écouter les chansons folkloriques des gitans et déguster des blinis farcis de caviar. Je voulais lui faire goûter pain d'épice, noisettes, noix ukrainiennes ou grecques grillées sur des brasiers de charbon comme les marrons à Paris. Cette fête du Mardi gras est représentée dans le ballet *Petrouchka* à travers les poupées Petrouchka, Colombine et le Maure.

J'achèterais pour Vova un oiseau en cage et un jouet en bois. Sur le chemin, je lui promis que, dès le début du Carnaval, je lui trouverais une charrette peinte aux couleurs de la Russie occidentale, rouge, jaune et bleu et dont les roues tournaient vraiment.

La bénédiction elle-même était un rite annuel. Le tsar et sa famille s'avançaient jusqu'à la Neva gelée en suivant un long tapis rouge déroulé depuis le Palais d'Hiver jusqu'à une chapelle de fortune abritant crucifix étincelants, piliers en plâtre, autel, calices en argent, bannières et icônes de saint Jean-Baptiste. Les régiments des Gardes étaient alignés de part et d'autre du tapis et tout autour du temple en plein air. Un trou en forme de croix était découpé dans la glace. L'espace de quelques heures, nous faisions comme si la Neva était le Jourdain et, pour une fois, les invités de la cour patientaient à l'intérieur pendant que les gens du peuple participaient au cérémonial. C'était l'une de ces rares journées où nous pouvions nous rapprocher de notre empereur. Certaines femmes apportaient des pichets pour les remplir, une fois l'eau de la Neva bénite : un enfant ou un mari malade attendait à la maison. D'autres venaient avec un bébé souffrant pour le tremper brièvement dans la rivière avant de l'envelopper dans une couverture en fourrure. J'étais avec Vova dont l'unique affection était sa bâtardise. Une immersion ne l'en guérirait pas, pas plus qu'apercevoir le tsar ne soignerait le mal qui me rongeait. Vova et moi attendîmes avec les autres. Les gardes ne cillaient pas, figés comme des soldats de plomb, tête nue, le casque posé à leurs pieds, balayés par le vent.

Aussitôt après la messe matinale dans la chapelle du palais, les orchestres entonnèrent l'hymne national et des gardes que nous ne voyions plus crièrent leur salut. Majestueux, Nicolas surgit pour mener la famille et son cortège de cosaques jusqu'à la rive. De longs voiles blancs s'échappaient des *kokochniks* des femmes, incrustés de joyaux. On aurait dit que leurs âmes flottaient derrière leurs corps, pures, fondues dans la pâleur du ciel. Selon la tradition, Nicky était tête nue comme ses hommes car, en ce jour, il incarnait le Christ s'apprêtant à baptiser saint Jean. Il jouait ce rôle à merveille : pressentait-il, comme le Christ, les épreuves qui l'attendaient ? Le dignitaire local, ses évêques, archimandrites et prêtres arboraient des habits si somptueux qu'on aurait pu les croire à la tête de l'Église. La vérité, c'était que Nicolas tenait leurs nominations dans la paume de sa main. De l'endroit où je me trouvais avec Vova, coiffé d'un chapeau de castor, les paroles de la liturgie étaient indistinctes ; seules les voix des ecclésiastiques survolaient la glace. Le vent était froid et humide. Vova enfouit son visage dans mon *tchouba*, mon manteau de fourrure, pour se réchauffer. Il était trop jeune pour connaître la honte mais, bientôt, il m'interrogerait : *Où est mon père ?* Je lui répondrais : *Il est loin, très loin.* Le tsar est inatteignable. Pour l'heure, cependant, il était à moins d'une verste de nous.

Au point culminant du rite, le dignitaire trempa dans le trou, à trois reprises, une grosse croix en argent suspendue à longue chaîne et nous bénit tous. Les cloches de la forteresse Pierre-et-Paul se mirent à sonner, les canons à tonner et les gens autour de nous à crier. Je crus tout d'abord qu'ils étaient effrayés par le bruit puis me rendis compte qu'une arme invisible s'attaquait à la glace. Vova poussa un gémissement. Les femmes s'enfuirent, leurs gosses sous le bras, dérapant malgré leurs bottes en feutre, remportant leurs pichets vides. Nous apprîmes plus tard qu'un terroriste avait tiré sur le Palais d'Hiver et que quelques-unes de ses munitions avaient volé jusqu'à nous. Le cortège impérial fut lui aussi arrosé d'éclats de projectiles et s'éparpilla, affolé. Je vis un officier tomber sur le quai, son sang comme un fil rouge se détachant du tapis pourpre. Les vitres de la salle Nicolas où étaient rassemblés les courtisans explosèrent. Je tapotai l'épaule de Vova pour le rassurer et scrutai la foule. Je ne partirais pas sans avoir la certitude que Nicky était sain et sauf. À présent, ses gardes l'entouraient ; d'autres s'étaient resserrés autour de la famille impériale. Quand les canons se turent, il se faufila parmi eux pour les calmer. Un peu comme une femme qui défroisse sa robe, ils se ressaisirent pour se retirer dignement. Je ne l'avais jamais vu appelé à improviser lors d'une manifestation publique qui n'était pas codifiée avec une précision méticuleuse. Ses dix années de règne l'avaient mieux préparé que je ne l'imaginais. Sa fonction ne consistait pas uniquement à papillonner de réceptions en processions mais à gouverner et dompter les protestataires. Lors de son couronnement, Nicky s'était insurgé contre les *rêves insensés* de ceux qui, depuis la guerre contre Napoléon, espéraient réformer le gouvernement monarchique de la Russie. Aurait-il le cran de venir jusqu'à nous ? Une fois la famille impériale à l'abri dans le palais, la foule se dispersa rapidement mais je m'attardai, me penchant pour empocher une cartouche encore chaude.

Cette année-là, la Russie était entrée en guerre contre le Japon. Un conflit à oublier. Pendant que l'on construisait mon palais sur l'île Pétersbourg, on s'activait par ailleurs à compléter le Transsibérien, raccourcissant le parcours initial afin qu'il traverse la Mandchourie, une terre chinoise, qui empêchait l'accès direct entre Irkoutsk et Vladivostok. Les Chinois avaient accepté ce passage en échange de quelques roubles et de la promesse d'une alliance contre ses ennemis avec la Russie ainsi que le respect de sa souveraineté. Mais pendant que ses hommes posaient les rails, Nicky avait décidé, en violation de cet accord, d'annexer la Mandchourie. Malgré leurs objections, les Chinois étaient trop faibles pour l'en empêcher. Si Nicky s'était arrêté là, tout se serait bien passé. Malheureusement, il voulut s'approprier les forêts de la péninsule coréenne, élargir encore son empire. Toutefois, les Japonais les voulaient aussi et lorsqu'il refusa de signer un pacte avec les *singes jaunes*, ceux-ci l'attaquèrent. Non contents de refouler la flotte russe et de couler nos bateaux dans le détroit de Tsushima, les Nippons dont nous nous étions tant moqués (les journaux avaient publié des caricatures représentant des cosaques qui les ramassaient par dizaines dans leur chapka) avaient pilonné nos hommes en Mandchourie. Il fallut sept mois à la flotte baltique pour naviguer autour du monde et rejoindre Port-Arthur afin de prêter assistance à nos soldats. Nicky leur envoya des icônes pour les soutenir dans le combat, de magnifiques portraits ovales du Sauveur paré de chaînes en or. En les déballant, un général s'esclaffa : *Les Japonais nous massacrent à la mitraillette mais peu importe, nous les vaincrons avec des icônes.* Je supposai que cette guerre avait été l'allumette sous le petit bois. Je tenais dans ma main l'indice d'une tentative d'homicide. Une vague d'assassinats déferlerait au cours de l'année à venir : Plevhe, le ministre de l'Intérieur, Bobrikov, le gouverneur général de Finlande, le grand-duc Serge Alexandrovitch, oncle de Nicky et gouverneur général de Moscou, plus tard, Stolypine, le Premier ministre... mais pas encore le tsar.

Trois jours plus tard, le 9 janvier, Gapon, un prêtre-ouvrier, se sentit obligé d'entraîner ses camarades paysans miséreux jusqu'au Palais d'Hiver faire part de leurs doléances au souverain. Le père voulait lui parler des vapeurs empoisonnées qui emplissaient les usines non ventilées, du typhus et du choléra engendrés par les eaux polluées par les déchets industriels, des enfants de paysans qui travaillaient seize heures par jour, des machines qui vous arrachaient un œil ou vous coupaient un membre, des victimes de ces accidents que l'on renvoyait aussitôt moyennant quelques roubles, des travailleurs que l'on fouillait à l'entrée des manufactures, des sévices subis à la moindre faute, des salaires amputés pour avoir utilisé les toilettes, des piles de vêtements qui servaient de matelas dans les baraques où dormaient les employés traités comme des bêtes par des patrons despotiques. Ironie du sort, Gapon était payé par la police du tsar pour parrainer des syndicats fondés exprès dans le but de maintenir les ouvriers dans ces conditions de vie inhumaines et les empêcher de rejoindre les Socialistes Démocrates qui, eux, les encourageaient à la révolte. Les réunions du prêtre se déroulaient dans un cadre cérémonial. On y buvait du thé, on récitait le *Notre Père*, on chantait l'hymne national. Submergé par la pitié, Gapon avait donc eu l'idée de mettre en scène une manifestation spectaculaire dans l'espoir de faire disparaître cet esclavage. Le tsar les aiderait. S'il ignorait leur souffrance, c'était parce que ses fenêtres donnaient sur les beautés du fleuve. Ou parce que leurs récriminations ne pénétraient pas jusqu'à son bureau, tout au bout d'une enfilade de pièces. Ou encore, parce qu'il était accaparé par les dossiers qui s'accumulaient sur sa table et par la guerre contre les Japonais. En apprenant les conditions intolérables dans lesquelles ses ouvriers besognaient dans ses usines, le tsar-Batouchka réglerait tous les problèmes d'un coup de plume. Mus par cet espoir, Gapon et plusieurs milliers de travailleurs se rassemblèrent en six points de la ville et remontèrent les avenues rayonnant autour de la place de l'Amirauté et du Palais d'Hiver.

Mais Nicky n'avait aucune intention de prêter l'oreille aux grévistes, nulle intention de les recevoir. Pourquoi l'aurait-il fait ? S'il acceptait volontiers de fouler les chemins de Sarov avec ses paysans, ses humbles petits frères qui lui baisaient les mains ou lui confiaient leurs soucis, il refusait d'entendre cette populace qui se pressait devant ses portes. Surtout une multitude corrompue par les socialistes et les intellectuels qui se fichaient éperdument des paysans et les exploitaient à leurs fins.

Vova me fit venir sur son balcon en percevant les sons de ce qu'il croyait être une grande parade. Ensemble, nous regardâmes la procession franchir le pont Troïtski. Je fis remarquer à Vova qu'hommes, femmes et enfants brandissaient des icônes et des portraits de l'empereur, des fanions et des banderoles. L'une d'entre elles, tenue par des gamins à la tête du cortège, portait l'inscription : *Soldats, ne tirez pas sur le peuple !* Un peu partout, des affiches criaient haro sur cette manifestation. On avait placé des canons tout autour de la place et la cavalerie était au garde-à-vous. Douze mille soldats étaient postés le long des rues. La colonne avançait lentement tel un défilé de premiers communiants. J'eus un mauvais pressentiment. Les cosaques aimaient tuer à courte portée, raison pour laquelle le tsar s'en servait comme gardes du corps. Les badauds aux coins des rues se découvraient ou se signaient au passage de leurs concitoyens menés par un prêtre avec une croix. Les ouvriers avaient envoyé une pétition au souverain, que les journaux publièrent par la suite : *Nous venons à toi, Sire, chercher justice et de protection. Nous sommes réduits à la misère, surmenés, opprimés. Nous avons atteint ce moment terrible où mieux vaut mourir qu'endurer plus longtemps d'insupportables souffrances. Batouchka, entends-nous !*

Je perçus alors des crépitements lointains mais nombreux et Vova s'amusa à mimer les tirs d'un fusil imaginaire. *Je ne peux pas croire que l'on vise toutes ces femmes, tous ces enfants !* pensai-je. J'appelai néanmoins ma bonne pour qu'elle ramène Vova à l'intérieur et il la suivit en déclarant qu'il me détestait, qu'il voulait rester, qu'il voulait *voir le peuple*. Je découvris par la suite qu'à leur approche des portes de Narva, un escadron de la cavalerie avait chargé les manifestants sous l'arche verte arborant les statues des chevaliers russes médiévaux en armure. Comme ceux-ci poursuivaient malgré tout leur marche (comment auraient-ils pu faire demi-tour ?), l'infanterie avait pointé ses armes sur la foule. Qui leur avait donné cet ordre ? Le grand-duc Vladimir, frère d'Alexandre III, commandant en chef des Gardes de Preobrajenski et du district militaire de Saint-Pétersbourg, père disciplinaire des danseuses capricieuses ? Ce monarchiste ne tolérait aucun soulèvement. Ne l'avais-je pas appris à mes dépens ? Affolée, la foule commença à se disséminer mais la cavalerie était lancée et l'onde de choc se déploya jusqu'au pont Troïtski. Du balcon de Vova, je vis les cosaques surexcités foncer dans le tas, sortir leurs fouets et leurs sabres. Quand un homme tomba, le visage coupé en deux, je me précipitai dans la maison où mon fils m'attendait, les poings serrés de fureur comme s'il avait manqué le passage d'une meute de loups de Sibérie devant sa porte. Je le serrai contre moi tandis que dehors, dans un chaos indescriptible, les gens cherchaient à s'enfuir par où ils étaient venus ou se réfugiaient dans les jardins Alexandrovsky. Les cosaques et les gardes à cheval poursuivaient leur assaut en les abattant sauvagement. Les enfants qui, comme Vova, s'étaient juchés sur un perchoir, un arbre, une statue, une barrière pour observer la parade tombaient comme des mouches. Au milieu de cette hécatombe, le père Gapon, cet imbécile, demeura figé en plein milieu de la place du Palais. Son énorme crucifix à ses pieds, il contempla les centaines de corps sanguinolents sur la neige et cria : *Il n'y a plus de Dieu ! Il n'y a plus de tsar !*

Mais il y avait un tsar. Il jouait aux dominos à Tsarskoïe Selo. Et je songeai : *Peut-être que Nicky ne s'en sortira pas aussi bien que je l'avais cru.*

Cette journée fut baptisée le Dimanche rouge, et le sang versé entacha toute l'année 1905. Le pays entier proclama ses souffrances, les ouvriers qui requéraient des horaires et des logements décents mais aussi les citoyens excédés par la guerre coûteuse contre le Japon. Les paysans qui avaient survécu à la famine réclamaient le droit de posséder les terres qu'ils cultivaient. Les intellectuels et quelques nobles libéraux luttaient pour les droits civils et la création d'un parlement, un *zemstvo* national au sein duquel la voix de chacun, pas seulement celle du tsar, serait entendue. D'un bout à l'autre de l'empire, les réunions se succédèrent, accouchant de manifestes destinés au souverain. Soixante mille pétitions furent envoyées au Palais d'Hiver. Comme les Français dans leurs *cahiers de doléances* adressés à Louis XVI en 1789, ces lettres suppliaient le tsar de procéder à des réformes. Ses propres ministres voulaient la création d'un cabinet et d'une assemblée générale, composée de représentants de tous ses sujets. Les paysans exigeaient une redistribution des terres par les seigneurs. Les libéraux, l'*intelligentsia* revendiquaient un syndicat des syndicats permettant à chacun – avocats, professeurs, fonctionnaires, comptables, Juifs, femmes, employés de chemin de fer, paysans, d'appartenir à une association militant pour la liberté politique. Ces requêtes furent suivies d'actions. Plus de cent mille ouvriers de la métallurgie et de l'industrie électrique se mirent spontanément en grève au mois de janvier. Une fois de plus, je regardai les manifestants traverser le pont Troïtski et, durant plusieurs jours, nous fûmes privés de lumière. Les écoles durent fermer en février. En septembre, les imprimeurs cessèrent le travail à leur tour et, pendant des semaines, aucun journal ne parut. Les cheminots prirent le relais, stoppant les trains et coupant le télégraphe. Si de nombreux perturbateurs révolutionnaires avaient subi l'exil ou fui à l'étranger pour éviter l'arrestation, de nouveaux chefs avaient émergé : l'écrivain Gorki, le prince Lvov et d'autres comme lui qui avaient longtemps tenté de venir en aide aux paysans et prônaient un changement de régime. Ils rédigèrent des articles, prononcèrent des discours et, bientôt, l'agitation des villes se répandit jusque dans les campagnes. Dans les provinces russes de Tomsk, de Simferopol, de Tver et d'Odessa, les paysans rasèrent les forêts de leurs seigneurs, volèrent leurs cristaux et leurs porcelaines, leurs tableaux et leurs statues. Dans un village, les habitants hachèrent menu un piano et se partagèrent les touches en ivoire. Ailleurs, on brûla des manoirs : bibliothèques, tapisseries et tapis persans furent réduits en cendres. Quant aux demeures auxquelles ils ne mettaient pas le feu, ils les profanaient, s'accroupissant sur les parquets pour y laisser des montagnes d'excréments, maculant les papiers peints de leurs mains souillées. *Nous sommes passés ici.* Les propriétaires terriens se ruèrent dans les villes pour demander de l'aide tandis que les paysans tiraient leurs charrettes chargées de biens volés à travers champs. À Moscou, les étudiants de l'université brûlèrent les portraits du tsar et accrochèrent des drapeaux rouges aux toits des bâtiments. Débrayages, barricades et bagarres de rue, déclenchés par tous ceux qui en avaient assez de la domination russe, se répandirent jusqu'en Lettonie, en Finlande, en Géorgie et même en Pologne. Les troubles sociaux des années 1820 avaient ressurgi avec une ardeur redoublée et dans un but de vengeance.

Durant cette année effroyable, Nicky emmena Alix, Alexis et les princesses dans leurs retraites habituelles : l'hiver à Tsarskoïe Selo, le printemps à Livadia, l'été à Peterhof, la Pologne en automne pour la chasse, puis retour à Tsarskoïe Selo. Mais, en s'éloignant de son peuple, il s'éloigna aussi de moi. On ne l'avait pas vu dans la capitale depuis les fêtes de l'Épiphanie. Ne risquait-il pas de m'oublier et, tant que le fils d'Alix resterait en bonne santé, mon fils aussi ? Les hémophiles ne meurent pas tous jeunes. Le prince Léopold d'Angleterre a vécu jusqu'à trente et un ans. Vova et moi devrions peut-être patienter trente ans ou plus avant que Nicky ne revienne vers nous. Vova serait un étranger pour lui, et moi, une vieille femme ! Loin du théâtre, séquestrés dans ce palais et isolés par notre position sociale, Vova et moi étions invisibles pour la cour et, par conséquent, pour le tsar. En février 1905, je pris donc la décision de remonter sur la scène du Mariinski. J'avais accompli mes dix années obligatoires et remboursé la dette que je devais au Trésor pour mes études gratuites. Je pouvais désormais négocier un contrat plus intéressant en exigeant un cachet supplémentaire par prestation, en plus de mon salaire annuel. L'empereur approuverait, quel que soit le montant que je demanderais. Comme l'avait dit mon père, mon pouvoir découlait de mon art, même si ce n'était pas *exactement* ce qu'il sous-entendait.

Pendant ma courte absence, j'avais perdu la forme et pris de l'embonpoint. Je me dépêchai de l'éliminer en m'entraînant chez moi en toute intimité. Je commençai par disposer quatre chaises autour de moi et à tester ma précision et mes muscles en m'efforçant d'exécuter des « grands battements » sans les renverser. Lorsque je me sentis prête, je retrouvai ma sœur dans la salle de bal de mon père et lui présentai les variations extraites de tous les ballets à mon répertoire. Elle me déclara apte, ce que j'espérais. Mais, en réintégrant, triomphante, la troupe du théâtre, je constatai que la vie y avait continué sans moi. Le rideau se levait, les machinistes montaient et démontaient les décors, les vieux danseurs avaient pris leur retraite, remplacés par les jeunes issus de l'école : Pavlova, Karsavina, Fokine et Nijinski qui se feraient connaître plus tard grâce aux Ballets russes. Quant à moi, j'ai toujours préféré danser en Russie, à Saint-Pétersbourg pour le tsar. Plus fâcheux, mes concurrentes avaient repris *mes* rôles dans *mes* ballets. Les ballerines des théâtres impériaux ne partageaient pas leurs rôles. Lorsqu'on leur en attribuait un, elles le conservaient jusqu'à leur départ. Pendant que je prenais les mesures de ma tête pour ma future couronne, ma rivale de toujours, Olga Preobrajenska, m'avait succédé dans le personnage de Lise dans *La Fille mal gardée*. À mon retour, bien sûr, je voulus reprendre ma place. Le colonel Teliakovsky s'y opposa. Cet homme guindé ne m'avait jamais appréciée. Il me reprochait mes frasques avec les Romanov. Un jour, il était entré par surprise dans ma loge alors que j'étais en peignoir, assise sur les genoux de Serge Mikhaïlovitch. Il avait froncé le nez de dégoût comme s'il venait de tomber sur un amas de déchets. En 1924, comme la plupart des exilés, il écrivit ses mémoires. Dans ces pages, il me diffama de façon impardonnable, dénigrant la femme mais aussi la danseuse. Il me traita de *vulgaire* et de *frivole*, qualifiant mes jambes superbement galbées de *grosses*. Nous avions tout perdu, notre pays, notre souverain, notre théâtre et pourtant nous persistions à entretenir des querelles ridicules qui n'intéressaient personne, sauf nous. Je suppose qu'il me croyait désarmée par mes mésaventures, une boule de tulle sur laquelle il lui suffisait de souffler avec son haleine fétide. Il m'avait autorisée à revenir au Mariinski mais n'avait aucune intention de me laisser danser. J'aurais pu courir me plaindre auprès de l'empereur mais je voulais qu'il me considère comme son égale, pas comme une mendiante. Je pris en main la situation. Littéralement. Un soir, pendant un changement de décor de *La Fille*, je descendis de ma loge d'artiste pour bavarder avec les danseurs en coulisses. J'en profitai pour ouvrir subrepticement la cage à poules. *La Fille mal gardée* se déroule dans un village provincial de France aux alentours de 1750. Le rideau se lève sur la cour de ferme de madame Simone et de sa fille Lise. L'utilisation d'animaux vivants sur le plateau n'est plus autorisée aujourd'hui mais dans les années 1900 en Russie, nous employions souvent des bêtes à fourrure, à plumes ou à sabots. Les toiles de fond peintes n'enchantaient pas suffisamment le tsar et sa cour. Nous avions des chevaux dans *La Belle au bois dormant*, une chèvre dans *Esméralda*, des poules dans *La Fille*... Les chevaux étaient parés de couvertures brodées et de brides à plumeaux ; la chèvre était menée par une laisse tressée, une clochette tintant à son collier ; les poules picoraient des graines dans leurs cages devant une grange. Pour les animaux plus exotiques, les singes par exemple, nous déguisions des enfants de l'école. Dans *La Fille du pharaon*, le grand chorégraphe Georges Balanchine, alors le petit George Balanchivadze, se balançait d'un arbre à l'autre en costume de singe tandis que je le visais avec mon arc.

J'étais remontée dans ma loge quand l'une des poules s'échappa. L'instant d'après, dans une cacophonie de criaillements, de plumes et de pattes, machinistes et danseurs en tenue de villageois se lancèrent à leur poursuite, les ramassant comme ils le pouvaient et essayant de les remettre dans leur cage. Dans la salle, on s'esclaffa. Olga s'immobilisa pour observer le tohu-bohu, le ruban bleu avec lequel elle s'apprêtait à encorder son beau Colin pendouillant entre ses mains. Ma ruse l'avait tellement décontenancée que le divertissement dans lequel elle et Colin s'enroulent dans ledit ruban tourna à la catastrophe. Mon ancien partenaire, Nicolas Legat, se vit prisonnier des nœuds et les spectateurs devinrent hilares. Par ce genre de subterfuges, je finis par récupérer mes rôles les uns après les autres puis j'attendis que Nicky reparaisse dans sa loge impériale pour qu'il me voie danser, pour qu'il se rappelle combien j'étais brillante, vive, merveilleuse. Et loyale.

La saison avançait et, si Nicky n'avait pas encore daigné venir, la révolution s'était invitée au théâtre. Comédiens, danseurs et musiciens s'agitaient tout comme les ouvriers dans la rue, bien que leurs exigences fussent d'un autre ordre. Les élèves du conservatoire de musique voulaient la production mensuelle d'opéras et une bibliothèque. Ils demandaient que monsieur Aver cesse de taper ses étudiants sur la tête avec sa baguette. Rimski-Korsakov, mon ancien propriétaire jusqu'à ce que le tsar lui rachète ma maison, fut renvoyé sous prétexte qu'il les soutenait. Sa musique fut bannie des théâtres impériaux. Par mon frère, j'appris que les jeunes danseurs fraîchement sortis de l'école tenaient des réunions furtives dans les appartements de leurs parents effarés. Ce que réclamaient ces gamins – un comité directeur – était absurde. Les pétitions circulaient dans les salles de classe et les loges, requérant la liberté de parole, de conscience et de l'expression écrite. Eux qui ne savaient pas écrire ! Un jour en pleine répétition, une petite avec un nœud blanc dans ses cheveux, sollicita ma signature au bas d'un papier proclamant *La Belle au bois dormant*, parmi tous les ballets créés par Petipa et Tchaïkovski, hymne à la monarchie ! Je l'envoyai promener. Les cadets voulaient des cours de maquillage et un meilleur enseignement des matières académiques ; les aînés voulaient porter leurs propres manchettes et cols sous leur uniforme. Grotesque. Les danseurs tenaient à décider eux-mêmes des ballets qui seraient montés, de leur distribution, des salaires et du nombre de spectacles qu'ils présenteraient. Certes, depuis des années, je décidais de ces choses moi-même. La différence, c'était que j'avais *mérité* ce droit : j'avais foulé la scène pendant une décennie et j'étais La Kschessinska. Ces mômes dansaient pour l'empereur depuis quelques mois à peine. Ils n'étaient pas électriciens, ils ne pouvaient pas plonger la ville dans le noir. Ils n'étaient pas ouvriers du système hydraulique de Moscou, ils ne pouvaient pas empêcher l'eau de couler dans les canalisations. En revanche, ils pouvaient ruiner les théâtres. Certains acteurs de l'Alexandrinski menacèrent de remplacer leurs répliques par un discours sur le besoin absolu d'une réforme gouvernementale. Ils ne furent pas suivis par leurs camarades. Au Mariinski, les militants firent irruption dans les loges juste avant le lever du rideau pour inciter les membres du corps de ballet à refuser de danser, à répondre à l'obstination de l'administration par l'obstination. Les danseurs se contentèrent de bâiller et le spectacle en matinée de *La Dame de pique* se déroula comme à l'accoutumée. Même mon frère Joseph, radicalisé par les grèves, les manifestations, les pamphlets et les tracts, prit part à ces actions, à mon grand désespoir et à celui de mon père. Quand j'appris que la famille impériale prévoyait de rester à Tsarskoïe Selo jusqu'à la fin de la saison, je décidai que j'en avais assez. Mes parents, Vova et moi, nous retirâmes pour l'été dans notre propriété familiale à Krasnitski. Bien entendu, mon frère resta dans la capitale.

Krasnitski avait changé aussi. En me promenant sur les chemins que je connaissais si bien depuis l'enfance ou le long de la rivière Orlinka, si je croisais un paysan du domaine, il ne m'accordait qu'un bref signe de tête et encore, à contrecœur. Après tout ce que mon père avait fait pour eux ! Le mur de la grange d'un de nos voisins fut détruit, les outils d'un autre, volés. Je fus forcée d'écourter mes balades et de rester aux alentours de notre datcha. Mon fils était suffisamment grand maintenant pour m'accompagner jusqu'au bosquet de bouleaux, cueillir les champignons que je lui désignais et les déposer dans mon panier en écorce gravé de mes initiales, MMK. À la lueur douce du soir, je le mettais sur mes genoux ou ceux de ma mère tandis que nous admirions les arbres deux fois plus hauts que notre toit. Mon père offrit à Vova un cochon, qu'il tirait au bout d'une corde comme un chien et faisait avancer à coups de trique. Je dus confisquer le bâton à mon Ivan le Terrible miniature. Vova était si récalcitrant à table que ma mère le gâtait en découpant sa nourriture en forme de noisette, de papillon, de lapin et l'encourageait à mots doux. Après le repas, nous lui enseignions le *dourachki* (ce qui signifie *petits idiots*), le premier jeu de cartes qu'apprenait tout enfant russe. La nuit, Vova dormait dans mon lit, couvertures rejetées, les joues roses, la peau brunie par le soleil. Je restais éveillée à ses côtés pendant des heures à écouter le vent faire bruisser les feuillages, soulever la première feuille d'une pile de papiers, l'ourlet d'une nappe. J'avais l'impression d'être redevenue une jeune fille et que Vova était mon petit frère. Mais ce n'était pas l'existence que j'avais rêvée pour lui. À moins de dix kilomètres, dans les palais illuminés longeant les avenues qui menaient à Tsarskoïe Selo, la famille impériale et la cour avaient, elles aussi, fui le désordre de la capitale. Mais ma vie s'était tellement éloignée de la leur que ces dix kilomètres auraient pu en être dix mille. À Tsarskoïe Selo, la brise faisait frémir la luxuriante végétation sur les canaux dont l'impératrice Élisabeth avait entrepris la construction. Le projet avait été abandonné mais, à l'origine, ils devaient mener jusqu'à Saint-Pétersbourg afin que les tsars puissent parcourir en barque les neuf verstes les séparant de la ville, tels des pharaons sur une barge. Je supposai que Nicky, dans son palais Alexandre, occupait ses journées à peu près comme nous, jouant aux cartes avec ses enfants, leur lisant à voix haute les romans de Tolstoï, Gogol et Tourgueniev, collant des photos dans ses albums. Mais je n'avais plus de nouvelles de lui depuis presque un an, bien que le baron Frédéricks me versât toujours ma pension chaque mois. Vers le milieu de l'été, alors que j'étais déjà déprimée, une nouvelle calamité acheva de me détruire.

Au cours d'une répétition de *La Belle au bois dormant*, quelques mois auparavant, une trappe s'était brusquement ouverte et mon père, qui avait eu la malchance de se trouver au mauvais endroit au mauvais moment, était passé au travers. *In extremis*, il avait stoppé la chute avec ses coudes, mais le choc avait fragilisé sa robuste santé et les événements dans la capitale et au théâtre n'avaient fait qu'aggraver son état. Les médecins l'alitèrent dans l'espoir qu'il guérirait de lui-même mais sa vie, depuis quatre-vingt-trois ans, était fondée sur le mouvement et mon père refusait de rester couché. Pourtant, dès qu'il se mettait debout, il avait l'impression que certaines parties de son corps étaient mal assemblées, qu'il bougeait comme un automate, un squelette en métal recouvert de papier. Nous lui assurâmes qu'un été à Krasnitski le soulagerait de ses douleurs mais qui connaît mieux son corps qu'un danseur ? Mon père mourut brutalement en juillet, un mois après notre arrivée. Il s'était allongé en se plaignant d'une migraine. Quand ma mère m'envoya prendre de ses nouvelles, je ne pus le réveiller. Je me dis qu'il dormait et me glissai sous les couvertures, un bras autour de sa taille, le visage tourné vers le sien. Puis, je regardai le ciel d'un bleu éclatant au-dehors et pensai : *S'il ne se relève pas, je ne me relèverai pas non plus.*

Nous étions en 1905, douze ans après que le coucou dans son bureau avait sonné douze fois alors que je m'efforçais de lui expliquer mon projet de devenir la maîtresse du tsar.

Mon père était venu à Saint-Pétersbourg en 1853. Il avait dansé pour quatre empereurs : Nicolas Ier, Alexandre II, Alexandre III et Nicolas II. Il était déjà là avant la construction du Mariinski ! Il avait vu le cirque brûler en 1859 et le théâtre s'ériger à sa place. Il m'avait donné sa ville d'adoption, son théâtre, mon existence, et je ne les imaginais pas sans lui. Aux obsèques d'Ivanov en 1901, il avait soupiré : *Il reste bien peu de nous autres vieillards.* À présent, il y en avait encore un de moins. Si je fermais les yeux, peut-être que, lorsque je les rouvrirais, il en ferait autant ? Ma mère finit par venir nous chercher. Elle dut me taper sur les mains et appeler la bonne pour l'aider à m'arracher du lit.

En une journée, mon frère et son épouse Sima, ma sœur et son mari Ali, convergèrent jusqu'à Krasnitski. Autour de la table, ce soir-là, après avoir bu beaucoup trop de vodka et de cognac, nous évoquâmes en riant les manies de notre père, ses grimaces devant la glace quand il se maquillait, le jour où mon frère avait déboulé dans la cuisine et fait tomber deux de ses *koulitchs* (mon père les avait reconstruits en les inondant d'un glaçage si sucré que personne n'avait pu les manger), la façon dont il nous faisait asseoir, Julia, Joseph et moi, pour nous sermonner sur la sédition au théâtre, nous rappelant que nous étions des Kschessinski, serviteurs du tsar. Ratatinés sur nos chaises, nous l'écoutions tête baissée. Alors que nous nous moquions de nous-mêmes, Joseph repoussa son assiette et déclara que notre père aurait dû convoquer en même temps tous les ouvriers de sa propriété et les asseoir avec nous car, d'après ce qu'il avait appris aujourd'hui, ce discours aurait profité aux paysans. Puis il nous chanta le couplet qu'il avait entendu dans l'après-midi en se promenant au bord de la rivière :

Le soir je me balade
Et les riches me fichent la paix
Que ce riche me fasse bravade
En pièces je le mettrai.

Je l'écoutai en me demandant : *Qui est le riche de cette chanson ? Mon père ?* Était-ce lui qu'ils voulaient mettre en pièces ? Au bout d'un moment, je repoussai l'assiette de Joseph vers lui et m'écriai : *Tu vois ce que tu as provoqué ? Tu l'as tué en essayant de bouleverser son théâtre !* Il s'emporta : *Moi ? Parce que je refuse d'obéir tel un esclave aux ordres de Teliakovsky ? Je suis incapable de m'aplatir comme toi devant l'empereur et son cousin, Mathilde-Marie !* Ce à quoi je rétorquai du tac au tac : *Drôle de bolchevik, toi qui as épousé une princesse !* Car sa femme, Séraphine Astafieva, était la fille d'un prince qui avait servi comme général dans l'armée impériale. Joseph ne méprisait pas la cour, il baisait même les doigts de certains de ses membres. Les larmes de ma mère et les exhortations au calme de ma sœur le poussèrent à sortir. Cependant, à cause de ces troubles que Joseph approuvait, nous ne pouvions pas nous rendre jusqu'à Varsovie enterrer notre père aux côtés du sien comme il l'avait souhaité. Je l'avais toujours considéré comme un véritable Pétersbourgeois mais, peut-être, ne s'était-il jamais senti parfaitement à l'aise dans cette Russie qui, selon Joseph, avait *appauvri, brisé et déprimé* la Pologne. Les Polonais haïssaient les Russes au point que, si l'on avait l'audace de commander en russe un plat à Varsovie, les serveurs refusaient de l'apporter. Nous ne pouvions malheureusement pas respecter les dernières volontés de notre père. La campagne était à feu et à sang. Les trains ne circulaient plus. Nous n'avions pas d'autre choix que de ramener sa dépouille à Saint-Pétersbourg et placer son cercueil dans la crypte de l'église Saint-Stanislas en attendant des jours meilleurs. Yvan Kschessinski devrait continuer à reposer seul dans la tombe familiale du cimetière de Powazky jusqu'à ce que sa femme et son fils l'y rejoignent.

Aujourd'hui encore, j'aimerais pouvoir dire aux morts : *Vous ne savez pas ! Vous ne savez pas ce que nous subissons !*

La cour envoya une couronne et l'empereur, une lettre de condoléances adressée à la famille.

Au début de l'automne, après la chasse, quand il eut fini de noter dans son registre le nombre de biches et de faisans abattus, Nicky se résolut enfin à prêter attention au mécontentement de ses sujets. Ces livres illustrés d'aquarelles qui recensent les trophées de la chasse impériale sont magnifiques. Nicky les conservait dans sa bibliothèque néogothique du Palais d'Hiver. Il aimait l'ordre et détestait le chaos. 1905 fut tout sauf calme mais on ne le devinerait jamais en examinant le rapport de chasse de l'année. En octobre, il daigna enfin relever la tête et réfléchir à la situation. Contre son gré, il fit la paix avec le Japon afin de rapatrier son armée et la retourner contre le peuple. Ne lui avait-il pas laissé le temps de s'apaiser ? Mais la Russie était un pays de millions d'âmes dont chacune avait une voix. La révolte n'en finissait pas de gronder. L'armée prit le relais de la police et des régiments locaux pour rétablir l'ordre dans les villes, puis réprima les paysans dans les campagnes. Trois mille fois, Nicky dut faire appel à son armée pour aider les cosaques (qui obligeaient les paysans à se découvrir et à s'incliner devant eux, après quoi ils exécutaient les hommes et violaient les femmes) à contenir les soulèvements. Pierre Arkadevitch Stolypine, le nouveau ministre de l'Intérieur, se chargea du reste. Avec son crâne chauve et sa ridicule moustache lissée à la cire, il était l'un des ministres aristocratiques de Nicolas mais il refusait d'être l'un de ses courtisans flagorneurs. Ainsi, il n'accompagnait jamais le souverain lors de la chasse annuelle. Nicky ne l'appréciait guère mais Stolypine était efficace. Il fit pendre tant d'hommes – pas moins de quinze mille – pour rétablir l'ordre que le peuple s'amusa à surnommer la corde *la cravate de Stolypine* et les trains qui transportèrent quarante-cinq mille révolutionnaires jusqu'en Sibérie, *les carrosses Stolypine*. Je souhaitais plus que tout le monde le retour à la paix mais par quels moyens ? Tant de brutalité ne pouvait qu'exacerber la haine du peuple envers Nicky. D'un autre côté, n'était-ce pas pour cette raison précise que son grand-père, qui avait proposé des réformes, avait été assassiné ? Voilà à quoi menaient l'attention et l'indulgence. Au régicide. Nicky fit claquer le fouet et la population s'inclina, mettant un terme à cette première révolution (la plupart des gens ne connaissent que celle de 1917). Avec le recul, je me rends compte qu'il n'y en eut qu'une.

À ce moment, grâce à Nicky, je pus enfin faire transporter la dépouille de mon père et celle de sa mère (il me l'avait demandé avant de mourir) de Saint-Pétersbourg à Varsovie. L'empereur Alexandre III avait fait construire une ligne de chemin de fer pour se rendre à son palais blanc de Gatchina, vers le sud. Petit à petit, la voie s'était allongée jusqu'à atteindre l'ancienne capitale de la Pologne, autrefois une grande nation dotée de son propre roi, réduite au statut d'avant-poste de l'empire russe. Mon père débarqua pour la dernière fois dans cette gare aux arches circulaires, au portique bordé de treillis et au toit en ardoise pentu. Il pleuvait à notre arrivée, comme souvent au début de l'automne, les roses et les verts, les pêche et les jaunes des bâtiments alentour rehaussés par les larmes du ciel. Mon frère, sa femme Sima, ma sœur, son mari Ali, ma mère, Vova et moi nous rassemblâmes dans l'immense salle voûtée des pas perdus. Les cercueils de mon père et de sa mère furent chargés à bord d'un convoi funéraire qui les transporta jusqu'au cimetière de Powazky. On ne pouvait y accéder qu'à cheval et en carrosse. L'approche majestueuse fait écho aux battements du cœur et permet aux endeuillés de se préparer. Pourquoi les fourgons d'aujourd'hui avancent-ils si lentement ? Parce qu'ils roulent à l'allure des chevaux autrefois. J'ai assisté à d'innombrables funérailles et j'ai eu tout le temps de réfléchir à ces choses. Sur tout le parcours, les admirateurs de mon père (il ne les avait jamais négligés, effectuant un pèlerinage annuel pour danser à Varsovie) se découvrirent et s'inclinèrent, en larmes. Plus tard, mon frère écrivit à son fils : *Les larmes de bonheur ou de tristesse montrent les sentiments et le cœur d'un homme. Il n'y a qu'en*

Pologne que les gens aiment leurs proches, s'attachent à eux et les estiment. Les Polonais n'en voulaient pas à mon père d'avoir consacré sa vie à divertir les tsars russes. Maintenant qu'il revenait, ils l'accueillaient chaleureusement. Le cimetière de Powazky, l'un des plus beaux d'Europe, rivalise avec le Père-Lachaise à Paris. Dans ce dernier, la mort semble ordonnée mais au Powazky elle est éparpillée, rustique ; les chemins sont jonchés de feuilles, les arbres massés les uns contre les autres comme les tombes et les monuments. Les anges en marbre s'envolent, leurs ailes déployées ; les sculptures de femmes en robe longue plissée pointent le doigt vers le ciel ; celles des hommes encapuchonnés tendent la main aux passants. *Rejoignez-moi.* Certains caveaux sont flanqués d'une statue en pleurs, d'autres arborent un heurtoir sur leur porte... Pour qui frappe-t-on ? L'âme ? Les paysans enterraient leurs défunts avec une bougie et une échelle à pain afin d'aider l'âme à gagner le ciel. Nous plaçâmes une croix dans les mains de mon père. Mon frère ferma la porte en bronze de la chapelle que j'avais fait ériger au-dessus de la crypte avec l'argent des Romanov. Il étreignit sa femme, ma sœur son mari, je serrai le bras de ma mère. J'ai eu beau entretenir des relations intimes avec des hommes de la famille impériale, j'ai toujours traversé les grands moments de ma vie privée dans la solitude. De même, les Romanov vécurent les leurs sans moi. J'ai toujours été l'escarpin égaré sous le lit.

Avant de partir, je ramassai quelques galets autour du monument, arrachai la feuille d'un arbre et mis le tout dans mon réticule.

De retour à Saint-Pétersbourg, ma sœur et son époux se rendirent directement chez eux au 40, quai des Anglais, non loin de la demeure où le tsarévitch m'avait entretenue des siècles auparavant. Mon frère et son épouse regagnèrent leur appartement de douze pièces au 18, Spasskaïa Ulitsa. Moi qui n'avais pas de mari, qui n'en avait jamais eu, je rentrai seule avec mon fils à ma datcha de Strelna. Je m'installai sur la véranda pour humer l'air du golfe et de l'automne. Je roulai dans ma main les cailloux que j'avais récoltés. À Pâques, les cultivateurs laissaient des miettes de pain sur les tombes de leurs proches. Quand les moineaux se jetaient dessus, ils savaient que les âmes de leurs bien-aimés reposaient en paix. Une manière comme une autre de se réconforter. Les paysans croyaient à un paradis quelque part dans la steppe russe où l'herbe verte ondulait, où des rivières de lait bouillonnaient, invisibles des vivants. Et les danseurs ? En un théâtre abandonné où leurs âmes s'amusaient à longueur de journée, maquillées et costumées, répétant à l'infini les rôles qu'elles avaient incarnés sur terre devant une salle déserte ?

En entendant un claquement de sabots dans l'allée, j'écartai les mains de surprise et les galets m'échappèrent. Je n'attendais personne. J'étais accroupie pour les ramasser tant ils m'étaient précieux quand j'aperçus d'abord une botte, puis une deuxième. Elles appartenaient à Serge Mikhaïlovitch, qui me demanda gentiment : *Que cherches-tu, Mala ?* Comme s'il n'était jamais parti ou ne s'était absenté qu'un après-midi. J'eus envie tout à coup de l'embrasser. Comment lui expliquer pourquoi je tenais tant à ces quelques cailloux ? Ce ne fut pas nécessaire. Il s'agenouilla à mes côtés pour m'aider et, soudain, je déversai les larmes que j'avais retenues à Varsovie. Il me laissa pleurer. Il avait appris le décès de mon père et venait me présenter ses condoléances. Il savait combien je l'avais aimé.

Il venait aussi exprimer ses regrets de m'avoir abandonnée à l'heure où je mettais au monde mon enfant.

Il me raconta qu'il s'était précipité sans trop savoir comment au nouveau palais Mikhaïlovski et que ses frères lui avaient fait boire de la vodka pour le calmer. Le jour où l'on avait publié les plans de mon futur hôtel particulier, poinçonnés d'aigles bicéphales si minuscules qu'il fallait une loupe pour les discerner, puis quand ma nouvelle demeure avait surgi de terre, tout Pétersbourg avait compris le message : La Kschessinska avait donné naissance à un Romanov. Seul Serge devait savoir que le père de mon fils était Nicky en personne.

Nicky n'était-il pas un amant infidèle ? J'opinai. Dans ce cas, peut-être avais-je besoin d'un protecteur ? Car Nicky ne pouvait pas quitter Alix qui frisait continuellement l'hystérie tant la santé d'Alexis l'inquiétait. En effet, s'il avait du mal à reprendre le contrôle du pays, il avait aussi des soucis chez lui. L'impératrice cherchait désespérément un remède pour guérir la maladie de son bébé, qu'ils cachaient même à la famille depuis son baptême. Exaspérée par les médecins de la cour, elle s'en remettait désormais aux guérisseurs et aux mystiques. Si saint Séraphin lui avait donné un fils, peut-être un homme de Dieu pourrait-il le sauver. Un *alias* de monsieur Philippe était apparu, amené comme son prédécesseur par les « sœurs noires », encore un de ces illuminés qu'elles exhibaient dans les palais comme un singe au bout d'une laisse. Cet individu avait adressé une lettre au tsar comme tant d'autres paysans : *Petit Père, j'aimerais t'offrir une marte apprivoisée ; Petit Père, j'aimerais t'offrir une pomme de terre aussi grosse qu'un chien. Petit Père, j'aimerais t'offrir une icône du très saint Simon Verkhotoursky le faiseur de miracles.* De temps en temps, Nicky les recevait. Les enfants purent ainsi jouer avec une marte apprivoisée. Incapable de résister à la tentation, Alix fit venir le mystérieux inconnu à l'icône, Grigori Raspoutine. Une fois de plus, par l'intermédiaire de Serge, j'étais introduite dans les secrets du tsar. Serge avait ramassé tous les galets et serrait mes mains dans les siennes.

Voilà comment il ressurgit dans mon existence, par pitié, obligation et peut-être par amour. Pour moi ou pour Nicky ? Il n'épouserait pas la comtesse Vorontzov-Dachkov pourtant enceinte de son enfant. Contrairement à Nicky, il était incapable d'aimer deux femmes à la fois. Ou deux fils. Ce serait au mien, pas au sien que Serge accorderait son attention. Je n'éprouvai aucun remords à l'égard de la comtesse. J'étais seulement soulagée que mon fils, âgé de trois ans, eût enfin un père.

De surcroît, j'avais de nouveau un homme dans mon lit. Il sentait bon le cuir, les oranges et les chevaux et il m'avait manqué. Le tsar avait son Alix, pourquoi me priver ?

L'automne de 1905 fut celui des compromis pour nous tous. Nicolas, qui avait voulu nommer un dictateur militaire et employer la loi martiale pour écraser les derniers troubles sociaux, préféra céder et accorder certaines réformes. Grâce au Manifeste d'octobre, il parvint à conserver son trône en acceptant contre son gré la liberté de parole et de réunion, l'amnistie de tous les grévistes, la création d'un cabinet et la Douma – un parlement composé d'officiels élus qu'il avait la ferme intention de dissoudre au plus vite.

Nous avions maintenant une Douma avec ses sociaux-démocrates (un nombre réduit de bolcheviks et une majorité de mencheviks), ses constitutionnels-démocrates, ses bundistes juifs, ses Ukrainiens, Polonais et Tatars. Alix en voudrait toujours à l'oncle de Nicky, le grand-duc Nicolas Nikolaïevitch et commandant du district militaire de Saint-Pétersbourg, d'avoir refusé le poste de dictateur, de bras armé du tsar, sous prétexte que le temps de la répression était passé. La Douma siégeait au palais de Tauride, construit par Catherine la Grande en 1780 pour son amant, le prince Potemkine, afin de le remercier d'avoir conquis la Crimée. La bâtisse était située rue Chpaleranïa, hors de la vue du Palais d'Hiver, là où la Neva forme un vaste fer à cheval sablonneux autour de la partie orientale de la ville. Elle avait subsisté mais elle serait vite détériorée par les parlementaires qui empestaient encore la cour de ferme – une odeur tellement imprégnée dans leurs vêtements qu'elle ne se dissiperait jamais – et les hommes imbibés de vodka et de bière qui recrachaient des coquilles de graines de tournesol, infestant les couloirs d'effluves nauséabonds.

La Douma existait mais Nicky demeurait l'empereur, le chef de la marine et de l'armée. Lui seul avait le pouvoir de déclarer la guerre ou de faire la paix. Lui seul pouvait dissoudre le Parlement à sa guise et imposer des lois par décret d'urgence. Aucune proposition ne pouvait prendre effet sans son approbation et celle du Conseil d'État, la chambre haute composée de nobles qui veillaient à ce qu'aucune loi n'aille à l'encontre de leurs intérêts. Par conséquent, la Douma avait peu d'influence, ce qui signifiait, selon Serge, que rien ne changerait. Pourtant, malgré ses affirmations, rien ne serait plus comme avant. Dorénavant, on pouvait s'opposer ouvertement et en toute légitimité au régime. Mon expérience au théâtre m'avait appris que la contestation pouvait être réprimandée, menacée, étranglée mais qu'elle finissait par aboutir. N'en étais-je pas le meilleur exemple ? Nicky eut beau dissoudre la Douma soixante-douze jours après sa date d'ouverture officielle, la loi exigeait qu'elle fût reconstituée. Le palais de Tauride faisait face à un imposant bâtiment en briques rouges, la centrale d'alimentation en eau de Saint-Pétersbourg, où les eaux de la ville montaient et descendaient, pompées par la volonté humaine dans les canalisations. De même, Nicky s'efforça de contenir la volonté de la Douma – et du pays.

Je l'imaginais parfois, préoccupé par les caprices d'Alix, la santé d'Alexis et son empire en ébullition, déambulant en solitaire dans le parc du palais Alexandre jusqu'aux blancs, bleus et ors du palais Catherine dont la grandeur évoquait une époque où le tsar régnait en maître absolu. J'aurais tant voulu l'accompagner, glisser ma main dans la sienne et lui murmurer : *Tu vaincras.*

Le théâtre retrouva son calme en même temps que le pays. Tous ceux qui s'étaient rebellés contre le régime et avaient formé syndicats ou comités, rédigé des résolutions et provoqué le chaos, devaient jurer par écrit leur allégeance au souverain s'ils voulaient être amnistiés. Les danseurs étaient facilement intimidés. La plupart d'entre eux obtempérèrent immédiatement. Fokine, Pavlova, Karsavina et mon frère, en revanche, s'y refusèrent. Le jour où Joseph gifla une ballerine qui le traitait de traître, il fut renvoyé et sa femme, la princesse, le quitta. Quelle ironie ! Grâce à mes relations, il put conserver sa pension et obtenir un poste au sein de la cour en tant que directeur des pavillons de chasse de l'empereur. Il me fallut huit ans pour parvenir à le faire réintégrer au théâtre. C'est dire à quel point ces affaires étaient prises à cœur. Serge Legat, le frère de mon magnifique partenaire Kolinka, parapha la déclaration puis, saisi de remords, s'ouvrit les veines des poignets avec une lame de rasoir. Il y eut d'autres conséquences. Comme mon frère, deux des danseurs qui avaient mené la grève furent congédiés. Un autre fut interné dans un hôpital psychiatrique. D'autres encore, privés de promotion ou distribués dans des rôles sans intérêt, partirent danser à Berlin, Londres et Paris. Ces désastres, comme les pendaisons, les viols et les déportations qui avaient dompté paysans et intellectuels, calmèrent les danseurs. Les ressentiments entre les deux factions persistèrent néanmoins, entre ceux qui, comme moi, demeuraient loyaux au régime et ceux qui s'étaient révoltés. Ces rancœurs frémissantes conduiraient éventuellement à une fuite des talents des scènes du tsar.

Ballets russes

QUELQUES ANNÉES PLUS TARD, en 1909, accompagné de Diaghilev, Benois et Bakst, les trois artistes libres ayant intégré la troupe du théâtre, Fokine obtint du tsar l'autorisation de préparer une saison de spectacles à exporter à Paris. Les plus grands chanteurs et danseurs russes pourraient ainsi se faire connaître à l'étranger, à travers opéras et scènes de ballets.

Parmi ces hommes, Diaghilev était mon préféré. Nous l'avions surnommé Chinchilla à cause de sa mèche blanche et parce que ses petites dents étincelantes ressemblaient à celles de cet animal. En sa qualité de membre du personnel (brièvement, car il fut vite congédié à la suite d'un conflit avec Volkonski), il assistait à toutes les représentations du Mariinski. S'il avait une prédilection pour la musique, il en développa très vite une autre pour le ballet. Lorsqu'il prenait place dans la loge réservée à l'administration, les danseurs soufflaient tout bas :

Je viens d'apprendre
Que Chinchilla est là.
Pourvu que je ne me plante pas !

J'appréciais moins Fokine. Il râlait quand je me présentais aux répétitions en tutu et non en tenue d'entraînement. Un jour, ma bonne avait amené Vova et, quand mon fils interrompit la séance pour me réclamer un baiser, Fokine explosa de rage. Mais quel enfant ne mérite pas d'être embrassé ? Nous travaillions sur *Le Pavillon d'Armide*, la pâle copie d'un ballet que Petipa aurait beaucoup mieux réussi. Quant à Pavlova, elle n'était heureuse que lorsqu'elle avait la scène pour elle toute seule, comme dans ce mièvre solo de *La Mort du cygne* que Fokine avait créé pour elle sur une musique insipide de Saint-Saëns. Elle présenta cette pièce dans le monde entier, du Japon aux Indes et même en Amérique du Sud, devant des bonshommes basanés au nez transpercé d'un os. La légende raconte qu'à son décès, elle exigea d'être recouverte avec son costume de cygne, un drap mortuaire de plumes et de tulle. Femme de théâtre jusqu'à la fin, elle voulait s'assurer que son histoire se poursuivrait au-delà de la tombe.

Je lui ai survécu.

Je fus priée avec *beaucoup* de réticence par Fokine de danser non pas *Giselle*, *Les Sylphides* ou *Le Prince Igor* mais son seul ballet oublié de tous, *Le Pavillon d'Armide*. Cette pièce en trois actes censée se dérouler à l'époque de Louis XIV est un fatras de comtes, roses, fiancées, esclaves, rêves, jardins, mariages et décès. Petipa aurait sans doute adoré le livret et je suppose qu'aux yeux de Fokine, il correspondait à mes talents d'une autre époque. Il m'avait sollicitée uniquement parce que le tsar avait misé 100 000 roubles sur le projet, à condition que j'y prenne part. Mais je participais à peine ! De toute évidence, le but du jeu était d'expédier à Paris une troupe composée de grévistes et de dissidents. Mon frère Joseph était des nôtres – lui que le Ballet impérial avait licencié ! –, appelé à s'associer avec Karsavina, Spessivtseva et ses camarades rebelles. Ils proclamaient vouloir *élever notre art à son plus haut niveau.* Pourtant, la mère de Karsavina lui avait dit :

Sois une grande artiste, c'est ainsi que tu atteindras les sommets. Une grande artiste ! Même cette expression avait pris une autre signification.

En effet, ces danseuses aux jambes fines et aux magnifiques cous-de-pied étaient plus élancées que mes contemporaines et moi-même. Autrefois, nous nous souciions peu de la taille ou de la souplesse d'une cambrure. La rapidité et la vivacité comptaient davantage que la plastique. L'important, c'était le corps, un corps corseté comme ceux des femmes dans la salle. À présent, les silhouettes de ces ballerines ondulaient comme l'eau. Et leur visage… Certes, Pavlova avait un nez en bec d'aigle et l'habitude déconcertante de se gaver de sandwichs en coulisses juste avant le lever de rideau, l'odeur de la viande et du jambon imprégnant ses doigts et son haleine… Mais Karsavina et Spessivtseva étaient ravissantes. Elles portaient leurs cheveux lissés en chignon, pas ces perruques bouclées que j'affectionnais. Quand je dansai enfin pour Diaghilev en 1911, les goûts des critiques européens avaient tellement évolué qu'ils me traitèrent de *grosse, désuète, stéréotypée* et, pire que tout, *adroite*. Ils allèrent même jusqu'à spéculer : *Sauf à ignorer qu'elle porte les joyaux du tsar et que, sur le plateau, elle est la femme la plus riche, personne ne la remarquerait.*

Mais, en 1909, j'avais reçu une gifle plus cinglante encore. Si Diaghilev et Fokine ne me mettaient pas en valeur, alors cette série de spectacles n'était pas représentative des danseurs du tsar – n'étais-je pas la meilleure de tous ? Dans ce cas, pourquoi le souverain paierait-il la facture ? Je glissai cette réflexion à Serge et il la relaya à Nicky, qui reprit brusquement ses roubles. S'il s'était éloigné de moi, il veillait à ce que je conserve mon rang au théâtre. Les répétitions avaient débuté dans les studios de l'Ermitage où des valets en livrée servaient aux artistes du thé et des chocolats. Du jour au lendemain, ils se retrouvèrent dans une salle minuscule au bord du canal Ekaterinsky, obligés d'entasser les décors des autres productions contre un mur pour pouvoir bouger à leur guise. Je faillis donc saboter cette première saison des Ballets russes. Mais Diaghilev parvint à rassembler des fonds en tendant un peu partout son chapeau haut de forme. À force de mendier, il réunit même de quoi faire rénover le théâtre du Châtelet à Paris qui fut nettoyé, repeint, équipé de tapis rouges tout neufs, afin d'accueillir dignement ses joyaux russes, son programme officieux non sanctionné par la couronne.

À l'immense surprise de Diaghilev, ses versions revues et corrigées du *Pavillon*, de *Giselle*, des *Sylphides,* ballets qui reflétaient la vie de cour européenne et que les Français avaient eux-mêmes perfectionnés, n'enchantèrent pas les Parisiens. En revanche, ils se mirent debout sur leurs sièges pour ovationner les danses tartares du *Prince Igor*, exécutées par des guerriers armés d'arcs qui tourbillonnaient furieusement, costumes virevoltant, les bras en l'air, la bouche ouverte, la tête en arrière. En coulisses, stupéfait, Diaghilev décida de changer de tactique. Pourquoi montrer aux Français les échos délavés de leur propre cour ? Mieux valait les initier aux contes russes évoquant Ivan Tsarévitch, Kotcheï l'Immortel et les oiseaux de feu, la vie des paysans dans les provinces. Après cette première expérience au succès mitigé, il entreprit donc de mettre en valeur la Russie. Il monta *Petrouchka* avec ses marionnettes livrées à elles-mêmes la nuit, *L'Oiseau de feu*, un pastiche de légende russe mettant en scène un monstre, une jeune princesse, un tsarévitch et un oiseau doré trônant au milieu d'un jardin exotique et *Le Sacre du printemps*, qui dépeignait un ancien sacrifice rituel et suscita un énorme scandale en 1913 au théâtre des Champs-Élysées. Peu à peu, la palette s'élargit et ces novateurs s'aventurèrent dans les harems de la Perse avec *Shéhérazade*, dans les temples hindous avec *Le Dieu bleu,* dans les forêts de colonnes gravées de hiéroglyphes avec *Cléopâtre* (où tous les danseurs coiffés de perruques se déplaçaient de profil comme les personnages ornant les murs des pyramides). Diaghilev, Benois et Fokine enchaînèrent ainsi les œuvres fondées sur le folklore, sa musique et ses costumes aux couleurs éclatantes.

Ballets russes ? Pas vraiment. Saint-Pétersbourg et Moscou n'avaient jamais rien vu de tel. Et la *prima ballerina assoluta* de Russie brillait par son absence.

Peu à peu, *L'Oiseau de feu, Le Sacre du printemps* ou *Petrouchka* sont entrés dans le répertoire des ballets du monde entier. Mais les célèbres ballets qui subsistent de l'ère des Romanov – *Le Lac des cygnes, La Belle au bois dormant, Raymonda, Le Corsaire, Coppélia, Casse-Noisette, La Bayadère* – restent les véritables chefs-d'œuvre des grands ballets russes : ils ont survécu au régime, ils me survivront, ils survivront aux soviets.

La vingtième cour

APRÈS LES ÉVÉNEMENTS DE 1905, le pays connut un moment de répit et l'aristocratie reprit ses habitudes. Le tsar, l'impératrice douairière et les grands-ducs cumulaient dix-neuf cours. Je décidai d'en créer une vingtième, la mienne, tout aussi fastueuse, où je mêlerais hommes de la famille royale et artistes des théâtres impériaux. Grâce à l'argent du tsar et à celui de Serge, dans mon superbe palais au portail enjolivé de l'aigle à deux têtes, je pouvais organiser des réceptions rivalisant avec celles de la duchesse Vladimir, de la mère du souverain, de la princesse Radziwill ou de la comtesse Chouvalov. Les miennes seraient moins ostentatoires (je n'étais pas riche à ce point) mais nettement plus divertissantes. Tenter de concurrencer la tsarine n'aurait servi à rien car, depuis la naissance d'Alexis, le Palais d'Hiver s'était éteint, bien que ni le peuple ni la cour n'eussent su exactement pourquoi. Le palais Vladimir avait pris le relais, élaborant les fêtes les plus extraordinaires de Saint-Pétersbourg, dressant dans ses enfilades des couverts pour mille convives. Félicitée après un bal particulièrement réussi, la duchesse Vladimir s'exclama avec fierté : *À chacun son métier. L'impératrice devrait prendre exemple sur moi.* Bien entendu, elle avait totalement éclipsé l'entourage d'Alix.

Comme tous ses compatriotes quand il s'agit de recevoir, elle ne regardait pas à la dépense. Un Russe n'hésitera pas à abattre un mur pour mieux accueillir ses invités, à s'endetter à vie pour les nourrir. Je n'avais pas besoin d'aller jusque-là. Mes soirées étaient très courues car, comme mon père, je les transformais toutes en spectacle.

À Noël, un gigantesque sapin trônait devant l'entrée de mon jardin d'hiver, orné de guirlandes dorées et de poires en cristal, les branches du bas ployant sous les jouets que j'avais achetés dans les échoppes des paysans sur le Champ de Mars et le long des quais. Pour le quatrième anniversaire de Vova, je fis venir un éléphant qui distribua les cadeaux avec sa trompe. Les enfants grimpèrent sur son dos et Doubrov, le clown qui m'avait amené le pachyderme, leur fit faire un tour. L'été suivant à ma datcha, je métamorphosai ma véranda en scène de théâtre en l'encadrant de rideaux de velours et convertis ma chambre en coulisses. Je persuadai le baron Golsch de revêtir mon costume traditionnel russe et le danseur Micha Alexandrov (neveu illégitime de Catherine Dolgorouki, la veuve d'Alexandre II), un tutu long. Moustaches et jambes poilues à l'air, ils incarnèrent des caricatures de Pavlova et de moi-même. Une autre fois, je proposai à mes invités un repas au *Félicien*, un célèbre restaurant sur une barge au beau milieu de la Neva puis, à leur grande surprise, les conduisis le long de mon allée éclairée aux lanternes jusqu'au golfe où j'avais prévu un dîner assis à la belle étoile sur la jetée. Le dessert fut servi sous les gerbes multicolores d'un feu d'artifice, puis je rapatriai tout le monde à Saint-Pétersbourg à bord d'un train loué pour l'occasion. Serge cédait à tous mes caprices.

Pratiquement tous les hommes de la famille impériale, hormis le tsar, trouvèrent le chemin de mon palais

– les frères de Serge, leur père, le grand-duc Paul, son fils Dimitri, le poète Constantin et ses fils Oleg et Igor qui jouaient dans mes divertissements, le secrétaire de la Chancellerie Alexandre Mossolov, le grand-duc Vladimir et ses fils Cyrille, Boris et André... J'espérais en secret qu'un jour, l'un d'entre eux viendrait avec Nicky. Je les reçus tous sauf le souverain, qui ne fut jamais témoin de ma créativité pour divertir les Romanov. Chez moi, ils rencontrèrent nos plus grands artistes : Bakst, Benois, Fokine, Petipa revenu de Crimée pour nous rendre visite, Pavlova, Karsavina et Nijinski. Mon Kolinka était jaloux de ce dernier car il était, comme moi, d'origine polonaise. Avec lui, je pouvais m'exprimer dans la langue que j'avais apprise enfant mais n'utilisais qu'en famille. *Un Polonais en repère un autre de loin*, proclama Kolinka avant de mettre ses mains sur mes yeux pour que je ne prenne pas Nijinski comme partenaire, ce que je fis néanmoins. Qui d'autre ? Les compositeurs Glazounov et Shenk, le joueur de balalaïka Victor Abaza, Fabergé à qui, inévitablement, les femmes montraient leurs bijoux pour qu'il les admire ou les expertise, les chanteurs Chaliapine et Sobinov dont le second endormit Vova un soir en lui fredonnant une berceuse, les acteurs du Théâtre anglais qui avaient une fâcheuse tendance à crier, des membres du corps de ballet dont personne n'a jamais entendu parler, des étrangers comme Isadora Duncan, affublée de sa légendaire tunique grecque retenue par une broche. J'eus même l'honneur de recevoir Sarah Bernhardt (je m'étais pliée en quatre pour lui offrir le lévrier barzoï dont elle rêvait, elle ne daigna pas me remercier). Avec un tel assortiment de talents, le spectacle était à l'ordre du jour quand ce n'était pas le baccarat ou le poker. Mon palais vit naître liaisons et mariages, celui par exemple de Nina Nesterovskaïa avec le prince Gabriel, fils du grand-duc

Constantin. De temps en temps y apparaissait un garçon ou une fille, fruits d'une aventure entre une danseuse et un prince tel Micha Alexandrov. Car, dans ma demeure, les belles rencontres se succédaient comme nulle part ailleurs à Saint-Pétersbourg.

Vu mes nombreuses et diverses relations avec les hommes de la famille impériale, les grands-ducs se mirent à m'appeler non plus *Ma*-thilde mais *Notre*-thilde, tant j'étais devenue intime avec eux. Naturellement, leurs épouses m'avaient trouvé un autre surnom, *cette horrible créature,* et je suis sûre qu'elles me traiteraient encore aujourd'hui de garce si je ne leur avais pas survécu. Chaque année à Pâques, le grand-duc Vladimir m'envoyait un bouquet de muguet et un œuf Fabergé incrusté de pierres précieuses. Il m'offrit aussi une paire de vases en porcelaine qui avaient appartenu au prince Vorontzov, un bracelet de saphirs qu'il avait acheté à Paris chez Cartier et même des partitions de musique. La dernière pièce, la *Valse triste* de Sibelius, me parvint quelques semaines avant le décès de Vladimir, en 1909. Sibelius avait composé cette mélodie pour la pièce *La Mort*, signée par un de ses proches. La musique illustre une danse entre une mourante et la Mort. Sur la première page, Vladimir avait gribouillé une note à côté du titre : *Ceci est ton ballet*. J'en déduisis que Vladimir était au courant de ma valse privée avec le destructeur, le tsar. Il avait de nombreuses occasions de m'observer. Non seulement il assistait à mes réceptions, mais il m'emmenait dîner chez *Cubat* et, l'été, passait des après-midi entiers à ma datcha. Il y venait seul ou avec ses fils et nous passions de longues heures à jouer aux cartes. Notre jeu préféré était le *tëtke*, ou « Tante ». Un jour, constatant qu'il avait récupéré les quatre Dames, Vladimir interrompit brusquement la partie. *Est-ce mon rang qui me vaut tant de respect et d'affection ou moi ?* Je lui répondis du tac au tac : *Ici, c'est toi que nous aimons.* Bien sûr, l'un n'allait pas sans l'autre. Je l'appréciais pour sa position, sa personnalité mais aussi pour son amitié et celle de ses fils. Je connaissais déjà les aînés, Cyrille et Boris. Ils étaient venus me voir danser. Le premier avait un visage long et fin aux traits anglo-saxons, le deuxième, une figure bouffie par sa passion pour le baccarat, l'alcool, les femmes et les bonnes blagues. Il était toujours le premier dans mes soirées à taper des pieds et à réclamer : *Rideau ! Rideau !* à la française.

En revanche, André, le cadet, avait longtemps été étudiant à l'école d'artillerie Mikhaïlovski, un de ces établissements réservés à l'élite qui interdisent à leurs élèves de rentrer chez eux pour les vacances – sans doute pour les inciter à couper le cordon et se forger une nouvelle famille avec leurs camarades et le pays. Je ne le rencontrai qu'en 1905, un jour où Vladimir était venu déjeuner avec lui. Si j'étais la *douchka* de son père, André devint tout de suite mon « chéri ». Sa ressemblance avec le jeune tsarévitch que j'avais vu de près pour la toute première fois après mon spectacle de fin d'études était frappante. Comme Nicky à l'époque, André était terriblement timide, un bébé malgré ses vingt-sept ans. Je n'étais plus une jeune fille mais une femme de trente-trois ans. Chaque fois que je lui adressais la parole, il baissait le nez de terreur. Quand j'ai effleuré son bras pour lui demander quel était son dessert favori, il a sursauté de surprise et renversé son verre de vin, éclaboussant ma robe blanche de taches violacées. Tout le monde s'est esclaffé.

Ce premier jour, il était avec son père et ses frères mais, bientôt, nous prîmes date pour qu'il me rende visite seul, tard dans la soirée du 22 juillet. Chaque année à cette date, sa mère, Miechen, organisait une réception en l'honneur de sa propre fête. Il s'éclipsa discrètement, laissant derrière lui les dizaines de Romanov, les gitans musiciens et les buffets somptueux dressés parmi les plates-bandes. À Saint-Pétersbourg, il faisait particulièrement chaud et la Neva semblait en état de torpeur. Mais Strelna appartenait à une constellation d'îles à l'embouchure du golfe de Finlande et l'air y était plus respirable. Je guettai André depuis ma terrasse, allant et venant comme autrefois à Krasnoïe Selo quand j'attendais le tsarévitch pour notre promenade en troïka, refusant de m'asseoir par peur de froisser ma robe. Lorsqu'il surgit enfin dans le crépuscule, ses bottes étaient pleines de sable jaune et ses vêtements sentaient bon le jasmin et le muguet. Nous restâmes un moment dehors à écouter les rossignols, qui chantent surtout le soir. J'eus l'impression que leur musique nous poursuivait jusque dans le lit où André, quasiment puceau, me fit l'amour comme le tsar dans le passé, avec une douceur surprenante. J'eus la sensation aussi qu'à travers cette version plus pâle, plus blonde, Nicky m'était revenu et que je pourrais continuer par son intermédiaire à vivre la vie dont j'avais tant rêvé.

Peu après, André acheta son propre hôtel particulier au 28, quai des Anglais, afin que nous puissions nous retrouver à l'insu de Serge et, surtout, de Miechen. Déjà horrifiée par l'amitié que me témoignait Vladimir, celle-ci était folle de rage qu'il m'eût présenté leur fils cadet. Le palais d'André appartenait au baron von Dervis qui avait fait fortune dans le chemin de fer. Sa veuve, pendant les dernières années de sa vie, avait décoré toutes les pièces dans les styles rococo et gothique rappelant l'intérieur du Palais d'Hiver. André n'y changea rien, il ne supprima même pas les monogrammes et emblèmes des von Dervis. Il n'y vivait pas et se servait de ce lieu uniquement pour abriter nos fêtes et nos frasques. Serge était au courant de cette acquisition et savait que j'y retrouvais André en secret. Il endura notre liaison comme une pénitence. Il m'avait abandonnée à la naissance de mon fils, il m'avait entendue l'appeler tandis qu'il galopait à travers mon jardin et sautait par-dessus les haies. Il avait attendu trois ans ainsi que le décès de mon père pour se résoudre à m'adresser la parole. Mais ne l'avais-je pas trahi, moi aussi, en lui annonçant que je portais son fils et en lui taisant la vérité par la suite ? Comme par hasard, je n'y songeai pas.

Toutefois, André et moi restâmes discrets. Nous vécûmes notre aventure dans un quartier éloigné du mien et à l'étranger, sur la côte d'Azur où, en digne rival de Serge, André m'offrit une villa au Cap-d'Ail. Située dans la courbe sud de la Neva, loin des Palais d'Hiver et Mikhaïlovski, sa demeure du quai des Anglais donnait sur l'île Vassilievski. Les Roumiantsev étaient au n° 44, les Vorontzov-Dachkov au n° 10. La comtesse de Laval, chez qui Pouchkine en personne avait lu des extraits de son *Boris Godounov* en 1828, était au n° 4, Diaghilev habitait au n° 22. Tous ces édifices sont aujourd'hui reconvertis. Les familles nobles ont fui depuis longtemps leur pays et certaines de leurs demeures ont été transformées en musée. Celle des Laval abrite les archives historiques. Celle d'André a hébergé le ministère de l'Agriculture du gouvernement provisoire puis, en 1961, paraît-il, le premier palais des mariages de l'URSS. J'aime imaginer les jeunes couples qui y défilent, la mariée avec une fleur d'oranger dans les cheveux, mal à l'aise sur ses hauts talons. André l'avait-il pressenti ? Un après-midi, il m'annonça qu'il voulait m'épouser, se rhabilla en toute hâte et fonça prévenir ses parents de ses intentions. *C'est merveilleux, c'est parfait !* pensai-je. *Que je sème la zizanie chez tous les Romanov !*

Naturellement, Miechen explosa de colère, affirmant que je lui avais jeté un sort pour le détruire. Elle manigançait déjà pour que sa fille se marie avec un roi et son fils Boris, avec l'aînée de Nicky. Elle ne tenait pas du tout à ce qu'André gâche toutes ses chances comme son frère Cyrille. En effet, l'année précédente, ce dernier s'était enfui avec une divorcée, Victoria Melita, perdant par la même occasion ses titres, ses revenus et son pays. La bêtise de Cyrille avait-elle inspiré André ? Le grand-duc Vladimir lui expliqua que j'étais une diversion agréable mais rien de plus. Il était bien placé pour le savoir. André revint m'expliquer d'un air penaud que son souhait ne pourrait se réaliser. Je claquai des doigts en riant aux éclats. J'étais consciente de ma situation. J'étais immariable. Quand la princesse Radziwill me félicita, quelques mois plus tard, d'avoir deux grands-ducs à mes pieds, je me forçai à sourire et lui répliquai : *Pourquoi pas ? Puisque j'ai deux pieds !*

Ce que je n'avais pas, c'était le tsar. J'avais beau multiplier les scandales, il continuait à nous ignorer, mon fils et moi.

Quand il me voyait partir pour rejoindre André dans l'après-midi, Vova était jaloux car il croyait que j'allais au théâtre répéter et s'estimait assez grand pour m'y accompagner. Il criait qu'il voulait découvrir la scène, me voir danser, prendre des cours à l'école du théâtre. Il me harcelait comme j'avais harcelé mon père autrefois jusqu'à ce qu'il cède, exaspéré et me présente à Lev Ivanov qui avait déclaré en me voyant : *Très bien, nous la prenons comme élève.* J'avais sept ans ! *Je serai pensionnaire*, insistait Vova, *et tu seras mon professeur.* Je répliquai : *Tu es trop jeune, il faut avoir dix ans. D'ici là, tu étudieras avec tes tuteurs.* Je priais pour qu'entre-temps, il oublie tout cela. Car à dix ou douze ans, les garçons pouvaient entrer non seulement à l'école de théâtre (où je n'avais aucune intention de l'envoyer) mais aussi au prestigieux Corps des Pages. Sur mon insistance, juste avant mon accouchement, Serge avait consenti à inscrire Vova sur la liste d'attente. Le tsarévitch était toujours en vie. L'oncle d'Alix, Léopold, avait vécu jusqu'à l'âge de trente et un ans avant de succomber à une hémorragie à la suite d'un accident mineur. Vova méritait ce qu'il y avait de mieux pour lui. Le Corps des Pages ne recrutait que les fils de grands-ducs, de lieutenants généraux, de vice-amiraux et de conseillers privés. Officiellement, le père du mien était le grand-duc Serge Mikhaïlovitch. Conçu dans les années 1790 par Rastrelli, l'architecte des palais Catherine et Peterhof, le palais Vorontzov abritait l'école depuis plus de cent ans. Sur ses terres étaient érigées deux églises, l'une orthodoxe, l'autre catholique. L'intérieur était suffisamment vaste pour contenir dortoirs, salles de classe et une grande galerie où se déroulaient les bals.

Les jeunes cadets recevaient un uniforme de jour, un autre d'apparat pour les manifestations à la cour, une tenue de soirée en popeline noire à épaulettes dorées et, enfin, un habit de bal. Ils devaient ôter leurs armes pour danser mais les désastres causés par la rencontre entre épées et taffetas étaient légion. À la fin de leurs études, les meilleurs élèves de la promotion étaient nommés serviteurs de la cour. L'empereur, les grands-ducs et les grandes-duchesses avaient droit à un page, l'impératrice douairière et Alix en avaient quatre chacune. Si Vova était – ou, plutôt, quand Vova serait – affecté à un membre de la famille impériale, on lui donnerait un nouvel uniforme : pantalon en peau de daim blanc, tunique rouge et or, bottes Wellington noires. Il serait conduit en carrosse au Palais d'Hiver, enveloppé d'un drap pour être impeccable à son arrivée. À la fin de son engagement, on lui remettrait une montre en or gravée du monogramme de la personne qu'il avait servie et on lui assignerait un poste d'officier. Ainsi entamerait-il une brillante carrière à la cour. Je l'imaginais déjà lors de sa présentation officielle : Alix serait là et Vova lui baiserait la main, échangerait avec elle quelques plaisanteries en français (dans la mesure de ses possibilités à elle). Mon fils apprenait déjà cette langue avec un professeur particulier. À dix-huit ans, il la parlerait couramment. Que penserait-elle de lui ? Verrait-elle chez lui les yeux de Nicky, par exemple, ou son visage, sa démarche, son allure ? Ou bien Vova ne serait-il qu'un parmi des dizaines de beaux garçons en uniforme ? Une bonne famille, la fortune, la beauté et la loyauté… telles étaient les exigences pour les Gardes.

D'une façon ou d'une autre, mon fils se rapprocherait de son père au Palais d'Hiver. Pour l'heure, il resterait à la maison avec moi, dorloté par mes proches et choyé par Serge qui, pour le consoler de ne pas pouvoir devenir un élève de l'école de danse, lui offrit une cabane dans le jardin de notre datcha. Plus tard, quand Vova se plaignit de devoir se soulager dans les rosiers, Serge ajouta une salle de bains à la maisonnette. Il lui acheta une automobile miniature qui marchait vraiment, un tuyau de pompier qui crachait de l'eau, un lama empaillé qui trônait au-dessus de son lit. Le soir, sous le camélidé, Serge et Vova s'agenouillaient pour réciter ensemble leurs prières. Quand Vova était malade, Serge épongeait son front brûlant de fièvre et téléphonait à son frère hypocondriaque pour qu'il nous envoie son médecin personnel. Il alla même jusqu'à dormir sur un lit de camp auprès de Vova pour le veiller. Serge ne me reprocha jamais mes badinages avec André mais reporta toute son affection sur mon fils qui devint vite gâté, pourri. Nous vécûmes ainsi jusqu'en 1912.

Vois comme nous souffrons

À LA FIN DE L'AUTOMNE 1912, le tsar et sa suite se rendirent, comme à leur habitude, en Pologne pour la chasse, dans les domaines de Skernevetski, Bielovezh et Spala. Mon frère Joseph, régisseur des pavillons de chasse du souverain depuis son renvoi du ballet, les accompagnait. D'étranges rumeurs en provenance de Pologne ne tardèrent pas à se répandre jusqu'à Saint-Pétersbourg. On racontait que le tsarévitch était la proie du typhus ou du choléra. Le *London Times* prétendait que l'héritier avait été victime de la bombe d'un terroriste. Où était la vérité ? Même Serge l'ignorait. Si les ragots étaient fondés, Nicky n'en avait pas encore soufflé mot. Pourtant, le 9 octobre, Joseph m'envoya un télégramme laconique m'enjoignant de gagner immédiatement Spala sur ordre de l'empereur et d'emmener Vova avec moi. Je serrai cette missive si longtemps dans ma main que le papier se désagrégea. Que voulait-il de moi après tout ce temps ? Ce qu'il avait voulu en 1904 ? Cependant, quand j'interrogeai Joseph, il refusa de me communiquer le moindre détail, hormis : *Évite de voyager dans le wagon de chemin de fer de Serge.* Je devais l'appeler dès mon arrivée à la gare de Varsovie. Joseph le révolutionnaire, serviteur du tsar ? La pauvreté et le besoin vous changent un homme.

J'expliquai à Vova que nous allions en Pologne rendre visite à mon frère. Sur le quai, j'aperçus la gazette avec le bulletin encadré de noir annonçant que le tsarévitch était gravement malade. L'affection dont il souffrait n'était pas précisée mais la famille n'aurait jamais autorisé une telle publication si Alexis n'avait pas été aux portes de la mort. Tout le long du parcours, Vova bavarda sans arrêt. Aurait-il le droit d'aller chasser ? Traquerait-on l'élan ? Le cerf ? Verrions-nous des bisons ? Aurait-il son propre fusil ou Joseph serait-il obligé de le lui tenir ? Pourrait-il rapporter les bois à la maison et les accrocher au mur de sa chambre ou mieux, au-dessus de la cheminée de mon palais afin que tous nos invités puissent les admirer ? Il voulut répéter les quelques mots de polonais que je lui avais enseignés mais j'étais distraite et n'avais de cesse de ressortir les télégrammes de Joseph pour les relire comme si une information y apparaîtrait soudain pour chasser mon appréhension. Pour finir, agacé, Vova s'aventura hors du compartiment se balader dans le couloir. À chaque arrêt, il me demandait de lui acheter des *kvas* (une boisson fermentée et pétillante légèrement alcoolisée) parfumés à la fraise, du thé ou des noix grillées. À Varsovie, en attendant la voiture que devait m'envoyer Joseph, je l'inspectai sous toutes les coutures, lissai ses cheveux, rajustai et reboutonnai son pardessus. J'eus même le culot de vouloir le serrer contre moi mais il était à un âge où ces gestes embarrassent. Il s'échappa de mes bras pour donner des coups de pied dans les feuilles mortes jonchant le sol tandis que je remontai le col de mon manteau en chinchilla.

Autrefois fief des chasses des rois de Pologne, Spala était devenu celui du tsar de Russie qui s'employait, le temps de ces visites, à divertir ce qui restait de la noblesse polonaise soumise. La nuit était déjà tombée quand nous atteignîmes le portail de la propriété. Un silence profond enveloppait la campagne. Le carrosse nous remonta le long d'une allée sablonneuse, flanquée de conifères. Joseph, une torche à la main, nous accueillit devant l'édifice mais il évita mon regard. Dès que le véhicule fut reparti, Nicky en personne émergea de l'ombre, brandissant son flambeau telle une arme. Son haleine se mêla à la mienne dans le froid et je découvris son visage vieilli. Son front s'était dégarni et des cernes violacés soulignaient ses magnifiques yeux bleus. Sa peau était sèche comme du parchemin. Sa moustache semblait jaillir de sa bouche, à moins que ce ne fût un effet de lumière ou une grimace. Son regard était trop brillant. Dans l'herbe, derrière lui, gisaient deux rangées de cerfs couchés sur le flanc, les pattes de devant et de derrière ligotées, des branchages dissimulant leurs ventres ouverts, leurs bois pointant vers le ciel. À leur vue, Vova poussa un cri de joie. *Oncle Joseph, regarde !* s'écria-t-il en le tirant par la main. Mais mon frère le repoussa et Vova se tut. La pelisse de Nicky tombait en cascade jusqu'au sol. Coiffé d'une chapka, on aurait dit le roi des bas-fonds en tenue d'apparat parmi ce carnage. Nicky lui fit signe de s'approcher et, à mes côtés, Vova se mit à trembler. Il était petit pour son âge, il avait les traits délicats. Dans la rue, on s'exclamait souvent : *Oh ! Le joli garçon !* Jetant un coup d'œil vers moi, Vova s'avança. *Sais-tu qui je suis ?* lui demanda Nicky. Joseph répondit à la place de mon fils : *Voici le tsar.* Vova s'inclina solennellement en murmurant : *Très honoré, Votre Majesté.* Sur ces paroles, Nicky le saisit par les épaules et le dévisagea longuement. *Il ressemble tant à Alexis,* me confia-t-il avant de me tendre le bras. *Pardonne-moi, Mala, le voyage a dû te fatiguer.* Sa paume était chaude et rugueuse. Il y avait si longtemps que nous ne nous étions plus touchés.

Venez. Il nous précéda, nous menant comme si j'étais un cheval et Vova, le lévrier trottant docilement derrière lui. Mon frère, dont j'avais oublié la présence, nous emboîta le pas à distance, comme tout serviteur discret.

Le pavillon de chasse de Spala n'avait rien d'un palais. La bâtisse était ancienne et laide, le rez-de-chaussée délimité par des arbres à feuilles persistantes taillés en pyramides, l'étage par de hautes fenêtres sagement alignées. Comme nous nous rapprochions de l'entrée, Nicky fit signe à Vova de retourner auprès de Joseph. Dès que nous fûmes seuls, il désigna une loggia au-dessus de la véranda. *Alexis agonise là-haut.* Voilà deux semaines qu'il souffrait le martyre. Le sang avait commencé à remplir la cavité entre l'aine et sa jambe gauche. Il avait beau se tenir le genou pressé contre la poitrine, le saignement ne s'arrêtait pas. Les médecins levaient et abaissaient le cadre de son lit pour l'aider à s'asseoir ou à s'allonger mais aucune position ne le soulageait. Le caillot faisait pression sur ses nerfs, provoquant des spasmes de douleur si effroyables qu'Alexis, entre deux cris de désespoir, les avait suppliés de le laisser mourir. *Enterrez-moi dans les bois et construisez ma tombe avec des pierres !* Mais c'était l'hémorragie à l'estomac qui risquait de l'emporter. Il était brûlant de fièvre, il délirait, son cœur faiblissait, il était blanc comme un linge. Vu son âge, on refusait de lui administrer de la morphine et sa seule échappatoire était de sombrer dans l'inconscience. Tout cela était le résultat d'un coup malencontreux qu'il s'était donné en sautant dans une barque à Bielovezh ; celui-ci avait provoqué une légère turgescence qu'on avait crue guérie jusqu'à ce qu'il monte dans le carrosse pour Spala. Son état s'était détérioré pendant le trajet sur l'une de ces routes cahoteuses que nous venions d'emprunter.

Nicky me confia qu'il ne pouvait pas pénétrer, sans se mettre à sangloter, dans la chambre de son fils où Alix veillait jour et nuit. Il participait à la chasse quotidienne, recevait ses nombreux invités à dîner. Mais derrière la toile de fond de la scène improvisée où ses filles divertissaient les convives, se déroulait un spectacle d'une tout autre nature. La veille, le baron Frédéricks, ministre de la cour impériale chargé du protocole, avait convaincu la famille qu'il était temps de publier un bulletin afin de préparer le pays au décès du tsarévitch. L'annonce était parue dans les journaux, le matin même. Soudain, tout en parlant, Nicky s'arrêta et me montra une tente verte dont les pans claquaient au vent. Jusqu'ici, le temps s'était montré clément mais à présent, comme en prévision du trépas de l'héritier, la saison avait tourné. On avait transformé la tente en chapelle et, depuis la divulgation officielle de la nouvelle, toutes les églises de Russie devaient tenir deux offices de prières par jour. Pendant que Joseph emmenait Vova voir l'autel, Nicky murmura simplement : *Viens avec moi.*

Brandissant sa torche pour nous éclairer le chemin, il m'entraîna dans un bois de bouleaux si immenses, si serrés, que l'on pouvait s'y perdre. À chaque pas, je trébuchais sur une racine ou une vigne. De temps en temps, Nicky m'offrait son bras pour me soutenir. Je m'apprêtais à lui demander jusqu'où il comptait aller quand il s'immobilisa brutalement. Devant nous, je vis un trou fraîchement creusé et juste à côté une pile de cailloux. Nicky s'agenouilla, en ramassa un et le glissa dans ma main. Il était froid et humide. Autour, la nature semblait aux aguets. Je m'entendis pousser une lente expiration. Nicky ne prononça pas un mot. Seuls les crépitements de son flambeau troublaient le silence. Nous demeurâmes ainsi une minute, une heure, une année jusqu'à ce que je comprenne : cette tombe où serait enseveli Alexis devrait disparaître, engloutie par la forêt. Nous nous détournâmes enfin et Nicky me ramena à la tente, où Vova et Joseph s'étaient attardés. J'essayai d'accrocher le regard de mon frère. Que savait-il ? Tout, sans doute. Et probablement mettait-il le mauvais sort sur mon compte. Nous franchîmes le seuil du pavillon de chasse, traversâmes une petite pièce meublée de deux fauteuils aux dossiers en forme de gigantesques bois de cerfs puis une salle à manger avec ses chaises resserrées autour d'une immense table, jusqu'à une terrasse couverte équipée de mobilier en rotin. Laissant derrière nous un sillon de sable, nous gravîmes un étroit escalier. Une fois que nous fûmes parvenus au sommet, Nicky m'effleura le coude. Nous longeâmes un couloir, croisant au passage deux fillettes déguisées l'une en pirate, l'autre en robe et bonnet blancs, qui poussaient une porte. Derrière, nous perçûmes alors un long et douloureux gémissement. Le tsarévitch. La porte se referma. Le visage de Nicky se plissa et, lorsque nous atteignîmes le balcon au bout du couloir, il avait vieilli de mille ans.

Dans une quasi-obscurité, une femme était assise dans un fauteuil en osier parmi un kaléidoscope de rayures : tissus muraux, rideaux, coussins. Alix. Elle se leva. Elle portait un manteau en zibeline pour se protéger du froid. Ses cheveux blond vénitien étaient striés de gris, crêpés et gonflés en deux poufs séparés par une raie centrale. Nous avions le même âge mais j'étais une jeune fille et elle, une grand-mère allemande à la peau flasque, au menton épaissi, au nez crochu et aux paupières tombantes. Je serrai le caillou dans ma main. Alix ressemblait davantage à un homme qu'à une femme ! Au théâtre, les hommes jouaient toujours les rôles de harpies, la Baba Yaga, la Carabosse. Était-ce bien Alix, princesse de Hesse-Darmstadt ? Elle ne chercha pas à masquer son désespoir. Elle contempla mon fils, le petit garçon aux yeux immenses que je serrais contre moi, les bras en croix sur sa poitrine et lui sourit avec tristesse.

Vois comme nous souffrons, me dit Nicky.

Quand Joseph monta nos bagages par l'escalier de service jusqu'à la chambre – jouxtant celle d'Alexis – où nous devions dormir, je compris qu'officiellement, nous n'étions pas là.

Quand irons-nous chasser ? demanda Vova.

Plus tard. Le fils du tsar est très malade, lui répondit mon frère.

Quand guérira-t-il ?

Je n'en sais rien, marmonna Joseph avant de se tourner vers moi et de hocher la tête, l'air de dire : *Regarde où t'a menée ton idylle.* Il posa son regard sur la porte d'accès à la pièce adjacente et je compris le message. À la minute où Alexis décéderait, sa dépouille serait transférée ici puis dans la forêt tandis qu'on arracherait Vova de son lit pour le coucher à la place du tsarévitch. Nicky et Alix se positionneraient de part et d'autre et leur « fils » serait proclamé miraculeusement guéri. Nicky pensait pouvoir s'emparer de mon enfant comme il s'appropriait les plus belles fourrures, les meilleurs bois, vodkas et caviars au profit de la couronne. Ne lui avais-je pas stupidement offert Vova dix ans plus tôt ? Toutefois, à l'époque, mes ambitions pour lui allaient de pair avec mes rêves fous – mon mariage avec Nicky, notre vie ensemble au palais impérial. À présent, je prenais conscience que la tragédie avait renforcé les liens entre Nicky et Alix. Quel que soit le dénouement de ce drame, il n'enverrait pas sa femme au couvent, il ne divorcerait pas. De mes élucubrations d'antan, il ne restait plus que cette histoire à la Dumas où mon fils serait forcé d'assumer l'identité d'un autre. Ce genre d'affaire n'était pas sans précédents. On avait longtemps soupçonné l'empereur Alexandre Ier d'être passé devant ses sentinelles (qui l'avaient formellement reconnu), emmitouflé dans son manteau et son chapeau, pour s'enfuir dans les rues de la capitale. Or peu de temps après, la famille avait annoncé qu'il était mort dans le sud, à Taganrog. Ce grand monarque avait vaincu Napoléon et, tout en vantant les mérites de *l'air de liberté français qui a enchanté ma jeunesse*, continué à opprimer son peuple, à soutenir les privilèges de l'aristocratie jusqu'au moment où il avait déclaré à ses frères : *Je ne supporte plus le poids du règne.* On rapatria son cercueil à Saint-Pétersbourg mais, contrairement à la coutume, on le fit sceller avant les funérailles. L'un des grands-ducs fit remarquer que le visage noirci du cadavre, aux traits méconnaissables, pouvait être celui de n'importe qui. L'entourage d'Alexandre, décidé à assurer une transition sereine, en était parfaitement conscient. Après que son frère Nicolas Ier avait accédé au trône, défiant les gardes qui voulaient établir une république, un homme saint était apparu dans les steppes de Sibérie, un ermite qui se faisait appeler Fédor Kozmitch et dont la ressemblance avec l'ancien souverain était frappante. Étaient-ils une seule et même personne ? Il y aurait eu alors en Sibérie un tsar en guenilles qui était ermite et son frère, bien vivant, habillé d'hermine en son Palais d'Hiver, régnant à sa place. Mais Nicolas Ier avait trente ans lorsqu'il avait accédé au trône et il avait été élevé à la cour. Mon fils n'en avait que dix et je m'étais chargée seule de son éducation. Sans y avoir été préparé, il serait forcé d'endosser les habits du tsarévitch. Quant à moi, je serais chassée de Spala, seule, escortée jusqu'à la gare par mon frère. Deux Kschessinski au service de la couronne. Trois.

Toute la nuit, nous entendîmes les allées et venues des docteur Raukhfus, Derevenko, Botkine, Fedorov et Ostrogorsky – tous venus exprès de Saint-Pétersbourg – leurs voix, celles de Nicky et d'Alix et, bien sûr, les plaintes douloureuses du malade. De temps en temps, l'ombre d'une chaussure apparaissait sous la porte. Vova était en robe de chambre mais je restai assise, tout habillée, auprès de lui. De notre fenêtre, nous contemplions les étoiles et la lune ; la terre semblait immense et le paradis, terriblement loin. Je caressai le front de Vova, ses cheveux soyeux, ses longs doigts, et m'efforçai de répondre à ses questions.

Pourquoi le garçon pleure-t-il ?

Il a mal.

Quand s'arrêtera-t-il ?

Je l'ignore.

Quand les cris s'amplifièrent, Vova se tut, effaré. Mon *Dieu, aie pitié de moi ! Maman, aide-moi !* Vova me demanda si l'enfant allait mourir mais se boucha les oreilles pour ne pas entendre ma réponse. Puis ce fut une prière : *Par cette onction sainte, que le Seigneur, en sa grande bonté vous réconforte par la grâce de l'Esprit Saint. Amen.* C'était la première partie du rite de l'extrême-onction, le sacrement des mourants. Suivraient l'ultime confession et, enfin, l'administration de l'Eucharistie, la nourriture pour le grand voyage. Le grand voyage pour où ? Pour le paradis. Alexis était en train de mourir et, d'un instant à l'autre, Nicky surgirait de la pièce voisine pour prendre possession de son autre fils, sans rien me dire, sans solliciter ma permission. Je décidai alors que je résisterais. J'expliquerais à Nicky qu'il était à la fois trop tôt et trop tard. Il pourrait récupérer Vova lorsqu'il serait devenu un homme, un officier des Gardes, un diplomate ou un ministre. Il pourrait lui donner le titre de prince. Mais il ne m'enlèverait pas mon bébé maintenant, même si Dieu lui reprenait Alexis. Dans le silence, je répétai mon texte : *Batouchka, entends-nous.*

Cependant, Nicky ne parut que le lendemain matin. *Alexis va mieux. Viens le voir.*

Qui avait accompli ce miracle ? Le *staretz* Raspoutine. Alix lui avait téléphoné au cours de la nuit, entre mon arrivée et la délivrance de l'extrême-onction. Dans sa détresse et son chagrin, elle avait cherché aveuglément son aide, comme Nicky avait sollicité la mienne. Je m'étais empressée d'obéir. Raspoutine aussi, depuis sa lointaine Sibérie. Il n'avait pas eu à se déplacer. Il avait simplement prié, intercédé auprès de Dieu et envoyé un télégramme à la tsarine : *Dieu voit tes larmes et entend tes prières. Ne pleure pas. Le Petit ne mourra pas.*

Un mot peut-être au sujet de Raspoutine. Il avait déjà réussi à soulager Alexis et par ce fait était devenu indispensable à Alix. Cela n'aurait posé aucun problème s'il avait été un homme calme et discret. Hélas ! Raspoutine avait un sens inné du spectacle. Peut-être était-ce la raison pour laquelle je le comprenais mieux que la plupart. Commençons par le costume : manteau noir miteux, blouse et bottes de paysan (Alix lui offrit chemises en satin brodées de bleuets, pantalons de veloutine, bottes en peau fine, chapka et manteau de castor), cheveux hirsutes tombant sous les épaules, barbe mal taillée d'illuminé. Ses yeux bleu tourmaline, perçants, étincelaient comme le cristal. Il paraît qu'il savait à peine lire, qu'il était incapable de citer de mémoire des extraits des textes sacrés, que son écriture était indéchiffrable. Ses incantations frisaient l'incohérence : *Le monde est comme le jour, voyez, le soir tombe déjà. Aimez les nuages car c'est là que nous vivons...* Ses séances de guérison étaient théâtrales. Il prenait la main du patient et, grâce à son formidable pouvoir de concentration, chassait toute couleur de son visage. Le teint cireux, dégoulinant de transpiration, les paupières closes, il tremblait de tout son être – on aurait dit que la vie le quittait pour entrer dans le corps du malade. Son comportement en marge de la scène suscitait l'indignation. Au faîte de sa popularité, ses adoratrices défilaient constamment dans son appartement de Saint-Pétersbourg pour écouter ses discours, lui donner de l'argent, voire lui offrir leur corps. Le soir, il allait aux bains publics, s'acoquinait avec des prostituées, se soûlait plus encore qu'un Russe ordinaire. Une fois, dans un restaurant de Moscou, il s'était exhibé devant un groupe de femmes, provoquant un tel scandale que la direction avait dû passer outre la hiérarchie et demander à l'adjoint du ministre de l'Intérieur l'autorisation de procéder à l'arrestation du chouchou du palais. Alix prétendit que les rapports de police étaient faux, que les ministres s'élevant contre son association avec Raspoutine étaient leurs ennemis à tous deux. Mais en 1911, ses lettres adressées à Raspoutine avaient fait le tour de Saint-Pétersbourg. Il en avait lui-même mis des copies en circulation pour faire taire ses tourmenteurs, d'abord dans la capitale puis à travers tout le pays. *J'ai un seul rêve, m'endormir pour toujours sur ton épaule et dans tes bras. Où es-tu ? Reviendras-tu bientôt auprès de moi ?* Toute la Russie était en état de choc. Que fabriquait l'impératrice dans les bras d'un *staretz* mal lavé ?

Les journaux publièrent des caricatures de Raspoutine avec Alix et les filles, impossibles à prohiber maintenant que les réformes de 1905 garantissaient l'absence de censure et la liberté de parole. On y voyait les femmes de la famille impériale gambader nues, la tsarine et Raspoutine tendrement enlacés. Un dessin représentait un Raspoutine démoniaque aux cheveux noirs et d'une taille démesurée, tenant entre ses mains deux marionnettes à l'air complètement idiot : Nicky et Alix. Cette dernière était agenouillée derrière lui, une couronne sur ses longs cheveux laissés libres. Ventru et castré, vêtu seulement de bottes et d'un chapeau en castor, Nicky était assis sous un palanquin et une légion de grands-ducs et de ministres, aujourd'hui tous exilés ou assassinés, les entouraient tous les trois. C'en était trop. La famille, les ministres de Nicky et même le chef de la Douma, Pierre Stolypine, exigèrent le départ de Raspoutine. Cédant aux pressions alors qu'il détestait cela, Nicky renvoya Grigori Raspoutine chez lui en Sibérie. Voilà pourquoi Alix fut obligée de lui adresser un télégramme depuis Spala, en 1912.

J'ai vu Raspoutine à Saint-Pétersbourg, quelques semaines plus tard. Grâce à son succès à Spala, il avait eu l'autorisation de revenir dans la capitale. C'était après le théâtre, alors que je traversais le pont Troïtski. Au début, je ne distinguai qu'une forme allongée, un manteau, une capuche, des mains qui gesticulaient. Comme nous nous rapprochions, les lanternes de mon carrosse éclairèrent le visage de la créature que les Pétersbourgeois surnommaient *Le génie malin de la Russie* ou *Le diable saint* – gros nez aux narines épatées, sourcils touffus tombant sur ses yeux bleu pâle. Je sus tout de suite que c'était lui. Quand son regard accrocha brièvement le mien, j'eus un frémissement. Nous nous croisâmes et je jetai un dernier coup d'œil vers lui mais il s'était détourné. Il ignorait qui j'étais et comment mon fils l'aurait déchu de ses pouvoirs.

Mais revenons à Alexis, à la première fois où Vova et moi l'avons rencontré. Le soleil brillait de tous ses feux dehors mais les ampoules électriques brûlaient dans les couloirs sombres. Pendant que mon frère supervisait le chargement de nos bagages – notre présence n'étant plus indispensable – le tsar nous escorta jusqu'à la chambre. La porte était grande ouverte et, près de la table de chevet croulant sous les médicaments, les serviettes et les palliatifs inutiles, se tenaient les quatre sœurs du tsarévitch, habillées à l'identique tel un minuscule corps de ballet : chemisier en dentelle à col montant, jupe plissée de couleur claire, un nœud dans les cheveux. Seuls ceux de la plus jeune, Anastasia, étaient lisses. Les chevelures des trois autres étaient ondulées. Elles embrassaient les doigts de leur frère et lui racontaient la pièce de théâtre qu'elles avaient jouée la veille pour les invités, des membres de la suite impériale des dignitaires polonais. Elles avaient présenté deux scènes du *Bourgeois Gentilhomme*. Leurs rires cessèrent brusquement lorsqu'elles nous aperçurent sur le seuil. De son lit, Alexis adressa un sourire à Vova. L'espace d'un éclair, je vis l'enfant animé que m'avait décrit Serge et qui, au repas du soir, n'hésitait pas à lécher son assiette, se trémoussait sur sa chaise, taquinait ses sœurs, volait le chausson d'une dame de compagnie et le lui rendait farci d'une fraise, écrivait des petits mots à Nicky où il lui racontait sa journée. Les enfants avaient peu d'amis car Alix tenait à les protéger de l'influence salace de la cour. Les filles s'amusaient entre elles et Alexis avait le droit de jouer avec le fils de sa nourrice ou celui d'un paysan pendant leurs séjours en Crimée. Parfois, lorsqu'ils étaient à Saint-Pétersbourg, un garçon du Corps des Pages, un cadet bien élevé, était convoqué au palais. Aujourd'hui, mon fils, son demi-frère, était le dernier appelé.

Alexis dut penser que Vova était un de ceux-là, convié pour le divertir durant sa convalescence car il leva une main, lui faisant signe de s'avancer sans s'incliner. Vova s'exécuta, serrant dans la main un jouet pour se donner du courage. *C'est pour moi ?* demanda Alexis. Sans un mot, Vova lui tendit l'éléphant en peluche que je lui avais offert pour Noël en souvenir de celui que le clown Doubrov avait amené chez nous. L'animal était doté d'une selle rouge et or, d'un chapeau assorti et d'une clochette. Les enfants se jetèrent dessus : *Oh ! Qu'il est mignon ! Oh ! La jolie trompe !* Alix et moi, nous nous dévisageâmes. Toute la nuit, nous avions eu peur de perdre un fils et, ce matin, nous partagions notre soulagement. Le mien se pencha sur le lit pour montrer à l'héritier comment faire bouger les pattes du pachyderme et leurs têtes se frôlèrent. Les cheveux d'Alexis étaient plus foncés mais Nicky avait raison, leur ressemblance était frappante. Ils avaient à peu près le même âge, la même carrure, les mêmes traits : j'en avais le souffle coupé. La seule différence, c'était que Vova respirait la santé. Mais Alexis était vivant. Il ne serait pas enterré en catimini dans la forêt près de la rivière Pilitsa. Tout à coup, il pria l'une de ses sœurs d'aller lui chercher sa boîte de soldats de plomb pour une partie de chasse à l'éléphant. Quand elle reparut avec un coffret rempli de personnages peints à la main, Nicky était avec elle. Il resta là à contempler les garçons tandis qu'ils disposaient les soldats un par un dans les creux et les plis des draps autour des jambes d'Alexis – une relevée, l'autre allongée. Un an s'écoulerait avant que le tsarévitch ne puisse marcher normalement car le sang stagnant au niveau de son articulation avait agi comme de l'acide, rongeant os et cartilage. Il porterait une prothèse en métal conçue pour remettre son membre en place et ne serait photographié qu'assis – sur une chaise, sur un traîneau, sur des marches. Les deux garçons jouèrent ainsi un moment jusqu'à ce que le tsar leur promette de les emmener un jour chasser pour de vrai, dès qu'Alexis serait rétabli. Alix suggéra à son fils de faire cadeau à Vova de ses soldats de plomb. Nicky les aida à les ranger dans leur boîte. Mon frère nous conduisit à la gare, la chapka bien enfoncée sur le crâne, le nez froncé de dégoût. Nous n'échangeâmes pas un mot sur ce que nous venions de vivre, Joseph préférant amuser Vova en lui citant le nombre de bêtes et d'oiseaux abattus chaque jour par ceux qui avaient participé à la chasse du tsar. Je lui en fus reconnaissante car, tout au long de l'interminable trajet de retour, Vova esquissa animaux et forêts, fusils et arcs à flèches, puis inventa des listes imaginaires de trophées numérotés par catégories : lièvre, faisan, perdrix, élan, cerf et bison.

Quelques semaines plus tard, lorsqu'il fut en état de voyager, Alexis rentra à son tour à Saint-Pétersbourg, la première étape s'effectuant en carrosse sur une route aplanie par les serviteurs, la seconde à bord d'un train qui roula très lentement afin de le secouer le moins possible. La forêt et le pavillon de chasse étaient déjà blanchis par la neige mais c'était sans importance : Alix avait arraché son fils aux ténèbres. La famille impériale ne retourna plus jamais à Spala, ne foula plus jamais les provinces polonaises.

Pour ma part, pendant des années je m'interrogeai : mon fils se rappelait-il cette nuit, cette pièce spartiate aux murs peints à la chaux, l'unique tableau représentant un chasseur, le lit en fer forgé et la fenêtre qui donnait sur la campagne ? Je ne lui poserais pas la question car je ne voulais plus en parler. Je comprenais maintenant pourquoi Nicky s'était tant éloigné de moi : la maladie de son fils était une tornade qui aspirait dans son puissant vortex tout ce qui entourait cet enfant.

Une vie pour le tsar

À LA FIN DE L'HIVER 1913, le tsarévitch pouvait de nouveau marcher mais sur de courtes distances et encore, en boitant. Toutefois, le grand tricentenaire – célébration des trois cents années de règne des Romanov – ne pouvait attendre sa guérison complète. Pour les cérémonies officielles, il devrait soit rester à la maison, soit se faire porter par un cosaque de la suite impériale, les yeux cernés et les traits tirés par la fatigue. Nicky savait que les rumeurs repartiraient de plus belle : l'héritier de la couronne était un idiot, l'héritier de la couronne souffrait d'une maladie incurable… Aussi, pour la représentation de gala d'*Une vie pour le tsar* au Mariinski, où la salle serait remplie d'officiels et de diplomates – un public désuet composé de tous ceux qui avaient gouverné la Russie sans l'aide des paysans, fonctionnaires, ouvriers, Juifs et autres révolutionnaires –, Nicky était-il réticent à apparaître dans sa loge, son fils handicapé porté par un garde du corps. Cette fois, ce ne fut pas mon frère mais Serge qui me soumit la proposition du tsar.

Nicky voulait que Vova revête la tunique d'apparat d'Alexis, celle des Gardes de Preobrajenski et prenne sa place dans le box impérial. Je lus dans le regard de Serge que cette idée l'excitait. Sans doute lui rappelait-elle les blagues des membres du « Club des patates ». Cependant, n'ayant pas assisté à l'épisode de Spala, il ne pouvait se douter que cette farce était le prélude à un enlèvement. Serge était persuadé que nous étions allés en Pologne pour que Vova puisse chasser avec Joseph sans se douter une seconde que mon fils pouvait être une proie. Il entreprit donc de me convaincre. Dans la mesure où je devais me rendre au théâtre, m'expliqua-t-il, amener Vova ne poserait aucun problème. Serge me rendrait visite dans ma loge comme à son habitude et m'apporterait l'uniforme d'Alexis. Le carrosse impérial s'arrêterait devant ma fenêtre pour prendre Vova. *Accorde-lui le bonheur d'être le tsarévitch pour une soirée*, insista Serge. D'après moi, il était surtout enchanté par la perspective de voir ce jeune garçon illégitime qu'il adorait, vénéré à son tour par une cour qui l'avait jusque-là évité. Constatant ma réticence, il ajouta : *Mala, Nicky a besoin de notre aide.*

Sachant pertinemment qu'il accepterait avec enthousiasme (il n'avait pas encore renoncé à ses rêves de devenir artiste d'honneur des théâtres impériaux), je demandai à Vova : *Que dirais-tu de jouer un rôle au théâtre ce soir ?* Il m'avait déclaré récemment qu'au fond, il préférerait être comédien plutôt que danseur et s'était mis à se déguiser pour jouer des sketches de son invention. Il empruntait ce qu'il pouvait à Serge, une paire de gants, une casquette, des bottes ou s'accoutrait des costumes que nous lui avions offerts – la tunique de cosaque, l'uniforme de pompier avec son casque teutonique qu'il enfilait pour jouer avec son camion arroseur dans les jardins de la datcha.

Qu'est-ce que je vais jouer ? s'écria-t-il en sautant de joie. *Un garçon paysan, un page, une marionnette ?* Il avait vu mes ballets. Il connaissait tous les personnages dévolus aux enfants.

Non. Un rôle très spécial. Celui du tsarévitch. Le fils de l'empereur est de nouveau malade et ne peut assister au spectacle ce soir avec ses parents. Tu iras à sa place. Peux-tu faire semblant d'être un vrai noble, l'héritier du trône ?

Bien sûr ! répliqua-t-il un peu trop vite, en levant le menton pour scruter la pièce, imitant un seigneur qui surveille son domaine.

Très bien, mon petit tsarévitch.

Comme à l'accoutumée, j'arrivai au théâtre deux heures avant le lever du rideau. Je demandai à mon habilleuse de me coudre dans mon costume un peu plus tôt afin qu'elle soit partie bien avant la venue de Serge apportant la tenue de mon fils. *Pourquoi es-tu si nerveuse, maman ?* Je m'aperçus tout à coup que je traçais machinalement les contours des fleurs blanches sur les murs tendus de cretonne.

Quand Serge surgit enfin, je sifflai : *Tout ceci est ridicule. Les gens vont se douter du subterfuge.*

Vova m'interrompit : *Maman, je veux mon costume !*

Serge m'enjoignit de cesser de m'inquiéter puis se tourna vers Vova : *Jamais je n'ai vu ta mère en proie à un tel trac !* Avec un sourire, il entrouvrit sa pelisse pour révéler le petit uniforme dissimulé à l'intérieur, une miniature de celui de Nicky, pantalon et tunique rouges, épaulettes dorées, boutons marqués de l'aigle impériale, col brodé du monogramme NII réservé au tsarévitch. Vova poussa un hurlement de bonheur et se mit à danser. Il avait dix ans et manquait de maturité à force d'être choyé. Serge et moi dûmes l'aider à s'habiller. Je m'énervai : *Tiens-toi tranquille !* Serge riait, enchanté par la joie de Vova, se moquant de mes gestes saccadés et maladroits. Mon fils était petit pour son âge et Alexis, plutôt grand pour ses huit ans ; la taille de l'uniforme était presque parfaite. *Regarde !* jubilait Serge. *N'est-il pas le portrait du tsarévitch ?* Et même davantage, pensai-je. Nous entendîmes alors le carrosse, qui s'immobilisa juste sous ma fenêtre. *Voilà Nicky*, annonça Serge. *Vova, tu es prêt ?* Mon fils hocha vigoureusement la tête. Serge ouvrit la fenêtre, fit la courte échelle à Vova qui enjamba le rebord et se glissa dans le véhicule afin de parcourir le reste du chemin jusqu'à l'entrée impériale. Là, il débarquerait avec Nicolas et Alix, traverserait le foyer, gravirait les marches, longerait la galerie flanquée de chaises dorées jusqu'à l'antichambre. Enfin, tels des artistes faisant leur entrée sur le plateau, ils passeraient entre les pans d'un rideau de velours pour atteindre la loge.

À l'apparition de la famille royale, tous les spectateurs se levèrent et entonnèrent l'hymne national. Naturellement, j'avais l'œil collé au trou dans le rideau de scène. J'ai dû bousculer quelques camarades pour y parvenir. Je vis un océan de tuniques pourpres, les bleus et les ors des costumes traditionnels de Boukard et du Khan de Khiva. Mon fils se tenait fièrement entre Nicky et Alix, toisant le public avec l'aplomb qu'il avait montré en s'exerçant à la maison. Je n'avais jamais cru en son talent d'acteur mais, apparemment, j'avais été son Teliakovsky : je l'avais empêché de l'exprimer alors que de toute évidence il savourait cet instant, allant jusqu'à exécuter un signe de la main. Vova était autant un Kschessinski qu'un Romanov.

Une vie pour un tsar raconte l'histoire de Michel Romanov, premier empereur de la dynastie, sauvé de l'assassinat par le héros paysan Ivan Soussanine. Petit-neveu de l'épouse d'Ivan le Terrible, Michel avait seize ans quand le conseil des boyards avait décidé, en 1612, de lui offrir le trône. Ivan, premier à s'intituler *tsar*, du mot latin *césar,* et dernier souverain de la lignée des Riourik qui avaient régné sur la Russie pendant plus de six cents ans, était mort en 1584. Après son décès, le pays avait vacillé dans les désordres jusqu'à ce que le conseil décide de faire appel à un parent d'Ivan (bien que la relation fût ténue). Durant l'hiver 1612, la Pologne avait envahi la Russie, décidée à profiter de cette période de troubles et à assassiner Michel la veille de son couronnement. La cérémonie eut lieu malgré tout grâce au paysan Soussanine, au sein du monastère d'Ipatiev où se cachait Michel. Sa mère y avait assisté en tremblant, terrifiée pour ce fils qui, pas plus tard que le mois précédent, avait vécu une vie paisible avec elle dans un village au bord de la Volga. Soussanine fit semblant de conduire le régiment polonais jusqu'au jeune homme mais entraîna en fait les soldats dans une impasse montagneuse enneigée. Il paya cet exploit de sa vie mais la Russe fut ainsi dotée d'une nouvelle dynastie stable, celle des Romanov.

Je pris peur en coulisses, comme la mère de Michel, en songeant à ce tournant dans l'existence de mon enfant. Par chance, je n'apparaissais pas avant l'acte II, dans la scène du bal donné en son palais par un noble polonais. La troupe enchaînait plusieurs danses folkloriques, une polonaise, une *krakowiak*, une valse et une mazurka. En attaquant cette dernière, j'eus l'impression une première fois, puis une deuxième, d'apercevoir le visage de mon père. *Mathilde-Marie, qu'est-ce qui te prend ?* Je remarquai que les spectateurs n'avaient de cesse de se tourner pour contempler la loge impériale. Vova était maintenant assis juste derrière Nicky et Alix, l'impératrice douairière, ses filles et leurs maris. Il ne manquait que Michel. À la suite de son mariage clandestin avec une divorcée, il avait été exilé comme Cyrille Vladimirovitch. Dans la baignoire grand-ducale, Serge rayonnait en compagnie de ses frères ; André, impassible, ignorant ce qui était en jeu, accompagnait

Boris et leur mère Miechen, que le veuvage n'avait pas rendue moins rapace, au contraire ! Elle avait repris le poste de ministre des Arts précédemment occupé par son mari – une prouesse pour une femme. Malheureusement elle avait dû renoncer à d'autres ambitions plus traditionnelles. Elle n'avait pas tout à fait réussi à éloigner André de moi, sa fille n'avait pas épousé un roi mais le prince Nicolas de Grèce et elle avait essuyé une rebuffade en tentant de pousser Boris dans les bras de la fille de Nicky. En effet, Alix avait froncé le nez : Olga était trop jeune et trop fraîche pour épouser un homme de son âge, volage de surcroît. Boris se contenterait de prendre une maîtresse. Après la maladie du tsarévitch et l'exil de Michel, Miechen s'était convertie précipitamment à l'orthodoxie mais l'union en catimini de Cyrille risquait fort d'empêcher son éventuelle accession au trône. Miechen était loin de soupçonner qu'un autre obstacle se dressait devant elle – l'enfant assis sur une chaise en velours derrière Nicky ! Qu'elle essaie de l'en chasser ! Lorsque j'eus terminé ma mazurka, je saluai d'abord le balcon impérial puis celui des grands-ducs et, enfin, la salle dans son ensemble. Alors seulement, je notai l'expression rébarbative d'Alix, une mère ambitieuse parmi d'autres, une femme malheureuse en dépit de ses atours, robe en velours blanc, ruban bleu en diagonale de l'Ordre de Saint-André, tiare incrustée de diamants et éventail en plumes d'aigle. La figure couverte de taches, elle se leva pour se réfugier au fond de la loge, là où personne ne pouvait la voir et où elle resta jusqu'à la fin du spectacle. On entendit presque le public siffler sa désapprobation. Ces bouches et ces langues n'étaient pas celles de paysans, étudiants, révolutionnaires ou membres de la Douma mais celles de la cour. Nicky demeura impavide mais pas insensible.

J'ai la certitude que c'est la raison pour laquelle il fit signe à mon fils de s'avancer pour prendre la place laissée vacante par l'impératrice. Un autre son s'échappa de l'assemblée, résonnant comme une caresse à l'adresse de ce joli petit garçon visiblement heureux aux côtés d'un père qui le contemplait avec affection. De l'endroit où je me trouvais sur la scène, je vis le plaisir que cette réaction procurait à Nicky. À la fin de l'acte IV, après la coda qui marque la clôture de l'opéra, le grand chanteur Sobinov, qui avait interprété le rôle du héros Ivan Soussanine, s'avança jusqu'au proscenium, se jeta à genoux et tendit les bras vers Nicky et Vova avant d'entonner un *Dieu protège le tsar !* impromptu. Il avait autrefois endormi mon fils en lui fredonnant une berceuse. Sobinov le reconnaissait-il maintenant ? Sa voix emplit le théâtre, *a cappella* d'abord, jusqu'à ce que les musiciens de l'orchestre, pris de court, se décident à reprendre leurs instruments. L'un après l'autre, les artistes vinrent s'agenouiller auprès de Sobinov et le public, telle une vague, se mit debout. Nicky aussi. À son signal, Vova se leva à son tour. Nicky nous contempla tous, silencieux, tête baissée. Mon fils l'imita. Aucun doute n'était possible : c'était cette image de l'empereur et de son jeune héritier qui avait inspiré l'hommage de Sobinov.

Dieu protège le tsar
Si grand et si puissant
Qu'il règne pour notre gloire
Contre l'ennemi tremblant.

Le fils d'un souverain appartient à son pays, pas à sa mère. La Russie, du moins celle présente dans ce théâtre, vénérait son tsar, *ce* tsar ; elle aimait et avait besoin de son fils, peut-être *ce* fils si le destin en décidait ainsi. Et si ce moment venait, Alix l'y accepterait comme elle l'avait fait contre son gré, ce soir. Car l'alternative à cette imposture impliquait de transmettre la couronne de façon détournée au frère de Nicky, qu'Alix détestait, à Cyrille, qu'elle haïssait encore plus ou encore, si le conseil impérial rejetait ces successions, au commandant de l'armée qu'elle méprisait depuis qu'il avait menacé de se suicider si Nicky ne créait pas la Douma. Elle les exécrait et elle les craignait, ces hommes de la famille impériale. Elle accepterait mon fils parce qu'il était celui de Nicky et parce qu'un empereur sans héritier est un empereur affaibli. Mais quelle sorte de mère étais-je, pour expédier mon enfant, un ballot de vêtements à la main avec, épinglée sur sa chemise une étiquette : *Je vous le donne* ? Quelle sorte de mère ? La mère d'un tsar. Chaque fois que je voyais Nicky, il m'arrachait quelque chose, bien qu'autrefois j'eusse pu avoir l'impression du contraire. Mais on ne reçoit jamais rien du tsar, on lui donne tout, et mon père l'avait pressenti. Je m'apprêtais à lui offrir ma vie. Après tout, l'opéra que nous venions de présenter s'intitulait *Une vie pour le tsar*. Pas *La vie du tsar pour son sujet.*

Cela pourrait se produire dans une semaine, un mois, une saison. Je devrais me résigner à raconter à tout le monde : *Mon fils est parti suivre ses études à Paris.* Je serais forcée de continuer ma carrière sur scène juste pour le voir, comme je l'avais fait pour voir Nicky. Peut-être fêterais-je comme mon père mes soixante ans de théâtre. Année après année, la famille impériale viendrait m'applaudir depuis sa loge et je danserais pour elle, incarnant les rôles de princesses, puis ceux de reine mère et enfin de harpies, ces vieilles femmes qui doivent savoir choquer, terrifier ou amuser pour qu'on les remarque. Les princes arriveraient comme toujours par la voie privée qui leur était réservée. Le directeur des théâtres impériaux les accueillerait et les escorterait jusqu'à leurs places. Un jour, j'y verrais le tsar Nicolas II et son épouse avec des cheveux blancs, accompagnés de leurs quatre filles épanouies par leur vie de jeunes adultes et avec eux, le tsarévitch, le fils du tsar, *mon* fils, adulte lui aussi, magnifique dans son uniforme des Gardes Preobrajenski. Un murmure d'excitation parcourrait le public et les danseurs s'exclameraient : *La famille impériale ! La famille impériale est là !* Au signal du directeur, l'orchestre attaquerait l'ouverture, le rideau s'ouvrirait et je m'avancerais sur le plancher incliné jusqu'à la rampe. Un jour, quand je me tournerais vers la loge impériale pour solliciter la permission d'un *bis*, c'est mon fils qui me l'accorderait.

Mais nous n'en étions pas encore là. À la fin de l'été 1914, Vova était toujours avec moi et la Russie, en guerre contre l'Autriche et l'Allemagne.

Petits soldats de plomb

D'UN BOUT À L'AUTRE DE LA RUSSIE, d'Odessa à Irkoutsk, portraits du tsar et icônes remplacèrent les drapeaux rouges de la révolution, le pays s'unissant spontanément contre de nouveaux ennemis, les Autrichiens qui menaçaient le peuple slave et les Allemands, leurs alliés. L'ambassade d'Allemagne à Saint-Pétersbourg fut vandalisée par des manifestants qui renversèrent les statues équestres ornant son toit ; les débris jonchèrent la chaussée comme si on les avait dynamités. À Moscou, ils jetèrent des pianos Bernstein et Bluthner depuis les derniers étages du principal magasin d'instruments de musique. On changea le nom de la capitale. Saint-Pétersbourg ayant une consonance trop germanique, on opta pour Petrograd. Mais j'appellerai toujours ma ville Saint-Pétersbourg – jamais Petrograd ni Leningrad et je sais qu'un jour, elle reprendra son véritable nom. Bach, Brahms et Beethoven n'étaient plus joués en concert. En 1914, le Saint Synode bannit les sapins de Noël sous prétexte que c'était une coutume allemande. Tout passant osant parler anglais, français ou italien (le Russe moyen était trop ignorant pour distinguer le français de l'allemand, *bonjour* de *Guten Tag*), se voyait invectivé : *Nemtsy ! Allemands !*

Serge déroula une immense carte de l'Europe et de la Russie sur le bureau de la chambre de Vova et ce dernier alla chercher ses soldats de plomb pour les placer aux endroits que lui indiquait Serge au fur et à mesure qu'il lui expliquait les différentes batailles. Ici, à Sarajevo, un assassin serbe avait tué l'héritier du trône d'Autriche-Hongrie, François-Ferdinand. Là, à Vienne, l'empereur François-Joseph avait rédigé un ultimatum autorisant les officiers autrichiens à pénétrer en Serbie pour effacer tout sentiment antiautrichien et arrêter tout officier rebelle à l'occupant. Vova positionna un personnage sur cette ville et lui confectionna une minuscule couronne en papier. C'était depuis Belgrade que le prince héritier serbe avait adressé un télégramme au tsar pour solliciter son aide car ce dernier était traditionnellement le protecteur de tous les peuples slaves. Vova situa lui-même Saint-Pétersbourg et passa un certain temps à chercher une figurine digne de représenter Nicky. Il finit par choisir la plus grande de toutes, bien que notre tsar fût de petite taille. Malgré les médiations, les Austro-Hongrois avaient attaqué Belgrade : Vova y plaça plusieurs canons et Serge lui montra où les Russes étaient mobilisés le long de la frontière autrichienne. Puis le Kaiser avait déclaré que l'Allemagne soutenait son alliée et avait expédié ses troupes à travers la Belgique jusqu'au nord de la France. Conséquence immédiate, la France s'était lancée dans le conflit. Les armées du tsar devaient se battre au nord contre les Allemands, au prix de milliers de morts, et, au sud, contre les Autrichiens, où elles rencontrèrent davantage de succès. Tandis que Vova faisait avancer ses soldats vers Gorlice, Cracovie, Lodz et les Carpates, Serge lui raconta que le tsar avait une carte exactement semblable dans son cabinet du palais Alexandre où personne n'avait le droit d'entrer et dont il emportait la clé partout avec lui. Nicolas voulait profiter de cette opération pour agrandir son pays, poursuivit Serge, pour rendre la Russie encore plus puissante, afin qu'elle s'étire au-delà de la Prusse orientale jusqu'aux embouchures de la Vistule, au-delà de la Bucovine jusqu'aux Carpates. L'Arménie serait annexée, les Turcs musulmans repoussés en Asie mineure. Les détroits et Constantinople appartiendraient alors à la Russie orthodoxe. D'après Serge, ayant trouvé l'empire germanique de son enfance terriblement changé, le peuple transformé par la perfidie et l'ambition du Kaiser (qui avait autrefois aimé sa propre sœur !), Alix encourageait vivement Nicky à l'écraser. Serge expliqua à Vova qu'une fois vaincue, l'Allemagne serait divisée entre la France, l'Angleterre et le Danemark et que bientôt la Maison de Hohenzollern serait réduite à néant. N'était-ce pas formidable ? Vova opina, moi aussi. Une Russie élargie signifiait un tsar renforcé et, par conséquent, un meilleur avenir pour son successeur ; or Alix comme moi étions unies par ce désir. Chaque jour, Vova harcelait Serge pour avoir des nouvelles de la guerre et m'obligeait à faire laver quotidiennement son uniforme de cadet de première année car il refusait de porter autre chose. Je cédais sans protester, soulagée qu'il fût à la maison avec moi et non à l'école militaire où il serait entré à l'automne si les événements n'avaient pas coupé court à nos projets. Cette guerre ne me réjouissait pas mais j'étais rassurée d'avoir Vova auprès de moi. Mon père avait tenu à avoir ses enfants à proximité. Comme lui, je voulais pouvoir dorloter et choyer mon fils, perpétuer son amour infaillible à mon égard, lui qui en recevait si peu du tsar. Mais j'avais d'autres raisons de m'en féliciter. Les pertes sur le front nord étaient si abondantes que les écoles militaires avaient commencé à recruter leurs jeunes diplômés. Si nos officiers autorisaient leurs hommes de l'infanterie à ramper à terre pour éviter le feu des mitrailleuses, leur orgueil russe le leur interdisait. Facilement repérables à leurs uniformes colorés, ils tombaient comme des mouches, agrippés à leur lance, à leur sabre ou à leur baïonnette qu'ils n'avaient pas eu le temps d'utiliser. On les remplaçait par des adolescents à peine formés, l'infanterie des Deuxième et Troisième Armées releva la première. Ces hommes manquaient d'entraînement – certains d'entre eux ne savaient pas tenir leur fusil. Les plus balourds étaient affectés aux garnisons de nos villes pour nous protéger des Allemands. Le conflit se prolongerait, le sentiment révolutionnaire se réveillerait et ces soldats se retourneraient contre nous tandis que ceux qui luttaient sur le terrain s'en prendraient à leurs pauvres officiers inexpérimentés. Mais nous n'en étions pas encore là.

Comment vivait-on à Saint-Pétersbourg pendant la guerre ? Au début, rien ne changea. Les canons de la forteresse Pierre-et-Paul continuèrent à tonner à midi, les cygnes à voguer sur les canaux, le long du Champ de Mars. Comme si de rien n'était, on organisa goûters d'anniversaires et baptêmes. Les feuilles jaunirent, tombèrent, puis les enfants se lancèrent des boules de neige sous le ciel hivernal. Les carrosses transportèrent les élèves au Mariinski en début de soirée, les théâtres du tsar maintinrent leurs programmes. Toutefois, au Mariinski, nous revînmes aux vieux classiques, extirpant des malles nos anciens costumes, révisant les chorégraphies créées par Didelot et Johannsen, les premières pièces de Petipa et d'Ivanov, ces divertissements que nous avions oubliés et qui remontaient au temps des tsars Alexandre II et III. La troupe d'opéra monta *Boris Godounov* et *Don Quichotte,* le Ballet impérial, *Sylvia* et *La Fille du pharaon*, œuvres évoquant des civilisations lointaines... grecque, romaine, égyptienne autrefois si brillantes et à présent disparues. Quelle ironie !

Cependant, à la fin de l'automne 1914, seuls quelques-uns des jeunes Gardes qui avaient foulé nos avenues et dansé à nos bals assistaient à nos spectacles. Finis, les rangées de tuniques militaires au parterre, les médailles étincelantes sous les feux de la rampe, les joyaux et les belles toilettes ! Tous ceux qui les portaient étaient occupés ailleurs, à diriger les hôpitaux ou à constituer des associations caritatives. À l'entracte, quand on éclairait la salle, le public réclamait des hymnes nationaux, d'abord le nôtre puis, au fur et à mesure qu'ils devinrent nos alliés, ceux de la France et de l'Angleterre. Bientôt, ces interludes parurent interminables, même pour les Russes. Par leurs fenêtres donnant sur la place du Théâtre-Mariinski, les élèves voyaient des recrues s'exercer avec leur baïonnette à transpercer des mannequins – des uniformes bourrés de paille. Les colonnes de l'infanterie descendaient la perspective Nevski pour rejoindre la gare de Varsovie, des jeunes pour la plupart mais aussi des hommes plus âgés. Les femmes les suivaient jusqu'à ce que la fatigue ou le désespoir les incitent à s'arrêter pour regarder s'éloigner leur mari. Les membres de la famille impériale s'engagèrent parce que leur position les y forçait. Michel, le frère de Nicky, fut rappelé en Russie puis expédié sur le front sud-ouest pour combattre en Galicie. La bataille fut fructueuse mais abominable, cent verstes de cadavres russes empilés et nulle part où les enterrer. Nicolas Nikolaïevitch, son cousin, était commandant en chef de l'armée. Les trois fils de Vladimir servirent aussi leur pays. André alla du front nord-ouest à la Stavka, le camp d'état-major établi à Baranovitchi, mais fut rapidement rapatrié, victime d'une bronchite. On aurait pu croire qu'à force de vivre avec Miechen, il se serait aguerri mais, dans la mesure où il n'avait jamais été capable de lui tenir tête, ce n'était qu'un exemple de plus d'une force irrésistible l'incitant à battre en retraite. Son frère Boris commanda les cosaques Ataman, et Cyrille les équipages de la Garde. Georges, le frère de Serge, partit pour Kiev surveiller l'évacuation des blessés. Celui-ci, qui souffrait d'arthrose, resta à Saint-Pétersbourg pour diriger le département de l'artillerie en qualité d'inspecteur général. Quant au tsar, il effectua des allers-retours entre Tsarskoïe Selo et la Stavka, emmenant parfois Alexis avec lui pour lui montrer les lieux que Vova ne voyait que sur sa carte – la Galicie, Revel, Odessa. Inévitablement, les morts et les blessés furent renvoyés à Saint-Pétersbourg, les dépouilles placées dans des cercueils en sapin rustique, les estropiés, dans des hôpitaux de fortune. Alix transforma la clinquante salle des armoiries du Palais d'Hiver en un gigantesque dispensaire, supprimant toutes les vitrines pour installer à leur place des centaines de lits. Elle en fit autant au palais Catherine à Tsarskoïe Selo et dans deux palais de Moscou. Mais pour un homme qui suppliait l'impératrice de lui tenir la main, dix se sentaient gênés qu'elle les voie si vulnérables et dix autres se montraient ouvertement hostiles. Toutes les femmes de la bonne société suivirent son exemple, qui ouvrant un hôpital, qui exerçant la fonction d'infirmière ou remplissant des cartons destinés au front. J'ai moi-même financé un dispensaire. Je n'ai soigné personne car je supportais mal la vue du sang et des amputations mais j'ai rendu visite aux convalescents, je les ai aidés à écrire à leurs proches, je leur ai dansé ma *russkaya*, ma danse russe et ils m'ont surnommée leur *radouchka*, leur porteuse de joie, ce que j'étais ! Que pouvaient me reprocher mes ennemis ?

Au début de 1915, l'armée se retrouva à court non seulement de munitions, de balles et de fusils, mais aussi de manteaux, d'uniformes et de bottes. Les hommes devaient attendre que leurs camarades en première ligne soient tombés pour s'emparer de leurs armes. Au bout d'un certain temps, des régiments entiers restèrent coincés dans les Carpates sans avoir les moyens de poursuivre leur route jusqu'en Hongrie. En mai, les Allemands qui s'étaient discrètement rassemblés au sud de la Pologne entreprirent de bombarder nos soldats. Privés de cartouches, ces derniers durent se défendre à mains nues et à la baïonnette. Les Allemands les repoussèrent inexorablement vers l'est, hors de la Galicie, hors de la Pologne. Ce fut un véritable bain de sang, un massacre où périrent 180 000 hommes. Serge craignait que les Allemands n'atteignent Moscou. À cette nouvelle, Vova rangea ses figurines dans leur coffret, roula sa carte et la rangea. Le pays explosa, cherchant un bouc émissaire, s'en prenant non pas au tsar – pas encore ! – mais à son entourage. Saint-Pétersbourg mit ces désastres sur le compte de l'inspecteur général de l'artillerie, le grand-duc Serge Mikhaïlovitch, le ministre de la Guerre Vladimir Sukhomlinov et même, dans son désespoir, la concubine impériale Mathilde Kschessinska. En effet, des rumeurs se mirent à courir sur mon compte. J'aurais accepté des dessous-de-table, de l'argent et des bijoux pour convaincre Serge de fournir du travail à ses amis pétersbourgeois fabricants d'armes, propriétaires d'usines de munitions et autres fournisseurs de matériel militaire qui fréquentaient mes réceptions et ne savaient plus où donner de la tête alors qu'en province, les ateliers faisaient faillite. La presse publia des articles affirmant que je m'étais servie de documents et d'informations confidentielles, procurés par Serge pour mieux négocier le prix de mes pots-de-vin (sinon, comment aurais-je pu me payer mon palais ?). Le président de l'infernale Douma s'en prit à moi, au *gang de voleurs qui opère sous couvert du grand-duc.* Le frère de Serge le supplia de rompre toute relation avec moi, m'accusant de l'exploiter à mon profit. Ces commérages vinrent chatouiller les oreilles de l'impératrice qui s'empressa d'écrire un mot à Nicky : *Des histoires obscures et malsaines circulent à son propos…* Je suis certaine qu'elle ronronnait en rédigeant cette missive. Poèmes salaces et caricatures peu flatteuses firent le tour de la capitale : moi, plantée nue sur un lit, entourée d'une bande de grands-ducs ; moi, au milieu de montagnes de diamants et de rubis, des marchands d'armes riant dans mon dos et un soldat brandissant un fusil sans cartouches. Comme si je pouvais me réjouir de cette situation, de Varsovie infestée par les Allemands, là où étaient enterrés mon père et mes grands-parents ! Le tollé fut tel que je dus me réfugier à Strelna dès le mois de mai et ne pus regagner Saint-Pétersbourg qu'à la fin de l'automne.

Que savais-je de ces usines, de leur capacité de production ? Je m'étais dit que peu importait qui manufacturait quoi, j'avais donc suggéré à Serge de traiter avec nos amis, des hommes que nous connaissions, qui venaient nous rendre visite avec leurs cadeaux et leurs bonnes manières. N'était-ce pas mieux que de s'adresser à des étrangers ? Pour finir, Serge fut obligé de démissionner du département de l'artillerie. On le dépêcha à Baranovitchi où, dépouillé de ses fonctions officielles, il n'eut rien d'autre à faire que de bêcher son potager, fumer des cigares avec Nicky et traîner la patte comme un vieillard, s'offrant de longues balades en forêt comme si le pays était en paix, comme s'il n'était pas à l'état-major mais au sanatorium. Très affecté, Vova s'endormait en pleurant. Le malheureux Sukhomlinov, qui n'avait pas la chance d'être un cousin du tsar ou de son ex-maîtresse, fut arrêté et emprisonné à la forteresse Pierre-et-Paul. Je lui ai écrit un mot, je suis sûre qu'il a apprécié ce geste.

La peur des traîtres et des espions devint obsessionnelle. Boulangeries et écoles allemandes furent attaquées. Ceux dont le patronyme avait une consonance germanique rentraient chez eux pour découvrir leurs demeures incendiées, toits éventrés et murs noircis derrière les grilles en fer forgé. Or qui, en Russie, n'avait pas un patronyme à consonance germanique ? La moitié des courtisans était d'ascendance allemande. Ils avaient hérité leurs titres de leurs homologues allemands, *Ober-Tseremoniimeister, Oberhofmeister, Kamer-Freilini, Flag-Kapitan.* L'impératrice aussi. Alix de Hesse-Darmstadt. On se mit à l'appeler *Niemka – l'Allemande*. Tout le monde se méfiait d'elle et de son *staretz*, Raspoutine, soupçonné d'être un espion. À Moscou, sur la place Rouge, la foule réclama que Raspoutine fût pendu, l'impératrice enfermée dans un couvent et Nicky destitué.

Afin d'endiguer la colère et la rancœur face à la Grande Retraite (car c'est ainsi que l'on surnommait désormais l'ignominieuse reculade des soldats), l'exaspération provoquée par les problèmes d'approvisionnement et la paranoïa des espions, le tsar ferma la Douma et remplaça son commandant en chef. Il alla s'installer à la Stavka, qu'il avait fallu déplacer de trois cent trente kilomètres à l'est de Baranovitchi, pour échapper à l'avancée des Allemands. Le nouveau camp d'état-major était désormais établi en Ukraine, à Moguilev, au bord du Dniepr. À Baranovitchi, les généraux et les grands-ducs avaient logé dans leur luxueux wagon de train personnel, les voitures disposées en éventail autour des voies et reliées les unes aux autres par des planches de bois. À Moguilev, les officiers durent se contenter de réquisitionner la demeure du gouverneur local et chacun se vit attribuer une pièce. Nicky disposait d'un bureau et d'une chambre. Ce fut là qu'il avait décidé de se préparer à devenir le tsar-guerrier du pays. En prenant cette initiative, sa mère s'étant réfugiée à Kiev, il laissait Saint-Pétersbourg entre les mains d'Alix. Et de Raspoutine.

Comment celui-ci avait-il réussi à s'immiscer dans le palais Alexandre jusque sur les genoux de l'impératrice ? Comme toujours. Le tsarévitch avait eu un problème de santé. D'après Serge, quand Alexis était allé rejoindre son père à Moguilev pendant quelques mois durant l'automne 1915, il s'était enrhumé et un éternuement un peu fort avait déclenché une hémorragie nasale, impossible à endiguer. Les médecins avaient tout essayé en vain, et Alexis avait fini par sombrer dans l'inconscience. Nicky l'avait immédiatement ramené à Tsarskoïe Selo et Alix l'avait accueilli à la gare, s'attendant à le voir descendre du train avec leur fils dans un cercueil. Voyant le visage blême et le corps sans forces d'Alexis, elle avait supplié Nicky de l'autoriser à appeler Raspoutine. Comme on l'imagine, celui-ci, profitant de la situation, avait déboulé dans la chambre de l'enfant, exécuté un signe de croix sur son corps et déclaré : *Ne vous inquiétez pas, il ne se passera rien de grave.* Le matin suivant, Alexis se réveilla en pleine forme et réclama son chiot et le chat qu'il avait laissés à l'état-major.

Nicky regagna Moguilev dès le lendemain mais, pour déloger Raspoutine de Tsarskoïe Selo, il faudrait l'assassiner. Sur ses conseils, l'impératrice plaida en faveur de nominations de ministres issus de la vieille école, des hommes qui vénéraient le tsar et croyaient, comme elle, que la création de la Douma avait été une bêtise mais surtout, des hommes bien disposés à l'égard de Raspoutine. Déployant une énergie semblable à celle qui l'avait animée pour soigner Nicky du typhus à Livadia et pour les mêmes raisons – s'il était menacé, l'avenir de son fils l'était aussi –, elle tenait absolument à cadenasser le pays. Semaine après semaine, en lisant le journal, je découvris le nom d'un nouveau ministre nommé par Nicky sous l'influence d'Alix. Au cours des six mois suivants, la Russie connut quatre Premiers ministres, cinq ministres de l'Intérieur, trois de la Guerre, trois des Affaires étrangères, quatre de l'Agriculture et trois du Transport. Ces remplacements incessants d'incompétents par d'autres incompétents plongèrent la nation dans un chaos indescriptible. Bien entendu, Raspoutine avait eu son mot à dire concernant toutes ces affectations, avançant parfois les arguments des plus fallacieux. Ainsi, sa voix de basse ayant enchanté le gourou d'Alix lors d'un dîner dans un restaurant gitan, le chambellan A. N. Kostov se vit-il propulsé ministre de l'Intérieur, le mois suivant. Les gens étaient si nombreux à solliciter le parrainage de Raspoutine qu'ils devaient faire la queue dans l'escalier menant à son appartement du troisième étage, rue Gorokhovaïa. Pendant ce temps, le peuple fulminait : que se passerait-il si un agent allemand se glissait parmi tous ces suppliants et entendait les fanfaronnades de Raspoutine révélant stratégies et tactiques de l'armée russe, informations que Nicky confiait à Alix qui les répétait à Raspoutine ? Partout, on accusait le moine de folie et l'Allemande de détruire la Russie. Face à l'accumulation des défaites, les officiers désespérés commencèrent à s'accorder de longues permissions non autorisées. Ils reparurent dans les palais et les ambassades, et même dans les bars des hôtels Astoria et Europa. Uniformes et médailles recommencèrent à scintiller dans les loges du Mariinski.

Une nouvelle chanson fit le tour de Saint-Pétersbourg :

Une étoile pour le tsar

Nous voulons seulement savoir si demain
Nous connaîtrons les ministres nommés,
Qui emmènera qui voir une pièce admirée
Ou bien qui, chez Cubat, avait qui comme voisin.

Raspoutine sera-t-il toujours aussi puissant
Ou alors nous faut-il très vite un autre saint ?
Notre chère Kschessinska se porte-t-elle bien ?
Et qui a-t-on croisé à la fête chez Shubin ?

Si chez lui le grand-duc a ramené Dina
Et si vraiment la chance pour MacDiddie tourna
Ô que vite, un zeppelin s'envole dans les airs
Pour que tout Petrograd se retrouve par terre !

Des meurtres suivront

AINSI COMMENÇA LE COMPLOT MANIGANCÉ non seulement par les Vladimirovitch mais aussi par les Mikhaïlovitch et les membres de l'ancien « Club des patates » – à l'exception de Serge. L'un des plans prévoyait d'envoyer quatre régiments de Gardes à Tsarskoïe Selo pour capturer la famille impériale, expédier Alix dans un couvent ou dans un institut psychiatrique, arrêter Raspoutine et forcer Nicky à l'abdication. L'idée n'était guère originale. Dans la plupart des coups d'État, on se servait de gardes rebelles pour renverser le tsar. Catherine la Grande en était le meilleur exemple. Autre projet envisagé : immobiliser le train impérial sur son trajet entre la Stavka et Tsarskoïe Selo, obliger le souverain à renoncer à la couronne, jeter Alix en prison (ou, pour employer les mots de Miechen, *l'annihiler*), et pendre Raspoutine. Ensuite, selon les conspirateurs, Cyrille ou Alexis accéderait au trône et Nicolas ou Michel serait nommé régent. La grande-duchesse Vladimir, ses trois fils, Dimitri Pavlovitch, le pupille de Nicky, le jeune prince Youssoupoff qui avait épousé la fille de Xénia, et même le frère de Serge et désormais célèbre historien Nicolas Mikhaïlovitch, se réunissaient le soir au palais Vladimir pour en discuter. D'autres conspirations fermentèrent parmi les officiels de la

Douma, si nombreuses et si ouvertement évoquées que Nicolas Mikhaïlovitch décida de prévenir Nicky : *Il y aura des meurtres*, lui écrivit-il, *si Alix ne met pas un terme à ses interférences en matière de gouvernement.*

Pour finir, les assassins de Raspoutine furent le grand-duc Nicolas Mikhaïlovitch, le prince Youssoupov et le grand-duc Dimitri Pavlovitch. Cyrille, Boris et André restèrent tranquillement chez eux. S'ils refusèrent de se salir les mains, ils n'en étaient pas moins coupables. Serge apprit le déroulement des événements par son frère. Ils avaient leurré Raspoutine jusqu'au sous-sol du palais Youssoupov sous prétexte d'y rencontrer Xénia et la fille d'Alexandre, Irina, deux des plus belles femmes de Saint-Pétersbourg. Raspoutine avait un faible pour les jolies créatures. Pour le faire patienter en attendant leur arrivée, ils lui avaient offert des gâteaux saupoudrés de cyanure et du vin empoisonné. Toutefois – incroyable et stupéfiant –, la substance toxique n'avait eu aucun effet sur le *staretz* et Youssoupov, pris de frénésie, avait fini par dégainer son revolver pour lui tirer une balle dans le dos. Les yeux révulsés, Raspoutine s'était écroulé, apparemment mort. Pendant que ces messieurs discutaient de la meilleure façon de disposer de son cadavre, il s'était relevé et avait foncé à travers la cour en direction du portail. Ses assassins l'avaient poursuivi en le criblant de projectiles et il était tombé de nouveau dans la rue. Là, sur les pavés, les bourreaux, saisis de panique, l'avaient assailli de coups de pied puis ligoté avec une corde. Précaution supplémentaire, ils l'avaient enveloppé dans un rideau bleu arraché au vol à une fenêtre. Mais, même à cela, Raspoutine avait survécu et il avait résisté pendant tout le parcours jusqu'au rustique pont Petrovsky. Ils l'avaient alors balancé par un trou creusé dans la glace et le *staretz* avait enfin péri, noyé dans les eaux froides de la Petite Neva. En le découvrant, on constata qu'il avait réussi à libérer un bras de ses liens.

C'était le 16 décembre 1916.

À quoi a-t-il pu penser sous l'épaisse couche de glace ? Battu, enchaîné, les vêtements saturés de sang et d'eau, une botte à un pied, l'autre sur la surface gelée – une forme obscure dont le clair de lune éclairait les contours, Raspoutine avait tendu un bras. Pour rattraper sa chaussure ? Caresser la lune ? S'agripper au marbre blanc de son sarcophage ? Prononcer une ultime bénédiction, une dernière prophétie ? Ou tout simplement pour tenter de se hisser hors du fleuve et courir au palais Alexandre mettre à exécution la menace qu'il avait lancée à ses poursuivants dans la cour du palais Youssoupov : *Je dirai tout à la tsarine !*

Elle l'apprit bien assez vite.

Quand Dimitri Pavlovitch pénétra dans sa loge du théâtre Mikhaïlovski le lendemain du meurtre, le public se mit debout et l'ovationna. Les pénitents de Notre-Dame de Kazan allumèrent des cierges devant les icônes du saint. Le surlendemain, André et Cyrille se rendirent au palais de Dimitri, perspective Nevski, pour l'assurer du soutien des Vladimirovitch et l'encourager à retourner ses régiments contre le tsar. Par chance et contre toute attente, Dimitri s'y refusa. Il avait haï Raspoutine mais il aimait son souverain. Bientôt, tout le monde sut que ces fourbes d'André et Cyrille avaient tenté d'ouvrir les portes de l'enfer. Au fond, le petit dernier de la famille, André, était le digne fils de sa mère, Miechen.

L'empereur Vladimir

LES ROMANOV AVAIENT RÉUSSI À ÉLIMINER Raspoutine. Forts de ce succès, allaient-ils mettre en œuvre le reste de leurs complots ? Ce fut alors que Nicky me somma de le rejoindre à la Stavka avec Vova.

En Russe, Moguilev signifie « tombeau » et il faut avouer que, vu du train, le paysage avait de quoi susciter l'appréhension. Il faisait si froid que, lorsque je débarquai en gare, le temps d'une brève escale, quelques secondes suffirent à me paralyser les doigts. Surexcité à l'idée de revoir Serge, Vova avait insisté pour lui apporter son cadeau (un chiot) dans la grande poche de son manteau. Sa principale préoccupation était de trouver un nom à l'animal et il me sollicitait pour chaque proposition : *Nika* – né un dimanche ? *Gasha* – bonté ? *Kiska* – pureté ? J'en étais soulagée car, par la fenêtre, il n'aurait vu que des arbres noirs sur un fond de ciel gris, aux branches cassées et aux troncs parfois vérolés par les coups de feu. Nous passâmes le long de tranchées abandonnées, de murs en terre séchée, fortifiés de planches de bois et surmontés de rouleaux de fil de fer barbelé. Les routes étaient détrempées, boueuses, défoncées par les chenilles des tanks et les roues des camions ; la moindre flaque d'eau était gelée et les champs, plantés de croix blanches.

Une barrière en bois entourait la maison du gouverneur. Au-dessus de l'arche découpée en forme de dôme ionien était gravé le mot STAVKA. Serge nous y accueillit. Il avait pris du poids et perdu presque tous ses cheveux. Comme pour compenser cette calvitie, il arborait une barbe plus touffue et plus désordonnée que de coutume. Malgré cet embonpoint et cette foisonnante pilosité faciale, il semblait abattu. L'humiliation, si injuste fût-elle, et sa démission semblaient avoir eu raison de son assurance. C'était visible à sa façon de bouger, le dos rond, comme s'il craignait de trébucher ou de perdre l'équilibre. Il avait pris ma défense contre tous ceux qui me critiquaient y compris ses proches, allant jusqu'à écrire à son frère Nicolas : *Je jure sur l'icône qu'elle n'a commis aucun crime. Ces accusations ne sont que mensonges. Je m'occupais de toutes ses affaires, je peux donner à n'importe qui des détails précis sur l'argent dont elle dispose et d'où il provient.* Il avait accepté la sanction à ma place et, aujourd'hui, à cause de moi, il était habillé d'une modeste tunique marron car, en quittant l'armée, il avait dû rendre son uniforme.

Insensible à ces transformations, Vova courut devant moi le saluer et lui présenter fièrement le chiot. Le ruban qu'il avait mis autour du cou de l'animal au début du voyage s'était depuis longtemps détaché et envolé. *Il est pour toi. Pour te tenir compagnie. Tu peux l'appeler Kiska.* Serge étreignit mon fils puis inspecta la bête à poils noirs, un épagneul comme celui d'Alexis. Lorsque je m'approchai, Serge m'embrassa et j'éprouvai une sensation absurde de réconfort à inhaler son odeur familière de tabac, d'orange et de whisky. Je glissai un bras sous le sien tandis que Vova s'échappait pour une course folle avec Kiska autour de la cour fangeuse, au milieu de laquelle trônait une fontaine. L'été, l'eau devait gicler des yeux grands ouverts de ses marsouins mais, pour l'heure, Vova s'amusait à enfoncer un bâton dans leurs orbites vides.

De l'autre côté de la barrière, des garçons l'interpellèrent, des fils de paysans qui revenaient de la rivière. Vova se faufila à travers une planche déboîtée pour les rejoindre, le chiot jappant sur ses talons. Serge et moi les regardâmes lancer le bâton mais, Kiska n'ayant pas encore appris à rapporter, ils durent se contenter de pourchasser le chiot en zigzag à travers le pré. *Il m'a manqué*, me confia Serge. Ses moustaches étaient gelées. *J'ai prévenu mes frères que tout ce qui m'appartient devra revenir à Vova après ma mort.* Je m'insurgeai : *Pourquoi parler de cela ? Tu ne vas pas mourir !* Mais Serge ne me répondit pas, préférant rappeler Vova : *Il fait trop froid. Rentrons !* Puis il se tourna vers moi : *Nicky veut te voir avant le dîner.*

L'un des commandants nous avait prêté ses quartiers, une cabane de deux pièces. De là, Serge nous conduisit à la maison du gouverneur, aux deux chambres que Nicky s'y était approprié. En franchissant la salle à manger vivement éclairée par une rangée de fenêtres, je vis une longue table au couvert déjà dressé, ses pieds sculptés apparaissant sous une courte nappe blanche. Nicky nous attendait dans son cabinet derrière un imposant bureau en acajou dont le moindre centimètre carré était façonné, ciselé, enjolivé. Ici, l'atmosphère était lugubre : les rayures du papier peint damassé formaient un miroir terne, l'unique fauteuil semblait ratatiné contre le mur. Nicky se leva pour nous accueillir. Il émergea de l'ombre, son visage sépia virant au rose au fur et à mesure qu'il avançait : on aurait dit une photo en noir et blanc qu'un artiste invisible était en train de coloriser. Je me sentis rougir, moi aussi. Il me baisa la main, serra celle de Vova, maintenant presque aussi grande que la sienne, l'interrogea sur ses études.

Apprenait-il le français, la géographie ? Quelles étaient ses matières préférées ? Il l'écouta attentivement en lui tenant l'épaule. De temps en temps, il m'adressait un regard ou un sourire. Me trouvait-il vieillie ? J'avais quarante-quatre ans, j'avais atteint une maturité qui ne me permettait plus de prétendre à la beauté que je considérais comme un dû depuis l'âge de mes seize ans.

Quand Nicky nous invita à le suivre dans la pièce voisine, sa chambre, Serge resta en arrière. On avait placé un lit de camp le long de celui de Nicky. Par la fenêtre à moitié ouverte, nous apercevions les lumières de la mairie, en face, et la rue en dessous retentissait de bruits divers, éclats de voix, grondements de charrettes… En effet, nous étions en pleine ville, pas sur un champ de bataille. Sous le lit de camp se trouvait une petite malle en cuir. Nicky fit signe à Vova de l'ouvrir. Elle contenait des billes multicolores et des soldats de plomb, des jouets qui avaient dû appartenir à Alexis et que ce dernier avait laissés en partant. Vova se tourna vers le tsar, qui hocha la tête, puis vers moi, embarrassé. Il avait quatorze ans. Ces jeux n'étaient plus de son âge. De toute évidence, Nicky voyait à travers Vova son fils Alexis. Vova ne s'en offusqua pas : les désirs du tsar, même non exprimés, étaient des ordres. Nicky sourit tandis que Vova transformait les billes en boules de canon pour abattre les soldats. Si seulement nos régiments avaient pu combattre les Allemands avec une telle aisance ! N'avions-nous pas espéré être à Berlin dès décembre 1914 ? *Tout sera terminé à Noël !* avait-on affirmé à l'époque. Deux années s'étaient écoulées depuis lors.

Nicky observa Vova d'un air songeur, le devant de son uniforme se froissant chaque fois qu'il changeait de position, ses bottes maculées de boue séchée. Tous les après-midi, nous expliqua-t-il, il allait se promener dans les bois ou le long du Dniepr, parfois seul, parfois avec Serge. Depuis qu'il était à Moguilev, il prenait conscience de la monotonie d'une vie sans Alexis. Raspoutine avait décrété que ses troubles guériraient spontanément lorsqu'il aurait treize ans mais les médecins auxquels Nicky avait parlé le mois précédent avaient désavoué cette déclaration. La maladie ne montrait d'ailleurs aucun signe de répit. Mois après mois, Alexis souffrait de nouvelles douleurs aux articulations, de migraines ou d'accès de fièvre. Le moindre mouvement entraînait le risque d'une hémorragie. Maintenant que Raspoutine était mort, qui pourrait empêcher la prochaine perte de sang de lui être fatale ? Alix avait sangloté pendant des jours après cet assassinat car, désormais, son fils était en danger. Elle avait lu les lettres et les télégrammes de congratulations échangés entre toutes leurs relations impériales, les notes confisquées par la police secrète. Désormais, ils étaient seuls. Lui et Alix avaient fini par accepter le fait qu'Alexis ne vivrait plus très longtemps et qu'il ne serait jamais tsar. D'ailleurs, ajouta Nicky, le jeune prince n'était pas le seul en péril. Alix l'était aussi, pour des raisons différentes. Elle lui avait écrit : *Ne les laisse pas m'enfermer dans un couvent. Ne les laisse pas me séparer de mon bébé !* Les rumeurs étaient-elles parvenues jusqu'à moi ? J'opinai. Ignorait-il que je les avais entendues de première main, sur le couvre-lit en zibeline du palais von Dervis ?

Nicky m'annonça qu'il avait décidé de rentrer à Saint-Pétersbourg à la fin du mois de décembre afin de prendre en main la situation dans la capitale. Après le Noël russe, Alix et les enfants s'installeraient au palais Livadia en Crimée et y resteraient jusqu'à la fin de la guerre ou au moins jusqu'à ce que l'ordre soit revenu au Conseil d'État et à la Douma, sans quoi les deux seraient dissolus. Plus tard, si tout se déroulait comme prévu, Alix regagnerait la ville mais Alexis, s'il était toujours vivant, demeurerait là-bas, caché comme John, le fils de George V et de Mary, comme Henri, le neveu d'Alix. Un jour, comme John et Henri, il y mourrait.

Sur un fond sonore de cliquetis de billes, Nicky contempla Vova tout en s'adressant à moi. Il souhaitait l'emmener avec lui (sans moi) pour les fêtes de Noël à Tsarskoïe Selo. Vova participerait à la décoration des sapins, celui du grand salon du palais Alexandre, celui du couloir pour les serviteurs et enfin, celui de la salle de jeux, si grand qu'il effleurait le plafond. Je m'interrogeai : *Le décret interdisant les sapins de Noël ne s'applique-t-il pas aux souverains ? Ou Nicky se remémore-t-il les bonheurs d'un Noël d'autrefois ?* Il cherchait seulement à me rassurer mais il souriait en évoquant ces souvenirs. On allumerait d'abord les bougies de l'arbre de la salle de jeux. Vova et les autres enfants ouvriraient leurs cadeaux. Après le Nouvel An, Vova pourrait les accompagner en Crimée pour Pâques. Et ainsi de suite, une célébration mènerait à une autre, un mois au suivant. Mon fils me téléphonerait une fois par semaine. J'aurais le droit de le voir en mars avant le départ de la famille pour la Crimée. Peu à peu, nous lui expliquerions les circonstances de sa naissance, sa nouvelle fonction et le cas échéant, la raison pour laquelle il devait changer de nom. Tout ceci devait se faire sans précipitation, avec le soin et la délicatesse que les Pétersbourgeois prennent à dorloter tout l'hiver leurs plantes dans des serres, poussant les bulbes à fleurir, les vignes à produire le raisin, forçant la nature à accomplir l'impossible. Lorsque Alix retournerait à Saint-Pétersbourg avec les filles, Vova s'y rendrait avec elles. Avais-je bien compris ?

Je n'étais pas idiote. Comment Nicky s'imaginait-il que j'avais appris toutes ces variations et ces adagios, un pas en entraînant des centaines d'autres ? Je saisissais parfaitement. Sans une ligne de succession clairement établie, les Romanov se disputeraient furieusement la couronne. Entre les faiblesses et les divisions opposant les membres de la famille impériale et cette guerre qui nous ruinait, les drapeaux de la révolution ne tarderaient pas à reparaître et les rebelles profiteraient de l'instabilité de ce trône tricentenaire. Oui, je comprenais. Le fils de Nicky – l'un des deux – devait lui succéder. Nous nous aperçûmes soudain que Vova avait cessé de jouer. Nicky le considérait peut-être comme un enfant mais je le connaissais mieux que lui. Vova avait prêté une oreille attentive à notre conversation. S'il ne voulait pas s'incliner, s'il refusait de suivre le tsar, il me le ferait savoir. Il était maintenant assis sur le lit de camp, immobile. Il accepterait, bien sûr. Il sauterait sur l'occasion de s'engager dans cette aventure dont il avait rêvé, d'emprunter ce chemin qui finirait par l'éloigner de moi. Il laissa une bille rouler lentement le long du rebord de la fenêtre jusqu'à la dernière figurine, qui tomba par terre.

À cet instant, un soldat surgit pour annoncer à Nicky que le repas était servi. Le visage de Serge apparut ensuite et je compris à son expression que Nicky avait déjà discuté avec lui de ses projets et que Serge en était effondré. Entendre de loin le souverain me les exposer avait accru son désespoir. Il ne se doutait pas que je m'y attendais, que je m'y étais préparée depuis Spala. Voilà donc pourquoi Serge avait évoqué sa mort, son désir de tout léguer à Vova : il voulait le revendiquer avant que Nicky ne l'engloutisse totalement. Mais que pouvait-il faire ? Il avait beau l'adorer, Vova n'était pas son fils – bien que le principal intéressé ne fût pas encore au courant. D'ailleurs, il ne m'appartenait pas davantage. Ce destin était écrit depuis sa conception. Ça aussi, Vova l'ignorait.

En le croisant, j'effleurai la main de Serge. Nicky fit signe à Vova de nous précéder avec le grand-duc et le soldat et me retint en arrière. Dans la pénombre hivernale de la chambre, il pivota vers moi : *Je promets de lui laisser le plus grand empire que la Russie ait jamais commandé.* Dans son manifeste de Noël, Nicolas II énoncerait à son armée cette vision de la Grande Russie, de la paix qui en découlerait quand tous les peuples slaves seraient rassemblés, toutes les querelles résolues : *Une paix telle que les générations à venir béniront votre mémoire sacrée.* En étais-je convaincue ? Comme ses admirateurs les plus fidèles, je le croyais capable de tout. Il m'embrassa, me gratifia du triple baiser sur la joue que le divin tsar accorde à ses sujets à Pâques puis d'un dernier baiser, celui d'un homme à une femme, pressant ses lèvres gercées sur les miennes. J'ouvris la bouche pour accueillir sa langue à laquelle je n'avais plus goûté depuis quatorze ans. Avait-il continué à m'aimer pendant tout ce temps ? Si seulement, si seulement il m'avait anoblie et prise comme épouse en 1894 au lieu de se marier avec Alix ! Notre étreinte fut longue et, malgré le crépuscule qui nous enveloppait telle une couverture en fourrure, nous n'étions pas invisibles. Lorsque nous nous séparâmes, je vis que Serge était déjà loin, le chiot sur ses talons. En revanche, Vova s'était retourné pour nous attendre et nous observait d'un air stupéfait.

Cette nuit-là, je rêvai que je franchissais avec le tsar les portes sud de Tsarskoïe Selo, ces imposantes grilles gothiques en fer forgé semblables à l'entrée d'une cathédrale. Il portait son pardessus épais et sa chapka en castor et je ne voyais que son dos tandis que ses quinze chiens bergers écossais (la race préférée de la reine Victoria qui fut la première à les importer à Balmoral) venaient renifler les plis de son manteau puis se mettaient à courir en direction d'un bosquet de bouleaux. Iman, son préféré, avait été le seul admis à l'intérieur du palais mais il avait disparu et Nicky refusait désormais de s'attacher à un animal unique. Les gardes cosaques étaient à leur poste de part et d'autre de l'entrée et, à l'horizon, un autre galopait vers les baraques de leur régiment, bâties selon le style moscovite que Nicky aimait tant, une imitation d'un village médiéval baptisé Feodorovsky Gorodok. Nicky marchait seul devant moi, indifférent à ma présence. Je le suivais pourtant le long des bois et des cours d'eau où se reflétaient les ombres des arbres, les murs jaunes et les colonnes blanches du palais Alexandre dressé tel un temple grec de l'autre côté de la pelouse. Ici, son fils et ses filles couraient, bâtissaient des bonshommes de neige, dévalaient les collines sur leurs luges en hiver ; l'été, ils nageaient dans les canaux, pagayaient sur les lacs, prenaient le thé dans la cabane érigée pour eux sur l'île des Enfants ; ils enterraient leurs animaux domestiques dans le minuscule cimetière près du pont, marquant leurs tombes de stèles en forme de pyramides miniatures. Parvenu devant la maisonnette semblable à toutes celles érigées depuis Pierre le Grand pour la progéniture des Russes aisés, il essuyait de sa main gantée les deux chaises en rotin. Une brise soufflait, remuant le canoë au bout du ponton et les branches des sapins. Nicky nettoyait ensuite la table sur laquelle gisaient quelques objets oubliés, théière, tasses, assiettes. Puis il se tournait vers moi et levait un bras, la paume vers le ciel. Mais ce n'était pas Nicky. C'était Vova, devenu un homme...

Je me réveillai à l'instant précis où je prenais mon élan vers lui pour lui baiser les doigts.

À Saint-Pétersbourg, je racontai à tout le monde que j'avais laissé mon fils à la Stavka avec Serge.

Le 1er janvier, Nicky regagna la capitale. Respectant sa promesse, il entreprit d'en chasser ses ennemis afin de sécuriser le trône pour nos fils. Le prince Dimitri Pavlovitch fut exilé en Perse. Le grand-duc Nicolas Nicolaïevitch, expédié à Tiflis après avoir été déchu de son titre de commandant en chef de l'armée et nommé simple commandant des régiments du Caucase, reçut l'ordre d'y rester pour toujours. Le prince Felix Youssoupov dut se réfugier dans sa propriété en Russie centrale, Nicolas Mikhaïlovitch, dans la sienne en Ukraine. Chassés de Saint-Pétersbourg, les Vladimirovitch, Miechen, André et, plus tard, Boris, s'enfuirent dans le Caucase sous prétexte d'y effectuer une cure, histoire de sauver la face. Du jour au lendemain, les palais Vladimir et von Dervis se vidèrent. André vint me faire ses adieux (rapidement), perspective Kronverski. Il s'agenouilla pour que je le bénisse avec l'icône de Notre-Dame de Czestochowa qui avait appartenu à mon père. Il ne partait pourtant pas pour le combat mais pour un lieu loin du front où il serait en sécurité. Pour être honnête, j'étais soulagée qu'il s'en aille. Il ne m'amusait plus et ses manigances mettaient en danger mon fils, du moins mes ambitions pour lui. Cyrille, commandant dans la marine, fut affecté au port Romanov dans le cercle arctique, loin, très loin de la capitale. Avec un peu de chance, il y mourrait congelé. Nicky avait l'intention de concentrer toute son attention sur les ministres du Conseil d'État et les membres de la chambre basse de la Douma mais seulement une fois la guerre terminée :

tenter de se débarrasser des incompétents qui handicapaient le pays et de réorganiser le gouvernement en plein conflit conduirait au désastre. Avant tout, la Russie devait vaincre l'Allemagne et, à cette fin, Nicky décida brusquement de retourner passer trois semaines à la Stavka. Ni Alix ni ses conseillers ne réussirent à l'en dissuader.

Les fêtes de Noël et du Nouvel An ravivèrent l'esprit patriotique et le mauvais temps se chargea du reste. La température chuta jusqu'à – 30° et les rues se vidèrent de tout semeur de troubles. Il faisait même si froid que toute l'activité fut paralysée car les blizzards s'enchaînaient, immobilisant les trains sur les voies. Dans l'incapacité de se procurer de la farine et du sucre, les boulangers durent cesser leur activité. Les pâtisseries fines disparurent des vitrines, puis les biscuits, les viennoiseries et enfin, même les plus humbles des boules de pain. Les femmes étaient obligées de patienter dans des queues interminables pour acheter ce qu'elles pouvaient. La crise affectait aussi le transport du charbon et les quelques barrières en bois de Saint-Pétersbourg disparurent rapidement, démontées par les habitants qui brûlaient les planches dans leurs poêles. Cependant, sur ordre du tsar, quatre camions parvinrent à me livrer, un spectacle qui attira les badauds malgré les caprices de la météo. Mon quartier était loin des usines qui abritaient les grévistes et des immeubles où ils logeaient, cette foule se composait donc de personnes titrées mais non moins hostiles. Entrouvrant la porte du balcon de Vova surplombant la perspective Kronverski, j'entendis s'insurger l'ambassadeur de France, Maurice Paléologue, cette mouche du coche qui tenait un journal où il relatait tous les événements, des plus importants aux plus frivoles (il s'intéressait autant aux rendez-vous ministériels du tsar qu'au manteau en chinchilla ou à la robe en taffetas gris de la jeune et ravissante épouse du frère de Nicky). *Il semble que nos revendications auprès des autorités impériales aient moins d'impact que celles de madame Kschessinska !* tonna-t-il. *Normal, espèce de fumiste*, pensai-je. *Tu n'es pas la mère du tsarévitch !* Toutefois, je ne dis rien et refermai aussitôt la porte car le téléphone sonnait. Le coup de fil hebdomadaire de Vova.

Le rituel était immuable. Un serviteur venait m'annoncer : *Madame, vous avez un appel de Son Altesse impériale le tsarévitch Alexis Nikolaïevitch.* Puis mon fils prenait l'appareil et me racontait sa semaine. Il apprenait l'anglais avec le tuteur d'Alexis, monsieur Gibbes ; il avait remporté une course en luge contre les filles ; pour le dîner, ils avaient mangé du cochon de lait avec une sauce au raifort ; l'empereur lui avait promis que je pourrais lui rendre visite bientôt, mais quand ? *Au début du mois de mars.* Après avoir raccroché, je m'habillais pour aller au théâtre.

Car, malgré mes quarante-quatre ans, je continuais à danser, bien que de moins en moins. Je me rappelle avec précision mon ultime spectacle. J'étais loin de me douter que ce serait le dernier. J'interprétais avec Michel Fokine un extrait de *Carnaval.* Pauvre Fokine ! La guerre l'avait ligoté aux théâtres impériaux où Diaghilev n'avait aucune influence, et il avait dû accepter à contrecœur d'être mon partenaire pour pouvoir remonter sur la scène du Mariinski. Nicolas et Alix avaient assisté à la Première de ce ballet en 1910. Aujourd'hui, nous le dansions dans le cadre d'une œuvre caritative. Le décor et les perspectives étaient conçus de manière à nous faire paraître minuscules et à donner au public l'impression de nous regarder évoluer dans une maquette en velours. Pour cette soirée, Fokine et moi ne présentions que les pas de deux et les solos, lui en Arlequin, moi en

Colombine. Dans cette petite *commedia dell'arte* chorégraphiée sur une musique de Schumann, nous donnions à voir la bêtise et la futilité de la danse, opposée à la noirceur de la guerre et de l'humeur du peuple. Fokine se mouvait aux sons de la flûte et de la clarinette et moi, à ceux du violon. Pourtant, malgré son apparente gaieté, la mélodie esquissait une ligne ténébreuse. Contre toute attente, je me surpris à sangloter à la fin, quand Arlequin achève brutalement sa série de pirouettes en s'asseyant sur son séant. Derrière son masque, Fokine me dévisagea, perplexe. Il était plus jeune que moi et appartenait à une autre époque. Quand la guerre serait finie, il repartirait danser à l'étranger avec Diaghilev. Mais pour moi, il n'existait qu'une scène, un univers – celui-ci. Vingt jours plus tard, la révolution le détruirait.

Pendant une courte période, nous eûmes l'impression que tout était rentré dans l'ordre. L'ambassadeur britannique George Buchanan partit en vacances comme à son habitude en Finlande. La princesse Radziwill organisa une somptueuse réception dans son palais sur le canal Fontanka. Quant à Nicky, contre l'avis de ses conseillers, il prit le train pour la Stavka. Dans la soirée, un appel imprévu me parvint de « Son Altesse impériale le tsarévitch Alexis Nikolaïevitch ». Vova m'annonça qu'il ne se sentait pas bien, qu'Olga, puis Alexis avaient souffert de migraines et de fortes fièvres, que les médecins avaient diagnostiqué la rougeole et l'avaient forcé à s'aliter à son tour. *Maman, j'ai besoin de toi !* hoqueta-t-il d'une voix brisée. En raccrochant, je l'imaginai brûlant de fièvre dans un placard, abandonné à son sort pendant qu'Alix allait et venait entre ses propres enfants avec toute la ferveur qu'elle avait déployée pour soigner Nicky du typhus. Si seulement Nicky n'était pas en route pour la Stavka ! Tant qu'il se trouvait à Tsarskoïe Selo, je pouvais compter sur lui pour veiller sur Vova. Mais Alix ? Aussitôt, je préparai mon bagage et envoyai un télégramme à Serge, à l'état-major, afin de le prévenir que je partais immédiatement pour Tsarskoïe Selo m'occuper de mon fils malade. Quand Serge relaya mes intentions à Nicky, ce dernier s'emporta. Les médecins impériaux maîtrisaient la situation, Vova était entre de bonnes mains, je devais leur faire confiance. J'insistai, rappelant à Nicky que j'avais dû repousser la visite promise à cause de son voyage impromptu et il finit par céder, à condition que je me déplace de nuit et ne reste que quelques heures. Il préviendrait Alix. Je devais m'habiller sobrement et utiliser l'entrée des domestiques. Ma visite n'aurait rien d'officiel et ne serait pas consignée par l'adjudant dans le livre des rendez-vous. En revanche, je serais surveillée par la police secrète.

Pour Vova, j'étais prête à endurer ces humiliations. Ayant renoncé à mes droits de mère, n'étais-je pas redevenue une simple servante du tsar ?

Au petit portail, la sentinelle prit mon nom – du moins celui que je lui donnai, celui de ma rivale, Olga Preobrajenska, qui m'échappa spontanément. Elle avait été officiellement présentée à la cour (du jamais vu pour une danseuse !) et avait même joué, longtemps auparavant, aux cartes et du piano avec le tsar et Alix au Palais d'Hiver. En effet, la souveraine avait dû multiplier les efforts pour démontrer que son antipathie envers les artistes ne concernait que *moi* (remarquez, elle avait choisi la plus laide de nos ballerines !). Ce fut donc sous son nom que je me présentai et mon cocher me conduisit de l'autre côté de la colonnade, devant l'aile des serviteurs où je fus accueillie par une bonne en robe noire, un ruban blanc dans les cheveux. J'avais entendu dire qu'Alix aimait déguiser ses servantes à l'anglaise, comme celles avec qui elle avait grandi chez sa grand-mère, au château de Windsor. Toutefois, les filles s'étaient rebiffées contre les corsets, les tabliers et les coiffes amidonnées et avaient obtenu une dispense spéciale les autorisant à ne conserver que la robe et le ruban. L'ascenseur étant en panne, je fus escortée par l'escalier au premier étage jusqu'à la « salle verte », une vaste salle de jeux dans un coin de l'aile est. La bonne resta sur le seuil. Alix avait dû lui donner l'ordre de ne pas me quitter des yeux. Que s'imaginait-elle ? Que j'allais étrangler son fils et épingler sur le mien un bout de papier marqué *tsarévitch* ?

Vova et trois autres jeunes étaient couchés sur des lits de camp, tous endormis. Deux des murs étaient enjolivés d'une frise représentant des paons sur un fond aussi vert que le tapis. La lune et les étoiles, visibles par les sept fenêtres, éclairaient les silhouettes des enfants. On aurait dit qu'ils étaient tombés comme par enchantement en position d'abandon sur la pelouse d'un parc magique. Je découvris rapidement qu'ils avaient bel et bien été ensorcelés – drogués par diverses potions contre la douleur et pour le sommeil par le médecin impérial, Eugène Botkine. Je m'avançai précautionneusement. On avait débarrassé le sol de tous les jouets, les poussant contre les cloisons ou les empilant sur les canapés et fauteuils vert et jaune – train électrique, maquettes de villes et de navires, landaus, figurines, usines miniatures, maisons de poupées, dînettes, poupées en porcelaine vêtues de dentelles, tipis, boîtes ouvertes de soldats de plomb aux tuniques vertes, bleues et rouges – un kaléidoscope de couleurs atténué par la pénombre. Le docteur Botkine achevait sa tournée, lunettes cerclées scintillantes. Il me salua d'un signe de tête et s'éclipsa.

Une autre soubrette, celle-ci arborant le tablier et la coiffe tant appréciés de cette *chère Alix*, m'apporta une chaise. D'un geste, je lui indiquai de la placer auprès du lit de mon fils.

Je m'assis et scrutai son visage. Il n'avait pas encore de boutons. Je posai la main sur son front bouillant mais Vova était tellement assommé par les remèdes qu'il ne réagit pas à mon contact. À ses côtés, je reconnus les enfants du tsar que je n'avais vus que depuis les scènes du Mariinski ou de l'Ermitage. D'ici quelques semaines, les filles perdraient leurs cheveux à cause de la fièvre et Alexandra donnerait l'ordre de leur raser le crâne mais, pour l'heure, elles avaient la chevelure éparse, humide, les joues trop roses. Je posai mon regard sur Olga, aux pommettes saillantes, sur Tatiana, au nez délicatement retroussé et aux yeux en amande comme ceux de son père, sur Alexis, long et fin sous sa couette, la figure triangulaire. Il aurait treize ans en août. En juin, Vova fêterait son quinzième anniversaire. Nicky avait raison de vouloir procéder dès maintenant au transfert, avant que leurs dissemblances ne s'accentuent.

Ici, pour eux, rien ne changeait. Ils dormaient les uns à côté des autres. Ils étaient soignés par le même médecin impérial, surveillés par les deux gardes du corps d'Alexis. Ils recevaient l'enseignement de leurs tuteurs, apprenaient l'anglais avec Charles Gibbes, le français avec Pierre Gilliard, l'histoire avec Vladimir Voïekov, sept professeurs en tout, un pour chaque matière. Dès sa naissance, Alexis avait été inscrit comme membre du Corps de la Garde impériale, membre honorifique du 89e régiment d'infanterie de la mer Blanche, chef de tous les cosaques. Ses parrains et marraine étaient l'impératrice douairière, le roi Christian IX du Danemark, le roi Édouard VII d'Angleterre et le Kaiser

Guillaume II. Tous ces honneurs reviendraient un jour à mon fils.

N'était-ce pas son *sud'ba*, son destin ? Sa maladie était-elle une mise en garde à mon égard ou une épreuve pour tester ma détermination ? Je me pinçai un bras quand, tout à coup, la porte s'ouvrit. Alix surgit, un grand spectre blanc vêtu du fichu et de la tunique qu'elle portait pour soigner les blessés de guerre. Elle passa d'un lit à l'autre sans me regarder, sans un mot, ajustant ici un oreiller, là un drap. Se penchant sur mon fils, elle tâta son front comme je venais de le faire puis replia sa couverture et posa ses bras par-dessus, délicatement. Vova bougea. Sa main chercha celle d'Alix et il sombra de nouveau dans un sommeil profond. Je sus alors qu'elle le protégerait aussi férocement qu'elle avait protégé Alexis et j'eus l'impression que je m'évaporais, inutile et invisible. Alix aimait mon fils – qui ne l'aimait pas ? – et, apparemment, c'était réciproque. S'il jouissait ici de l'affection d'une mère et d'un père en plus de tout le reste, n'avait-il pas tout ce qu'il méritait ? Je n'étais pas à ma place. Je me levai et me dirigeai vers la sortie mais la bonne me saisit par la manche. Je pivotai. Alix me fit signe de la suivre.

Nous longeâmes un long couloir jusqu'à un escalier en bois qui nous mena au rez-de-chaussée. Elle sentait la lavande et je respirai ce parfum chaque fois que je posai le pied sur la marche qu'elle venait de quitter. Dans le vestibule au sol en marbre et aux murs tendus de satin, un valet en guêtres blanches nous attendait avec sa pelisse en zibeline. À travers une arche et une porte ouverte, je remarquai un salon encombré de boîtes et de cartons dont certains étaient remplis de sciure de bois et de papier. On avait dépouillé la pièce de ses tableaux. La cour s'apprêtait à partir, songeai-je, effrayée. Pour où ? La Crimée, bien sûr. Le palais Livadia. Nicky m'avait prévenue. Vova m'avait même avoué lors de notre avant-dernière conversation téléphonique qu'il attendait avec impatience les vacances de Pâques, le défilé des Fleurs blanches. Les filles lui avaient expliqué qu'il porterait un sceptre décoré de marguerites et irait de boutique en boutique solliciter des dons pour les sanatoriums. Livadia était à cinq mille kilomètres au sud, loin de la guerre, loin des troubles de la capitale… loin de moi. Cela faisait aussi partie du plan.

Nous émergeâmes dans la cour enneigée, éclairée seulement par la lumière du vestibule derrière nous et les lampadaires au-devant. Les marches étaient dégagées mais la neige s'était posée sur la pointe des grilles. Je ne sentais plus mes pieds (à cause du froid ? parce que j'avais peur ?) et mes oreilles bourdonnaient. Alix me précéda jusqu'au portail où m'attendait mon chauffeur. Quand je fus installée dans la voiture, elle s'inclina vers moi et me chuchota les paroles que les bourreaux prononcent avant de décapiter leurs victimes : *Me pardonnerez-vous ?* Contrairement à Nicky, elle avait compris qu'elle m'arrachait ma vie. *Oui, je vous pardonne*, répondis-je. Elle ferma la portière et se redressa. Tandis que le véhicule s'éloignait, je l'observai, silhouette mi-blanche, mi-noire, mi-zibeline, mi-lin : infirmière, impératrice, mère.

Dans la nuit, je rêvai pour la première fois de ma propre mère. Elle avait succombé à une hémorragie cérébrale, la seconde, en 1912 – à l'âge de quatre-vingt-deux ans. Pendant plusieurs semaines après la première attaque, elle était restée confinée dans la chambre qu'elle avait autrefois partagée avec mon père et où je lui rendais visite. Dans mon rêve, la pièce était inchangée : mêmes meubles, mêmes tableaux de paysages polonais entourés de cadres lourdement sculptés, même papier peint, mêmes photos de nous tous. Mais ma mère n'était pas allongée sur son lit. Je la retrouvais, cheveux blonds détachés et paupières closes, dans la salle de bal où mon père avait donné ses cours de danse. À mon approche, elle ouvrait les yeux et agrippait mon poignet. *Mala*, chuchotait-elle, *comme tu m'as négligée !*

« Mascarade »

LE THÉÂTRE M'APPORTERAIT LE RÉCONFORT que me refusait le sommeil. Le lendemain soir, je me rendis au théâtre Alexandrovsky où mon vieil ami, l'acteur Youri Youriev, fêtait ses vingt-cinq ans de carrière dans la pièce de Lermontov, *Mascarade.* Confrontés à leur disparition programmée, nous nous raccrochions désespérément à nos rituels, aux hommages et aux cadeaux offerts par le tsar et la cour. À l'intérieur de la bâtisse jaune moutarde, les aristocrates se pressaient pour célébrer l'artiste impérial et applaudir une pièce située sous le règne de l'autocrate Nicolas Ier (le tsar de fer) sur lequel Nicky semblait désormais prendre exemple. N'avait-il pas nettoyé la capitale des mécontents ? Ne s'apprêtait-il pas à mettre la Douma en pièces ? Les Romanov ne gouverneraient-ils pas la Russie pendant encore cent ans ? Sur le plateau, les gigantesques miroirs et les portes dorées à l'or fin évoquaient la salle de bal d'un palais. Ce décor était le plus élaboré jamais conçu pour les scènes impériales. Pourtant, il fut monté alors que, dehors, le monde réel se désintégrait pour toujours.

Car, le lendemain, l'annonce par les journaux que le pain serait rationné dès le 1er mars déclencha panique et manifestations. Deux cent mille personnes défilèrent sur la Neva gelée parce que la police avait bloqué les ponts pour les empêcher d'atteindre l'île de l'Amirauté et sa place immense, lieu de rassemblement traditionnel des protestataires. À la tombée de la nuit, les rues n'étaient toujours pas sécurisées. La plupart des restaurants étaient fermés, pas un tramway, pas un taxi ne circulait, les lampadaires restaient éteints. Le lendemain, la température jusque-là glaciale remonta brusquement à 5° Celsius et la population tout entière sembla, sous un soleil éblouissant, émerger de sombres cachettes pour clamer sa misère. Dans l'après-midi, la foule qui avait scandé : *Du pain ! Du pain !* se mit à hurler *: À bas le tsar !* Pendant une semaine, jour après jour, la police et les brigades de cosaques (les réservistes, pas ceux de Nicky), mal équipées et dont les chevaux dérapaient sur les pavés, tentèrent tant bien que mal de contrôler la multitude. C'est alors que, depuis la Stavka, Nicky donna l'ordre d'intervenir aux régiments Pavlovski, Volkonski et Semionovski qui avaient endigué les insurrections de 1905. Ils abattirent cinquante malheureux sur la place Znamenskaïa mais, apparemment, certains soldats pris de remords avaient provoqué une mutinerie. Issus de milieux humbles contrairement à leurs aînés aristocrates tombés sur le front, ils se joignirent aux rebelles qui assiégèrent tour à tour l'arsenal, la forteresse Pierre-et-Paul, le central téléphonique et les gares avant de se retourner contre la police du tsar.

À la mi-journée, la masse de protestataires réussit à franchir le barrage pour traverser le pont Troïtski et le chef de la police du 4e district de Saint-Pétersbourg me téléphona pour m'avertir qu'un vaste rassemblement se dirigeait vers mon hôtel. Tout en lui parlant, je vis un camion traverser la perspective Kronverski, rempli de soldats surexcités brandissant des drapeaux rouges. Le temps que je raccroche, un deuxième véhicule avait surgi. Apparemment, les 170 000 paysans recrutés dans l'infanterie et centralisés à Saint-Pétersbourg pour y être entraînés avant d'aller au front, s'étaient emparés de leurs armes et de leurs fourgons. Mais ils n'étaient pas sur le front, ils étaient là, en pleine ville et leurs ennemis n'étaient pas les Allemands mais leurs propres officiers, les régiments, la police et les cosaques demeurés fidèles au tsar, à la cour, aux *barzoïs*.

La famille impériale était-elle en sécurité à Tsarskoïe Selo ? Quand j'appelai mon frère – de retour à Saint-Pétersbourg après avoir été réintégré dans la troupe du Ballet impérial à ma demande – Joseph me relata ce qu'il avait entendu toute la journée de la bouche des *isvotchiki*, les chauffeurs de taxi. Des soldats enivrés avaient pillé les boutiques de Pavlovsk, emportant pain, vin et bottes. Une horde d'insurgés s'était dirigée vers Tsarskoïe Selo, où ils avaient attaqué un grand magasin en pensant envahir le palais : les paysans étaient tellement ignorants qu'ils étaient incapables de distinguer un édifice grandiose d'un autre ! Dans la cour du palais Alexandre, les régiments de la marine, loyaux envers le souverain et chargés de la protection de la famille impériale en mer et sur leurs yachts, s'étaient déployés en formation de combat. J'en déduisis que les rumeurs, sinon les mutins, avaient atteint la demeure impériale.

Le bruit de la foule est une sorte de mugissement, porteur d'une énergie imprévisible. Au théâtre, ce son provenant du public apporte une sorte d'extase qui déferle sur la scène et soulève les artistes de bonheur. Ce que j'entendais depuis la rue ne me remonta pas le moral. Quand bien même les manifestants n'auraient su reconnaître la maison de la Kschessinska, les aigles à deux têtes ornant mon portail ne manqueraient pas de provoquer leur agressivité. Quelle illusion m'avait poussée à les y mettre ! Je me rappelle m'être assise.

Je me rappelle m'être dit que je n'avais personne à appeler. Serge et Nicky étaient à la Stavka. Même André, en disgrâce, se trouvait, par accident plus que par désir, en sécurité à Kislovodsk. À cause des décisions de Nicky, les factions les plus puissantes de la famille Romanov étaient ailleurs. Le grand-duc Vladimir et Stolypine étaient morts. Et mes proches ? Ma sœur habitait de l'autre côté de Saint-Pétersbourg, sur le quai des Anglais ; mon frère était à l'abri, à Spasskaïa Ulitsa. Je ne pouvais pas rester là. Cependant, ma Rolls-Royce était beaucoup trop repérable car, pour choisir mon automobile comme pour tout le reste, j'avais copié les Romanov. J'avais appris par mon frère que celle du grand-duc Gabriel Constantinovitch avait été saisie par le peuple. Pour m'enfuir, il m'en fallait une autre. Toutefois, lorsque je contactai le nouveau palais Mikhaïlovski pour réclamer de l'aide, je découvris que Nicolas Mikhaïlovitch, le frère de Serge, avait interdit aux serviteurs d'accepter mes coups de fil, leur avait donné l'ordre de *cesser toute communication avec la demeure du côté Petrograd de la ville*. Le célèbre historien voulait que je détale en manteau et foulard avec mon réticule contenant mes bijoux dans ces rues où quiconque arborant ne fût-ce qu'un joli chapeau était considéré comme un *barzoï* et assassiné ! Persuadée que je l'exploitais impitoyablement, la famille de Serge, qui l'avait accusé d'être mon *chien domestique*, me reprochait sa disgrâce et son exil virtuel à la Stavka. En l'absence du grand-duc Nicolas, envoyé à Grouchevka, ses proches prenaient leur revanche. Je restai assise, ahurie, l'appareil dans la main. Puis, je pensai à Youriev. Après son spectacle d'adieu, il avait organisé une réception à son appartement de la perspective Kamennostrovski, à quelques pâtés de maison de chez moi. Les Romanov ne pouvaient pas m'aider mais mes camarades artistes me recueilleraient et, de là où j'étais, je pouvais me rendre à pied chez eux.

Seuls, les ouvriers ne risquaient rien. Je me déguisai donc, découpant aux ciseaux le col en hermine d'un manteau en drap et nouant sous mon menton, comme une vulgaire paysanne, un fichu appartenant à ma bonne. J'emportai avec moi les joyaux qui n'avaient pas été déposés au coffre chez Fabergé, les lettres de Nicky, la photo qu'il m'avait dédicacée tant d'années auparavant, l'icône de mon père, la chevalière du comte Krasinski, une photo de Vova âgé de cinq ans – un curieux mélange mais quand on fuit une demeure en flammes, on ne prend avec soi que les objets auxquels on tient le plus. Persuadée que mes domestiques étaient en sécurité, je partis seule. Mais le lendemain, quand ma gouvernante ouvrit le portail en lançant à la foule : *Entrez, entrez, l'oiseau s'est envolé !* (Ai-je précisé qu'à Saint-Pétersbourg, on m'avait traitée de volatile bardé de bijoux ?) les protestataires s'indignèrent : *Kschessinska ! Où est la Kschessinska ?* Ne me trouvant pas, ils se ruèrent sur mon gardien et le plaquèrent contre un mur de la cour comme pour l'exécuter. Avant qu'ils ne lui arrachent sa croix de Saint-Georges méritée pour son courage à la guerre et ne le relâchent, son épouse succomba au choc. Les semaines s'écoulant, mes meubles disparurent de même que mon argenterie, mes cristaux, mes trésors Fabergé, mes vêtements, mes fourrures et même ma voiture à bord de laquelle je n'avais pas osé m'échapper ! Ma demeure était devenue une sorte de marché libre où tout était bon à prendre. Aucun autre palais de la ville n'a été autant pillé que celui de la Kschessinska, concubine du tsar, hormis celui du ministre de la cour, le baron Frédéricks, dispensateur des sanctions et des faveurs du souverain. Le ministre et la catin étaient célèbres à Saint-Pétersbourg et je sais que l'on me connaît encore surtout pour ma vie scandaleuse. Pas plus tard que cette année, 1971, Kenneth MacMillan a créé *Anastasia* pour le Ballet royal de Londres. Mon personnage y apparaît à l'acte II dans un costume seyant à ma réputation, le cou endiamanté et le décolleté de mon tutu noir plongeant jusqu'à la taille. Je l'assume.

Si seulement j'avais pensé, comme la comtesse Kleinmichel pour sauver ses biens, à planter un panneau dans ma cour affirmant : *Cette propriété est déjà réquisitionnée par les citoyens !* En l'espace de quelques semaines, la division bolchevik des sociaux-démocrates envahit ma propriété et la profana en suspendant un drapeau rouge au toit et, très vite, elle devint le quartier général du comité central des bolcheviks. Pourtant, en la quittant, avant de courir frapper chez le grand acteur Youriev, j'avais fermé la porte à clé, m'imaginant à tort que cela suffirait à la préserver.

Je restai chez lui trois jours, réfugiée avec sa famille dans les couloirs de l'appartement pour éviter les balles perdues qui ricochaient à travers les rues et transperçaient parfois les fenêtres. Dehors, se mêlaient ouvriers, paysans, criminels échappés des prisons et soldats mutins qui avaient combattu la police du tsar et installé des mitrailleuses sur les toitures du quartier. Le logement de Youriev étant situé au dernier étage, des militaires désespérés, pardessus déboutonnés et casquettes à l'envers pour signaler leur allégeance à la révolution, s'introduisaient périodiquement chez lui pour accéder aux toits et les fouiller. Youriev était un homme intimidant au nez fort et aux bajoues impressionnantes, les soldats ne l'embêtaient pas et, comme ils ne soupçonnaient pas l'identité de la petite femme au manteau déchiré, ils ne me posèrent aucune question. Le téléphone à manivelle accroché au mur sonnait sans arrêt tandis que, terrés chez eux, les uns prenaient des nouvelles des autres et racontaient ce qu'ils avaient vu dans leur rue. Au bout de la troisième intrusion de soldats, Youriev éloigna chaises, vases et bibelots des fenêtres, au cas où les fous furieux d'en dessous les prendraient pour des armes et nous, pour des tireurs. En voulant aider Youriev et sa femme à déménager ces objets, nous vîmes un groupe d'hommes au sommet de l'immeuble d'en face pousser quelqu'un – un policier. Nous regardâmes tomber ce pauvre homme, les pans de son paletot se gonflant telles les ailes d'un oiseau au vol écourté. Lorsqu'il atterrit sur la chaussée, la foule se jeta sur lui pour le frapper à coups de trique.

Mala, murmura Youriev, *nous nageons dans la folie ! Où est le tsar ? Tout ce qu'ils veulent, c'est du pain. Il n'y a pas de leaders révolutionnaires parmi eux.* Il avait raison. Les meneurs revinrent discrètement par la suite et nous n'apprîmes leurs noms que beaucoup plus tard : Lénine et Martov, de Zurich, Trotski, de New York, Tchernov, de Paris, Tsereteli, Dan, Gots et Staline, de Sibérie. Parfaitement inconnu à l'époque, ce dernier était un moins-que-rien, un cambrioleur de banques au visage vérolé qui vénérait Lénine et lui envoyait ses roubles volés depuis la Géorgie jusqu'en Europe dans des bouteilles vidées de leur vin ! Tous ces hommes étaient encore assis dans leurs fauteuils, se prélassant dans les cafés sur les lieux de leur exil depuis 1906. Pour l'heure, les agitateurs – étudiants, ouvriers et sous-officiers dont la sympathie envers les révolutionnaires s'était soudain réveillée – improvisaient. Au cours de la semaine suivante, on plaça dans les vitrines leurs photos imprimées de l'intitulé : *Héros de la révolution*. Ces individus – Linde, Kirpitchnikov – seraient vite oubliés mais en attendant, ils étaient dans les rues, ils haranguaient la population, réquisitionnaient voitures et camions. L'un d'entre eux passa sous nos yeux, affublé d'une banderole annonçant : *La première brigade volante de la révolution.* Youriev s'étonna : *Qu'est-ce que cela signifie ?* Car, jusque-là, ce n'était encore que ce que Maxime Gorki décrivit plus tard comme une « émeute paysanne ». *Pourquoi le tsar n'envoie-t-il pas ses troupes restaurer l'ordre ?* s'exclama Youriev. J'en appris la raison plus tard par Serge : le général Alexeïev, chef d'état-major de Nicky, craignait que ses soldats ne gagnent le mouvement.

Partout, les hommes se promenaient équipés d'épées, de baïonnettes, de couteaux de boucher, de revolvers, de gourdins. Cinq étages au-dessus, nous percevions les échos de cris, de coups de feu, de bris de verre. Le chef du district militaire de Saint-Pétersbourg avait tenté d'envoyer au Palais d'Hiver un régiment loyal au régime mais ces hommes s'étaient vus refoulés par les serviteurs en livrée sur les ordres du frère de Nicky, le grand-duc Michel. Celui-ci craignait qu'ils ne souillent les sols de leurs bottes sales et cassent les porcelaines. On aurait dit une comédie d'erreurs, un ballet insuffisamment répété dans lequel les danseurs, mal habitués les uns aux autres et à leurs nouveaux costumes, maîtrisant à peine leur chorégraphie, se bousculaient et tombaient comme des mouches.

Pendant ces trois jours chez Youriev, je conservai les vêtements que j'avais mis pour m'enfuir. Ils devinrent rapidement encrassés par ma transpiration, la poussière des planchers sur lesquels je m'accroupissais, la nourriture… car nous mangions par terre, ployés sur nos assiettes comme des animaux affamés. Le jour, nous restions plaqués contre les murs des corridors, guettant les nouvelles ; la nuit, nous dormions sur des matelas posés à même le sol. Un soir, la femme de Youriev me dit : *Quelle chance pour toi que ton fils soit à la Stavka avec le grand-duc Serge !* J'acquiesçai. Et secrètement, je me réconfortai en imaginant mon fils à Tsarskoïe Selo, en convalescence dans un palais gardé par les cosaques et les soldats d'élite de l'équipage de la Garde, dînant dans son lit sur un plateau en argent, déambulant en robe de chambre et pantoufles dans la salle de jeux, s'ébattant dans la baignoire du tsar et conversant avec Popov, le perroquet que Nicky avait hérité de son père et dont la cage était dans le cabinet de toilette. D'après les rumeurs, la moitié du régiment Pavlovski à Saint-Pétersbourg s'était rebellée, suivie par une partie des régiments Litovski et Preobrajenski – le Preobrajenski, la troupe la plus prestigieuse du tsar ! À l'hôtel Astoria, les soldats avaient pourchassé leurs officiers au fusil et à la baïonnette, transformant le sol du hall d'entrée en un dépôt de miettes de miroirs et de perles en cristal, les portes à tambour traçant des cercles dans le sang sur le marbre. Si j'avais su que Cyrille Vladimirovitch avait eu le culot de revenir à la capitale, d'éloigner ses hommes du palais Alexandre, d'épingler une cocarde rouge à son uniforme, de hisser un drapeau rouge sur son toit puis de foncer à la Douma plaider son soutien à la révolution et offrir ses services en tant que tsar, j'aurais perdu la tête. Mais je n'étais pas au courant. Du coup, bon gré mal gré, je conservai ma lucidité.

Au bout de trois jours, le calme revint suffisamment pour que mon frère Joseph puisse venir me chercher chez Youriev. Je l'avais sauvé une fois, il me rendait la pareille. À cet instant, je me félicitai d'avoir des Kschessinski dans les deux camps de la révolution. J'offris à Youriev une paire de boutons de manchettes Fabergé appartenant à Serge et nous nous embrassâmes. Joseph et moi dûmes quitter l'île Pétersbourg et traverser le pont Troïtski à pied pour rejoindre son appartement. Le vent du nord balayant la Grande Neva nous poussa tandis que nous franchissions le fleuve. Le manteau dont je m'étais emparée précipitamment trois jours plus tôt alors que la température s'était brièvement réchauffée se révélait trop léger et la bise menaçait de nous propulser contre les lampadaires ou par-dessus les balustrades. Je resserrai mon col et enfonçai mon foulard jusqu'aux yeux en songeant qu'il faisait aussi froid qu'en Sibérie. En atteignant l'autre rive, je relevai la tête. Je compris alors pourquoi Joseph m'avait obligée à marcher. Des centaines de voitures défoncées embouteillaient les rues, volées par des gamines qui ne savaient pas conduire mais qui, inspirées par la fièvre révolutionnaire, s'étaient jetées derrière le volant et avaient appuyé sur l'accélérateur. Les véhicules avaient percuté les taxis dont les chauffeurs refusaient de rouler à gauche *maintenant que nous sommes libres !* avant de terminer leur course folle dans les réverbères, les murs et les vitrines. Certains gisaient à l'envers, sculptures métalliques figées, froissées, évidées… désormais inutilisables et, parmi ces carcasses, comme si elles étaient invisibles, erraient les passants. De petits groupes s'étaient réunis autour de feux de joie improvisés et, en nous rapprochant, je constatai qu'ils brûlaient les enseignes en bois des boutiques autrefois parrainées par la famille impériale. Perspective Nevski, comme soufflé par un narguilé géant, un nuage de fumée s'élevait deux étages au-dessus des citoyens rassemblés devant une montagne de débris en flammes. Le magma carbonisé évoquait un animal et certains prenaient la pose devant l'appareil photo d'un camarade, histoire d'immortaliser l'instant. Manteaux et tuniques déboutonnés, la casquette à l'envers, les soldats déambulaient en défiant toutes les règles à travers la cité où, un an auparavant, ils auraient été réprimandés pour avoir salué de façon incorrecte un supérieur (un subordonné qui refusait de marcher du côté gauche de la rue pouvait être provoqué en duel par son chef !). Nous croisâmes deux femmes habillées en hommes et se tenant par la taille. Elles aussi étaient « libres », je suppose. D'autres se baladaient sans chapeau, les cheveux frisés et détachés. Les bouts de verre crissaient sous mes pas et je dus m'agripper au bras de mon frère. À notre droite, une bande d'adolescents s'amusait à jeter des cartouches dans un feu et se dispersait au son des explosions intermittentes. Un énorme panneau occupait la devanture d'un café : *Camarades citoyens ! En l'honneur de ces journées de liberté je vous salue tous. Entrez, venez boire et manger à votre guise !* Trois mètres plus loin, contre le mur d'un immeuble, une femme tenait sa jupe en l'air pendant qu'un homme prenait son plaisir en grognant. *Ne regarde pas !* gronda mon frère. Comment m'en empêcher ? Heureusement que Vova n'était pas avec moi ! Un homme travesti en femme sous sa pelisse me frôla. *Un policier qui s'est déguisé pour s'enfuir*, m'expliqua mon frère. Sans doute se dirigeait-il vers la gare de Finlande dans l'espoir d'échapper au sort de son collègue que nous avions vu tomber devant les fenêtres de Youriev. *Pharaons !* hurla la foule. *Porcs !* Marchant par mégarde sur une paire de lunettes, je pris conscience des détritus qui jonchaient la chaussée – une chaîne de montre, un carré de satin, un escarpin au talon cassé, un insigne métallique, une fourchette, divers prospectus de fournisseurs de la famille impériale attendant d'être brûlés et, dans un caniveau, une robe en dentelle soigneusement étalée. Au coin de la voie suivante, je fus témoin d'un spectacle que je n'oublierai jamais : un paysan des provinces orientales au nez épaté et aux lèvres épaisses brandissant, telle la Méduse décapitée, la tête en marbre d'Alexandre II. Joseph se tourna vers moi : *Si tu voyais ce qu'ils ont gravé sur le socle de sa statue, place Znamenskaïa – hippopotame.* À ces mots, je commençai à rire comme une folle. Un homme se mit à vomir dans le caniveau, éclaboussant ses bottes. L'atmosphère empestait la fumée et, quand les cendres soufflèrent dans notre direction, Joseph déclara : *Ils ont incendié le palais de justice.*

Mon frère habitait au n° 18, dans un appartement de douze pièces. Les bolcheviks s'étaient souvenus de lui et de ses activités révolutionnaires en 1905. Aussi, quand ils avaient obligé tous les propriétaires à partager leurs demeures, quand les serviteurs avaient envahi les chambres de leurs maîtres et volé tout ce qu'ils pouvaient, Joseph avait-il obtenu l'autorisation de garder son bien pour lui. Il en profita jusqu'à ce que Staline prenne le pouvoir ; après quoi on lui confisqua l'ensemble en lui laissant l'usage de deux chambres. Malgré cela, Joseph refusa de quitter la Russie. En 1924, après la mort de Lénine, je me suis débrouillée, depuis Paris, pour procurer billets et visas à sa famille afin qu'il puisse venir danser avec Diaghilev. Il n'a rien voulu entendre. *Nous les artistes sommes privilégiés*, m'a-t-il écrit. *Je ne peux pas quitter un pays auquel je suis lié par tant de souvenirs.* Nous n'étions pas les seuls à ruminer le passé. Lors de la Grande Terreur lancée par Staline dans les années 1930, Joseph fut renvoyé de son poste de professeur à l'école de ballet sous le simple prétexte qu'il m'avait écrit.

Il est mort de faim en 1942 durant le siège de Saint-Pétersbourg et enterré dans la fosse commune du cimetière de Piskarev.

Le deuxième jour chez mon frère, tandis que nous buvions des verres de thé adouci de sucre ou de confiture, nous entendîmes chanter dans la rue. Joseph se leva pour ouvrir la fenêtre et je le rejoignis. La foule avait entonné sa version revue et corrigée de *La Marseillaise*.

Dénonçons l'ancien monde !
Secouons sa poussière de nos pieds !
Nous n'avons nul besoin d'idoles en or
Et nous méprisons le démon tsar !

Il s'est passé quelque chose, dit mon frère en enfilant son manteau pour descendre. J'arpentai la pièce, me ruant vers la fenêtre toutes les trente secondes. Chaque fois que je m'y penchai, un nouveau drapeau rouge avait fleuri sur les toits, une banderole de plus claquait au vent. Puis les cloches de toutes les églises se mirent à sonner. La guerre était-elle finie ? Si c'était le cas, Nicky pourrait alors, comme en 1905, rapatrier ses troupes et tous ces animaux seraient enfermés dans des cages ou pendus aux échafaudages. Enfin j'entendis les pas de mon frère dans l'escalier. Joseph fit irruption dans l'appartement, une poignée de tracts à la main, imprimés de symboles que nous reverrions encore et encore : une chaîne brisée en deux, un soleil émergeant des nuages, ses rayons en éventail dans la brume, un trône et une couronne renversés. J'ignorais alors que c'étaient les emblèmes de la révolution.

Qu'est-ce que c'est que ça ? m'écriai-je. *Qu'est-ce que cela signifie ?*

Cela signifie, me répondit Joseph, *que le tsar est déchu.*

Je le saisis par le bras : *Quoi ? Quoi ?*

Sans voix, nous nous installâmes autour de la table de la salle à manger pour éplucher les prospectus, les doigts maculés d'encre à force de tourner les pages. Ayant effectué un large détour par l'est pour laisser la voie directe aux soldats se déplaçant sur cette ligne, le tsar avait abdiqué Pskov le 2 mars, à bord de son train immobilisé sur les rails. Les révolutionnaires l'avaient arrêté à mi-chemin entre la Stavka et Tsarskoïe Selo. Les efforts de Nicky pour enrayer la rébellion furent vains. Le général Ivanov, chargé par Nicky de ramener les troupes à la capitale et d'y établir une dictature, était arrivé trop tard. Au lieu de rallier les loyalistes, cet imbécile de général Khabalov, déjà à Saint-Pétersbourg, avait préféré se cacher à l'Amirauté et s'imbiber de cognac. Quant au général Alexeïev, encore plus idiot, il avait maintenu ses régiments à distance, persuadé que les libéraux de la Douma allaient calmer le jeu par le canal politique sans toucher à l'empire. Puis, constatant son erreur, il avait encouragé les grands généraux de Nicky à exiger l'abdication du tsar pour le bien du pays, de la guerre, de la dynastie. Ainsi, mal conseillé, Nicky avait transmis le trône à son frère Michel – Michel ! – qu'il avait autorisé à revenir en Russie en 1914, au début de la guerre. Je m'interrogeai : *Pourquoi ? Pourquoi as-tu fait ça ? Que t'ont-ils dit dans ce train ?* Car j'ignorais encore ces faits. Si seulement Nicky avait pu atteindre Tsarskoïe Selo ! Alix ne l'aurait jamais laissé s'incliner devant ses généraux bien-aimés (il leur avait toujours manifesté une passion excessive), elle l'aurait empêché de priver son fils ou le mien de la couronne ! Qu'était devenue la glorieuse Russie que Nicky m'avait promise pour Vova ? Avait-il cédé par lassitude ? Je repensai à lui pendant le dîner à Moguilev, fumant entre les plats, le regard vide tandis que ses officiers conversaient autour de lui. Serge m'avait confié que, dans la soirée, les médecins du tsar lui avaient prescrit de la cocaïne pour surmonter son épuisement. D'après eux, il frôlait la dépression nerveuse. Était-il soulagé d'avoir donné la Russie à son crétin de frère qui n'avait même pas eu le courage de relever le défi ? Quand la foule s'était insurgée contre la nouvelle, Michel s'était terré dans le palais de la princesse Putiatina où le prince Lvov, Premier ministre de la Douma, et un certain Alexandre Kerenski, ministre républicain, l'avaient convaincu de refuser le trône sous prétexte qu'ils ne pouvaient pas garantir sa sécurité. Pris de panique, Michel s'était recroquevillé sur le bureau de la fille de la princesse et avait gribouillé son renoncement dans un cahier d'écolier. Ainsi, il avait mis en miettes la couronne et distribué ses fragments aux ministres incompétents de la Douma que Nicky n'avait pas eu le temps de réformer ! Dorénavant, expliquaient les tracts, le pays serait dirigé par un gouvernement provisoire. Dans les provinces, les moujiks s'étaient exclamés : *Ils nous ont pris notre tsar ! Qu'allons-nous devenir ?* Je me posais les mêmes questions. Je dévisageai mon frère. Était-il heureux ? N'était-ce pas ce dont lui et ses camarades avaient rêvé en 1905, ce qu'ils souhaitaient toujours ? Curieusement, il ne paraissait pas réjoui. Peut-être ces changements étaient-ils trop radicaux, même pour lui ?

Que fait le tsar ? marmonna-t-il en hochant la tête. *Il n'a pas le droit de transmettre son titre à son frère. C'est illégal !* Joseph avait raison. Son titre aurait dû revenir à l'héritier, Alexis. Nicky le savait. Je suçai une mèche de mes cheveux. Et s'il s'agissait d'une simple tactique ? Si, en signant ce manifeste illégal, il préservait l'avenir de ses fils ? Oui, c'était une ruse, un moyen de gagner du temps ! Pendant que je m'égarais en spéculations et suppositions, Joseph me lut un article rapportant que le colonel Nicolas Romanov (car c'est ainsi qu'on devait l'appeler désormais) était rentré à Tsarskoïe

Selo où sa famille et certains membres de son entourage étaient prisonniers du gouvernement provisoire. Je lui fis répéter cette dernière partie. *Ils le retiennent au palais Alexandre ?* Joseph opina. *Ainsi que ses proches.* J'arrachai la feuille de ses mains pour la lire moi-même. Comment était-ce possible ? Le tsar, gardé sous surveillance ?

Combien de temps la famille impériale resterait-elle à la merci des soldats révolutionnaires qui les séquestraient – les frères de ces voyous qui pillaient les magasins et vomissaient dans les caniveaux ? Quand le gouvernement provisoire, désemparé par l'ampleur de la tâche, rendrait-il le pays à Nicky ? Quelques semaines ? Plusieurs mois ? Cela arriverait forcément. Les insolents qui montaient la garde dans le parc seraient pendus comme tous les mutins. Le plus tôt serait le mieux. Nicky avait-il anticipé ces événements là-bas, en pleine forêt, lorsqu'il avait écrit : *Ne souhaitant pas nous séparer de notre cher fils, nous transmettons notre héritage à notre frère, le grand-duc Michel Alexandrovitch et donnons notre assentiment pour qu'il monte sur le trône de la Russie ?* Une fois de plus, je me remémorai ce dîner à Moguilev, sa nervosité, son visage creusé par la fatigue et l'angoisse, sa distraction. Cette attitude préfigurait-elle cet acte selon moi inconcevable ? Hésitait-il entre l'action et l'inertie ? Il avait voulu regagner Saint-Pétersbourg pour intervenir mais s'était rétracté à mi-parcours. Je posai le papier et pianotai sur la table pour attirer l'attention de Joseph, qui se détourna de la fenêtre. *Quoi ?* Je lui avouai alors la terrible vérité, que Vova n'était pas en sécurité à la Stavka avec Serge mais prisonnier avec la famille impériale à Tsarskoïe Selo. À son expression, je compris que la situation était encore plus grave que je ne le craignais. J'étendis les bras devant moi, posai le front sur la nappe parsemée de gouttes de confiture et sanglotai avec une violence qui me surprit moi-même. Mon frère arpenta la pièce. Je pleurai si fort que sa femme et sa fille Céline, de cinq ans, serrant une poupée contre sa robe mauve (une fillette qui ne serait jamais mêlée aux mésaventures impériales mais douillettement installée à l'école du Ballet impérial) apparurent sur le seuil de la salle à manger. À leur vue, mon frère se calma et sa raison prit le dessus sur l'émotion. Personne ne toucherait au tsar à Tsarskoïe Selo, affirma-t-il. Le temps que cette nouvelle Russie prenne forme, il y serait plus en sécurité que dans la capitale, de même que son entourage immédiat. Si Nicky n'était pas rétabli dans ses fonctions, il serait envoyé à l'étranger où il finirait ses jours dans un exil confortable. Apparemment, il devait s'y attendre car, après avoir paraphé son document d'abdication, il aurait annoncé son intention de se retirer à la campagne en concluant : *J'aime les fleurs.* Un mensonge, j'en suis sûre. Mais peut-être est-ce cette déclaration qui inspira le poète Maïakovski, lorsqu'il composa en 1920 un abécédaire destiné à enseigner la lecture aux paysans-soldats illettrés du front sud-ouest :

B : Les bolcheviks chassent les barzoïs
Les barzoïs s'enfuient
T : Les fleurs embaument le soir
Le tsar Nicolas les aimait beaucoup.

Patientons, nous verrons bien, conclut Joseph.

Bien entendu, il n'était pas question pour moi de patienter.

À la fin du mois, les trains se remirent à circuler. Déguisée en paysanne, Mathilde la Magnifique réussit à monter dans une voiture de deuxième classe pour parcourir les neuf verstes jusqu'à Tsarskoïe Selo. En voyant les gens du peuple pressés contre les grilles du parc, je sus immédiatement que les membres de la famille impériale étaient dehors. J'avais entendu dire que les curieux affluaient dès que les Romanov se promenaient dans les allées ombragées, se reposaient sur une couverture ou, pour pallier le désœuvrement, bêchaient leur potager. Autrefois, c'eût été impensable. Les sentinelles cosaques auraient refoulé les intrus mais les gardes révolutionnaires étaient sans scrupule. Ils autorisaient tous ceux qui le souhaitaient à s'approcher. Ce jour-là, les observateurs étaient silencieux mais il leur arrivait parfois de railler l'ex-tsar ou de lui jeter les restes de leur déjeuner enveloppés dans un papier gras froissé en boule. Me postant légèrement à l'écart des badauds, j'aperçus Nicolas, suivi de près par un soldat armé d'une baïonnette et d'un fusil. J'eus l'impression que mes os s'effritaient. Un long bâton à la main, Nicky se tenait au bout du ponton et tentait de fendre la surface de l'eau recouverte par les glaces. Quand ils ne harcelaient pas la famille, les gardes tiraient sur les biches et les cygnes, pour tuer l'ennui et parce que les propriétaires n'avaient plus le pouvoir de le leur interdire. *Que feras-tu, le printemps venu, Nicolas Romanov ?* lança le soldat en ricanant. Nicky l'ignora mais un sentiment de colère me submergea. Soudain, un jeune garçon apparut, trop grand pour être Vova et terriblement mince : Alexis, guéri mais complètement ravagé par la rougeole. S'il était ici, mon fils n'était pas loin. Je restai donc là sans bouger, indifférente aux allées et venues des flâneurs et, pour finir, je devins une sorte d'aimant. Nicolas fut obligé de noter ma présence. Il tourna la tête vers moi sans me faire signe mais son mouvement surprit le tsarévitch. *Papa ?* Je décelai dans sa voix de l'incertitude et de l'appréhension et me rendis compte que les gardes devaient effrayer et intimider ces enfants habitués au respect et à la servilité qu'on leur manifestait normalement. Comme l'avait craint Alexis, l'attitude figée de Nicky avait attiré l'attention de son geôlier. Il s'avança d'un pas menaçant et brandit son fusil. *Colonel Romanov !* Nicky se détourna nonchalamment comme s'il n'avait rien fixé en particulier mais le garde, pris de soupçons, se dirigea vers la foule pour la scruter en quête de celle ou celui qui avait provoqué l'incident, l'éclaireur venu libérer la famille de sa prison. Une contre-révolution engendrerait inévitablement leur condamnation mais les gardes redoutaient par-dessus tout que leurs prisonniers impériaux ne s'échappent. La sanction serait sans appel, ils seraient exécutés sur-le-champ. J'appris plus tard qu'ils s'inquiétaient constamment des moindres signaux qui pouvaient être envoyés à l'extérieur par l'intermédiaire de colis, de l'allumage ou de l'extinction de lampes, de lettres non scellées pourtant contrôlées par le commandant à la sortie, de l'unique ligne téléphonique dont l'usage n'était autorisé qu'en présence d'un soldat. Je me rapprochai des autres, les yeux baissés, pliai les genoux, me ratatinai sous mon chapeau. J'étais si minuscule que j'aurais pu passer pour une enfant ! Tandis que le garde, lui encore un enfant, allait et venait nerveusement derrière lui, Nicky posa une main rassurante sur l'épaule d'Alexis, puis salua au loin une silhouette se faufilant entre les bouleaux dénudés. Un autre garçon surgit, muni lui aussi d'un bâton, et tous trois entreprirent de casser la glace. Les ombres des arbres balayaient la surface enneigée mais Nicky, mettant à l'épreuve l'autodiscipline à laquelle il s'était entraîné pendant vingt-deux ans de règne, m'ignora. Toutefois, il m'avait montré mon fils.

Par la suite, Vova écrivit de courtes lettres hebdomadaires à la Stavka, adressées à Serge – sans doute, selon ce dernier, pour masquer sa relation avec moi et m'empêcher de revenir à Tsarskoïe Selo au risque de nous mettre tous en danger. Il racontait toujours la même chose : *Je vais bien. Je t'embrasse chaleureusement. À toi pour toujours, Vladimir*. Bien que succinctes (elles passaient forcément par les censeurs), ces missives étaient écrites de la main de Vova, ce qui aurait dû me rassurer.

Les mois suivants, l'état des rues de la capitale se détériora. Les mauvaises herbes poussaient entre les pavés comme si dame Nature attendait depuis toujours de récupérer les hectares que lui avait confisqués Pierre le Grand. La neige devint jaune, puis noire, les vitres se ternirent de taches et de poussière. Les statues et monuments impériaux que les révolutionnaires avaient estimés trop imposants pour être renversés étaient recouverts de tissu rouge et, le long des grilles en fer forgé du Palais d'Hiver, on avait enveloppé les emblèmes trop encombrants pour être démontés. Pourtant, si ce monde désaxé vacillait, il continuait bon gré mal gré à tourner, de même que la routine au Mariinski. Les écoles impériales étaient rouvertes et les gouvernantes avaient recommencé à promener les enfants dans les parcs. Il n'y avait pas d'eau chaude à l'internat et les salles étaient glacées mais les soldats ne tiraient plus sur les fenêtres de l'édifice (la petite Alexandra Danilova avait dû esquiver une balle !) et les cours avaient repris. En l'absence de combustible, il fallut rassembler les pensionnaires dans des dortoirs plus petits, serrant leurs lits les uns contre les autres afin que se propage la chaleur de leurs corps alors que, dans les lavabos des loges, flottaient des morceaux de glace. Les spectacles reprirent le 15 mars. Les carrosses des élèves ayant été confisqués en février, on les conduisait désormais en traîneau jusqu'au théâtre. Ils dansaient maintenant devant des soldats qui fumaient des cigarettes, crachaient leurs graines de tournesol à même le sol et tapaient du pied en rythme avec la musique. Vladimirov me raconta qu'on avait enlevé le portrait de Nicolas du mur du foyer ainsi que les couronnes et aigles à deux têtes qui ornementaient loggias et balcons. Les huissiers n'arboraient plus leurs uniformes aux épaulettes enjolivées du monogramme impérial. Le gouvernement provisoire leur avait donné des vestes grises et, parce qu'en ces temps de privations il était impossible de les nettoyer, leur étoffe devint rapidement graisseuse et usée. Les programmes n'étaient plus estampillés de l'aigle bicéphale mais de la lyre d'Apollon, comme l'épingle que les garçons de l'école de ballet accrochaient au col de leur tenue. Ainsi, le nouveau régime agréait l'emblème d'un dieu grec. Mais j'avais quarante-cinq ans, j'étais une femme d'un autre temps, mère d'un Romanov et par conséquent, inacceptable. Je n'avais pas le droit de me présenter sur scène et n'en avais d'ailleurs aucune envie.

Le mois de mai vit émerger la dernière promotion du Corps des Pages, cette école dont j'avais tant rêvé pour mon fils – en vain – et l'école fut fermée. On n'avait pas besoin de pages puisque la cour n'existait plus. On n'avait pas non plus besoin des milliers de domestiques qui avaient servi la famille impériale ni des Abyssins géants coiffés de turbans blancs et chaussés de babouches à la pointe recourbée qui flanquaient autrefois toute pièce où se trouvait l'empereur. Ils avaient abandonné Tsarskoïe Selo en même temps que les courtisans qui ne souhaitaient pas rester assignés à demeure avec les Romanov. Un jour, perspective Nevski, je me retrouvai tout à coup face à un de ces immenses Africains, vêtu d'un pantalon et d'une tunique, un fantôme à la peau noire, une relique, privée de ses fonctions. *Où vas-tu ?* faillis-je lui demander. *Quelles légendes sur la cour de Russie emporteras-tu avec toi ?* J'aurais pu poser la question à pratiquement tout le monde.

Toutefois, les palais de Saint-Pétersbourg n'avaient pas encore été complètement vidés. Les rues étaient encombrées de soldats d'apparence rustre qui paradaient en blouson de cuir et casquette retournée. Les chefs de la révolution de 1905, Lénine, Trotski et Tchernov ressurgirent et s'installèrent dans des bâtiments réquisitionnés, notamment le mien qui donnait sur le pont Troïtski et le quai, une vue stratégique pour quiconque planifiant une insurrection. Je me réfugiai donc chez mon frère, dans la chambre de sa fille. Mais la noblesse n'avait pas encore déserté la ville. On aurait dit que toute l'aristocratie se terrait chez elle en attendant de voir comment le gouvernement provisoire de l'ancienne Douma et le nouveau Soviet allaient diriger cette Russie indisciplinée et traiter les ex-détenteurs du pouvoir. Les privilèges de la famille impériale seraient réduits. D'après Nicolas Nikolaïevitch, au lieu des 280 000 roubles auxquels ils étaient habitués, les grands-ducs n'en recevraient plus que 30 000. Ce conspirateur se réjouissait-il maintenant que l'empereur était renversé comme il l'avait souhaité ? Un Romanov – Nicolas, Cyrille ou Michel Nikolaïevitch – pourrait-il assumer une position de figure de proue en tant que tsar, chef de la Douma, président… ? Non, non impossible. Le destin de la Russie évoluait de jour en jour. Au printemps de 1917, quelques officiels de l'ancien régime officiaient encore à la Douma ou à la tête de l'armée mais d'autres, Sukhomlinov par exemple (ex-ministre de la Guerre), furent arrêtés, traînés à la forteresse Pierre-et-Paul pour interrogatoire. D'autres encore parvinrent à s'enfuir dans le Caucase, la Crimée ou à Kiev, où ils jouèrent, burent du champagne Abram, se gavèrent de caviar et réglèrent leurs montres à l'heure de Saint-Pétersbourg en espérant, comme nous, des jours meilleurs.

Pendant tout ce temps, sur les conseils de son frère Nicolas, Serge resta à la Stavka. L'état-major ne comptait aucun révolutionnaire parmi ses généraux, les soulèvements chez les militaires se limitant aux garnisons d'infanterie près des villes et sur les fronts. Dans ses lettres, Serge me donnait des nouvelles de la guerre. Les soldats étaient à bout, ils refusaient de se battre. Le nouveau commandant suprême, Broussilov, eut beau effectuer une vaste tournée pour les encourager à renouveler leurs offensives, il ne rencontra que des hommes qui se fichaient de la Galicie ou de la France et voulaient rentrer chez eux. Ils désiraient tellement la paix qu'ils étaient prêts à rappeler le tsar si celui-ci la leur promettait. Sur le front est, les combattants avaient même commencé à fraterniser avec les Allemands qui appâtaient les Russes de l'autre côté du Dniestr à coups de vodka et de prostituées. La discipline ne prévalait plus que dans le sud-ouest, loin des grandes métropoles. Ainsi, quand au mois de juin les chefs leur donnèrent l'ordre d'attaquer pour récupérer toutes les terres perdues lors de la Grande Retraite, ces soldats s'arrêtèrent au bout de cinq kilomètres sur la route de la Galicie. Refusant d'avancer davantage, ils se mirent à déserter, piller, violer. Serge craignait que ces militaires mécontents et leurs semblables ne gagnent Saint-Pétersbourg pour rejoindre les milliers de troupes en garnison du côté de Vyborg, troupes qui avaient initié la révolution et pouvaient faire tomber le gouvernement provisoire. Les membres de la Douma s'opposaient aux cadets du Parti constitutionnel démocratique, aux socialistes révolutionnaires, aux anarchistes et aux sociaux-démocrates dont la faction bolchevik avait commencé à agiter et armer les Gardes rouges (ces brigades de travailleurs formées autant pour protéger les usines de Vyborg que la révolution elle-même), pour faire face à la contre-révolution tant redoutée. Et pendant que le gouvernement provisoire planchait sur l'élaboration du parlement idéal qui devait être élu à l'automne, les bolcheviks se mirent à chuchoter dans les rues : *Le gouvernement provisoire lui-même est devenu la marionnette des contre-révolutionnaires qui prévoient de rendre son trône au tsar.*

Épuisé, dépassé, le prince Lvov démissionna de son poste de Premier ministre de la Douma et fut remplacé par Alexandre Kerenski, celui qui avait aidé à obtenir l'abdication de Michel. Kerenski avait occupé la fonction de ministre de la Justice, puis celle de ministre de la Guerre. Apparemment, grâce à ce jeu de saute-mouton pour évincer ses rivaux nommés par Alix, il allait désormais prendre en charge le pays. D'après les rumeurs, grisé par son nouveau pouvoir, il s'était installé au Palais d'Hiver dans la suite d'Alexandre III, couchant dans le lit du souverain ou, victime d'insomnies, arpentant la pièce de long en large en chantant des airs d'opéra. Autrefois, il avait rêvé d'être auteur (ses discours étaient tellement passionnés qu'il lui arrivait de s'évanouir de fatigue après les avoir prononcés). Enfant, il signait ses missives à ses parents : *De la part du futur artiste des théâtres impériaux, A. Kerenski.* Si ses gardes avaient été moins ignorants, la ville entière aurait su quelles mélodies il fredonnait. Ce Kerenski, selon Serge, envisageait d'envoyer la famille impériale en Angleterre ou en Finlande où elle serait en sécurité. S'il mettait son projet à exécution, nous lui demanderions à notre tour l'autorisation de nous expatrier. Je tentai d'imaginer les Romanov vivant dans la campagne anglaise, chassant le faisan et buvant du thé dans un salon cossu alors qu'ils avaient régné sur un sixième du monde. Dans ce cas, Vova ne leur serait plus d'aucune utilité. Moi non plus.

Les lettres de Serge ne me réconfortaient guère, celles d'André non plus. Lui m'écrivait aux bons soins du théâtre et c'était mon partenaire Vladimirov qui me les transmettait tel un facteur postrévolutionnaire. André me décrivait la vaste villa blanchie à la chaux que sa mère avait louée pour eux, gardée par une dizaine de cosaques. Il me relatait les réceptions, les goûters, les parties de cartes qu'ils partageaient avec les Cheremetev et les Vorontzov, réfugiés eux aussi dans le Caucase. En le lisant, je songeai : *Quel est ce monde étrange au bord de la mer Noire où la révolution ne pénètre pas ?*

Point de dîners ni de thés pour moi. Où que j'aille, j'étais une gêne et je mettais en danger ceux qui m'accueillaient. Un film pornographique fut réalisé sur moi, me montrant dans les bras d'un grand-duc après l'autre, voire deux en même temps, dans un décor de boudoir de cocotte, idéalisé par un réalisateur révolutionnaire : *La Vie secrète de la ballerine Kschessinska.* On publia d'innombrables articles à mon sujet : à propos des joyaux et de l'argenterie volés chez moi : « Les 16 poods (260 kilos) d'argenterie du palais Kschessinska » ; à propos des pots-de-vin : « Espionne et ballerine » ; à propos de ma lointaine liaison avec Nicolas : « Les Secrets de M.F. Kschessinska ». Mais le plus effrayant de tout fut la publication du roman *L'Idylle du tsarévitch* dans lequel Maria Evguenieva expliquait que deux fils, maintenant adultes, étaient nés de cette relation, tous deux expédiés à Paris après la révolution de février. Si seulement cela avait été vrai ! Malheureusement, mon fils était bel et bien là, dans les faubourgs de Saint-Pétersbourg, pratiquement sous leur nez. Il correspondait régulièrement avec Serge, un grand-duc Romanov de l'ancien régime, au péril de sa vie. *Je vais bien. Nous plantons un potager. Alexis et moi avons regardé des films dans sa chambre. Je te baise les mains, Vladimir.*

Mes accointances avec la cour n'étaient plus un avantage mais un énorme inconvénient. Chez les Vladimirov, je cachai mon réticule de bijoux au fond d'un pot de fleurs. Sans le lui dire par peur de le compromettre, je glissai chez Youriev la photographie signée du tsar entre les pages d'une revue. Plus tard, j'appris qu'il l'avait jetée sans se douter de rien. Je confiai les lettres du tsar à une amie mais elle fut arrêtée, sa demeure fouillée encore et encore jusqu'à ce que, terrorisée, elle décide de les brûler. *Pardonne-moi, ma divine créature, d'avoir troublé ton repos* et bien d'autres phrases de ce genre, piquées aux grands auteurs ou créées pour moi, partirent en fumée. Même la bonne des filles de Nicky, Élisabeth Nikolaïevna Evsberg, se sentit obligée de calciner les petits mots que ces demoiselles lui avaient gribouillés et qu'elle conservait en souvenir : *Élisabeth, peux-tu me recoudre ce bouton, merci, Tatiana,* parce qu'il était dangereux d'avoir été une *servante exploitée* du Palais d'Hiver, dangereux d'avoir fréquenté un Romanov, quel qu'il soit. J'en connaissais beaucoup et je m'en étais vantée.

Monsieur Fabergé finit par me prier de retirer tous mes biens de valeur de ses armoires blindées. Vu la situation, il ne pouvait plus en garantir la sécurité.

L'entrée de l'immeuble Fabergé était flanquée de colonnes en granit rose dont l'une était gravée de son nom, le « F », le « A » et le « B » de Fabergé si grands et si droits, si précisément ciselés qu'ils semblaient être les seuls rescapés de l'ordre dans la capitale. À l'intérieur, cependant, le chaos régnait. On avait vidé toutes les vitrines et, à travers une porte latérale, je vis des cartons ouverts et des hommes qui s'affairaient à les remplir pour les envoyer… pour les envoyer où ? Fabergé en personne me conduisit jusqu'à mon coffre, les mèches de ses cheveux blancs dressées sur la tête, la barbe fine comme des filaments de sucre. *Voyez un peu !* s'exclama-t-il d'une voix brisée en s'arrêtant devant une caisse sur le point d'être clouée. Il souleva le couvercle, révélant un superbe œuf bleu flottant sur un nid de nuages, celui que Nicky avait eu l'intention d'offrir à Alexandra pour Pâques 1917.

Pourquoi me le montra-t-il, sans me préciser le nom de la pierre qui conférait une telle opalescence aux nuages ? Il m'expliqua simplement qu'il travaillait dessus depuis un an et que c'était un hommage à l'anniversaire du tsarévitch. Les joues roses et les narines frémissantes, il m'en loua les vertus : ces lignes représentaient la longitude et la latitude de la sphère terrestre, ces minuscules diamants incrustés, les constellations scintillantes de l'hémisphère Nord au début d'août – mois de naissance du tsarévitch. Cet œuf symbolisait la fortune de sa venue au monde, ces étoiles, son destin : régner sur un sixième du monde. Du bout du doigt, Fabergé esquissa le disque doré qui, tel l'anneau de Saturne, aurait ceint cette petite planète, sa mince surface parsemée, elle aussi, de diamants. Cette œuvre aurait été la plus belle, la plus émouvante, la plus significative jamais présentée au tsar et Fabergé avait les larmes aux yeux à la pensée que la révolution avait tout gâché. L'œuf serait enseveli sous la sciure de bois dans cette caisse, le couvercle cloué, le tout, relégué aux oubliettes, finirait dans la cave humide d'un bâtiment réquisitionné ou dans la hutte d'un paysan en attendant d'être redécouvert.

Je me gardai de lui dire : *Mon fils est né en juin. Si le monde se remet d'aplomb, vos constellations ne correspondront plus à celles du tsarévitch.*

En juillet, une foule de 50 000 sympathisants bolcheviks – marins de Kronstadt, ouvriers de Putilov en tuniques bleues et soldats – encercla le palais Tauride où se réunissait le Soviet et tenta de l'obliger à renverser le gouvernement provisoire : *Saisissez le pouvoir ! Tout le pouvoir aux soviets !* Trotski et Tchernov refusèrent sous le prétexte que l'heure de la révolution des soviets n'était pas encore venue et que ce n'était pas aux baïonnettes dans les rues d'en décider. Furieux, frustrés, les protestataires foncèrent à travers la ville en s'attaquant aux *barzoïs*. Ce désordre provoqué fit craindre à Kerenski que la droite monarchiste, indignée par ce chaos et l'inaptitude du gouvernement provisoire à le contrôler, ne rameutât toutes les armées sur le front pour rétablir le tsar et l'ordre civil de son régime. Pour y remédier, Kerenski publia une série de décrets : rassemblements publics interdits, peine de mort pour les déserteurs et les insubordonnés sur le front, suppression des comités de soldats. Mais ce fut surtout une distribution de tracts qui déchaîna contre lui les ouvriers et les soldats. Dans son pamphlet, il traitait les bolcheviks de traîtres, prétendait que leur mouvement était financé par l'Allemagne dans le but de saboter la révolution, les nouvelles libertés et d'obliger la Russie à signer un traité de paix humiliant. Des mandats d'arrêt furent délivrés à l'encontre des chefs bolcheviks et ceux qui ne purent s'enfuir furent enfermés à la forteresse Pierre-et-Paul avec les loyalistes corrompus déjà emprisonnés. Contre toute attente, cette brusque vague de ressentiment à l'égard des bolcheviks joua en ma faveur car le public commença à s'en prendre aux traîtres dont les bottes sales et les crachats de jus de tabac avaient souillé la demeure d'une *prima ballerina*, même si ladite ballerine était la catin impériale Kschessinska. Le gouvernement provisoire envoya huit véhicules blindés et plusieurs batteries d'artillerie jusqu'à mon palais pour le libérer des derniers occupants bolcheviks.

Dans ce contexte, le frère de Serge jugea que celui-ci pouvait rentrer à Saint-Pétersbourg. Il vint me voir immédiatement chez Joseph, au volant de la voiture que le gouvernement provisoire l'avait autorisé à garder – lui qui à une époque avait possédé une demi-douzaine d'automobiles ! Rongé par l'arthrite, il pénétra en boitant dans le vestibule où je l'arrêtai pour embrasser sa barbe, hirsute comme celle d'un paysan et striée de fils d'argent. Ses phalanges étaient déformées, ses doigts recroquevillés et rouges comme des crevettes bouillies. Je lui pris son chapeau et me retrouvai tout à coup par terre. Serge se pencha maladroitement et essaya de me tapoter l'épaule. Il rata sa cible. Sa main battit l'air, effleura la pointe de mon oreille. Je levai les yeux vers lui. Avait-il perdu la vue ? Non. Il était simplement, à quarante-huit ans, devenu un vieillard.

Alors que Serge avait repris ses quartiers au palais Mikhaïlovski, où il dînait avec son frère Nicolas chaque soir, je n'avais pas encore pu regagner ma demeure rendue célèbre par les bolcheviks, qui figure maintenant dans tous les manuels d'histoire sous le nom de *palais Kschessinska.* Lorsque enfin le gouvernement provisoire me rendit les clés, Joseph, Serge et deux de ses fidèles dragons (tous les soldats n'étaient pas favorables à la révolution) allèrent y faire avec moi l'inventaire des dégâts.

Je me souviens avec précision de ce spectacle désolant. Mon boudoir Louis XVI avait été dépouillé de tous ses meubles authentiques, les murs tendus de soie n'étaient plus jaune pâle mais gris de saleté et de fumée. Apparemment, les bolcheviks n'employaient pas de personnel domestique. Un cinglé avait propulsé mon piano jusqu'au jardin d'hiver, coincé entre deux piliers comme un officier flanqué de ses aides. Quant au jardin lui-même, ce n'était plus qu'un magma de plantes mortes, le bassin de marbre en son milieu devenu une cuvette de WC entourée de palmiers desséchés. Le parquet de ma salle à manger avait visiblement servi de crachoir. Les bouteilles de ma cave, soigneusement sélectionnées par le dilettante André, avaient disparu, sans doute bues dès l'instant où elles avaient été découvertes. Cependant, il restait quelques provisions dans les placards de l'office. Les bolcheviks étaient partis précipitamment. L'escalier menant aux chambres était jonché de livres et de tracts que quelqu'un avait voulu sauver avant de se rendre compte que le plus simple serait de brûler toute cette littérature. Dans toutes les cheminées, dans tous les poêles, je trouvai des montagnes de cendres. Le tapis de ma chambre était maculé d'encre, ma baignoire parsemée de mégots et de crachats de jus de tabac. Arrachées, les portes des armoires en cèdre où j'avais rangé mes fourrures ! Inutile de préciser que lesdites fourrures n'y étaient plus. Les plaques numérotées au-dessus de mes casiers avaient été démontées. Les bolcheviks n'aimaient-ils pas les chiffres ? En tout cas, ils avaient apprécié les toilettes correspondant à chaque numéro car il n'en restait plus une seule ! Les semaines suivantes, j'eus l'impression de reconnaître des petits bouts de ma garde-robe sur le dos des jeunes femmes un peu partout dans les rues : ma jupe en velours noir sur l'une, mon manteau d'hermine sur l'autre, mon châle en dentelle sur les épaules d'une pauvre fille édentée. Je pénétrai dans la suite de Vova, ouvris en grand les portes donnant sur le balcon et m'assis à son bureau. Dans les tiroirs encore bourrés de papiers et de notes prises pendant ses cours avec ses précepteurs, je trouvai une carte dont les principales villes d'Europe étaient entourées à l'encre rouge, même celles de l'Allemagne, un carnet sur la couverture duquel Vova avait inscrit : *Je m'appelle Vladimir Sergueïevitch Kschessinski, quatorze ans.* Depuis combien de temps ne s'était-il plus trémoussé sur ce siège ? Six mois. Je ramassai un cahier et le portai à mon nez pour humer l'odeur de mon fils. Mais au lieu de respirer son parfum, j'en inhalai un autre, étranger. Je cédai à un élan de curiosité et me mis à lire :

Le pays passe du premier stade de la révolution – qui, dû au manque de conscience des classes et à la mauvaise organisation du prolétariat, a placé le pouvoir entre les mains de la bourgeoisie – à la deuxième phase, qui doit remettre le pouvoir entre les mains du prolétariat et des paysans les plus pauvres...

Tout le pouvoir à cette paysannerie brutale, l'équivalent social des filles du bord de l'eau au théâtre ? Diriger le pays, ces ignorants, ces ouvriers qui avaient jeté un homme d'un toit, leurs frères qui l'avaient achevé à coups de gourdin ?

Il faut démontrer aux masses que les soviets du parti ouvrier social-démocrate sont la seule forme possible de gouvernement révolutionnaire... aucun soutien du gouvernement provisoire.

Ainsi, le gouvernement provisoire n'était pas assez révolutionnaire pour cet écrivain ?

Abolition de la police, de l'armée et de la bureaucratie... nationalisation de toutes les terres... fusion de toutes les banques du pays en une banque unique.

Quoi ? Plus de police ? Plus de propriétaires ? Une seule banque ?

Les paragraphes étaient criblés de ratures au fur et à mesure que l'auteur avait corrigé son texte, de taches d'encre là où il avait marqué une pause pour réfléchir, la pointe de son stylo reposant sur le papier. Je tombai sur une liste de noms que je n'avais jamais entendus, peut-être ceux de ses propres camarades, tous affublés d'une épithète : *porc, pute, salaud, bâtard.*

Je refermai le cahier, le rouvris. À l'intérieur de la couverture, figurait une signature : *Lénine.* L'écriture était large, gracieuse comme celle d'une femme d'un certain âge, mais ces mots, ce document intitulé *Thèses d'avril*, n'avait pas été rédigé par un bourgeois. Cette œuvre était celle d'un anarchiste maniaque et il l'avait composée sur le bureau de mon fils. Je l'ignorais alors mais j'avais raison de deviner deux facettes à cet individu. Il était né Vladimir Ilitch Oulianov. Son père, inspecteur des écoles, avait été anobli par le tsar et sa mère avait hérité d'une propriété à Kokouchkino. C'est là qu'il avait grandi, se promenant comme tout seigneur digne de ce nom dans des jardins embaumant le tilleul, les fraises, les framboises et la paille. C'est là aussi qu'en 1891, pendant la grande famine, il avait eu le culot d'intenter un procès à un voisin affamé pour avoir détérioré une barrière. Mais Lénine avait aussi vu son frère aîné Alexandre pendu pour avoir comploté l'assassinat du tsar Alexandre III. Comme lui, il avait entamé des études de droit et rejoint les mêmes groupes de militants à l'université de Kazan – d'où il fut renvoyé pour avoir participé à une manifestation. Si seulement on l'avait exécuté comme son aîné ! Mais non, Lénine avait survécu à une peine de prison, un exil de trois ans en Sibérie imposé par l'empereur puis, de sa propre initiative, en Europe. Il était révolutionnaire depuis vingt ans, il n'allait pas tout abandonner maintenant sous prétexte que Kerenski avait délivré un mandat d'arrêt à son encontre. Je l'ignorais alors mais ces textes prouvaient que, si Lénine avait son mot à dire, le gouvernement provisoire n'aurait pas plus de facilités que le tsar à gouverner. Et connaîtrait peut-être un sort identique.

J'étais toujours assise quand j'entendis Joseph m'appeler. *Mala ! Mala !* Je me précipitai sur le palier. Joseph et Serge se tenaient au bas de l'escalier et Joseph m'annonça d'un ton sec : *Serge vient de recevoir des nouvelles de son frère.* Je m'étonnai : pourquoi s'exprimait-il à la place de Serge ? Je me tournai vers ce dernier : *Nicky et sa famille seront déplacés à minuit ce soir.* Je compris alors que Joseph avait voulu me préparer à une catastrophe.

Déplacés ? Déplacés où ? Je serrai les doigts autour du calepin et dévalai les marches. Kerenski craignait-il que les loyalistes remettent Nicky sur le trône ? Ou que les bolcheviks tentent un nouveau putsch ? En juillet, des pluies battantes avaient mis un terme au chaos. Cette fois, rien ne pourrait retenir la foule qui avait brisé les fenêtres et défoncé les portes du palais Tauride. Les insurgés avaient failli lyncher le chef social-révolutionnaire Tchernov en pleine rue, jusqu'à ce que son camarade menchevik Trotski intervienne, se juchant sur le capot d'une voiture pour prononcer une de ses allocutions impromptues dont il avait le secret : *Orgueil et gloire de la révolution, vous êtes venus déclarer votre volonté et montrer au Soviet que la classe ouvrière ne veut plus voir la bourgeoisie au pouvoir. Mais pourquoi gâcher votre propre cause par des actes mesquins de violence contre des individus ordinaires ?* Puis, ayant hypnotisé l'assistance, Trotski avait conclu : *Citoyen Tchernov, tu es libre !* Kerenski s'imaginait-il que, dès ce mois ou le mois suivant, les contestataires chasseraient le tsar, les ministres du gouvernement provisoire, voire Kerenski lui-même pour les battre à mort ou les pendre aux arbres ? Je dévisageai Serge en m'efforçant de deviner ce que *lui* pensait de cette nouvelle. Je connaissais l'avis de Joseph : tout ce qui concernait les Romanov était une mauvaise idée.

Où les déplace-t-on ? demandai-je à Serge. Il secoua la tête : *On leur a dit de prévoir des vêtements chauds.*

Des vêtements chauds ? La mère, les sœurs, les cousins de Nicky étaient tous dans le sud, dans le Caucase et en Crimée.

Ils devaient s'installer au palais de Livadia ! protestai-je.

La situation est trop instable sur la route, me répondit Serge. *La steppe est déserte. Je suppose qu'ils les emmènent à l'est… Kerenski promet que la famille sera de retour à l'automne, dès que l'assemblée constituante se sera réunie. Nicky sera alors libre de se rendre où il veut.*

Je contemplai Joseph, puis Serge à qui je remis le carnet. *Lis ça !* Je l'ouvris à la page où il était écrit :

> Nous considérons légitimes, progressistes et nécessaires les guerres civiles, menées par les opprimés contre leurs oppresseurs, les esclaves contre leurs maîtres, les serfs contre leurs propriétaires, les ouvriers contre la bourgeoisie.

Serge parcourut ces lignes puis arracha la feuille, la froissa en boule et la jeta à terre. Je pointai le doigt dessus. *Ils veulent une guerre civile.*

Serge sourit. *Où est cet auteur à présent ? Il est parti si vite de ta maison qu'il n'a pas eu le temps d'emporter son grand discours avec lui.*

Mais il avait pénétré dans ma demeure. En 1905, il n'avait pas réussi à aller jusque-là. En 1918, peut-être utiliserait-il des feuilles volantes plutôt qu'un cahier d'écolier pour rédiger ses propres oukases depuis le bureau du tsar qu'occupait encore pour l'heure Kerenski, au Palais d'Hiver. *Vous, les Romanov, êtes les seuls à ne pas concevoir une Russie sans vous*, songeai-je. Pendant que certains continueraient à rêver à Saint-Pétersbourg, en Sibérie, harcelés par les moustiques en été, tremblants de froid en hiver, Nicky et les siens ne seraient plus que de minuscules personnages, loin à l'horizon. Peu à peu, on ne les verrait plus du tout, ni l'ancien tsar ni ses fils. Là-bas, imbibés de vodka, loin du modéré Kerenski, leurs gardes pourraient vouloir tromper leur ennui et personne dans la capitale, aucun Vladimirovitch, aucun Mikhaïlovitch, aucun Alexandrovitch n'entendrait les cris de souffrance de la famille impériale. Comment me parviendraient ceux de mon fils à des milliers de kilomètres au-delà de l'Oural ? Je voyais déjà les rivières Tura et Tobol, les espaces infinis de prés en cette saison mais bientôt recouverts de neige. Je m'adressai à Serge : *Emmène-moi à Tsarskoïe Selo. Vova ne peut pas aller avec eux en Sibérie.*

À mi-parcours de Tsarskoïe Selo, notre train, qui avait quitté la gare de Varsovie à Saint-Pétersbourg à vingt heures, s'arrêta brusquement au beau milieu de nulle part. Tous les convois pour Tsarskoïe Selo étaient momentanément immobilisés, nous annonça notre conducteur. Nous devions patienter. Une heure s'écoula, puis une deuxième. Serge et moi comprîmes alors que le nôtre était retenu exprès : le secret du départ du tsar, le grand secret de Kerenski, n'en était plus un. Soupçonneux, les cheminots extrémistes avaient dû refuser, tout le long de la ligne, l'accès des trains à Tsarskoïe Selo afin de tenir à l'écart les amis des Romanov tant que la famille n'aurait pas quitté la ville. J'agrippai la manche de Serge.

Nous nous faufilâmes jusqu'à la dernière voiture et descendîmes dans la vaste plaine parsemée de petits villages et de propriétés de campagne. Dans le crépuscule, Serge prit les devants tandis que nous regagnions le bourg que nous avions traversé quelques heures auparavant.

Mon frère nous avait fourni des vêtements de paysans. Un manteau léger et un foulard pour moi, une casquette molle, une tunique et un pantalon ample pour Serge, nous permettaient de passer inaperçus. Le dos plié, Serge claudiquait, ses articulations dévorées par l'arthrite. En cheminant à travers l'épaisse forêt de conifères, je trébuchai, ma grâce et mon sens de l'équilibre rudement éprouvés par les racines et les ravines. Nous atteignîmes enfin une route pleine d'ornières et Serge m'encouragea à me dépêcher. Je lui demandais régulièrement l'heure et, chaque fois, il consultait sa montre dans son étui en cuir : 22 h 30, 22 h 42, 22 h 56. Pour finir, il s'énerva : *Mala, ne me pose plus la question !* À 23 h 04, un paysan conduisant une charrette tirée par un cheval apparut. Serge s'avança pour le héler et j'observai leur pantomime. Serge agita les bras, le paysan secoua la tête, la frange de sa coupe en bol rebondissant sur son front puis indiqua son véhicule. Nous proposait-il de monter ? Serge sortit sa bourse. J'avais entendu dire qu'au cours de ses promenades sur ces routes de campagne tous les après-midi à quatorze heures, Nicky s'arrêtait volontiers pour bavarder avec les villageois. Connaissant ses habitudes et sachant que le souverain honorait toutes les requêtes, les habitants du district et au-delà s'alignaient le long de la chaussée pour solliciter une faveur ou lui transmettre une pétition. Le Petit Père adorait accéder à leurs demandes, accorder des permissions. Je me rapprochai. Serge plaça une liasse épaisse de roubles dans la main calleuse du paysan. Il portait un pantalon et une tunique semblables à ceux que mon frère avait prêtés à Serge – nettement plus sales. Pour plus d'authenticité, nous aurions dû coller sur le menton de Serge une barbe désordonnée en crin de cheval chapardée au magasin d'accessoires du Mariinski. Caché à Saint-Pétersbourg après la débâcle du Dimanche rouge, même le père Gapon s'était coupé les cheveux, rasé la barbe et maquillé pour éviter l'arrestation. Nous n'avions pas eu le temps de peaufiner nos costumes et le regretterions plus tard. Pour l'heure, l'argent de Serge semblait suffire. Le vieil homme descendit de son perchoir et Serge me fit signe : *Viens !* Tandis qu'il m'aidait à grimper sur la banquette, l'autre demeura cloué sur place, fixant la petite fortune qu'on venait de lui remettre. Une telle somme pour un cheval délabré et une charrette pourrie, le monde était complètement fou ! Était-ce le nouvel ordre des choses ?

Serge poussa un cri et claqua les rênes. Après une légère hésitation, l'animal bondit en avant, tirant de toutes ses forces pour remettre les énormes roues en mouvement. Serge émit un juron, se pencha en avant et lui tapa sur la croupe. La bête renâcla, son scrotum se balançant doucement à chaque pas. À ses jambes arquées et ses flancs décharnés, je compris que nous n'atteindrions pas la gare Alexandrovsky de sitôt. Je me retournai pour demander au paysan s'il avait un autre cheval plus rapide mais il s'était volatilisé dans les bois avant que nous ne puissions changer d'avis et lui retourner les poches. J'inspirai profondément. Nous n'y serions jamais avant minuit. Nous aurions de la chance si nous parvenions à destination d'ici l'aube. Toutefois, ni Serge ni moi n'échangeâmes un mot. Nous poursuivrions notre chemin parce que nous n'avions pas d'autre solution.

Le ciel ébène s'était strié de magenta puis de ce vert de marbre qui précède l'aurore. La famille était montée à bord d'un train pour la Sibérie plus de cinq heures auparavant. La façade de la gare déserte scintillait aux premières lueurs du jour. Je me précipitai à terre, Serge me suivant tant bien que mal, et fonçai vers les énormes portes, deux fois la taille d'un homme, puis en direction des quais. Derrière moi, Serge me lança de ne pas m'inquiéter, qu'il découvrirait où l'on avait emmené mon fils, qu'il n'était pas trop tard pour le récupérer. La terreur me rendait sourde. Je m'avançai le nez en l'air pour flairer l'odeur de Vova, prête à me coucher sur les rails qui l'avaient éloigné de moi. À ma stupéfaction, les quais étaient bondés.

Sur la voie patientait un long train gris battant pavillon japonais. En fait, c'était un convoi de passagers tout à fait ordinaire affublé d'une pancarte *Mission de la Croix-Rouge* – un camouflage encore plus minable que le nôtre. Des soldats russes en tunique à boutons cuivrés, fusil en bandoulière, déambulaient en aspirant longuement sur leurs cigarettes. Les uniformes paraissaient neufs, comme s'ils avaient été conçus exprès pour l'occasion. Serge posa une main sur mon épaule et me tira vers l'une des hautes fenêtres à multiples carreaux. De ce recoin, nous vîmes un officier au front large et à petite moustache. Il descendit d'une voiture pour s'adresser à ses soldats. *C'est le colonel Kobylinski*, me chuchota Serge. *Un héros de la guerre, affecté à Tsarskoïe Selo pour veiller sur la famille.*

Je discernais mal ses paroles mais, à en juger par son attitude et celle, décontractée, de ses hommes, le départ n'était pas imminent. À vrai dire, nous ne sentions pas la moindre tension. Nicky et les siens n'étaient sans doute pas à bord. Peut-être n'avaient-ils même pas quitté le palais. Je me tournai vers Serge, l'interrogeai du regard. *Si Kobylinski est toujours là, c'est qu'ils ne sont pas encore partis*, me confirma-t-il.

Par une chance incroyable, ils étaient à Tsarskoïe Selo. J'apprendrais plus tard que cela n'avait rien d'un miracle. Soupçonnant une fuite du tsar, les cheminots rebelles avaient stoppé tous les trains et refusé d'aiguiller celui-ci. Sous aucun prétexte ils ne laisseraient s'échapper le souverain. Il était prisonnier des révolutionnaires, il devait passer en justice et non finir ses jours dans un exil confortable. Kerenski avait eu beau appeler toutes les gares de triage, hurlant de sa voix de stentor dans le combiné… les contestataires remettaient en cause toute autorité et n'en respectaient aucune.

Nous devons nous en aller, murmura Serge.

La ville était calme. Notre charrette longea le champ de courses, les entrepôts et les abattoirs, la cathédrale, le commissariat de police, la poste, tous les bâtiments municipaux qui avaient si bien fonctionné du temps où le tsar était encore tsar. Serge connaissait ces rues par cœur pour s'y être promené autrefois en Rolls derrière l'empereur et sa suite. Les anciens palais des courtisans composaient une sorte de haie d'honneur silencieuse à notre approche. Pourvu que nous ne croisions pas les automobiles de la famille fonçant en sens inverse vers la gare ! Avant que je puisse agiter la main ou crier un nom, ils auraient disparu et Vova me serait une fois de plus arraché. Une farce cruelle.

Serge entreprit d'échafauder à voix haute un plan pour sauver mon fils, chorégraphiant sprints audacieux, feintes et attaques de flanc mais, comme pour tous les combats de la Russie, il misait davantage sur l'imagination que la réalité. Il surestimait nos forces, sous-estimait l'ennemi. Je finis par l'interrompre.

Nous sommes deux. T'entends-tu parler ?

Serge voulut protester, se tut.

Les roues de notre charrette grinçaient, menaçant de se fendre en éclats.

Écoute-moi, insistai-je. *S'il y avait cinquante soldats à la gare, il y en aura cent de plus à Tsarskoïe, tous contre les Romanov. S'ils te voient, ils te reconnaîtront et croiront que tu participes à un complot pour sauver le tsar. Ils t'arrêteront. Ou ils t'exécuteront.*

Ou encore, mais je n'osai pas le dire, excédés par le manque de munitions dans la guerre qu'ils avaient servie, ils le lyncheraient. Cette pratique était devenue courante à Saint-Pétersbourg. On compterait dix mille incidents avant la fin de l'année : voleurs capturés à qui l'on coupa les mains, meurtriers jetés dans la Neva et abattus lorsqu'ils essayaient d'en sortir, *barzoïs* pendus par les pieds à la branche d'un arbre et torturés.

Serge fixait le vide, les mâchoires serrées.

Ces hommes n'ont jamais assisté à un spectacle de leur vie. À leurs yeux, je ne serai qu'une vieille femme parmi d'autres. Peut-être ne me remarqueront-ils pas.

La grille noire en fer forgé entourant le village du tsar surgit brusquement devant nous et Serge gara la charrette dans la rue Dvortsovaïa, non loin de l'entrée de la courte allée menant au portail du palais. Au-dessus de nos têtes, les feuillages bruissaient et la brise dispersait le parfum sucré des lilas plantés par une demi-douzaine d'impératrices sur une période de deux siècles. La dernière fois, j'étais venue en plein hiver, les flocons de neige tourbillonnaient comme des insectes autour des lampadaires montés de part et d'autre des portes. J'avais laissé mon fils à Tsarskoïe en mars, je ne repartirais pas sans lui en août.

Jusqu'ici, comme un disque rayé, j'avais envisagé en boucle les pires scénarios pour Vova mais quelqu'un avait soulevé l'aiguille du gramophone et l'incertitude comblait soudain le vide. Il y aurait des gardes à l'entrée. Que pouvais-je leur raconter pour les convaincre de libérer un membre de l'entourage du tsar ? Et si Nicky refusait de le laisser partir ? Une idée me vint, d'une simplicité ridicule : je leur demanderais tout naturellement l'autorisation de dire adieu à mon fils. Ils accorderaient bien cette faveur à une vieille dame, non ? Et ensuite ? Aucune importance. L'essentiel était de pénétrer dans les lieux. Le reste se déroulerait tout seul. Je n'avais qu'à inventer le début. Et le début était juste là, devant moi. Sur un fond de ciel bleu, derrière les bouleaux alignés de chaque côté de l'avenue, j'apercevais les toits du palais jaune et blanc.

Mala, vot zapomini – souviens-toi..., me recommanda Serge lorsque je descendis de la banquette. J'acquiesçai. Si j'étais en danger, je l'appellerais.

Je longeai la grille et, songeant au dicton russe, me sentis *seule comme un brin d'herbe dans un pré*. Deux camions transportant un contingent de soldats passèrent dans un rugissement de moteur et s'immobilisèrent devant les portails verrouillés. Ils venaient sûrement chercher la famille impériale. Le hayon était ouvert et je reconnus les soldats de la gare. De près, je constatai combien leurs uniformes étaient mal ajustés, boutons détachés, chemises qui pendouillaient. Certains d'entre eux paraissaient à peine plus âgés que Vova mais cette alliance des armes avec la jeunesse me mit mal à l'aise. Les jeunes ont peu d'attaches avec le passé, l'histoire de leurs pères. Le portail s'ouvrit et une sentinelle s'approcha pour indiquer aux véhicules d'avancer. Dès qu'ils eurent franchi les grilles, elles se refermèrent avec un claquement impitoyable.

Ici, les arbres étaient moins touffus et j'avais à travers les barreaux une vue sur l'allée en légère pente ascendante qui menait à la cour du palais. Les fourgons s'arrêtèrent. À présent, je ne voyais que les têtes des soldats qui rebondissaient au fur et à mesure qu'ils sautaient à terre, le fusil au poing. Un terrible pressentiment m'avait catapultée jusque-là et je priai Dieu pour qu'il me fasse signe si une occasion se présentait. Mais de quel côté était-Il ? Selon toute apparence, pas celui de Nicky. Or je m'étais appliquée pendant toutes ces années à lier mon destin au sien.

Un frisson me parcourut tandis que je distinguai au loin une masse de silhouettes sombres. Les défunts fuyant un empire agonisant ? Parfaitement. Tandis que le cortège se dirigeait vers le portail, je vis à leurs longs manteaux noirs et à leurs chapeaux foncés qu'il s'agissait de la valetaille, ces domestiques qui n'attirent jamais l'attention sur eux mais sont indispensables au bon fonctionnement du palais. On les avait renvoyés. Ils n'accompagneraient pas le tsar et sa famille, ces sous-fifres qui, après des années passées à présenter les plats ou bouillir le linge, étaient désormais libres de trouver un emploi glorieux grâce au nouveau régime. Leurs visages étrangement impassibles n'exprimaient ni soulagement ni tristesse. Pour la plupart, le palais était leur demeure. On les exilait tout comme Nicky et Alix, bien que moins loin.

Un avertisseur hurla derrière moi et je sursautai. En pivotant, je vis, au volant d'un camion de plus, un soldat affichant un large sourire. Il freina puis se remit à avancer tout doucement, en klaxonnant et en agitant le bras par sa vitre baissée pour écarter les serviteurs. Les sentinelles se précipitèrent à son secours, bousculant les uns par-ci, les autres par-là et je saisis ma chance. Je jetai un bref coup d'œil sur Serge, qui observait attentivement la scène depuis la charrette, avant de me glisser parmi eux. Aussi facilement que cela, je fus des leurs. Une servante de la cour. Ne l'étais-je pas depuis toujours ?

Toutefois, je me déplaçais à contre-courant, je décidai donc de faire mine d'avoir laissé tomber quelque chose et inventai sur-le-champ une boucle de ceinture en argent. À présent, devant moi, j'apercevais les marches en pierre et trois automobiles construites spécialement pour l'empereur par Delaunay-Belleville, un modèle que l'entreprise française avait baptisé « SMT - Sa Majesté le Tsar ». Apparemment, ce serait à bord de celles-ci que le souverain et ses proches seraient emmenés du palais Alexandre. À ma gauche étincelaient les emblèmes dorés sur les corniches du palais Catherine dont la façade se reflétait le jour dans un bassin d'eau verte, un pâle croissant jaune sur un fond de ciel bleu myosotis. Dans la ménagerie impériale qui avait connu des jours meilleurs, les animaux offerts au souverain par les ambassadeurs, éléphants siamois, lamas sud-américains et taureaux tyroliens, avaient ruminé leur petit déjeuner.

La tête baissée, je traversai l'allée pour me poster sous un arbre. Les regards des soldats ne s'attardèrent pas sur une pauvre femme en foulard. Près du premier fourgon, un second était garé, déjà rempli à ras bord de bagages et de cartons et, au-delà, un troisième contenant meubles et tapis. J'eus l'impression que l'on dépouillait complètement les lieux. Envoyer le tsar en exil n'était pas une tâche facile. Les soldats allaient et venaient, toussaient, s'accroupissaient sur les marches, s'adossaient contre les colonnes, flânaient sur le sol sablonneux. Ils étaient bien soixante, soixante-dix, leurs uniformes encore moins présentables que ceux que j'avais remarqués un peu plus tôt, des tenues dénuées des insignes du tsar, sans décorations, sans épaulettes, sans médailles. Un groupe d'hommes en sueur hissait avec précaution malles, valises et caisses dans le camion vide, sous la surveillance d'un homme d'un certain âge – *Tiens ! le comte Beckendorff* – membre de la suite impériale, en bottes bien cirées, la barbe blanche soigneusement taillée. Serge m'avait expliqué que, si Kerenski avait caché la date de départ et la destination précises de la famille à ses propres ministres, l'entourage royal savait exactement qui l'accompagnerait ou non dans l'Est. Ces derniers jours, la rumeur s'était répandue discrètement d'un prince à l'autre : la comtesse Hendrikov, le prince Dolgorouki et le général Tatichtchev partiraient tout de suite. La baronne von Buxhoeveden et le comte Beckendorff, un peu plus tard. J'étais si excitée de reconnaître un visage familier que je faillis, comme une sotte, l'interpeller et courir solliciter son aide. Mais le comte était un prisonnier comme les autres et je n'avais aucun intérêt à lui révéler ma présence. Les soldats ayant terminé, ils se tournèrent vers le comte qui leur tendit une liasse de billets. L'un d'entre eux la lui arracha des mains et ses camarades se pressèrent autour de lui pour recevoir leur part : *Trois roubles chacun, pour trois heures de sueur !* râla l'un d'entre eux. Le comte les avait soudoyés.

Il disparut dans la partie centrale qui, heureusement pour moi, était munie d'immenses portes-fenêtres. Derrière les vitres, je le distinguai parmi d'autres personnes qui se dirigeaient maintenant vers la sortie. Il s'agissait des domestiques de plus haut rang, ceux qui suivraient la famille, les valets, la femme de chambre, le valet de pied, les cuisiniers et leurs assistants, le sommelier. Obéissant aux ordres d'un soldat, ils montèrent dans l'un des camions vides, les hommes aidant les femmes, et s'installèrent sur des bancs en bois.

Quelques instants après, nous parvint le bruit étouffé de sabots dans l'herbe tandis qu'une forme noire, puis cinq autres apparaissaient sur la crête d'une petite colline. Les cosaques de Nicky arrivaient de leurs baraquements de Gorodok. J'en comptai vingt-cinq en tout. Venaient-ils à la rescousse du tsar ? Ils paraissaient féroces avec leurs moustaches lissées à la cire, leurs longues tuniques rouge et argent, leurs énormes chapeaux. Dans un instant, ils dégaineraient leurs grands sabres recourbés à la lame gravée du monogramme NII et de l'aigle impériale. Poussant des hurlements, ils les brandiraient au-dessus de leurs têtes et les abattraient sur celles de ces soldats impudents.

Il ne se passa rien de tel. Loin de se préparer à lutter contre cette horde menaçante, les soldats levèrent à peine la tête. Les cosaques réduisirent l'allure de leurs chevaux au pas, sabres rangés, et prirent position le long de l'allée en courbe. Ils étaient employés par la Douma. Pendant trois cents ans, ils s'étaient dévoués corps et âme au tsar, chacun promettant de le protéger ainsi que sa famille *jusqu'à la dernière minute de ma vie*. Chaque homme donnait vingt ans de son existence à l'armée et, quelles que fussent les difficultés du souverain, quel que fût son désespoir, l'empereur avait toujours pu compter sur ses cosaques. Cavaliers émérites, experts en escrime, tireurs d'élite exceptionnels, ils étaient le poing de l'empereur, l'ennemi que Napoléon craignait le plus. Ils avaient noué les cravates Stolypine autour du cou des révolutionnaires, et contribué avec les autres militaires à mettre un terme aux révoltes paysannes de 1905. Ils avaient vénéré Nicky et celui-ci les avait aimés en retour, allant jusqu'à porter leur tunique et s'entraîner au sabre. Même Alexis possédait un uniforme cosaque miniature. Aujourd'hui, ils étaient venus escorter leur maître vers l'oubli.

Deux Rolls-Royce déboulèrent, dont la première appartenait à la flotte du tsar. Sur son passage, j'y aperçus Kerenski. Je ne l'avais jamais vu en personne mais je connaissais son visage (nez bulbeux, cheveux touffus) par les cartes postales qu'il avait distribuées un peu partout comme pour dire au peuple : *Aimez-moi*. Il descendit de l'automobile – le nouveau chef venu saluer poliment son prédécesseur ? Puis un autre homme émergea, Michel, le frère de l'ex-tsar. Le grand-duc était sans doute là pour dire au revoir, sous le contrôle de Kerenski. À moins qu'il ne parte avec eux... mais en quel honneur ? Il n'avait porté la couronne que trois jours et Kerenski, paraît-il, enchanté par son abdication l'avait qualifié de *patriote*. Quelle présomption ! Un troisième personnage leur emboîta le pas sur les marches. C'était l'officier de la gare, le colonel Kobylinski.

Michel pénétra à l'intérieur. Kobylinski marqua une pause pour contempler ses soldats. Ces derniers le suivaient des yeux mais jugèrent inutile de se mettre au garde-à-vous ou de le saluer. Il eut un geste sec. Huit d'entre eux se secouèrent enfin et montèrent dans les camions pour démarrer les moteurs. Dans une cacophonie de grincements et de toussotements, après plusieurs faux départs, les véhicules se dirigèrent cahin-caha vers le portail, les domestiques se retenant les uns les autres sur les bancs, les caisses bringuebalant. L'évacuation avait débuté.

Michel reparut avec Kerenski, tête baissée, une main sur le front pour cacher… ses larmes ? Son soulagement d'avoir évité le sort de son frère grâce à son acte de *patriotisme* ? Kobylinski leur serra la main à tous deux et referma la portière de la voiture sur eux. La Rolls effectua un large demi-tour et disparut.

Une fois les grilles closes, il fit signe à ses soldats d'établir un cordon autour des véhicules restants. Contre leur gré, ils constituèrent un demi-cercle asymétrique sur le périmètre et deux rangées inégales allant des marches aux voitures. Les cosaques échangèrent des regards devant cette formation peu soignée qui allait canaliser le passage de la famille impériale. Je compris alors que je devais entrer dans le palais au plus vite, immédiatement, et requérir mon entretien privé avec Vova. Je m'écartai de l'arbre et m'avançai vers le palais. Malheureusement, j'avais attendu trop longtemps.

Du hall circulaire de l'édifice Alexandre surgirent les filles de Nicky, accompagnées par le colonel Kobylinski.

Toutes quatre étaient coiffées d'un grand chapeau en paille noir sur ce qui devait être une perruque : on les avait tondues au mois de mars et leurs cheveux ne pouvaient pas avoir atteint une telle longueur. En chemisier blanc et longue jupe en tweed, elles paraissaient très adultes. Normal ! L'aînée, Olga, avait presque vingt-deux ans, l'âge que j'avais quand Nicky avait réduit mon cœur à néant en épousant Alix. Avais-je vraiment vécu tant d'années ? L'une d'elles transportait un petit chien et, quand il s'échappa de sa manche pour s'enfuir, un soldat lui donna un coup de pied. Le pauvre animal revint en jappant vers elle. Le colonel Kobylinski fixa l'homme mais ne dit rien.

Olga monta dans la Delaunay et une femme, sans doute la comtesse Hendrikov, unique courtisane à faire partie du voyage, rejoignit ses sœurs dans la deuxième. Puis vinrent les garçons, ensemble, deux adolescents dégingandés à la coupe identique et peu flatteuse, une frange leur barrant le front. Vova. Celui qui les précédait ne semblait pas être un soldat révolutionnaire mais plutôt une sorte de valet en tenue de marin (Nagorny ? Derevenko ?) bien qu'Alexis et Vova fussent en âge d'avoir une ordonnance. Vova paraissait tellement plus mûr, tellement plus grand ! Tous deux avaient fêté leur anniversaire en captivité. Pour ses quinze ans, mon fils avait écrit à Serge qu'il avait eu droit à un gâteau saupoudré de pétales de lilas. Pour les treize ans d'Alexis, les ecclésiastiques de Notre-Dame de Znaménié avaient organisé une procession spéciale et même les soldats révolutionnaires s'étaient sentis obligés d'embrasser l'icône sainte. Certaines valeurs de l'ancien monde méritaient encore le respect. Vova et Alexis marchaient très près l'un de l'autre, désormais inséparables. Il m'aurait suffi de franchir cette haie de conscrits pour serrer mon enfant dans mes bras mais je savais que notre étreinte serait violemment interrompue. Je demeurai immobile et silencieuse.

Derrière eux, je repérai le docteur Botkine dans son manteau bleu et un individu très mince que je reconnus d'après la description joyeuse de Vova. Ce ne pouvait qu'être monsieur Gilliard, le professeur de français. J'aperçus ensuite le prince Dolgorouki et le général Tatichtchev, qui avaient beaucoup fréquenté le théâtre. Un cri nous incita tous à nous tourner vers le palais. Un serviteur en appelait un autre pour l'aider à passer sur la terrasse, à travers la porte-fenêtre, le fauteuil roulant de l'impératrice.

J'étais sidérée. Où était passée toute l'énergie dont elle avait fait preuve quelques mois auparavant en soignant ses enfants ? Alix semblait droguée et, peut-être, l'était-elle, par les mêmes gouttes apaisantes que le docteur Botkine avait administrées aux jeunes malades de la rougeole. Elle sanglotait, son corps basculant d'un côté et de l'autre jusqu'à ce que l'un des domestiques la soulève dans ses bras. L'autre traîna derrière, poussant la chaise en osier vide à coups saccadés, les roues crissant sur le gravier. Nicky fut le dernier à sortir. Il marqua une pause, légèrement voûté. Au prix d'un effort visible, il redressa les épaules. Même les chevaux semblaient s'être figés tandis qu'il scrutait la scène devant lui. Il posa son regard sur moi, brièvement. Je n'étais qu'un sujet parmi d'autres venus observer le départ du tsar. Il contempla le lever du soleil au bout du parc que les Russes avaient baptisé *sarskaya myza* – ferme haute. Ces terres avaient été pendant un temps son paradis. Dorénavant, il vivrait en Sibérie. Pourquoi n'avait-il pas insisté pour se rendre au palais Livadia ou chez son frère à Orel ? Kerenski aurait peut-être fini par céder.

Nicky alla prendre le bras d'Alix au bas de la rampe. On aurait dit qu'elle avait peur de marcher. Ensemble, ils suivirent les garçons dans la première voiture. Le colonel Kobylinski pivota vers les cosaques. Il n'avait pas besoin de parler : ils savaient ce qu'ils avaient à faire. Ils se placèrent de manière à escorter le convoi, tandis que les soldats se ruaient à bord des camions restants. C'était le moment ou jamais pour moi d'agir. D'un geste du bras, un cosaque m'invita à m'écarter, à reculer, à ne pas rester là, bouche bée. *Babouchka !* Moi, une babouchka ? Je n'étais donc pas invisible. *Tout le monde s'en va !* J'opinai et m'exécutai, à reculons d'abord, puis en crabe en essayant de ne pas quitter des yeux les occupants de la première voiture. Le cosaque sur son cheval noir me gênait. Véhicules et équidés démarrèrent.

À présent, le soleil lustrait le palais jaune beurre, le ciel myosotis, les portières noires des automobiles, les yeux chocolat des chevaux. Les oiseaux saluaient cet exode qui aurait dû se dérouler en pleine nuit et non de bon matin, à la vue de tous. Quant à moi, je m'apprêtais à reprendre, malgré moi, une vie que je ne concevais pas de poursuivre sans mon fils. Que raconterais-je à Serge quand j'atteindrais le bout de l'allée, lui qui comptait sur sa magnifique Mathilde pour lui ramener notre fils ? Comment pouvais-je lui avouer mon échec ? Je n'avais pas le choix, il ne me restait plus que la vérité.

Je bondis devant le premier véhicule, agitai mes mains et me mis à hurler de ma voix canaille (je m'exprime davantage comme une paysanne que comme une boyarde, même en français ; mon déguisement n'était peut-être pas tant une interprétation qu'une révélation de mon moi profond). *Arrêtez ! Attendez !* Le cosaque en tête de la procession immobilisa son cheval et les chauffeurs freinèrent brusquement, surpris par l'intervention de cette folle qui s'écriait : *Je veux mon fils !*

Tel un jouet mécanique remonté à fond, je répétai encore et encore : *Je veux mon fils ! Je veux mon fils !* jusqu'à ce que le cosaque tourne la tête, perplexe, vers les camions transportant les soldats. Depuis l'un d'eux, on lui ordonna de faire dégager *la vieille*. Il donna un coup d'éperon dans le flanc de son cheval mais, voyant que je ne bougeais pas, au lieu de me charger, il retint sa monture.

Par-dessus son épaule, il interpella Kobylinski. *Elle veut son fils !* Les cosaques laissèrent leurs bêtes renâcler et secouer leur crinière pour me signaler leur irritation. *Que se passe-t-il ? Fais déplacer cette femme !* hurla une voix à l'arrière du convoi. Je vis Nicky penché en avant sur son siège, les yeux plissés dans ma direction. Soudain, il se redressa. Lui m'avait reconnue, mais pas Vova. Nicky poussa sa portière et descendit, ignorant les protestations d'Alix. Aussitôt, les soldats sautèrent à terre et se ruèrent vers lui, braquant fusils et baïonnettes. Kobylinski lui adressa un geste de la main. *Son fils a dû partir plus tôt avec les sous-fifres.*

Son fils n'est pas un sous-fifre, riposta Nicky. *Il fait partie de ma suite.* Sur ce, il indiqua Vova, assis auprès d'Alexis. Kobylinski parut visiblement perplexe – en quel honneur le tsar comptait-il le gosse d'une paysanne dans son entourage ? Cependant, il resta muet, portant son regard de Vova à moi. Nicky me dévisagea tandis que les soldats convergeaient vers lui et je songeai : *Il ne me rendra pas Vova, il est convaincu comme Serge qu'il pourra regagner Saint-Pétersbourg dès l'automne. Il croit que j'interviens trop précipitamment, il ne comprend pas que Kerenski va bientôt s'enfuir à son tour pour sauver sa peau.* Mais Nicky s'inclina vers la voiture pour aider Vova à en descendre.

Il se tint pressé contre son père, en une posture d'intimité filiale qui incita les soldats à s'écrier : *Regardez !*

C'est l'héritier ! Ceci est une ruse ! Leur pire cauchemar se réalisait, un membre de la famille impériale allait leur échapper. Un régiment était posté à la gare mais deux autres étaient là ; les hommes étaient en nombre suffisant pour provoquer l'agitation. Nicky posa un bras sur l'épaule de Vova et Kobylinski se percha sur le marchepied pour interpeller ses recrues : *Reculez !* Toutefois, ils n'avaient aucune intention de lui obéir, bien au contraire. *Qui est ce garçon ? Où est l'héritier ?* Ils semblaient s'étonner pour la première fois de la présence de deux adolescents au lieu d'un. Je m'interrogeai : *À quoi jouent-ils ?* Ils savaient forcément leur identité, non ?, puisqu'ils les surveillaient depuis des mois ! En fait, j'appris beaucoup plus tard que les soldats chargés de cette évacuation venaient juste d'être engagés exprès pour cette mission. Comment pouvaient-ils faire le tri en se fondant uniquement sur des portraits impériaux et des arbres généalogiques (en admettant qu'ils les eussent consultés) ? En Sibérie, les gardes prendraient des photos de chaque membre de la famille et de leurs serviteurs afin de leur fournir des cartes d'identité qu'ils devraient présenter sur requête.

Les soldats encerclèrent la Delaunay et l'un d'entre eux bouscula Nicky pour en inspecter l'habitacle. Vova n'avait toujours aucune idée de qui j'étais. Pourquoi Nicky l'avait-il fait sortir sans pour autant le pousser vers moi ? Peut-être dans son esprit m'autoriserait-on à lui faire les adieux que j'avais préparés et dont je feindrais de me contenter ? Malheureusement, vu la quantité de militaires tout autour, nous serions privés même de cette chance. Soudain, l'un d'entre eux arracha Alexis de son siège et le plaça auprès de Vova comme pour les comparer tous les deux. *Lequel est l'héritier ?* brailla-t-il. *Lequel est Alexis Nikolaïevitch ?* Comment les distinguer l'un de l'autre ? Si Nicky le souhaitait, s'il craignait la suite des événements, il pouvait parfaitement me confier Alexis et emmener Vova avec lui en Sibérie. Je vis Alix tenter d'agripper la tunique de Vova. *Sait-elle, elle aussi, quel est l'enjeu ? Ou est-elle tout simplement incapable de le lâcher ?* L'une des filles dans la deuxième automobile émit une plainte, ce qui ne servit qu'à accroître l'excitation des soldats qui pointèrent leurs fusils sur Nicky puis sur les garçons et enfin, sur moi. *Vos noms ?* aboya l'un d'entre eux à l'intention des deux adolescents. Terrifiés, ils restèrent muets. Sans relâcher Vova, Nicky les incitait du regard à garder leur calme. À quoi pensait-il ? *Remontez dans vos camions !* tonna Kobylinski. Les soldats l'ignorèrent mais ces paroles produisirent un certain effet – ils n'avaient pas dormi de la nuit, le train était prêt à partir et, une fois à bord, ils pourraient se reposer. *Emmenons-les tous les deux !* décidèrent-ils. Nicky les encouragea d'un signe de tête à remonter dans la SMT mais, alors que Vova s'y apprêtait, je poussai un cri et m'avançai. Mon fils me fixa mais le cosaque était sur mon chemin et il se pencha pour bloquer mon passage avec sa grosse main. Toutefois, Vova avait marqué une pause et j'en profitai pour tomber à genoux comme une serve sur le bord de la route avec une pétition. Je faisais mine d'être une mendiante mais, au fond, en défiant le tsar de s'en aller avec notre fils, n'avais-je pas plutôt un comportement de révolutionnaire ? *Tsar Batouchka, n'oublie pas Tarass Boulba !* L'incantation était si bizarre que tout le monde, soldats, cosaques, Kobylinski, Nicky, se figea. Se rappellerait-il cet opéra dans lequel le héros abandonne son pays pour l'amour d'une jeune Polonaise ? Se souviendrait-il de la manière dont il m'avait manipulée à une époque, feignant de renoncer à la couronne pour moi ? Aujourd'hui, il ne la portait plus. Je voulais seulement qu'il me rende notre fils.

Contre toute attente, Nicky s'esclaffa. Il n'avait pas oublié *Tarass Boulba* et il se mit à rire. Se détournant de moi d'un air décidé, toujours souriant, il saisit Vova par les épaules et le fit descendre du marchepied de la Delaunay. Il l'embrassa trois fois sur les joues et le poussa dans ma direction : *Va !* À mon immense frustration, Vova au lieu de courir, me rejoignit d'un pas indécis de somnambule. Avait-il été drogué par le docteur Botkine, lui aussi ? Je tapai dans les mains : *Dépêche-toi ! Dépêche-toi !* alors que les quatre filles, le visage ravagé par les larmes (s'étaient-elles à ce point attachées à lui en si peu de temps ?), tentaient de bondir de leurs banquettes. J'avais perturbé le convoi tout entier ! Vova jeta un coup d'œil derrière lui dans l'espoir que Nicky le rappellerait.

À travers les arbres, j'aperçus la minuscule silhouette de Serge qui nous observait désespérément depuis la rue. Vova était à la hauteur du dernier cosaque, celui à la grosse main, un individu imposant à la barbe étalée comme un bouclier sur sa poitrine. Il m'atteignait presque quand les soldats, furieux que leurs camarades n'aient pas entravé la décision de Nicky, se ressaisirent. Les prisonniers n'avaient pas à donner des ordres. Nicolas Romanov n'était plus tsar. L'enfant irait avec eux. Le cosaque attrapa Vova par le cou et je vis ses traits se tordre de douleur. Il parut enfin se réveiller. Il examina ma petite taille, mes cheveux foncés sous mon fichu, mes yeux bruns et, quand je lui adressai un sourire d'encouragement, mes dents protubérantes. Il ouvrit la bouche : la paysanne devant lui était sa mère ! Je crus qu'il allait pousser un cri mais il grimaça tandis que le cosaque faisait pivoter son cheval pour le ramener à la voiture. Voyant cela, Nicky s'énerva : *Otahobka ! Cesse !* d'un ton si autoritaire que tous se figèrent, même le cheval, un sabot en l'air.

Nicky s'élança vers nous, les soldats révolutionnaires s'écartant par déférence machinale, intimidés, leur insolence soudain évaporée comme il était de mise en présence du souverain. Malgré tout, quelques-uns lui emboîtèrent le pas en maugréant : *Colonel Romanov !* jusqu'à ce que Nicky pivote brutalement vers eux. *Je n'ai qu'un fils*, déclara-t-il d'une voix coupante comme la lame d'une faucille. *Je sais qui il est.* D'un geste mesuré, sans quitter des yeux les militaires, il fit signe au cosaque de libérer Vova. Celui-ci s'exécuta aussitôt. Mon enfant s'éloigna en se frottant la nuque. À cet instant-là, l'ex-tsar aurait pu faire n'importe quoi, il aurait pu enjoindre aux cosaques de charger, de pendre tous ces imbéciles aux arbres, il aurait pu les envoyer au Palais d'Hiver traîner Kerenski et ses ministres jusqu'à la forteresse Pierre-et-Paul. Comme au mois de mars dans le train à Pskov, il n'en fit rien. Peut-être craignait-il de nous mettre tous en danger.

Va avec ta mère, décréta-t-il avant de retourner vers *sa* famille. Les soldats se rassemblèrent en haussant les épaules et agitèrent leurs fusils pour rabattre chacun à sa place. L'espace d'un moment, Nicky leur avait confisqué leur précieuse autorité, une humiliation qu'ils lui feraient payer plus tard. Vova et moi reculâmes tandis que la cavalcade de chevaux et de camions démarrait en soulevant des nuages de poussière. Dans la première voiture, Nicky regardait droit devant lui et Alix, à ses côtés, avait le nez baissé. Entre eux, le visage pincé et blême, le tsarévitch Alexis salua son ami d'un signe de la main.

En Sibérie, ils tuèrent tout l'entourage de la famille impériale : le docteur Botkine, Trupp, le valet de pied, Kharitonov, le cuisinier et la femme de chambre Demidova.

Nous n'irons pas à la gare Alexandrovsky, annonça Serge après avoir étreint Vova. Il nous fit monter dans la charrette et nous conduisit, loin de son propriétaire qui ne la reverrait plus jamais, jusqu'à Saint-Pétersbourg. Au début, Vova s'émerveilla de la façon dont le tsar avait bravé les soldats : *Vous avez vu le regard qu'il a posé sur ce cosaque ?* Puis, il nous raconta qu'un jour, Nicky s'était servi de sa canne pour fouetter les chevilles d'un militaire qui le suivait de trop près, lors de sa promenade autour du parc, et lui avait marché sur le talon. Pourtant, à d'autres occasions, il avait refusé de réagir à l'impertinence des soldats et signalé à l'impératrice de se taire, elle aussi. À ce souvenir, Vova s'assombrit. De sa voix en pleine mue, il nous expliqua qu'ils avaient passé leur dernière nuit à Tsarskoïe Selo, assis en demi-cercle pendant des heures sur leurs valises dans le hall. Puis, ils avaient eu le droit de remonter faire une sieste jusqu'à ce que les gardes les rappellent : *Les voitures arrivent !* Mais les cheminots avaient refusé de coupler les wagons du train et les automobiles tardaient à venir, aussi les enfants avaient-ils regagné la salle verte. Ces derniers mois, les militaires les avaient suivis partout et en tout temps, écoutant aux portes, leur interdisant de parler une autre langue que le russe, la seule que ces abrutis sans éducation comprenaient. Or l'impératrice s'adressait toujours à son mari et à ses filles en anglais. Alexis était terrorisé : ils lui avaient confisqué son pistolet jouet et souvent, l'après-midi, se postaient sur le seuil de sa chambre juste pour le toiser, chuchoter entre eux à propos de sa personne, de ses nombreuses iconostases (une bizarrerie dans la chambre d'un enfant où l'on ne mettait en général qu'un cierge et une icône). *Et toi ?* s'enquit Serge. *Ces hommes t'observaient-ils ?* Vova lui répondit que non, pas tant que ça. Toutefois, il aurait préféré qu'ils fichent la paix à ce pauvre Alexis, si sensible. Mais pour eux, Vova n'était pas l'héritier, il était le pupille de Serge Mikhaïlovitch et, le grand-duc se trouvant à l'état-major, le tsar l'avait provisoirement pris sous son aile. J'échangeai un regard avec Serge : voilà donc l'histoire que Nicky avait inventée pour justifier la présence de Vova parmi eux. Au printemps, poursuivit Vova, une fois remis de la rougeole, ils s'étaient amusés à visionner les films que la compagnie Pathé avait offerts à Alexis pour Noël : *Atlantis, Luke's Double, Fantômas.* Le tsarévitch avait un projecteur dans sa chambre et les deux garçons y installaient des chaises, accueillaient les membres de la famille à l'entrée et les conduisaient à leur place comme au cinéma. Ils leur commentaient les films auxquels il fallait attribuer une note : excellent, très bon ou satisfaisant. Dans les jardins, ils s'amusaient avec Vanka, un vieil âne qui avait autrefois fait partie du cirque Cinizelli et qui tirait leur luge sur la neige. Les filles avaient montré à Vova comment broder sur un mouchoir une rangée de svastikas, le symbole de chance préféré de l'impératrice. Tatiana était la plus douée. *Et puis,* ajouta-t-il, *il y avait les leçons. Le tsar nous enseignait l'histoire et la géographie et nous lisait les articles de journaux sur la guerre, la violence dans les rues, Kerenski et le gouvernement provisoire. Il reprochait aux soldats qui nous surveillaient de ne pas cirer leurs bottes.* Nicky savait que tous ses proches avaient quitté Saint-Pétersbourg sauf son frère. Vova lui montrait les lettres de Serge avant de les ranger dans son cartable mais, le soir, il en ressortait une, s'attardait sur la phrase : *Ta maman va bien et t'embrasse fort* puis la cachait sous son oreiller. En Sibérie, leur avait promis Nicky, ils iraient à la chasse et à la pêche et je songeai : *Dans la Sibérie d'antan où le tsar donnait les ordres, peut-être, mais pas dans celle d'aujourd'hui.* Quand pourrait-il les rejoindre ? nous demanda-t-il. Car lui et Alexis avaient prévu d'ériger une tente dans leur chambre et de construire un piège à loups. Ainsi, Vova avait pris plaisir à cette captivité où il avait fait partie d'une famille que je ne pouvais pas lui offrir, avec une mère, un père, des sœurs et un frère, une famille unie, rassemblée sous la contrainte, certes, mais tout de même…

Le soleil brillait de tous ses feux quand nous atteignîmes la capitale. Pourquoi n'allons-nous pas chez nous ? s'enquit Vova quand Serge bifurqua dans la rue Spasskaïa Ulitsa en direction de l'immeuble de Joseph, notre demeure pour le moment. Je lui annonçai que l'on nous avait pris notre palais, que je venais de le récupérer mais qu'il avait été vidé de tous ses meubles. Vova avait du mal à comprendre. Il avait vécu à l'abri des événements de ces derniers mois.

Et notre datcha ?

Les soldats s'y sont installés mais ils nous la rendront bientôt, affirmai-je.

Le tsar retrouvera-t-il son palais, lui aussi ?

Bien sûr, répliqua Serge. *Bien sûr.*

Quand ? voulut savoir Vova. *Quand reviendra-t-il ?*

Dans quelques mois. Une fois que les choses se seront calmées ici.

Je pense que ce sera long, murmura Vova après réflexion. *Ils ont emporté tant d'affaires… Je ne les rejoindrai pas, n'est-ce pas ?*

Kerenski déclara plus tard avoir opté pour Tobolsk parce qu'il était convaincu que le tsar y serait en sécurité et surtout parce qu'il espérait ainsi satisfaire les agitateurs. Leurs camarades n'avaient-ils pas été exilés en Sibérie depuis cent ans ? Peut-être, mais la révolution n'avait pas encore parcouru les deux mille cinq cents kilomètres vers l'est. La famille impériale s'installa dans l'ancienne maison du gouverneur, une bâtisse délabrée comprenant seulement treize pièces. On avait repeint et tapissé les murs, déroulé et battu les tapis, épousseté et ciré les meubles mais les quatre filles devaient se partager une chambre et la cuvette des toilettes débordait. Je pensai à Alix qui, par pudeur, recouvrait la sienne à Tsarskoïe Selo d'un tissu pour en masquer la forme et la fonction. Comme l'avait prévu Kerenski, les habitants de la ville étaient respectueux envers l'ex-tsar. Ils lui apportaient du beurre, des œufs et du sucre, et se découvraient en passant devant la porte d'entrée. Quand la famille se rendait à pied à l'église, sur leur parcours, bordé par deux rangées de gardes révolutionnaires, les citoyens se rassemblaient pour admirer la procession et se jetaient à genoux à l'apparition de l'empereur. La stupidité de ce peuple qui continuait à vénérer l'ex-souverain exaspérait les soldats dont le commandant finit par interdire toute sortie aux Romanov. Désormais, la messe serait donnée chez eux.

Dans la soirée, je couchai mon fils dans le lit de Céline, la fille de Joseph, qui dormirait dans celui de ses parents. Ses pieds dépassaient du matelas. Vova me demanda alors ce qu'était devenu le chiot qu'il avait offert à Serge en décembre. J'en déduisis que son séjour à Tsarskoïe Selo n'avait pas effacé complètement sa mémoire. *Il a bien grandi,* répondis-je. *Il est à la Stavka. Serge me dit que c'est la mascotte de l'état-major.* Mon fils me sourit et je remontai la couverture sous son menton. *Quand irons-nous chez nous ?* Je lui promis : *Bientôt. Serge est de nouveau avec nous, il va tout arranger.*

Je contemplai mon fils endormi que je n'avais pas vu depuis six mois. La petite lampe rose sur la commode de Céline révélait quelques poils au-dessus de sa lèvre supérieure et entre ses sourcils. Il portait un maillot de corps sans manches en coton, un vêtement que je ne lui connaissais pas, et une cordelette en velours autour du cou. Je la soulevai délicatement et découvris un pendentif fait maison, en papier : un ovale arborant d'un côté une photo de Raspoutine et de l'autre, une prière manuscrite. Je fixai le visage du *staretz* dans la paume de ma main. Ce portrait avait été en contact avec la peau de mon enfant. Les yeux bleu électrique, gris pâle sur ce cliché, ressortaient vivement de son visage encadré d'une chevelure hirsute. Au dos, je lus : *Cher martyr, bénis-moi et pense à nous de là-haut dans tes saintes prières.* Lorsqu'ils les déshabilleraient dans la forêt à vingt kilomètres d'Ekaterinbourg pour brûler leurs habits et dissimuler leur identité, les bourreaux des Romanov trouveraient une amulette comme celle-ci sur chacun des enfants. Je compris qu'elle était destinée à protéger Vova et qu'Alix, la plus fervente des disciples de Raspoutine, avait dû la lui donner. Cela signifiait qu'elle avait eu autant peur pour lui que pour les autres et qu'elle l'aimait. Quand lui avait-elle accroché ce grigri ? Pendant qu'il souffrait de la rougeole ? Le jour où Nicky avait abdiqué ? Le soir où Nicky était rentré de la Stavka en tant que *colonel Romanov* ? Une bande de soldats révolutionnaires s'était introduite dans le mausolée qu'Alix avait fait construire à Tsarskoïe Selo pour Raspoutine. Ils avaient exhumé le cadavre, l'avaient caché dans un coffre de piano puis, dans la forêt de Pargolovo, ils avaient arrosé le tout de kérosène avant d'y mettre le feu. Vova m'avait raconté que, dans la nuit, le vent avait hurlé, et que lui et Alexis avaient cru entendre les gémissements d'un homme. Ils n'avaient appris la vérité que le lendemain par la bouche d'Olga.

Une photographie de Raspoutine ne suffisait pas à sauver les Romanov. L'humble nom de Kschessinski était une bien meilleure protection. À l'aide des petits ciseaux de manucure de Serge, je coupai la cordelette.

En le rejoignant dans le salon où il m'attendait, je lui dis : *Nous devons quitter Saint-Pétersbourg.*

Cependant, nous dûmes patienter jusqu'en septembre avant d'obtenir l'autorisation de Kerenski. Serge m'encourageait vivement à me rendre à Kislovodsk, à deux mille kilomètres au sud, où les Vladimirovitch pourraient nous aider car lui ne pouvait pas nous accompagner. *Il faut bien que quelques adultes restent dans la capitale pendant que les enfants essaient de gouverner la Russie*, argua-t-il. En cas de revers de fortune, certains Romanov seraient là pour s'en charger. Dans cette hypothèse, Vova et moi pourrions rentrer. Sinon, Serge nous rejoindrait plus tard et, ensemble, nous nous réfugierions dans sa propriété en Crimée ou à Borjomi, en Géorgie.

Nous dîmes au revoir à Serge le dernier jour de septembre 1917 à la gare Nikolaïevsky, nommée en souvenir de Nicolas Ier qui avait fait face à ses gardes mutins place du Sénat, créé la police secrète, régné d'une main de fer sur la Russie pendant trente ans. Il aurait éclaté de rire s'il nous avait vus fuir une légion de paysans et d'ouvriers ! Les contrôleurs se tenaient aux portes des trains, les portiers coiffés de gros chapeaux en fourrure réunissaient les bagages, les cheminots en veste de peau de mouton et bottes de feutre s'affairaient sur les voies. Le temps était gris, pluvieux. Serge était assis avec nous sur le canapé de la salle d'attente réservée aux voyageurs de première classe. Il portait son pardessus militaire sans les épaulettes. Je supposai que Kerenski utilisait désormais la suite impériale (salon, salle à manger et chambre) où la famille s'était restaurée ou reposée auparavant. Il paraît qu'à son retour d'une expédition sur le front, il avait insisté pour être accueilli par une haie d'honneur, comme les tsars. Un train siffla au loin et bientôt nous sentîmes le sol trembler sous nos pieds. Le chef de gare se tenait sur le quai ainsi que quelques paysans. Un jeune garçon vendait du *kvas*, une femme poussait un samovar sur une charrette. On se serait cru deux ans, trois ans plus tôt, avant la guerre, du temps du tsar. Une sonnerie retentit et Serge nous accompagna jusqu'au train, jusqu'à notre compartiment où je m'installai près de la fenêtre et Vova, à côté de moi. Serge fumait nerveusement cigarette sur cigarette, en sortant une de son étui avant d'avoir exhalé la fumée de la dernière. À la deuxième sonnerie, Serge écrasa son mégot et se pencha pour étreindre Vova. Puis il m'embrassa sur les joues. À ma grande honte, je tremblais. Le voyage devait durer six jours. Nous passerions par Tver, Moscou, Bobriki, construit sur le palais du comte Bobrinsky. Puis nous traverserions le territoire que Kerenski avait jugé trop dangereux pour le tsar. Nous serions arrêtés juste après Moscou par une bande de déserteurs qui nous déclara *tous libres !* Nous nous barricaderions dans notre compartiment contre cet exercice de leur liberté. Après Voronej, nous franchirions Rostov-sur-le-Don pour atteindre enfin, deux mille trois cents kilomètres plus loin, Kislovodsk, au pied du Caucase.

Quand nous nous reverrons, Mala, me chuchota Serge, *nous nous marierons.* Je compris alors que ce nouveau monde, quoi qu'il devienne, avait irrévocablement changé l'ancien. Six mois de révolution m'avaient offert ce que vingt-cinq ans de querelles m'avaient dénié. Une locomotive siffla. J'agrippai la manche du manteau en laine de Serge. Le train de la voie adjacente démarra dans un grincement assourdissant. Le nôtre n'allait pas tarder à partir. À la troisième sonnerie, Serge avait disparu et Vova pointa le doigt vers sa silhouette sur le quai. Il semblait si malheureux que j'envisageai un fol instant de descendre et d'attendre avec lui à Saint-Pétersbourg la restauration de l'ordre. Mais je ne bougeai pas. Je demeurai clouée sur mon siège à ressorts, la main de mon fils sur mon épaule. Je me signai avant d'effleurer la vitre de mes doigts gantés pour encercler la triste figure de Serge. Alors seulement, je me rendis compte que je l'aimais.

Les eaux aigres

En même temps que nous, dans le sud de la Russie, déferlèrent Romanov, boyards, familles de banquiers, de magnats du pétrole et d'artistes. Tout Saint-Pétersbourg semblait s'être déversé en Ukraine, en Crimée ou dans le Caucase. Kislovodsk, littéralement *Les eaux aigres*, était l'une des trois célèbres villes thermales (Kislovodsk, Yessentouki et Pïatigorsk) situées au bord des rivières Orlovka et Berevska, réputées pour leurs bains et les vertus de leurs sources minérales. Kislovodsk était nichée au pied des montagnes du nord du Caucase et la Géorgie, où Serge avait grandi, se trouvait de l'autre côté de la chaîne, plus près de la Turquie et de la Perse. C'est dans cette région asiatique de la Russie que je choisis d'aller respirer les parfums de son enfance. Les Mikhaïlovitch n'étaient ni arméniens ni perses, ni tchétchènes ni abkhazes, ils n'avaient jamais porté la *tchokha*, ce long manteau plissé à cartouchière, costume typiquement géorgien. En revanche, ils avaient inhalé pendant vingt ans les effluves boisés de ces lieux et les Romanov disaient d'eux avec dédain qu'ils n'étaient pas tout à fait des Pétersbourgeois. Tant mieux pour eux.

André nous accueillit à notre descente du train, coiffé d'un *papakha* qui, une fois retiré, révéla le dôme de sa tête à moitié chauve. Nous nous embrassâmes sur les joues. Il était rasé de près ; aussi, en m'écartant, je pus contempler à loisir ce menton fuyant que je n'avais pas vu depuis plus de six mois, et même davantage. Il ne m'avait pas manqué et réciproquement. Sous la tonnelle habillée d'une vigne touffue de la terrasse où il nous emmena dîner, il parla, mon fils et moi restâmes silencieux. Je regardai Vova déplier sa serviette d'un geste lent, hésitant. Avait-il oublié ses bonnes manières ? André posa son briquet incrusté de joyaux sur la table et nous commanda quelques mets locaux, tartes au fromage et kebabs d'agneau. Pendant que nous mangions, André fumant entre chaque plat, un petit orchestre jouait. Tout à coup, un garçon de quelques années de moins que Vova se leva de sa table pour exécuter une *lezinka*, une danse traditionnelle circassienne que mon frère Joseph m'avait enseignée des années auparavant pour un spectacle. Jamais je n'avais imaginé en voir un jour un exemple authentique, exécuté par un danseur autre que ceux du tsar ! Imitant un aigle, l'enfant battit des bras en avançant à tout petits pas légers et rapides puis il se jeta à genoux et se releva aussitôt tel un oiseau prenant son envol. À la fin de sa démonstration, tous les convives le remercièrent en levant leurs verres de cognac ou de vodka : *Santé !* Mais mon toast s'adressait aussi à l'esprit de ces lieux où les gens avaient encore la force de danser.

Nous passâmes la première nuit dans les chambres qu'André nous avait louées. Quand Vova s'endormit, André voulut me prendre la main. J'eus un mouvement de recul et il baissa les yeux. Il comprenait. Pourtant, j'en suis certaine, il était persuadé que je ne voulais plus de lui parce qu'il n'avait pas de quoi nous entretenir. En effet, il était toujours entièrement dépendant de sa mère mais ce n'était pas le problème. Ne l'avait-il pas toujours été ? J'aurais pu le supporter, moi qui avais vécu grâce aux fortunes des Romanov. Mais l'opportuniste que j'étais n'aimait plus son reflet dans la glace. Le lendemain, je fouillai dans mon réticule de bijoux. J'avais emporté avec moi, entre autres, le diadème de saphirs en cabochons qu'André m'avait fait fabriquer par Fabergé pour le ballet *Les Nuits égyptiennes,* le bracelet en diamants et émeraudes que le tsar m'avait offert au tout début de notre idylle en 1891, les diamants jaunes de tailles variables que Serge m'avait offerts dans un coffret pour mes vingt ans de carrière en 1911 et ceux, gros comme des noix, du collier de Nicky, cadeau qui avait marqué la consommation de notre union en 1892. Je commençai par me débarrasser de celui qui me plaisait le moins, la broche en forme de serpent, reçue lors de mes adieux à la scène. Grâce à cet objet, je pus louer la villa Beliaïevsky, blanche, deux étages et demi, un toit en tuiles vertes, posée sur la crête d'une colline – rien de comparable à mon palais de la perspective Kronverski, toutefois elle ne manquait pas de charme. Vova et moi nous y installâmes car André, bien sûr, vivait toujours avec Miechen (obstinément indifférente aux bouleversements sociaux engendrés par la révolution). Je devais m'arranger, comme d'habitude, pour rester hors de sa vue. Malgré sa situation dégradée, Miechen continuait à exercer son pouvoir. Déguisés en ouvriers, son fils Boris et un ami diplomate s'étaient rendus à deux reprises à Saint-Pétersbourg pour lui rapporter les joyaux et les roubles qu'elle avait dissimulés dans le coffre-fort secret de sa chambre du palais Vladimir. Ils les avaient passés en contrebande dans leurs bottes et Miechen en avait conservé une partie à Kislovodsk. Le reste était à l'abri dans une banque anglaise. L'une de ses tiares, achetée à bas prix par la reine Mary, l'épouse de George V, lors de la première grande vente des bijoux Romanov en 1920, est portée aujourd'hui par la reine Élisabeth II. Cependant, quand Serge demanda à l'ambassadeur d'Angleterre, George Buchanan, de liquider les miens, celui-ci refusa net. Peut-être était-il de ces diplomates qui avaient observé, incrédules, les camions décharger leur charbon chez moi plutôt que chez eux en cette journée glaciale d'hiver, dix mois auparavant à Saint-Pétersbourg. Si seulement Serge n'avait pas mentionné mon nom !

Ce dernier m'écrivait quotidiennement mais ses lettres arrivaient de façon irrégulière, parfois par lots de trois. Il y racontait ses aventures dans la capitale. Il avait entreposé le reste de mes meubles chez Meltzer (comme si cette boutique était une forteresse imprenable !). Kerenski avait récemment arrêté son nouveau commandant en chef de l'armée, le général Kornilov, soupçonné d'être un contre-révolutionnaire. L'infanterie n'hésitait pas à exécuter les officiers suspectés du même crime. Nombre de soldats avaient déserté pour participer aux moissons ; armés de leurs fusils, ils aidaient les paysans non seulement à la récolte mais aussi à saisir les terres et à en chasser les seigneurs. Les bolcheviks s'étaient débrouillés pour accroître leur part de représentation à la Douma. Le sémillant Trotski avait été libéré. Le chaos gouvernemental était tel que l'on blaguait dans les rues : *Quelle est la différence entre la Russie d'aujourd'hui et celle d'il y a un an ? Alors, nous avions Alexandra Féodorovna, maintenant, nous avons Alexandre Fédorovitch* – Kerenski. Les Russes adorent les jeux de mots. Serge était d'avis que Kerenski ne tiendrait pas longtemps : on racontait qu'il était juif, qu'il se travestissait, qu'il était accro à la morphine et à la cocaïne. Si personne n'appréciait Kerenski, nul n'était préparé à se débarrasser de lui. On se disait que, si les bolcheviks s'emparaient du pouvoir, ils ne tarderaient pas à couler le pays et que le peuple réclamerait le retour du tsar ; ou encore, que l'Allemagne envahirait Saint-Pétersbourg et rétablirait l'ordre à coups de tanks et de mitrailleuses. Depuis combien de temps les *barzoïs* en rêvaient-ils ? N'avaient-ils pas espéré dès 1916 qu'un zeppelin écrase la capitale ?

Après avoir lu ces missives, je délogeai les diamants d'une broche que le père de Serge et les grands-ducs Vladimir, Alexis et Paul Alexandrovitch m'avaient offerte en 1896. Je pus ainsi inscrire Vova à l'école locale car notre retour à Saint-Pétersbourg me semblait de moins en moins probable dans un avenir proche. Mais Vova ne s'intéressait guère aux études. À force de nous entendre répéter : *Tu te rappelles ? Quand est-ce que tout reviendra comme avant ?* au cours de nos goûters, parties de cartes et autres dîners mondains, il était persuadé qu'il retrouverait ses précepteurs d'ici à Pâques. Il ne le disait pas mais sans doute était-il impatient aussi de réintégrer le giron de la famille impériale. Il évoquait parfois avec nostalgie des souvenirs de cette période : les batailles de boules de terre quand ils bêchaient le potager, le jour où Anastasia avait trempé un doigt dans la boue et dessiné le mot « chéri » sur son front, leurs jeux de charades. Vova faisait le mur et passait ses après-midi à folâtrer dans les rues avec quelques camarades aussi indisciplinés que lui et, lorsqu'il daignait enfin rentrer à la maison, il refusait de faire ses devoirs (il n'avait même pas rapporté ses livres). Il supportait difficilement la présence d'André chaque jour à l'heure du thé. *Qui est-ce ?* s'énervait-il. *Ce n'est pas mon père.* Il ignorait obstinément les remontrances d'André, se recroquevillait sur son assiette ou pire, se réfugiait dans la cuisine, préférant la compagnie de ma pulpeuse cuisinière aux cheveux roux. Le soir, il venait dans ma chambre relire les lettres de Serge et me demander quelles nouvelles du tsar et d'Alexis j'avais pu glaner auprès d'André. Je lui expliquais qu'André ne savait pas grand-chose sinon que la famille était à Tobolsk, à plusieurs centaines de kilomètres à l'est de l'Oural, que les enfants avaient bâti une montagne de neige dans la cour, qu'ils fendaient du bois le jour pour se maintenir en forme et que, le soir, ils lisaient à voix haute, brodaient ou jouaient au bésigue. En somme, ils vivaient exactement comme à Tsarskoïe Selo mais beaucoup plus loin. Vova m'écoutait d'un air sobre. *Si j'étais là-bas, j'aurais un objectif, ici, il n'y a rien pour moi,* marmonnait-il. Puis il se levait, maussade. Toutes les mères souffrent de ce moment où leur fils s'éloigne mais je n'en étais pas moins blessée par son attitude. Je me consolais en me disant qu'à notre retour à Saint-Pétersbourg ou si Serge nous rejoignait ici, tout *redeviendrait comme avant*. Dans mes courriers à Serge, je le suppliais de venir mais il voulait attendre l'assemblée du gouvernement provisoire à la fin d'octobre au cours de laquelle devait être décidée la meilleure manière de diriger la Russie. Il espérait de tout cœur que lui et son frère Nicolas pourraient y collaborer.

Avant même que le Congrès des Soviets ne puisse se réunir pour proposer une administration où tous les partis politiques seraient représentés, les bolcheviks décidèrent d'intervenir. Lénine, qui s'était assis au bureau de mon fils, était revenu en Russie organiser un nouveau putsch, certes désordonné et dispersé, rien de comparable à l'éruption spontanée du mois de juillet. Ce n'était pas nécessaire. Convaincu de l'inaptitude du parti bolchevik, Kerenski n'avait pas pris la peine de disséminer ou d'arrêter les rescapés de la guerre mais décidé de contraindre la récalcitrante infanterie paysanne à quitter ses baraques de Saint-Pétersbourg pour combattre les Allemands sur le front nord. Toutefois, les régiments regimbèrent quand les bolcheviks leur assurèrent que Kerenski les éloignait de la capitale dans le seul but de mettre un terme à la révolution. Lénine était malin et Kerenski, privé de son armée, impotent – malgré l'absurdité du putsch. Mal entretenus par un régime inepte, les canons rouillés de la forteresse Pierre-et-Paul ne fonctionnaient plus et les boulets tirés depuis le croiseur *Aurore* atterrirent dans la Neva. Le soulèvement fut si pitoyable que les spectacles *Boris Godounov* au Mariinski et *Don Carlos* au Narodny Dom se déroulèrent comme si de rien n'était, les publics des deux théâtres ignorant totalement la contre-révolution. Les rues étaient si calmes, même dans le district en général animé de Vyborg, que seuls deux ivrognes furent arrêtés. Serge m'avoua n'avoir appris le renversement du gouvernement provisoire que le lendemain par les journaux qui déclaraient les bolcheviks *califes d'une heure.* Leurs soldats et les ouvriers armés avaient trouvé le moyen de s'introduire dans le Palais d'Hiver par les caves de l'aile Est, s'étaient faufilés à travers un labyrinthe de galeries, de portes et de passages jusqu'aux pièces d'apparat. En dépit des trois mille militaires affectés à cet endroit par Kerenski et qui dormaient sur des matelas dans les vastes salles, précisément pour éviter ce genre d'incident, ils escortèrent les ministres du gouvernement provisoire directement à la forteresse Pierre-et-Paul. Kerenski détala comme je l'avais présagé : il s'enfuit à bord d'une voiture pour rassembler ses troupes loyalistes sur le front nord et ne revint jamais. Il finit par atterrir en Finlande, je crois, et de là, comme tant d'entre nous, à Paris puis en Amérique où il écrivit et réécrivit son histoire. Ses ministres avaient été arrêtés si soudainement qu'ils avaient abandonné leur stylo décapuchonné sur leurs textes de récriminations contre les bolcheviks et leurs nouvelles frasques : *Le gouvernement provisoire fait appel à toutes les classes pour soutenir le gouvernement provisoire !* Dans leur frénésie d'occupation, les bolcheviks se remplirent les poches de tout ce qui leur tombait sous la main, bouteilles d'encre, pendules, épées, couvre-lits au monogramme impérial, statuettes, cuir découpé des fauteuils et même les savonnettes, tandis que d'autres hurlaient : *Non, camarades ! Tout ceci appartient au peuple !* Une beuverie de trois semaines suivit le saccage de la gigantesque cave, le vin et la vodka coulant à flots dans les caniveaux. Toutes les nuits, les gens burent en chantant des chansons folkloriques russes et les femmes vinrent remplir des bidons d'alcool. Les bolcheviks eurent beau envoyer des gardes pour les arrêter, eux-mêmes se joignirent à l'orgie qui ne s'interrompit qu'une fois le stock épuisé, les hommes gisant inconscients dans les rues, les chaussées jonchées de bouteilles cassées et la neige teintée de violet. J'écrivis à Serge : *Sauve-toi de Saint-Pétersbourg !*

Les bolcheviks braquèrent toutes les banques, forçant les employés à leur remettre chaque kopeck, chaque lingot d'argent, chaque joyau pour financer leur nouveau gouvernement. Je pouvais dire adieu à l'argenterie que j'avais remisée à la banque Azov et Don et dont tous les reçus étaient cousus dans l'ourlet de mes jupons. Honorant leur devise *Pillez les pilleurs !*, les bolcheviks encouragèrent le peuple à aller de maison en maison, de magasin en magasin saisir tout ce que les *parasites* fortunés avaient caché. Les ouvriers emportèrent tapis, meubles, porcelaines, tableaux, dépouillèrent les églises de leurs trésors et de leur vin. Les comités de logement composés d'ex-serviteurs obligèrent les riches à quitter leurs demeures et les consignèrent dans les anciens quartiers des domestiques. *Quel plaisir ma gouvernante aurait pris à me chasser de ma chambre, de mon salon et de ma salle à manger pour me reléguer dans son lit étroit près du vestiaire !* songeai-je. Plus inquiétant, nous apprîmes que tous les Romanov avaient reçu l'ordre de se présenter à la police secrète bolchevik, la Tcheka, une nouvelle force de sécurité dont l'appellation signifiait « Commission extraordinaire pour la lutte contre la contre-révolution et le sabotage ». Cette Tcheka entreprit dès lors de persécuter et d'emprisonner même les anciens camarades révolutionnaires des autres partis politiques – *les porcs et les putes*, je suppose, que Lénine avait signalés dans les cahiers de mon fils. Les Romanov n'avaient plus le droit de quitter Saint-Pétersbourg, ce qui signifiait que Serge y était maintenant pris au piège. On avait transformé tous leurs palais vides en orphelinats, hôpitaux et écoles. Le mien, qui n'était plus le siège du Comité central des bolcheviks, devint une clinique puis un foyer pour enfants attardés et, enfin, le repaire de la Société des anciens bolcheviks – du moins, les survivants.

Pire, la Russie n'avait plus d'armée pour combattre celle du Kaiser car, pendant tout ce temps, la Grande Guerre se poursuivait. Entre les milliers de déserteurs et les officiers tués par leurs propres hommes, les Allemands avaient profité de la situation pour foncer sur Saint-Pétersbourg, conquérant ville après ville avec une facilité déconcertante. Effrayé, Lénine déménagea la capitale à Moscou et, pour stopper l'avance de l'ennemi, signa un traité de paix, abandonnant l'Ukraine, la Finlande, l'Estonie, la Lituanie et la Pologne ! Dorénavant, mes parents reposaient en terre allemande ! Le prince Lvov, le noble qui avait dirigé le premier gouvernement provisoire juste après la révolution de février, en fut tellement choqué qu'il s'alita en menaçant de se trancher la gorge. Nous lûmes dans les journaux qu'un général s'était suicidé d'un coup de pistolet. Cependant, l'accord ne tint pas car l'Amérique entra à son tour en guerre et, avec l'aide de ses alliés, vainquit les Allemands en six mois. Pauvres alliés, obligés de soutenir un pays en combat contre lui-même ! L'Amérique démocrate était ravie de voir un empereur déposé. J'avais été invitée aux États-Unis en 1903, où l'on me proposait 200 000 francs pour cinq spectacles seulement. J'avais refusé car qui, là-bas, s'y connaissait en matière de ballet, de rois, d'empereurs et de tsars ? En tant que monarchie, la Grande-Bretagne supporta bon gré mal gré l'ancien régime par crainte d'une contagion de la révolution. Mais ce pacte, si bref fût-il, signifia la ruine de la famille impériale car, sitôt après l'avoir signé, Lénine concentra son attention sur le moyen de se débarrasser de tous ces Romanov.

Quatre d'entre eux, dont deux des frères de Serge, les grands-ducs Nicolas et Georges, furent emprisonnés à Saint-Pétersbourg. En revanche, Michel Alexandrovitch fut envoyé à deux mille kilomètres à l'est, à Perm. Au même moment, Nicky et son entourage furent déplacés au sud-ouest de la paisible ville de Tobolsk à Ekaterinbourg, plus industrielle et plus proche de l'Oural. On les installa chez un ingénieur militaire nommé Ipatiev auquel on avait accordé vingt-quatre heures pour emballer ses affaires et déguerpir, après quoi sa demeure fut baptisée, « la maison des intentions spéciales ». La moitié de la suite de Nicky qui avait été autorisée à lui rendre visite quotidiennement à Tobolsk fut enfermée dans la prison d'Ekaterinbourg et l'autre, carrément expulsée de la ville. Le professeur de français des enfants, Pierre Gilliard, révéla, avant son départ, que la famille était confinée dans deux chambres et qu'Alexis avait souffert d'une nouvelle hémorragie après avoir fait de la « luge » sur un plateau en argent dans l'escalier. Selon lui, les nouveaux gardes étaient hostiles et délibérément cruels ; la barbe de Nicky était maintenant complètement grise et la famille, très seule. J'étais au comble du désespoir. Enfin, je reçus un mot de Serge. Lui aussi avait été expédié vers l'est, d'abord à Viatka puis à Ekaterinbourg tout près de Nicky, bien que ni l'un ni l'autre ne le sût, avant d'atterrir plus au nord à Alapaïevsk. Il était détenu dans une ancienne école avec la sœur d'Alix et les trois fils du grand-duc Constantin. Je m'interrogeai : *Pourquoi ont-ils concentré tous les mâles Romanov dans l'Oural ?* Mais je connaissais la réponse : la région était partisane des bolcheviks, radicalement antitsariste, les mineurs et les ouvriers ayant travaillé si longtemps sous terre qu'ils s'étaient enflammés comme leurs hauts-fourneaux. Nous reçûmes alors un message de Serge qui tentait de me rassurer : ils avaient obtenu le droit de planter un potager et de se promener en ville, ils enseignaient aux écoliers les secrets du football, un sport tout récemment arrivé en Russie, auquel Serge se promettait d'initier Vova dès qu'ils se reverraient. Par temps de pluie, ils se lisaient à voix haute le roman *Guerre et Paix*.

Je lui écrivais chaque jour mais cette première missive de sa part fut la seule jusqu'à l'arrivée plusieurs mois plus tard, en juin, d'un télégramme souhaitant à Vova un bon anniversaire. Puis ce fut un long silence. Je ruminai dans l'atmosphère étouffante de ma chambre (car il faisait nettement plus chaud en juillet à Kislovodsk qu'à Saint-Pétersbourg), communiquant avec Serge par la pensée : *Échappe-toi, grimpe sur un bureau, saute par la fenêtre et viens nous rejoindre.* Vova n'avait de cesse de me blâmer : *Tu vois ? Ils sont tous ensemble en Sibérie.* Je pouvais difficilement lui répondre que c'était mauvais signe. Il voulait absolument que j'y aille. L'épouse de l'un des princes avait suivi son mari de son plein gré, comme les femmes et les familles des révolutionnaires exilés en Sibérie depuis un siècle mais les temps avaient changé et elle s'était retrouvée en cellule à Perm.

Après le départ de Lénine et des derniers aristocrates, la capitale que nous avions déjà abandonnée était devenue une ville fantôme. Hommes et femmes arpentaient les trottoirs déserts en quête de nourriture ou de fuel. Nous apprîmes que les deux cent mille chevaux des Gardes étaient morts de faim, souvent dans la rue où les chiens les dévoraient quand les gens du peuple ne les avaient pas déjà dépecés. Les arbres disparurent, puis les maisons, trois mille logis en bois – parquets, lambris, portes, cadres de fenêtres –, tout ce qui était inflammable. Les habitants brûlaient leurs propres meubles, leurs livres et s'éclairaient (le courant électrique ne fonctionnait que quelques heures chaque soir) à l'aide de mèches plantées dans des bouteilles remplies de graisse dont la fumée puante noircissait les murs. Ils empilaient leurs détritus aux carrefours et les rats y accouraient. Ceux qui n'avaient pas été tués et qui avaient encore quelque chose à vendre allaient à la campagne brader leurs chaussures et leurs vêtements en échange de vivres. Je me demandai : *Pourquoi ne suis-je pas née en 1772 au lieu de 1872 ? J'aurais pu vivre en paix dans le Saint-Pétersbourg des tsars !*

Pendant ce temps, Miechen attendait son heure dans le Caucase. Quant à l'impératrice douairière, elle patientait en Crimée. Ces deux femmes qui avaient autrefois entretenu des cours rivales étaient désormais bannies de l'autre côté de la mer Noire. Car ici dans le sud, à l'automne de 1917, à peu près à l'époque de mon arrivée, la résistance prenait racine. Deux ex-commandants de l'armée russe, les généraux Alexeïev et Kornilov, avaient installé leur QG à Novotcherkassk, légèrement au nord, en plein territoire des cosaques du Don dont quelques-uns seulement restaient loyaux au tsar mais tous détestaient les bolcheviks. Peu à peu, ils se voyaient rejoindre par les fils de propriétaires et les étudiants, sous-officiers qui haïssaient ce nouveau régime et tous ces minables qui les avaient expropriés, incendiant leurs tapis persans et leurs bibliothèques, fendant leurs fauteuils et leurs commodes à la hache. Ces jeunes voulaient chasser les paysans et les renvoyer dans leurs huttes. Ils ne supportaient pas la vue de leurs visages rustiques et de leurs cheveux gras lorsqu'ils étaient forcés de partager avec eux un wagon de quatrième classe. D'autres suivirent le mouvement, notamment des politiciens de l'ancienne Douma qui méprisaient Lénine. Même le mari de la Tsvetaïeva se rallia au groupe, inspirant à la poétesse ces vers : *Gardes blancs : ongles noirs/Dans les côtes de l'antéchrist.* À Novotcherkassk, les hommes enfilèrent de vieux uniformes tsaristes ou des tenues de deuil pour se distinguer de la masse révolutionnaire. Au fur et à mesure que cette armée grandissait en taille et en ambition, les espoirs de Miechen et de l'impératrice douairière enflaient. Après une victoire majeure à Rostov, André annonça son intention de rejoindre à son tour l'armée blanche mais Miechen le lui interdit. André différa donc ses plans et Vova s'esclaffa à cette nouvelle en raillant : *Ton amoureux est une fillette de quarante ans !*

Cette armée blanche était composée de bénévoles mais tous étaient des officiers bien entraînés. Non contents de remporter une victoire à Rostov, ils s'emparèrent d'Ekaterinbourg et, au printemps de 1918, les Tchèques et les alliés les retrouvèrent en Sibérie. Enhardis, les Blancs poursuivirent vers le nord jusqu'en Ukraine où ils conquirent Odessa, Kiev et Orel puis Tula et son grand arsenal. Ils n'étaient plus très loin de Moscou où les bolcheviks s'affolaient, se préparant à évacuer une fois de plus la ville pour se replier cette fois dans leur bastion de l'Oural. Comme j'aurais aimé voir Lénine se sauver à toutes jambes tandis qu'ouvriers et paysans déchiraient leur carte du parti et tentaient de négocier avec les *barzoïs* de Moscou avant le grand déluge blanc ! Nous entendîmes à la radio que l'armée blanche s'apprêtait simultanément à attaquer Saint-Pétersbourg et encercler Ekaterinbourg après avoir secouru la famille impériale. Je déclarai à Vova que Serge serait bientôt sauvé aussi. Puis les rumeurs s'enchaînèrent : Michel, le frère de Nicky, avait été abattu, Serge, libéré par des cosaques loyalistes puis transféré en un autre lieu, deux de ses frères exécutés. On raconta aussi qu'Alexis était mort, que la famille impériale avait été massacrée, que le pape cachait l'ex-tsar au Vatican – qu'on l'avait aperçu dans les rues de Londres, les cheveux blancs comme la neige, que la famille voguait pour l'éternité à bord d'une embarcation sur la mer Blanche…

Si Nicky était vivant, si Alexis ou même le grand-duc Michel étaient vivants, alors la victoire serait pour l'impératrice douairière. Sinon, elle reviendrait à Miechen et la couronne, à Cyrille – à condition que l'Église orthodoxe validât son mariage avec une divorcée. En ces temps singuliers, peut-être les origines luthériennes de Miechen apparaissaient-elles comme un détail négligeable. De ce fait, les deux femmes refusaient de quitter la Russie avant de savoir ce qu'il en était. Toutefois, leurs enfants en avaient assez d'attendre. Olga, la sœur de Nicky, voyagea en train, en charrette et à pied jusqu'au port de Novorossisk au bord de la mer Noire. Sandro, le frère de Serge, partit pour l'Angleterre. Boris, qui ne serait jamais tsar, se réfugia à Paris. Cyrille délaissa la Finlande pour la demeure de son épouse à Cobourg. Mais André, incapable de se séparer de sa mère soit par sens du devoir, soit par attachement (la seconde hypothèse me paraît la plus probable), resta et moi aussi, parce que Serge me savait à Kislovodsk.

En avril 1919, devant l'inquiétude du roi George face à une guerre civile naissante, l'impératrice douairière et le reste des Nikolaïevitch posèrent leurs assiettes de confiture de roses, de crème fraîche et de gâteaux chauds au miel et s'enfuirent en Crimée à bord de deux navires de guerre britanniques, le *Marlborough* et le *Lord Nelson*. Ne restaient plus au fin fond du sud de la Russie que Miechen, André, Vova et moi, dans nos deux villas de location, André courant de l'une à l'autre pour transmettre les nouvelles. Si un flanc de l'armée blanche prenait Saint-Pétersbourg dans le nord pendant qu'une autre traversait l'Ukraine et qu'une troisième arrivait par la Sibérie, nous expliqua-t-il, les Rouges seraient cernés et écrasés. Saint-Pétersbourg s'ouvrirait alors aux Vladimirovitch comme l'œuf du couronnement de Fabergé et Miechen mettrait son fils Cyrille dans le carrosse impérial. Il n'en fut rien. Devant l'avancée des Blancs, les déserteurs de l'armée rouge rallièrent leurs régiments car, comme le supposaient avec raison les paysans, une victoire des Blancs signifierait la perte de leurs terres et le retour au servage. À Tula, Lénine rameuta précipitamment les ouvriers pour qu'ils creusent des tranchées, érigent des barricades et s'arment afin de protéger l'arsenal contre les Blancs. Quand Saint-Pétersbourg fut menacée, l'armée rouge se gonfla encore davantage pour protéger cette ville, berceau et symbole de leur rébellion. De son côté, Miechen scrutait son futur empire en maugréant, ses épagneuls et son bouledogue sur les genoux. En vain. Les Blancs finirent par flancher sur les trois fronts et, à la fin de 1919, l'armée blanche et les cosaques entamèrent leur longue et misérable retraite, fuyant Moscou jusqu'aux ports de la mer Noire, buvant, pillant et tuant sur leur passage tous ceux qu'ils estimaient responsables de la destruction du pays. Les commerçants fermèrent leurs boutiques et leurs cafés, les patients rampèrent hors de leur lit d'hôpital et tous suivirent l'armée, sachant que quiconque avait sympathisé avec les Blancs serait exécuté par les bolcheviks dès leur retour au pouvoir.

Nous dûmes nous-mêmes prendre le train pour Novorossisk en janvier, convoi auquel était accroché le wagon personnel de Miechen. André voyagea avec elle tandis que Vova et moi étions assis sur nos bagages en troisième classe. J'avais laissé un mot au receveur des Postes pour prévenir Serge. À cause des multiples arrêts, retards et fouilles, le trajet de cinq cents kilomètres dura deux longues semaines. Chaque fois que nous étions immobilisés, des villageois se précipitaient vers les fenêtres et les portes. Mains et visages enveloppés de loques, ils s'accrochaient au moindre tuyau, à la moindre balustrade même lorsque le train redémarrait. Voyant cela, mon fils se ratatina contre moi, ses airs renfrognés de ces dernières années effacés après les dix premières verstes. Lorsque nous arrivâmes – enfin ! – au port, nous découvrîmes des campements de fortune partout sur les quais, dans les entrepôts, serrés entre les grues. Ex-généraux tsaristes, ex-comtes, ex-princes, ex-grands-ducs s'entassaient dans les consulats et les chambres d'hôtels. Cent mille officiers, militaires, cosaques, ministres du gouvernement, anciens courtisans et personnes ordinaires avaient convergé vers ce port. Ironie du sort, Olga, la sœur de Nicky, était parmi eux, prête à embarquer à bord du premier navire. Toutefois, quand André lui posa la question, elle ne fut pas plus à même que moi de le renseigner sur les sorts de Nicky et de Serge.

Partout autour de moi, je vis des tentes, une tresse d'ail épinglée à leur toile. Cette amulette était destinée à repousser les épidémies, en l'occurrence le typhus qui avait failli tuer Nicky tant d'années auparavant, ici même en Crimée. Quand la pharmacie fut à court de médicaments, elle se mit à vendre des médailles orthodoxes aux plus désespérés, en général des parents d'enfants en bas âge. Les autres s'accrochaient à leurs têtes d'ail et retenaient leur respiration quand les trains sanitaires déversaient morts et malades dans la gare où, par manque d'une autre solution, nous étions restés dans nos wagons. Sur l'insistance d'André, l'inspecteur général me trouva un compartiment couchette avec deux lits et un lavabo. Aux vivants, je demandai des nouvelles de Serge. Je ne pouvais pas interroger les cadavres mais, chaque jour, je le cherchais parmi les victimes jetées sans cérémonie dans des charrettes et traînées au cimetière. Les manches resserrées contre les poux, un foulard en guise de masque, nous attendions qu'un navire nous transporte de l'autre côté de la mer Noire. Mais il y avait toujours un problème. L'un était trop petit pour accepter davantage de passagers, l'autre se rendait en Turquie, que les bolcheviks avaient déclarée République soviétique du Turkestan et où, déjà, diverses tribus se rebellaient. Les voyageurs à bord de celui-ci étaient malades du typhus, le commandant de celui-là nous réclamait trop d'argent. Nous étions piégés dans une gare de triage qui, avec la pluie, se transformait peu à peu en une énorme mare de boue. Le vent était glacial et nous dûmes nous résoudre à scier les poteaux télégraphiques en guise de combustible. Chaque soir, André venait du wagon de première de sa mère me rendre visite dans ma minuscule cellule de troisième classe. Ensemble, nous buvions du thé ou parfois du chocolat chaud, Vova renfrogné comme un *moujik* face à un *barzoï*. Nous avions vraiment l'air de paysans, à présent. Il ne me restait plus que deux robes et mon fils possédait en tout et pour tout une tenue et un manteau. Le matin, à l'aube, je descendais, mes talons fendillant la mince couche de glace sur la boue. De tous les coins émergeaient des chiens en quête des restes de notre repas de la veille. Quand je les appelais, ils couraient jusqu'à moi, maigres, les côtes visibles, les pattes et le dos rongés par la gale. Nous étions aussi misérables qu'eux mais je m'apitoyais sur leur sort puisque je ne pouvais pas me plaindre du nôtre.

En février, grâce à de vieux amis du consulat britannique, Miechen trouva des places pour elle et pour André à bord d'un paquebot de luxe italien, le *Sémiramis*, en route pour Venise. André vint m'annoncer qu'ils partaient dans la soirée, qu'il ne voulait pas laisser sa mère voyager seule et qu'elle n'avait malheureusement pas pu prendre des billets pour Vova et pour moi. Il était désolé mais il n'y pouvait rien – un mensonge, bien sûr, mais je suis certaine qu'André y croyait. Il nous tendit un petit paquet de biscuits rescapé de la cantine britannique puis s'assit en face de moi, jambes croisées en montrant ses mains vides. Je fis la moue. Pas étonnant que sa mère n'ait pas réussi à nous inclure dans le groupe ! Quel meilleur moyen de se débarrasser de moi que de me laisser engloutir par cette Russie cauchemardesque ? Vova ouvrit le sachet en papier, se mit à manger sans rien offrir à André et je me sentis obligée de le rappeler à l'ordre. Une fois Miechen et André au loin, Vova et moi nous enfoncerions dans cette foule de réfugiés, tous nos privilèges envolés. Nous n'avions aucune relation au sein du consulat britannique et qui, parmi les malades et les aristocrates désemparés, se souviendrait de l'ex-*prima ballerina assoluta* des scènes impériales ? Mon pouvoir, du moins ce qu'il en restait, n'existait qu'au travers des Romanov avec lesquels j'avais couché. Or deux d'entre eux étaient morts ou en prison et le troisième, sur le point de voguer vers la liberté. J'avais beau me répéter que Serge finirait par s'enfuir d'Alapaïevsk, que deviendrions-nous s'il n'arrivait pas avant la cavalerie bolchevik ? Ces sauvages me mettraient dans une cage sur une charrette et me transporteraient de ville en ville pour danser comme un singe savant en laisse, moi, l'ex-danseuse du tsar ! Ils entraîneraient mon fils dans les bois et l'abattraient. J'aimerais pouvoir affirmer que j'ai attendu fidèlement Serge jusqu'à l'extrême limite mais ce serait malhonnête de ma part. Comme messieurs Sabin, Grabbe et Leuchtenberg, membres de l'entourage impérial de Nicolas II qui avaient détalé après l'abdication du tsar, comme le docteur Ostrogorsky qui avait refusé de fouler les routes enneigées pour soigner la famille impériale maintenant qu'elle était assignée à résidence, je décidai de m'en aller.

Laissant André avec Vova et son paquet de biscuits, je me frayai un chemin dans la fange jusqu'au wagon de Miechen, gravis les marches et frappai à sa porte. Un domestique me conduisit à son salon aux rideaux, tapis, tapisseries et meubles défraîchis. Difficile, même pour elle, de sauver les apparences – impossible pour moi ! Toutefois, elle continuait à recevoir ici, son samovar en cuivre fumant dans la saleté. Elle occupait le fauteuil le plus large, ses trois chiens sur les genoux, son foulard enroulé plusieurs fois autour du cou. Son visage gras et bouffi ressemblait à un champignon, son menton était épais comme celui d'un homme, son nez trop large. Détail incongru, elle portait des boucles d'oreilles en perles. Elle ne me sourit pas et je n'en fus guère étonnée. Je m'étais préparée à un accueil glacial : elle détestait toutes les femmes de ses fils et ce n'était un secret pour personne. André m'avait confié qu'elle nous surnommait *le harem* – moi, la maîtresse de Boris, et même

Victoria, l'épouse de Cyrille. Toutes des odalisques. Miechen fit battre ses paupières de lézard. Ma présence ne semblait pas la surprendre alors que nous ne nous étions jamais encore trouvées seule à seule. Peut-être avait-elle anticipé ma venue, consciente que je lutterais jusqu'au bout, pourtant sa froideur me décontenança. Elle ne montra pas le moindre signe de pitié ou de regret à la pensée de me laisser avec mon fils dans ce pays voué à un destin de plus en plus sombre au fil des jours. Elle prit la parole la première :

Je n'ai pas beaucoup de temps. J'ai tant d'affaires à rassembler.

Si Miechen s'était exprimée avec gentillesse ou une pointe de remords, j'aurais peut-être perdu mon sang-froid. Mais son sourire cruel arracha une page à mon scénario imaginaire et m'incita à me lancer.

Votre mari a toujours été un bon ami pour moi.

Elle pinça les lèvres. J'insistai :

Un très bon ami.

Je m'avançai d'un pas, m'obligeant à occuper tout l'espace de cette scène improvisée.

Il venait souvent me voir. Vous êtes au courant. Nous avons déjeuné et dîné ensemble. Nous avons aussi partagé des petits déjeuners. Il a intercédé en ma faveur à de nombreuses reprises. Il a même réussi à me faire participer au gala du couronnement malgré les protestations de l'impératrice douairière en personne. Mais cela aussi, vous le savez.

Elle rosit et je me déplaçai pour faire mine d'admirer un portrait du grand-duc accroché au-dessus d'une console. Inutile de me presser. Je devais laisser à mon public le temps de reprendre son souffle. Je redressai le cadre et l'effleurai du bout du doigt avant de pivoter de nouveau vers elle. Elle ne me quittait pas des yeux.

Ce que j'ai à vous dire est difficile (faux, maintenant que j'avais commencé). *Il y a eu un été, un long été de solitude. Pour moi. Et pour Vladimir.*

D'après ce que j'ai entendu, vous en avez connu beaucoup, murmura-t-elle mais elle s'empourpra.

Je marquai une pause. Peut-être succomberait-elle à une hémorragie cérébrale, auquel cas je n'aurais pas à poursuivre. Débarrassée d'elle, je serais soulagée de mes soucis. Je patientai un instant mais malheureusement, elle demeura droite comme un « i ». Je continuai donc.

Ne vous êtes-vous jamais demandé pourquoi mon fils s'appelle Vladimir ? puis, baissant le ton : *Mon fils porte une pierre verte sur une chaîne en platine. L'avez-vous remarquée ? Un cadeau de votre mari. Vova l'avait à son cou lors de son baptême.*

Mon époux était très généreux.

N'avez-vous pas vu les photos de mon fils quand il était bébé ? Il ressemble comme deux gouttes d'eau à Vladimir au même âge.

Je ne les ai pas vues.

Vladimir m'a souvent fait remarquer que lui et mon fils avaient la même forme de crâne.

Vous êtes en train de me dire que mon mari est le père de votre fils. Si c'était le cas, il me l'aurait avoué.

Non, répliquai-je avec un sourire compatissant. *Au contraire. Nous sommes restés très discrets. Il vous aimait et savait que notre liaison vous peinerait profondément, autant que ses précédentes infidélités. Le grand-duc est le père de Vova. Personne n'est au courant. En d'autres circonstances, j'aurais emporté ce secret dans ma tombe, par égard pour lui.*

Je repris ma respiration. Dernier acte.

Vladimir n'aurait jamais voulu que son fils reste ici. Son sang coule dans les veines de Vova. Que lui raconterez-vous le jour où vous le retrouverez au paradis ? Que vous avez abandonné son enfant ?

Dehors, un chœur d'ivrognes s'éleva au loin, un bébé se mit à pleurer. À l'intérieur, le samovar fumait mais Miechen s'était bien gardée de m'offrir un verre de thé. Ignorant leurs jappements d'indignation, elle repoussa les chiens, et se leva.

Vous êtes une putain.

Une putain. Elle m'avait traitée de putain. Pas de menteuse.

Étais-je fière de ma prestation ? Quand le monde s'écroule, on s'assied sur son orgueil.

Les marins chantaient « Dieu sauve le tsar ! »

Nous levâmes l'ancre de nuit, le 3 mars, prêts à nous faufiler à travers les eaux jonchées de mines et encombrées de vaisseaux de toutes sortes, leurs projecteurs blanchissant nos visages. Il paraît que, lors du départ de l'impératrice douairière à bord du *Marlborough*, un navire russe a croisé le sien dans le port de Yalta et qu'en reconnaissant sa silhouette noire, les marins ont entonné l'hymne national « Dieu sauve le tsar ! ». Restés sur le pont pour jeter un ultime regard sur la côte, nous n'eûmes pas droit à une telle sérénade. Trois semaines plus tard, la guerre civile prit fin et, sur ce même quai, des milliers de Russes blancs se bousculèrent pour s'entasser sur tout ce qui flottait. Un escadron britannique embarqua plusieurs milliers de soldats de l'armée blanche. Parmi ceux qui étaient restés à terre, les cosaques préférèrent abattre leurs chevaux plutôt que de les laisser aux bolcheviks, les officiers de l'armée blanche se tirer une balle dans la tête avec leur revolver plutôt que d'accorder ce plaisir aux bolcheviks. Quant à leurs hommes, ils se jetèrent à la mer dans l'espoir de gagner la Turquie à la nage, préférant se noyer plutôt que survivre. Mais cette nuit-là, nous contemplions une foule de désespérés, pas d'hystériques. André se posta au garde-à-vous devant la balustrade auprès de sa mère, vêtu de son uniforme de commandant de l'artillerie montée, uniforme qu'il n'arborerait plus que dans son cercueil. Vova et moi nous tenions légèrement à l'écart et Miechen nous observait de temps en temps à la dérobée, réévaluant mon fils. Soudain, sur le quai, j'aperçus un homme en pardessus qui courait vers le ponton en agitant les bras et en criant un prénom dont je ne perçus que le « Ma ». Je m'agrippai à la barrière et scrutai l'obscurité. Si André avait réussi à nous rapporter du cacao et des biscuits de la cantine britannique, Serge, beaucoup plus malin, avait peut-être pu se débrouiller dans tout ce chaos pour déjouer ses gardes bolcheviks, voler les habits d'un paysan, sauter dans un train, traverser la steppe et achever son trajet en charrette ou à pied juste à temps pour nous rejoindre. J'ouvrais la bouche pour l'interpeller quand Vova se pencha vers moi : *Ce n'est pas lui.*

Hélas, non, ce n'était pas Serge. Il n'arriva jamais à Novorossisk. Il ne nous rejoignit pas davantage à Touapsé, Batoumi, Constantinople, Le Pirée, Venise, Milan, Cannes ni au Cap-d'Ail.

Un vide effrayant

Peu à peu, à Paris et sur la côte d'Azur, apparurent tout au long du printemps et de l'été les visages de ceux qui avaient survécu, notamment des artistes comme Chaliapine, Pavlova, Karsavina, Fokine, Preobrajenska, Diaghilev. Grâce à eux, le ballet russe put renaître à Paris, à Londres et à New York et leurs élèves fondèrent quelques-unes des compagnies les plus réputées au monde. Arriva aussi une escouade de grands-ducs, princes et autres comtes. Nous nous rencontrions dans nos villas, à l'hôtel de Paris, au château de Madrid, au pavillon d'Armenonville, au théâtre Sarah-Bernhardt. D'autres ne vinrent jamais mais nous avions l'impression qu'ils étaient là, à nos côtés ou juste derrière, leurs formes diluées dans une fine couche de peinture grise. À quoi s'occupent les morts quand ils ne nous hantent pas ? Renouent-ils avec leur passé dans la tombe ? Certaines âmes reposent en paix mais pas celles des émigrés, pas celles des assassinés. Celles des Romanov cheminent probablement vers l'ouest, en quête de ce qu'elles ont perdu, à travers les terres brûlées de la Russie jusqu'à Saint-Pétersbourg aujourd'hui rebaptisée Leningrad. Nous cherchions aussi nos proches égarés. *Où sont-ils ? Que sont-ils devenus ?* Les terribles réponses à ces questions parvinrent jusqu'à Paris par l'intermédiaire de Nicolas Sokolov, enquêteur judiciaire chargé de résoudre le mystère de la disparition des Romanov après que l'armée blanche avait provisoirement repris Ekaterinbourg aux bolcheviks. Plusieurs officiers s'étaient précipités à la maison Ipatiev où le tsar et les siens avaient été séquestrés huit jours plus tôt. Ils avaient trouvé le bâtiment désert, nettoyé à fond. L'histoire aurait peut-être changé son cours si Nicky et sa famille avaient été là, car en 1920 la Russie souffrait d'une telle pénurie que les paysans des provinces orientales en étaient réduits à manger leurs propres cadavres gelés pour survivre. Les Russes affamés auraient jeté des fleurs le long des routes jusqu'à Saint-Pétersbourg si le tsar avait été encore vivant et leur avait promis du pain. Mais Nicky, Alix, Alexis, les quatre filles, les domestiques, s'étaient volatilisés. Il ne restait plus que le chien d'Alexis, déambulant à travers les pièces en quête de nourriture. Les officiers ne découvrirent que quelques épingles à cheveux, des brosses à dents, des livres, un fauteuil roulant, la planche qu'Alexis avait utilisée comme bureau lorsqu'il était alité. Un vide effrayant. Sokolov avait mené une enquête approfondie. Il avait interrogé, sollicité l'aide des parties prenantes, inspecté les murs de la cave criblés de balles, les empreintes de pneus et de sabots allant de la maison à la forêt autour de la mine des Quatre Frères, à une vingtaine de kilomètres d'Ekaterinbourg. Il avait remué la terre et repéré les indices. Il était expert en l'art du tri : fragments d'os carbonisés, boucles de ceintures, une boucle d'oreille en perle, quelques centimètres d'un doigt de femme, trois icônes, les loques d'une casquette militaire, le contenu des poches du tsarévitch (du papier aluminium, quelques clous, des pièces en cuivre, un cadenas). Se fondant sur ces éléments, il en avait déduit que l'on avait exécuté tous les membres de la famille impériale avant de transporter par camions leurs dépouilles dans les bois. Là, on les avait déshabillées, découpées en morceaux et brûlées avant de verser leurs cendres dans la mine. Mon fils aurait subi le même sort s'il les avait accompagnés en Sibérie cette fameuse nuit d'août 1917.

Sokolov avait mis ce qui restait de leurs biens dans une valise dont personne ne voulait et que l'Église orthodoxe russe de Bruxelles finit par récupérer. Ayant abouti son enquête juste avant que l'armée rouge ne reprenne la Sibérie en 1919, il suivit le mouvement général, se réfugiant à son tour avec ses notes, ses théories et ses photographies sur la côte d'Azur où il rencontra l'oncle de Nicky, à Londres où il rendit visite à Xénia, au Danemark où l'impératrice douairière refusa de le recevoir et enfin à Paris où il nous montra, à André et à moi, tous ses documents. Le rendez-vous eut lieu à l'hôtel Lotti, dans une alcôve de la salle de restaurant. L'appétit coupé, j'examinai la photo du sous-sol d'Ipatiev, la liste sordide des objets recouvrés puis je me détournai, incapable de poursuivre, tandis que Sokolov nous racontait avec beaucoup de dignité la fin tragique de la famille. On avait envoyé une dizaine d'hommes éliminer Nicky, Alix et les enfants. On les avait tous alignés sous prétexte de les photographier. Selon la version des bolcheviks proclamée plus tard, chacun des bourreaux avait agi de son plein gré. Juste avant de tirer, ils avaient lu leur manifeste au tsar : *Au vu du fait que vos proches continuent à attaquer la Russie soviétique, le comité exécutif de l'Oural a décidé de vous exécuter.* Nicky s'était alors exclamé : *Quoi ? Quoi ?* Il fut abattu le premier dans cette cave. Alix, assise à ses côtés, fut la deuxième, Olga, la troisième. Mais ses sœurs s'étaient mises à courir, les pierres précieuses cousues dans leur corset faisant bouclier. Elles s'étaient dispersées dans cet espace réduit, trébuchant sur les cadavres de leurs parents, s'accroupissant contre les murs. Comment peut-on braquer un fusil sur des jeunes filles effarées, les frapper, assassiner un adolescent de quinze ans qui rampe jusqu'à son père ? Les bolcheviks étaient sans pitié. Ce n'était pas tout, enchaîna Sokolov. Ils avaient tué Georges et Nicolas Mikhaïlovitch dans la cour de leur prison avant de les jeter dans la fosse commune. Ils avaient supprimé Michel, le frère de Nicky, alors qu'il fumait une cigarette dans les bois à la lisière de Perm. Sokolov s'était aussi rendu à Alapaïevsk... Il marqua un silence, s'éclaircit la gorge. Là, il avait appris qu'on avait arraché Serge, la sœur d'Alix et trois des princes Constantin de leur geôle le 17 juillet 1918, peu après que Serge avait souhaité son anniversaire à Vova. On les avait obligés à monter dans une charrette et on les avait conduits jusqu'à une mine abandonnée. On les avait jetés dans un puits, Serge avec une balle dans la tête. Sokolov en concluait que lui seul avait tenté de résister à ses ravisseurs et qu'on lui avait tiré dessus avant son interminable chute. Il avait dû atterrir sur les autres, blessés mais toujours vivants, qui avaient fini par crever de leurs fractures et de faim. Les meurtriers avaient ensuite balancé des bouts de bois dans le trou pour dissimuler leur crime. À ce détail, je portai ma serviette à mes lèvres. Sokolov avait des photos des cadavres que l'on avait remontés à la poulie et disposés sur des draps. André chaussa ses lunettes et les examina seul car j'en étais incapable. Pendant ce temps, Sokolov me tendit une enveloppe contenant le pendentif du « Club des patates » de Serge et le kopeck que je lui avais offert trente ans auparavant. La grande-duchesse Xénia lui avait demandé de me les remettre, m'expliqua-t-il. Je les transmis plus tard à Vova car Serge n'avait-il pas prévu de léguer tous ses biens à mon fils ? En 1914, il aurait reçu un apanage annuel de 280 000 roubles, les revenus des propriétés familiales au nord, au centre et au sud de la Russie, des maisons dans toutes les villes et villégiatures où séjournait la cour. En 1920, il ne restait plus que ces deux objets.

Dans la nuit, je rêvai que j'étais de retour à Saint-Pétersbourg, à l'école de ballet, fonçant le long du couloir jusqu'au petit théâtre où j'avais présenté mon spectacle de fin d'études. Derrière moi, quelqu'un hurlait : *La famille impériale ! La famille impériale arrive !* Et je m'exclamais : *Comment est-ce possible ? Ils sont tous morts !* La voix me répondait : *Ce sont leurs âmes !* Puis un chant me parvenait :

Le Christ est ressuscité d'entre les morts
Il piétine la mort par la mort
Et rend la vie à ceux qui gisent dans les tombes.

Je courais alors jusqu'à la porte du théâtre mais elle s'ouvrait sur le néant, un abîme de noirceur où il pleuvait à verse, où le vent gémissait. Figée sur le seuil, mes jupes soulevées par les rafales, je hurlais : *Le Christ est ressuscité d'entre les morts !* Je restais là un long moment, dégoulinante, mais n'entendais plus que le silence.

La princesse Romanovsky-Krassinsky

UNE FOIS LE RAPPORT de Sokolov publié, Cyrille s'autodéclara empereur en exil, s'aliénant définitivement l'impératrice douairière et les Nikolaïevitch. Quelle importance ? Elle était au Danemark, lui était ici, au cœur du Paris russe, où la valeur d'un individu parmi les émigrés se mesurait encore à son statut d'antan et où être reçu par un grand-duc était toujours considéré comme un triomphe social. À Pâques, à Noël, au Jour de l'An, les émigrés se pressaient dans les maisons grand-ducales pour signer les livres d'or, siroter de la vodka, se frotter aux hommes qui avaient un jour régné sur la Russie. Quant à moi, je fis mieux : j'épousai André dès que la porte du mausolée qu'elle s'était fait construire dans le cimetière de Contrexéville fut refermée sur Miechen. Je n'eus pas à patienter longtemps : elle est décédée six mois après son arrivée en France, ayant décidé de s'épargner l'humiliation d'un statut diminué, offert comme une pâtisserie desséchée à tous les réfugiés. Avant d'échanger nos vœux en l'église Saint-Georges de Cannes, André, toujours aussi docile, écrivit à l'impératrice douairière pour l'avertir de nos projets et demanda l'autorisation à son frère Cyrille, désormais chef de la famille. Cette déférence au protocole porta ses fruits. La grande-duchesse Olga nous envoya les meilleurs vœux de sa mère et Cyrille publia un oukase par lequel moi, Mathilde-Marie Felixovna Kschessinska, je devenais Son Altesse Sérénissime Princesse Romanovsky-Krassinsky. Mon fils fut anobli aussi, après notre mariage quand je pressai André de l'adopter. Il devint ainsi le petit-fils de Miechen plutôt que son fils, si tant est qu'elle y eût attaché une quelconque importance. André me présenta formellement à l'empereur Cyrille et à son épouse, à la reine Alexandrine du Danemark, à la reine Marie de Roumanie, à la reine Olga de Grèce. Au fil du temps, Vova et moi fûmes reçus par le roi Gustav V de Suède, le roi Alexandre de Yougoslavie, le shah de Perse, le vieux roi Ferdinand de Bulgarie et le nouveau roi Boris, son fils, par tous les grands-ducs mais aussi par la grande-duchesse Xénia, le prince Dimitri Pavlovitch et sa sœur la princesse Marie Pavlovna, par les princesses Radziwill et Golitsyne, le prince Volkonski (mon vieil ennemi directeur des théâtres impériaux), par les ducs de Cobourg, de Mecklembourg-Schwerin et de Leuchtenberg.

Mon nom apparaît sur tous les arbres généalogiques qui retracent les lignées de la royauté européenne et russe. Je figure sous la reine Victoria d'Angleterre, le roi Christian IX du Danemark et le tsar Alexandre II de Russie, bien que j'eusse préféré être positionnée aux côtés de Nicky, sous Alix de Hesse-Darmstadt, ou même aux côtés de Serge dans la branche des Mikhaïlovitch. Mais je suis une Vladimirovitch et peut-être est-ce ma place après tout, en compagnie des comploteurs, des intrigants et des machiavéliques. En revanche, mon fils, le prince Romanov, n'apparaît nulle part car la ligne du trône passe par Cyrille. *Son* fils Vladimir y est consigné, pas le mien. *Tant pis !*

Nous avons mené grand train sur la côte d'Azur pendant neuf ans grâce à l'argent récolté de la vente des magnifiques rubis que Miechen avait légués à André. Elle avait laissé les diamants à sa fille, les émeraudes à Boris, et les perles à Cyrille. Toutefois, la somme obtenue, vingt millions de francs, ne représentait pas une véritable fortune pour un Romanov. Lorsqu'elle fut dépensée, je dus me séparer, pierre par pierre, de mes propres joyaux – à un prix décevant car le marché était évidemment inondé par les bijoux des courtisans exilés. Enfin, en 1929, nous fûmes contraints de céder notre villa au Cap-d'Ail et d'acquérir un logement à Paris où l'immobilier était moins cher. Nous portâmes notre choix sur une modeste demeure dotée d'un jardin à l'avant au 10, villa Molitor, dans le 16e arrondissement. Nous achetâmes aussi une maison au 6, avenue Vion-Whitcomb pour mon école de ballet, le studio Princesse-Krassinsky, puisque j'allais une fois de plus devoir travailler pour gagner ma vie. André rechignait à prêter son nom à des marques de champagne, de caviar ou de cigarettes, jugeant que c'était indigne de lui. Il est vrai que cela rapportait peu, sans quoi j'aurais insisté. Je distribuai des tracts, embauchai la femme d'un ex-général tsariste comme pianiste et employai le grand-duc André Vladimirovitch pour tenir mes comptes et balayer mes parquets, ce qu'il fit quotidiennement en costume trois pièces.

Le jour de gloire approche

JE NE VOULAIS PAS D'UNE TELLE FIN, d'un tel *galop infernal* pour mon fils. Il n'était pas question pour moi de le laisser balayer les parquets de mon studio et pourtant, il n'existait aucune occupation digne d'un prince en exil, aucune institution gouvernementale ou militaire. Comme les fils des autres émigrés de son rang, Vova vécut chez ses parents, assista aux mariages et aux enterrements royaux, soutint diverses œuvres caritatives et attendit en vain la restauration du monde pour lequel il avait été élevé. Dans cette perspective, Cyrille établit son Conseil pour la reconstruction de la Russie impériale, prenant entre autres comme collaborateurs Boris et André, de même que les deux frères survivants de Serge, Sandro et Michel. Ils n'étaient pas les seuls à rêver : en 1930, dans une forêt aux abords de Paris, Cyrille mena une revue de deux mille ex-officiers des régiments du tsar qui l'ovationnèrent à son arrivée comme ils avaient autrefois ovationné Nicky : *Le jour de gloire approche !* Vova, le prince Dimitri Pavlovitch et d'autres jeunes hommes frustrés rejoignirent l'Union des jeunes Russes fondée par Alexandre Kazem-Beg, petit-neveu de Tolstoï qui imaginait une Russie embrassant à la fois les réformes des bolcheviks et le trône de son tsar. Eux aussi se dotèrent d'un uniforme (chemise bleu marine), d'un symbole (la croix et l'orbe), d'une devise (le tsar et les soviets !). Eux aussi organisèrent des rallyes et chantèrent des hymnes à l'armée rouge – à propos de laquelle la plupart ne savaient pas grand-chose. Quand André le sermonna, Vova se hérissa : *ton Conseil n'est qu'un ramassis de vieillards séniles.* Il quitta le mouvement en 1937, lorsque Kazem-Beg se révéla être un agent soviétique et l'organisation elle-même s'effondra après la Deuxième Guerre mondiale. Après le décès d'André en 1956 et la fermeture de mon école, je dus vendre cette demeure bien que Vova et moi ayons continué à y vivre en tant que locataires. Malheureusement, les Romanov nous oublièrent et Vova, mon prince, dut décrocher un emploi. Il supporta cette indignité comme Nicky avait enduré son emprisonnement, avec humilité et patience. Ces dernières années, j'ai pu constater combien il ressemble à son père, né le jour de la fête de Job et qui a perçu son existence comme une succession de luttes et de d'obstacles à surmonter. Je suis devenue une charge pour Vova. Chaque jour, il enfourche son Solex pour venir me voir, il me livre mon vin, reçoit mes visiteurs, tape à la machine mes lettres de mendicité. Les sociétés bénévoles du théâtre nous distribuent leurs francs uniquement parce que je suis vivante et pour ma contribution à mon art. Toutefois, je ne sollicite la pitié de personne. J'ai eu une vie exceptionnelle. J'ai été aimée, admirée, honorée, copiée, raillée, appréciée et crainte. Mais voici qu'approche *ma* fin. Si je suis encore de ce monde, c'est pour mon fils car sans moi que serait-il devenu ? Il ne s'est jamais marié, il s'est entièrement dévoué à moi. En ce moment même, il est assis dans un fauteuil à mes côtés, vêtu d'un des costumes trois pièces d'André rajusté à ses mesures. Dans sa veste est rangé l'étui à cigarettes qu'André a posé sur la table à

Venise, il y a cinquante ans, pour rassurer les serveurs. Vova a soixante-neuf ans mais n'en est pas moins jeune pour un Kschessinski, sinon un Romanov. Il lui reste encore trente ans devant lui et qu'en fera-t-il ? Dans la vie, il faut avoir un objectif. Tous ces émigrés russes ignorent mon fils, celui du dernier empereur de toutes les Russies, Nicolas II. Mais le monde n'a pas oublié le tsar. Pas plus tard que la semaine dernière, j'ai reçu des places pour le film *Nicolas et Alexandra.* Ce couple mythique a encore le pouvoir d'exciter l'imagination. Si Vova était mort avec eux à Ekaterinbourg, la planète entière aurait connu son nom et se serait interrogée sur sa place dans l'entourage du tsar – garçon de cuisine, camarade de jeux d'Alexis, pupille du souverain ? On aurait recherché *ses* ossements, on les aurait pesés, on aurait examiné le contenu de *ses* poches, les objets que *lui* avait abandonnés à la « maison des intentions spéciales ». Et peut-être aujourd'hui le mystère de sa naissance serait-il dévoilé.

Grâce à moi, il est vivant, ici à Paris, et non réduit en cendres dans une forêt près d'Ekaterinbourg.

C'est en gardant le secret sur le nom de son père que je l'ai sauvé. Lénine avait si peur de nous qu'il a assassiné tous les Romanov qui lui tombaient sous la main. Staline a chassé quiconque avait ne fût-ce que frôlé l'ombre des tsars puis a envoyé ses agents à l'étranger à la recherche des monarchistes parmi nous : dans les années 1930, ils n'ont pas hésité à enlever deux anciens généraux de l'armée blanche en pleine rue dans Paris ! Khrouchtchev a dit à l'Occident : *nous vous enterrerons.* Ha ! Il est mort. C'est moi qui l'ai enterré ! J'ai survécu à tous ces hommes, même à Kerenski. J'ai cent ans, je n'ai plus peur de rien et je dis aux bolcheviks : *Vous ne tiendrez pas un siècle et quand l'Union soviétique tombera, le peuple russe ira à la recherche de son souverain, en quête du dernier maillon de la lignée impériale, son unique fils vivant, l'empereur Vladimir.* À présent, je peux dire tout ce que je devais taire en 1954 quand j'ai rédigé mes premiers mémoires, pleins d'inventions et de mensonges. Voici donc mes *véritables* mémoires, pour Vova. Je les lui dicterai et il les transcrira sur le papier. Il croit qu'il n'a rien mais dans un instant, quand j'ouvrirai les yeux, il sera comblé. Je lui raconterai une histoire. Je commencerai ainsi : *J'ai été la maîtresse de deux grands-ducs, la maîtresse du tsar. Le dernier tsar. Il m'appelait Petite K.*

Remerciements

En créant *ma propre* version d'inventions et de mensonges, j'ai bien entendu altéré les détails de la vie de Kschessinska, transformant des rumeurs en faits, excisant certaines vérités gênantes, reconfigurant événements et relations à des fins plus théâtrales. Si les conversations sont imaginées, je me suis servie d'extraits de lettres et des journaux intimes des principaux personnages (ils sont indiqués) à l'exception de Petite K qui, en matière épistolaire comme pour tout le reste, a évolué au gré de mon imagination.

Pour les détails sur l'histoire de la Russie, sa culture, la cour des Romanov, j'ai consulté les ouvrages suivants : Orlando Figes : *Natasha's Dance : A Cultural History of Russia* et *A Peoples Tragedy : The Russian Revolution 1891-1924* ; Richard Pipes : *Russia Under the Old Regime* et *The Russian Revolution* ; Solomon Volkoy : *The Magical Chorus : A History of Russian Culture from Tolstoy to Solzhenitsyn, St. Petersburg : A Cultural History*, et *Balanchine's Tchaikovsky : Interviews with George Balanchine* ; Robert Massie : *Nicholas and Alexandra* et *The Romanovs : The Final Chapter* ; Suzanne Massie : *Land of the Firebird : The Beauty of Old Russia* ; Andrei Maylunas et Sergei Mironenko : *A Lifelong Passion : Nicholas and Alexandra, Their Own Story* ; Maurice Paleologue : *An Ambassador's Memoirs* ; John Curtis Perry et Constantine Pleshakov : *The Flight of the Romanovs : A Family Saga* ; Edvard Radzinsky : *The Rasputin File, Alexander II :*

The Last Great Tsar et *The Last Tsar : The Life and Death of Nicholas II* ; Thomas Berry : *Memoirs of the Pages to the Tsars* ; Simon Sebag Montefiore : *Young Stalin* ; James P. Duffy et Vincent L. Ricci : *Czars : Russia's Rulers for Over One Thousand Years* ; Peter Kurth : *Tsar : The Lost World of Nicholas and Alexandra* ; Charlotte Zeepvat : *The Camera and the Tsars : A Romanov Family Album* ; le catalogue *Czars : 400 Years of Imperial Splendor,* de l'exposition temporaire au Musée historique et culturel du Kremlin de Moscou ; le musée de l'Ermitage et les archives de la Fédération russe : *Nicholas and Alexandra : The Last Imperial Family of Tsarist Russia* ; Greg King : *The Court of the Last Tsar : Pomp, Power and Pageantry in the Reign of Nicholas II* ; Edmund Wilson : *To the Finland Station : A Study in the Writing and Acting of History* ; Alexander Mikhailovich : *Once a Grand Duke* ; Meriel Buchanan : *The Dissolution of an Empire* ; Pierre Gilliard : *Thirteen Years at the Russian Court* ; Felix Youssupoff : *Lost Splendor : The Amazing Memoirs of the Man who Killed Rasputin* ; John van der Kiste et Coryne Hall : *Once a Grand Duchess : Xenia, Sister of Nicholas II* ; Pauline Gray : *The Grand Duke's Woman : The Story of the Morganatic Marriage of Michael Romanoff, the tsar Nicholas II's Brother, and Nathalia Cheremetevaya* ; Tatyana Tolstaya : *Pushkin's Children : Writings on Russia and Russians* ; Francine du Plessix Gray : *Them : A Memoir of Parents* ; Marina Tsvetaeva : *Selected Poems* ; Anna Akhmatova : *The Complete Poems* ; Ivan Bunin : *Collected Stories* ; les romans de Tolstoï notamment *Anna Karenine* ; Vladimir Nabakov : *Speak, Memory* ; le site web de Bob Atchison : *The Alexander Palace Time Machine.*

Sur les ballets russes et ses grandes figures, je suis redevable envers Roland John Wiley : *A Century of Russian Ballet, Tchaikovsky's Ballets,* et *The Life and Ballets of Lev Ivanov* ; V. A. Teliakovsky : *Memoirs, part two, St. Petersburgh Ballet* ; Alexandre Benois : *Reminiscences of the Russian Ballet* ; Tim Scholl : *Sleeping beauty, A Legend in Progress* ; la traduction de Stanley Rabinowitz de l'ouvrage d'Akim Volynsky : *Ballets*

Magic Kingdom ; Richard Buckle : *George Balanchine : Ballet Master* et *Diaghilev* ; Bernard Taper : *Balanchine : A Biography* ; Francis Mason et George Balanchine : *Balanchine's Complete Stories of the Great Ballets* ; Alexandra Danilova : *Choura* ; Tamara Geva : *Split Seconds* ; Mikhail Fokine : *Fokine : Memoirs of a Ballet Master* ; Lynn Garafola : *Diaghilev's Ballet Russes* ; Tamara Karsavina : *Theatre Street* ; Marius Petipa : *Russian Ballet Master* ; Toni Bentley : *Costumes by Karinska* ; le film de Joshua Waletsky : *Sacred Stage : The Mariinski Theater* ; le film de Bertrand Normand : *Ballerina* ; le film d'Alexander Sokurov : *Russian Ark*.

En ce qui concerne Kschessinska, j'ai puisé dans ses propres mémoires : *Dancing in Petersburg : The Memoirs of Mathilde Kschessinska*, d'où j'ai extrait de nombreux détails pour m'approprier (avec quelques enjolivures) le rêve impérieux qui l'a incitée à raconter sa vie, ou du moins le prétend-elle ; la biographie de Coryne Hall : *Imperial Dancer : Mathilde Kschessinska and the Romanovs,* qui traque les vérités que Kschessinska préférait omettre ; trois articles de *Dance Magazine* – Olga Maynard, « Kschessinska at Ninety-Nine » ; Helene Breazeale, « Mathilde Kschessinska » ; et Eileen O'Connor, « Portrait of an Era » ; les articles de Penelope Jowitt, « Matilda Kschessinskaya » et « Kschessinsky Family », publiés dans l'*International Encyclopedia of Ballet*, m'ont aussi beaucoup aidée ; le compte rendu de conférence de Tim Scholl, « My Usual Triumph : Mathilde Kschessinska and the Artist's Memoir », fut une source précieuse.

Toute ma reconnaissance aux historiens de la danse Lynn Garafola et Tim Scholl, pour le temps qu'ils ont consacré à réviser ce roman et pour leur sagacité concernant à la fois la période et le personnage de Mathilde Kschessinska.

Enfin, à ma famille et plus particulièrement à mon mari, je présente mon éternelle gratitude.

Table

Composition et mise en page

NORD COMPO
multimédia

CET OUVRAGE
A ÉTÉ ACHEVÉ D'IMPRIMER
SUR CAMERON
PAR L'IMPRIMERIE NIIAG
À BERGAME (ITALIE)
EN JANVIER 2012

N° d'édition : L.01EUCN000438.N001
Dépôt légal : février 2012